TITUS MÜLLER

Die goldenen Jahre des

FRANZ TAUSEND

TITUS MÜLLER

Die goldenen Jahre des FRANZ TAUSEND

ROMAN

BLESSING

MIX
Papier aus verantwortungsvollen Quellen
FSC® C014496
FSC www.fsc.org

Verlagsgruppe Random House FSC® N001967

1. Auflage, 2020

in der Verlagsgruppe Random House GmbH,
Neumarkter Str. 28, 81673 München
Herstellung: Ursula Maenner
Satz: Leingärtner, Nabburg
Druck und Einband: GGP Media GmbH, Pößneck
Printed in Germany
ISBN: 978-3-89667-617-7

www.blessing-verlag.de

I

MÜNCHEN, STETTIN

1

Thomas Mann legt sich auf das Sofa und zieht die Wolldecke über sich, bis ihm heiß wird. Er hält prüfend die Hand an seine Stirn und fühlt dem aufsteigenden Fieber nach. Kratzt es nicht schon im Hals?

Aber das wird diesen Wilhelm Schäfer nicht vertreiben, mit dem Katia nebenan spricht.

Ärgerlich steht er auf und faltet wie in einer Zwangshandlung die Wolldecke ordentlich zusammen. Er legt sie aufs Sofa zurück und tritt an das Buchregal heran, mit dem Gefühl, kein Erwachsener zu sein, der nächstes Jahr fünfzig wird, sondern ein Schuljunge, der die Hausaufgaben aufgeschoben hat, die über die Sommerferien zu erledigen waren. Nicht etwa, weil er das Lesen nicht liebt, sondern weil er es zu sehr liebt und deshalb seine Zeit mit der Lektüre anderer Bücher verbracht hat.

Der Novitätenregen ist eine Heimsuchung. Das Schichtwerk lagernder Volumina steigt am Buchregal empor, verdeckt und verbaut die Bücher darin, und der Zugriff auf Romane, die er wirklich lesen will, wird ihm durch die Neuerscheinungen verwehrt. Franz Kafka ist gerade gestorben, von ihm würde er gern etwas lesen. Oder endlich den neuen Roman von Knut Hamsun.

Ausgerechnet heute muss dieser Wilhelm Schäfer auftauchen, unangemeldet, und will von ihm seine persönliche Auswahl der Gewinner wissen. Die *Kölnische Zeitung* und ihr albernes Preisausschreiben haben ihn schon seit Monaten bedroht. Er nimmt einzelne Pakete hoch und versucht, sich wenigstens noch die Namen der Autoren und die Arbeitstitel der Romane einzuprägen.

Katia tritt herein. Sie sieht ihn vor den Manuskripten knien und lächelt herablassend.

»Geh«, sagt er unwirsch, »halte ihn hin, rede mit ihm.«

Sie entfernt sich mit erhobenem Haupt. Obwohl er es durch die Wände nicht hören kann, hat er im Ohr, wie sie freundlich sagt: Er wird gleich hier sein. Und wie Schäfer sich bedankt und unverfroren fragt, wie ihr Urlaub gewesen sei. Urlaub!, nachdem er ihnen fünfunddreißig Romanmanuskripte übersandt hat, unsortiert, bitte zu lesen bis Ende des Sommers.

Im Salon wird Katia von Hiddensee erzählen, wo die Hauptmanns direkt unter ihnen wohnten: Wilhelm Schäfer wird staunen, *der* Gerhart Hauptmann?, wird er fragen, und Katia wird darüber hinweglachen und erklären, es seien bereits ihre zweiten Ferien mit Hauptmanns gewesen, sie hätten wunderbare Lesungen im privaten Kreis abgehalten, und Hiddensee, dort sei alles unverschämt teuer, aber die Ostsee sei dafür besonders schön.

Dabei wird sie nicht erwähnen, welche Demütigung die Spaziergänge mit den Hauptmanns bedeuten, wenn jeder den weißhaarigen Dichter grüßt, während man ihn, Thomas Mann, übersieht, obwohl er doch aufholt, was den literarischen Ruhm betrifft.

Wie er bewundernd aufblickt zu Hauptmann und gleichzeitig größte Lust hat, den Rivalen auszustechen. Hauptmann, der Berühmte, der Nachfolger Goethes. Er erschafft Figuren für das Theater, scheinbar mühelos, er dichtet nicht, er erschafft, jedes Jahr ein Stück, und alle sind sie erfolgreich. Woraus schöpft er diese üppige Fruchtbarkeit? Das Volk liebt ihn, es nennt ihn »den heimlichen Kaiser« und veranstaltet Festspiele zu seinen Ehren.

Er hält inne, zwei Manuskripte auf dem Schoß, und starrt entsetzt ins Leere.

Was, wenn Hauptmann den *Zauberberg* liest und sich in der Figur des Peeperkorn wiedererkennt? Natürlich wird er das. Wie hat er glauben können, dass das unbemerkt bleibt? Es wird zum Zerwürfnis kommen zwischen ihnen. Hauptmann wird an den Verleger schreiben, er wird Samuel Fischer sein Leid klagen, der doch auch sein Verleger ist, für wen wird der sich entscheiden, wenn er wählen muss? Natürlich für das literarische Schwergewicht Hauptmann, für den Literaturnobelpreisträger, die unangefochtene Nummer eins im Fischer Verlag. Hauptmann wird klagen: Einem Holländer, einem Säufer, einem Giftmischer, Selbstmörder, einer intellektuellen Ruine, vom Luderleben zerstört, behaftet mit Goldsäcken und Quartanfieber, zieht Thomas Mann meine Kleider an! Er hat ihm zu viele Ähnlichkeiten mit Hauptmann übergestreift. Mynheer Peeperkorn lässt Sätze unvollendet, wie es Hauptmanns Unart ist. Er sagt ständig »erledigt« und »absolut«. Er ist sechzig Jahre alt wie Hauptmann. Und er trägt ebenfalls Wollhemden, Gehrock und eine Weste, die bis zum Hals geschlossen ist. Auf Hiddensee im Urlaub haben sich Hauptmanns Fingernägel beinahe zu Teufelskrallen entwickelt, wie die Peeperkorns. Das ist alles wahr, er hat ihn genau beobachtet in Bozen und auf Hiddensee und viele seiner Eigenarten in die Figur des Peeperkorn einfließen lassen. Jetzt wird ihm das auf die Füße fallen.

Alles konnte er brauchen: Hauptmanns Statur, seine Gebärden, seine Weinseligkeit, wenn er ihn, Thomas, zum Trinken zu verführen versuchte, seine Vitalität, das Dionysische. Und er brauchte für den Schlussteil des Romans so verzweifelt eine neue Figur, er hing fest, schon viel zu lange, und war unruhig und besorgt, und dann erlebte er aus fast schon überwirklicher Nähe diese Wucht, diese theatralische Präsenz von Hauptmann. Wie hätte er nicht zugreifen sollen?

Vielleicht war es doch insgeheim eine Art Vergeltung. Gerhart Hauptmann störte ihn, mit seinem Erfolg, seinem Format, seiner beschämenden Produktivität.

Wie sie letztes Jahr durch die Bozener Weinhäuser zogen und er Thomas auslachte, weil der nicht so viel Wein vertrug. Erleichtert war der Theaterdichter gewesen, wenn er Zigarre rauchte, »er roocht!«, sagte er in behaglichem Schlesisch und freute sich, dass es wenigstens ein Laster gab, dem Thomas erlag. Und dann kamen die Autogrammjäger und umlagerten ihn mit Alben und Papierblättern, ohne ihn, Thomas, im Geringsten zu beachten. Aber das duldete der Theaterdichter nicht, er sagte mit erhobenem Finger: »Meine Herrschaften, Sie scheinen gar nicht zu wissen, wer hier auch noch … Kurzum, Sie sind in Gefahr, sich eine Gelegenheit …« Und er gab nicht nach, bis sie auch Thomas ihre Notizbücher und Papierfetzen vorlegten. Vom Alkohol milde gestimmt, strahlte Hauptmann diese Güte aus, um im nächsten Augenblick der Kellnerin lüsterne Blicke zuzuwerfen und in ihrem Beisein zu klagen, dass sie ihn nicht wahrhaft liebe. Er war ein Weingott, Bacchus war er, und sah in jeder Frau eine Helene. Diese Figur hatte er einfach in seinen Roman aufnehmen müssen.

Auf Hiddensee zeigte sich der Alte, der jeden Morgen vor dem Frühstück zum Baden an den Strand ging, ihm gegenüber fürsorglich. Wie er ihn eines Morgens dort traf – Hauptmann im Bademantel, das weiße Haar von Wind und Salzwasser strähnig und verklebt – und ihn fragte: »Wie ist heut das Wasser?«, hatte Hauptmann geantwortet: »Recht hübsch. Nur etwas zu warm.« Er freute sich, war es doch morgens sonst sehr kalt auf Hiddensee. Aber noch bevor er mit forschem Schritt die Wogen erreicht hatte, war ihm Hauptmann nachgeeilt und hatte seinen Scherz richtiggestellt, voller Sorge hatte er gesagt, es sei besonders kalt heute. Er fürchtete wohl einen Schock, wenn er, Thomas, im Glauben ins Wasser gegangen wäre, es sei warm.

Wie hat er ihm das antun können, ihn im *Zauberberg* zu demütigen? Jetzt ist ist es zu spät für Reue. Fünftausend Vorbestellungen gab es, Samuel Fischer hat gleich zwanzigtausend Exemplare gedruckt, sie sind ins ganze Land verschickt und können nicht zurückgeholt werden.

Aber Hiddensee war auch eine Demütigung. Das Hotel war *Hauptmanns* Hotel, er, Thomas, hat sich mit der Familie unten im Speisesaal mit den mäßigen Speisen begnügen müssen, während man dem König der Bühnenwelt kulinarische Genüsse aufs Zimmer brachte. Hauptmann regierte hier, seit Jahren kam er in dieses Hotel, und die Manns hatte er als seine bewundernden Untertanen hinzugeladen.

Dass Hauptmann stammelt wie Peeperkorn, ist ihm ein Trost. Immerhin spricht er, Thomas, flüssig und frei, und er besitzt intellektuelle Schärfe, während Hauptmann nur in seinen Stücken genial ist, Vorträge zu halten und Essays zu schreiben liegt ihm weit weniger. Ach, aber ist das nicht auch ein Grund zur Bewunderung? Hauptmann redet nicht, er erschafft!

Wenn er selbst jemals an den Nobelpreis auch nur denken will, dann braucht er die Fürsprache von Gerhart Hauptmann, der diese Auszeichnung schon 1912 erhalten hat.

Er wird ihm einen Brief schreiben. »Lieber, großer, verehrter Gerhart Hauptmann«, wird er beginnen, »lassen Sie mich Ihnen endlich schreiben! Ich habe längst gewünscht, es zu tun, habe es aber nicht gewagt. Ich habe ja ein schlechtes Gewissen und weiß, dass ich gesündigt habe.«

Die Worte reihen sich in seiner Vorstellung aneinander, so wie sie es immer tun, bei Tag und bei Nacht, sie fordern, notiert zu werden. »Ich darf sagen: Ich habe gesündigt, wie Kinder sündigen. Denn glauben Sie mir, (ich glaube, Sie glauben es): Ich habe vom Künstlerkinde viel mehr in mir, als diejenigen ahnen, die von meinem ›Intellektualismus‹ schwatzen; und da Sie auch ein Künstlerkind sind, ein erhabenes, verständnisvolles und nachsichtiges Kind der Kunst, so hoffe ich, mir mit diesen Zeilen, mögen sie auch noch so unzulänglich ausfallen, Ihre Verzeihung ganz zu erringen, die ich – lassen Sie mich das glauben – halb schon immer besaß. Ich habe mich an Ihnen versündigt. Ich war in Not, wurde in Versuchung geführt und gab ihr nach. Die

Not war künstlerisch: Ich trachtete nach einer Figur, die notwendig und kompositionell längst vorgesehen war, die ich aber nicht sah, nicht hörte, nicht besaß. Unruhig, besorgt und ratlos auf der Suche ...« Ja, so wird er es zu Papier bringen.

Im Nebenzimmer ist Katia bestimmt schon bei der Weiterreise nach Bansin angelangt, also muss er sich sputen. Es fällt ihm schwer, sich Titel und Autoren einzuprägen, die er doch bald wieder vergessen will. Sein Verstand weigert sich, sie aufzunehmen.

Die Enttäuschung, als sie nach Bansin auf Usedom kamen, und es wehten dort Hakenkreuzfahnen, und in der »völkischen Tanzdiele« wurden Hakenkreuzzigaretten angeboten, und in den Restaurants waren Gedichte angeschlagen, die von Judenhetze überquollen.

Nein, Katia wird vermeiden, von ihrer Verstimmung in Bansin zu erzählen. Das würde Wilhelm Schäfer nur kränken.

Er muss sich dem ungebetenen Besucher stellen und ihm freiheraus gestehen, dass er, obwohl er in der Jury des Wettbewerbs sitzt, keinen einzigen der Romane gelesen hat. Ich habe straff gearbeitet, könnte er als Erklärung vorbringen, auch im Urlaub. Während die anderen sich vergnügt haben, saß ich den Vormittag über im Bademantel auf der Veranda und habe am *Zauberberg* geschrieben, an meinem eigenen Roman, statt die Werke der anderen zu lesen, und dafür muss ich mich nicht entschuldigen. Wie viele Vorworte, Würdigungen und Kommentare soll ich denn noch verfassen? Wie vielen Kollegen vorwärtshelfen? Ich bin Schriftsteller. Nicht Geburtshelfer.

Er prüft den Sitz des Hemdes, richtet es noch etwas aus, atmet tief durch und geht durch die Diele zum Salon. Da ist er, Schäfer, der Eindringling, der Zeitvernichter. Höflich erhebt er sich und schüttelt ihm die Hand, ein Autor von Anekdoten und völkisch umnebelten Kurzgeschichten, immerhin befreundet mit Hermann Hesse und Richard Dehmel, überhaupt mit vielfältigen Verbindungen gesegnet, vor allem im Rheinland. Schäfer fragt, wie ihm die eingereichten Manuskripte gefallen haben.

Er verschluckt sich. Er stammelt: »Gut, gut.«

Sie setzen sich. Schäfer ist nicht mal zehn Jahre älter als er, er hat eine hohe Stirn, dunkles, stoppelkurz geschnittenes Haar und trägt Kinnbart und einen gezwirbelten Schnurrbart. Sein Gesicht strahlt männliche Entschlusskraft aus, aber er ächzt, als er wieder Platz nimmt, und zwinkert sofort mit den fröhlichen Rheinländeraugen, als sei das Ächzen ein Ausdruck von Vergnügen gewesen. Ohne Umschweife ist er bei den Manuskripten, er kommentiert sie, wägt ihre Vorzüge und Schwächen gegeneinander ab und wendet sich fragend an ihn, Thomas.

Warum hat er gelogen? Jetzt muss er sich durchlavieren. »Ja, besinnlich und anregend, durchaus«, sagt er.

Das nächste Manuskript nennt er: »Ein kluges Werk, keine Frage.«

Und dieses?

»Gewichtig.«

Und jenes?

Er vergegenwärtigt sich noch mal den Titel und sagt: »Gelehrt.«

Und was halten Sie von …?

»Gescheit. Gewandt und umgetrieben.« Mit diesen floskelhaften Urteilen muss er weitermachen, bis der Eindringling geht, irgendwie muss er die Fassade aufrechterhalten, warum hilft ihm Katia nicht, sie hat sich doch an den Abenden stundenlang durch die Manuskripte hindurchgelesen, warum lässt sie ihn jetzt im Stich?

»Aber dieses«, sagt Schäfer, »das muss Sie bewegt haben.«

»Ja, ja, es ist zugleich zart und barsch.«

Schäfer schaut ihn bekümmert an: »Barsch?«

Er spürt, wie ihm der Schweiß aus den Achselhöhlen tritt. »Sie wissen schon. Mutig wirft es die Frage nach dem neuen Menschen auf.«

Schäfers Augen leuchten, und er hebt zu einem Vortrag über die deutsche Volksseele und ihre Vorzüge gegenüber allen anderen Nationalitäten an.

Es gibt diesen Moment, an dem man nach einer Lüge nicht mehr in die Spuren der Wahrhaftigkeit zurückwechseln kann. Wenn er jetzt bekennt, dass er keinen der Romane gelesen hat, wie stünde er dann da, nach dem Schauspiel, das er geboten hat in der letzten halben Stunde? Wie ein Aufschneider, ein Betrüger, einer, der sich mit Falschgeld durch den Literaturbetrieb mogelt.

Es würde sich in der Branche herumsprechen, die Neider würden sagen, es sei typisch für ihn, der Gernegroß Thomas Mann sitze natürlich in der Jury, weil es Renommee bringe, aber die Texte zu lesen, für diese Kärrnerarbeit sei er sich zu fein.

Jedes Mal, wenn er einen Kommentar über einen der ungelesenen Romane beisteuert, zieht Katia spöttisch die Augenbraue hoch. Endlich greift sie ein und beteiligt sich hilfreich am Gespräch, aber er weiß es, sie wird ihn die Inanspruchnahme ihres Fleißes noch büßen lassen.

Wäre sie doch an seiner statt in die Jury gegangen! Was für eine niederdrückende Situation. Dabei sitzt ihm der Misserfolg der Lesereise noch im Genick. Bis vor wenigen Tagen war er unterwegs, eine Vortragsreise durch fünf Städte: Stuttgart, Freiburg im Breisgau, Dresden, Hannover und Berlin, tausend Mark hat er je Auftritt erhalten und sich dessen geschämt, weil die Säle halb leer waren. Die Veranstalter, die seinem Namen eine höhere Zugkraft zugetraut haben, waren ebenfalls peinlich berührt, vermutlich, weil sie meinten, er werfe ihnen mangelnden Einsatz bei der Werbung vor, was ihm fernlag. Der Tittmann'schen Buchhandlung in Dresden hat er 200 Mark erlassen, um ihren Schaden zu mildern. Und jetzt bangt er um den *Zauberberg*, auch wenn es schon ein paar gute Kritiken gab. Gerhart Hauptmann wird toben.

Dass er kürzlich erst den Bau einer Garage in Auftrag gegeben hat und sich ein sechssitziges Fiat-Kabriolett anschafft – sogar über eine feudale Horch-Limousine hat er nachgedacht oder über einen offenen Buick, aber vorerst sind sie beim Fiat geblieben –, es erscheint ihm plötzlich wie eine irrsinnige Idee.

»Schön und gut«, sagt Schäfer, »aber welchem der Romane würden Sie den Preis zuerkennen? Zehntausend Mark sind kein Pappenstiel. Welchen Autor sollen wir beglücken?«

Knut Hamsun, den er verehrt, hat kürzlich viel Lob übriggehabt für den ersten Roman von Hans Leip. Ein neues Manuskript von Leip war im Stapel dabei gewesen. »Dem Leip«, sagt er.

Er habe es sich die ganze Zeit gedacht, sagt Schäfer, der Leip mit seinem Seeräuberroman sei gesetzt und werde gewinnen.

Als Schäfer sich schon ankleidet und sie ihn verabschieden, sagt Katia wie beiläufig in die Runde: »Es könnte doch auch mal einen Roman über einen Hochstapler geben … Wäre das nicht ein Thema für dich, Tommy?«

Die Zunge wird ihm dick und pelzig. Aber Schäfer versteht die Anspielung nicht, er lacht verwirrt und reicht ihnen zur Verabschiedung die Hand.

2

Ich nahm den Zug Richtung Herrsching. Eine grün lackierte, nagelneue Elektrolokomotive EP2 zog mich und die anderen Fahrgäste ins Land hinaus, ohne Ruß, ohne Kolbenstampfen. Die Strecke war im Vorjahr elektrifiziert worden. Als Kriminalpolizist hat man nicht oft das Vergnügen, während der Dienstzeit an einem geöffneten Waggonfenster zu sitzen und in die Frühlingswiesen hinauszusehen. Ich genoss jede Minute, trotz der unentwegt schnatternden Münchner Familie im Abteil, die einen Ausflug zum Wörthsee oder Ammersee machte. Als ich in Argelsried aus dem Waggon stieg, es war drei Uhr nachmittags, wurde ich sofort auf eine Gruppe fein gekleideter Herren aufmerksam, die sich am Bahnsteig versammelt hatte. Ich trat hinzu. Die Herren musterten mich eisig. Erst als ich mich vorstellte und den Namen von Kriminaloberinspektor Hermann Mauck, meinem Vorgesetzten, fallen ließ, wurden die Herren freundlicher.

»Der General wird gleich da sein«, sagte einer von ihnen. Kurz darauf fuhr ein Automobil vor, und ein Mann von etwa sechzig Jahren, stämmig, mit einem weißen Schnurrbart und misstrauisch blickenden Augen, trat heraus: General Erich Ludendorff. Er grüßte die Anwesenden steif, würdigte mich keines Blickes und führte uns vom Bahnhof aus dem Ort hinaus zum Fuß des Gilchinger Steinbergs. Dort gab er einem Mann, dem betont strengen Gesichtsausdruck nach ein Rechtsanwalt, ein Zeichen, woraufhin dieser den Messingverschluss seiner Tasche öffnete und eine Mappe herauszog.

Der General a.D. sah jeden Einzelnen an, als ginge es um Leben und Tod. »Wir werden in Kürze ein kleines Anwesen betreten. Sie haben jetzt die letzte Gelegenheit, umzukehren. Wenn Sie mir auf dieses Anwesen folgen wollen, muss ich Sie auffordern, eine Verschwiegenheitserklärung zu unterzeichnen.«

Als Weltkriegsgeneral hatte Ludendorff Übung darin, die besondere Bedeutung eines schicksalsschweren Momentes so herauszustreichen, dass alle vor Ehrfurcht erstarrten.

Die Herren unterschrieben, mit Ausnahme eines rotblonden, bärtigen Mannes, der nahe beim General stand und mit der Sache bereits vertraut schien. Auch mir hielt der Rechtsanwalt Mappe und Füllfederhalter hin. Es war mir peinlich, dass ich als Einziger so argwöhnisch war, das Dokument zumindest flüchtig zu studieren. Es drohte jedem einen Landesverratsprozess und hohe Geld- und Zuchthausstrafen an, der es wagen sollte, von dem, was man hier zu sehen bekam, mündlich oder schriftlich Mitteilung an Nichtanwesende zu machen.

Der Rechtsanwalt verstaute die Unterschriften in seiner Tasche. Er kam mir eigentümlich bekannt vor, und plötzlich fiel mir ein, warum: Der Standesbeamte bei meiner Eheschließung hatte ein ähnlich mürrisches Gesicht gemacht, eine Mischung aus Vorwurf und herablassender Arroganz, die mich schon damals verunsicherte. Tatsächlich war meine Ehe nach wenigen Jahren gescheitert.

Auf einem mit Unkraut bewachsenen Weg schritten wir den Steinberg hinauf. Die Aufgeregtheit war bei allen spürbar, manche unterdrückten es besser, andere schlechter, selbst Ludendorffs Augen glänzten. Nur der Herr mit dem rotblonden Vollbart und den stahlblauen Augen wirkte auf mich erstaunlich gelassen.

Wenige Minuten später standen wir vor einem umzäunten Gelände. Es war mit einem Stacheldrahtverhau gesichert, dessen blauweißes Metall fabrikneu war. Wolfshunde kamen zum Zaun gelaufen und knurrten aus tiefer Kehle, was einige der Herren aus der Gruppe ängstlich zurückweichenließ.

Der Herr mit dem rotblonden Vollbart wandte sich an mich. Der Saum seiner Anzughose war staubig geworden durch unseren Marsch über das Gelände, aber das nahm ihm nichts von seiner Ausstrahlung. »Sicher können Sie mit scharfen Hunden umgehen?«, fragte er. »Soweit ich weiß, ist das Teil der Polizeiausbildung.«

Ich nickte unbestimmt. Ich stand kurz vor Beendigung meines zwölften Dienstjahres – noch wenige Monate, und ich würde als Polizeibeamter unkündbar sein. Kriminaloberinspektor Mauck hatte mich hinaus nach Gilching geschickt, wo ich pünktlich um drei Uhr nachmittags einen »hohen Herrn« treffen sollte. Den Namen des »hohen Herrn« hatte er mir ebenso wenig verraten wie die Sache, um die es ging, sondern mir eingeschärft, absolute Geheimhaltung zu wahren.

Ich vermutete, dass er mich einfach noch ein wenig quälen wollte. Solange ich mir kein Murren und erst recht keinen Fehler leisten konnte, schickte er mich mit Sonderaufträgen los. Ich nahm es hin, Hauptsache, ich war in Kürze unkündbar und konnte die Erhöhung der jährlichen Dienstbezüge auf 3 900 Reichsmark genießen.

Ein Mann im weißen Laborkittel trat aus der Hütte und rief die Hunde zu sich. Er befahl ihnen, Platz zu machen, und sie gehorchten, auch wenn sie uns nicht aus den Augen ließen.

Eine funktionierende Befehlskette, das musste dem General a. D. gefallen. Ich sah, wie er das Gartentor öffnete und den Mann im Laborkittel begrüßte. Die vertraute Art der Begrüßung verriet mir, dass Erich Ludendorff nicht zum ersten Mal hier war. Der Mann mit dem rotblonden Vollbart, der jetzt zum Händeschütteln hinzutrat, ebenfalls nicht. Die anderen hingegen waren fremd, was ich von ihren vorsichtigen Schritten ablas.

Der Mann im Laborkittel stellte sich uns mit süddeutscher Dialektfärbung und weiblich anmutender Stimmfarbe als Franz Tausend vor.

Ich schätzte ihn auf etwas über vierzig Jahre, er trug das dunkelbraune Haar streng zurückgekämmt, hatte eine hohe Stirn, und sein Blick verriet ein gesundes Selbstbewusstsein.

Franz Tausend ließ sich Zeit, schüttelte jedem Einzelnen von uns die Hand und wechselte freundliche Worte. Anschließend bat er uns ins Haus und ging mit elastischem Schritt voran. Den hohen Herren, Ludendorff und dem Rotbart, nahm er persönlich die Mäntel ab und hängte sie auf. Wir Normalsterblichen wurden von seinem Laborassistenten versorgt.

Es geht also um eine Erfindung, dachte ich. Die Apparaturen im Labor, das wir jetzt betraten, wirkten spielzeughaft klein. Offenbar stellte er keinen künstlichen Treibstoff her. Einen neuen Motor entwickelte er auch nicht. Was konnte man mit diesem kleinen Ofen, dem Knallgasbrenner und den Tiegelchen anstellen?

»Legen Sie los«, sagte der General.

»Ich bin ein einfacher Landwehrmann.« Franz Tausend trat an den Labortisch. »Welcher Infanterist würde den Gehorsam verweigern, wenn ein General ihm einen Befehl erteilt?«

Die Herren lachten.

»Er wird Ihnen zeigen«, verkündete Erich Ludendorff und machte eine Kunstpause, während alle Blicke an ihm hingen, »wie sich aus preisgünstigem Ausgangsmaterial Gold herstellen lässt.«

Den Herrschaften fiel das Lächeln aus dem Gesicht.

»Es ist wissenschaftlich erwiesen. Wir haben das Ergebnis zur Untersuchung an die Technische Hochschule Wien geschickt, von dort verlautete, es sei reines Gold, und es müsse aus Südafrika stammen.« Ludendorff räusperte sich auftrumpfend. »Sie verstehen jetzt sicher die aufwendige Geheimhaltung.«

»Das Ausgangsmaterial …«, begann ich zögerlich.

»Haben wir bei Kahlbaum in München eingekauft und in plombierten Behältnissen hergebracht«, sagte der General und nickte dem

Rechtsanwalt zu. Dieser holte ein versiegeltes Gläschen, gefüllt mit Stücken eines dunklen Metalls, aus seiner Tasche.

Der Name Kahlbaum hatte in München einen guten Klang. Er stand für eine altehrwürdige Firma, die wissenschaftliche Reinstpräparate verkaufte.

Franz Tausend erbrach das Siegel und öffnete das Glas. »Ich habe auch ein Verfahren zur Aluminiumgewinnung entwickelt«, sagte er, während er ein Stück Blei abzwackte und es in ein feuerfestes Gefäß gab, »außerdem eines zur Aufbereitung von Zink. In letzter Zeit aber geht es mir vor allem um die Harmonie der Elemente und ihre Transmutation.« Er stellte den Tiegel in den Ofen und zündete die Gasflamme des Ofens an.

»Uns werden Sie doch ein wenig erzählen, wie es funktioniert«, sagte einer der Herren.

»Selbstverständlich. Mein harmonisch-periodisches System beruht auf den Schwingungswellen der Töne.«

»Musik?« Die Herrschaften waren verblüfft, und mir ging es nicht anders.

»Ja, Musik. Ich habe entdeckt, dass die Schwingungswellen mit den Atomgewichten der Elemente übereinstimmen. Das Metall ist ein Lebewesen, wie eine Pflanze. Es wächst in der Erde im Lauf der Jahrhunderte und macht im Erdinneren einen langsamen Reifungsprozess durch, der beim Blei beginnt und beim Gold endet. Durch einen Katalysator beschleunige ich das Wachstum des Metalls.«

So abstrus diese Theorie in meinen Ohren auch klang, ich war mir nicht sicher, ob er nicht doch etwas entdeckt hatte, und sei es durch puren Zufall. Es lag nicht der Schatten eines Zweifels auf seinem Gesicht. Ich warf einen Blick in den Ofen. Im Tiegel, der auf einem Schamotteklotz stand, glühte das Blei, das mit dem Gasgebläse erhitzt worden war. Ich musste die Augen abwenden, so sehr blendete der glühende Bleiklumpen. Nach einer Weile zwang ich mich, erneut hinzusehen. Jetzt spritzte sogar etwas Blei aus dem Gefäß heraus. Ich nahm mir vor, später einen Chemiker zu befragen. Geheimhaltungsvertrag hin oder her.

Franz Tausend setzte eine Schutzbrille auf, öffnete die Ofentür und nahm mittels einer Zange, die er mit einem dicken Topflappen hielt, den Tiegel heraus. Bleidämpfe raubten mir fast den Atem. Auch die anderen wichen instinktiv vor dem glühenden Bleistück zurück. Aber ich ließ den Goldmacher nicht aus den Augen, der einen solchen Moment gut dazu nutzen könnte, rasch ein Klümpchen Gold in den Tiegel zu werfen.

Nichts dergleichen geschah. Tausend sah in die Runde. »Sind die Herren einverstanden, dass ich einen Katalysator in Form dieser grünen Kristalle hinzugebe?« Er wies auf ein Reagenzglas, das mit grünen Spänen gefüllt war. »Ein Salz, das mein Gehilfe und ich nur unter dem Schutz von Gasmasken gewinnen können, weil dabei Zyankalidämpfe entstehen, außerordentlich giftige Dämpfe. Diesen Prozess würde ich Ihnen gern ersparen.«

Alle nickten stumm.

Ich würde in Erfahrung bringen müssen, ob eine Abart von Gold mit grünlicher Farbe existierte. Wobei die Kristalle, die Franz Tausend jetzt mit einem Löffel dem heißen Blei hinzugab, nicht im Geringsten metallisch aussahen.

Er hielt den Tiegel mit der Zange über eine Knallgasflamme und beobachtete, wie das Blei ausschmolz und sich mit den Kristallen vermengte. Ab und an regulierte er mit der freien Hand die Flamme nach.

Die Anwesenden hofften auf Gold. Sie wünschten sich die Sensation, aus ihren Erwachsenengesichtern blickten Kinderaugen auf das Experiment. Selbst ich ertappte mich bei dem Wunsch, Zeuge eines spektakulären Ereignisses zu werden.

»Man darf den Moment der Kristallisation nicht verpassen«, erklärte Franz Tausend. »Ich kenne die Atomgewichte aller Elemente.

Dadurch kann ich die Eigenschaften der Elemente verändern, weil diese Eigenschaften ihren Ursprung in der Harmonie der Elemente haben. Auch Gold lässt sich zerlegen oder aus anderen Stoffen aufbauen. Die Schwingungen der Töne stimmen mit denen der Elemente überein. Natürlich muss das alles genau berechnet werden.«

Er nahm den Tiegel von der Flamme und trug ihn zum Fenster, um im Sonnenlicht festzustellen, ob sich der Metallspiegel schon zeigte. Ich folgte ihm, den Blick fest auf seine Hände gerichtet. Erfreut hielt er uns das feuerfeste Gefäß hin: Zarte Regenbogenfarben schimmerten auf der schwarzen Masse. Jetzt sollte das Gemisch abkühlen.

Einige der Zeugen gingen hinaus, um eine Zigarette zu rauchen. Über diesen Leichtsinn schüttelte ich den Kopf. Ihnen musste doch daran gelegen sein, sicherzustellen, dass alles mit rechten Dingen zuging. Erich Ludendorff hingegen blieb im Labor und nahm mich zur Seite. »Mein lieber Herr Ahrndt«, sagte er, als würden wir uns schon lange kennen. Für einen Augenblick wirkte er charmant und gewinnend, ganz der rüstige Herr, der nach seiner Scheidung erst vor Kurzem wieder eine jüngere Frau geheiratet hatte. Ich stellte mich so, dass ich den Tiegel im Blick behalten konnte. Es wäre sonst keine Mühe für Franz Tausend gewesen, uns zu betrügen. Golddraht konnte jeder kaufen, von dem konnte er etwas abgezwackt haben, um es jetzt unbemerkt in den Tiegel zu werfen. Franz Tausend musterte mich. Er hatte gemerkt, dass ich ihn beobachtete, und es missfiel ihm.

Ludendorffs Worte hallten in meinem Kopf wider, akustisch hörte ich sie, aber ich nahm sie nicht auf, sondern dachte über den Goldmacher nach. Für einen kurzen Moment war die Maske der Selbstsicherheit von ihm abgefallen, und er sah aus wie jemand, der Angst hatte, dass sein Experiment misslang.

Ludendorff hatte eine Frage gestellt. Es war um ein Frau gegangen, die damit gedroht hatte, die Polizei einzuschalten.

»Wegen des Goldmachers?«, fragte ich.

»Der Schutz des Staates ist die vordringlichste Aufgabe der Polizei«, sagte der General a.D., »Sie können nichts Besseres für den Schutz des Staates tun, als dieses Weib davon abzuhalten, unser Geheimunternehmen zu zerstören.«

»Habe ich das richtig verstanden, sie hat in Tausends Unternehmen investiert? Sie hat dem Goldmacher Geld gegeben, für späteren Gewinn? Und jetzt fordert sie, ausgezahlt zu werden?«

»Ja. Und das alles ist politisch«, sagte Ludendorff, »verstehen Sie das nicht? In unserer Zeit gibt es kein unpolitisches Handeln.« Sein Tonfall hatte jetzt etwas Strenges, Lehrerhaftes an sich. Sein durchdringender Blick schien nach meinen Schwächen zu suchen.

»Was erwarten Sie von mir?«

»Diese Frau ist eine Fälscherin. Ich möchte, dass Sie ihr das Handwerk legen. Gehen Sie zu ihr, nehmen Sie Handschriftproben, verhören Sie die Frau. Machen Sie ihr klar, dass die Kriminalpolizei München in dieser Sache keinen Spaß versteht.«

»Aber vor Gericht bringen soll ich sie nicht?«

»Natürlich nicht, sonst wird das geheime Unternehmen öffentlich verhandelt, und das Ausland erfährt davon. Was glauben Sie denn, warum Sie hier sind? Ich habe Sie nicht herbestellt, damit Sie neunmalklug herumtun. Sie wurden eingeweiht, also wissen Sie jetzt, was auf dem Spiel steht. Verhalten Sie sich dementsprechend.«

Franz Tausend unterbrach unser Gespräch, indem er den General a.D. bat, alle zusammenzurufen. Die Masse sei zur Genüge ausgekühlt, jetzt komme der große Augenblick des Zerschlagens. Ludendorff gab ein Kommando, und die Raucher draußen löschten auf dem Fensterbrett ihre Zigaretten und eilten wieder ins Labor. Der Goldmacher wirkte nervös. Er faselte etwas von »toten Ratten«, die eben auch vorkämen, nicht immer sei die Umwandlung von Erfolg gekrönt. Er mied meinen Blick. Hatte ich ihm die Chance verdorben, Gold in den Tiegel zu schmuggeln?

Tausend machte eine ernste Miene, während er mit einem Hämmerchen auf die Masse klopfte. Ich sah, dass seine Hand zitterte. Noch ein Schlag und noch einer. Das Stück zerbrach. Inmitten des Gerölls auf dem Boden des Tiegels lag ein helles Körnchen. Unförmig und etwas verfärbt.

Die Herren rings um mich sogen scharf die Luft ein. Einer von ihnen, er hatte eine hohe Stirn und ein Grübchen am Kinn, fragte, ob das tatsächlich Gold sei.

»Chemisch reines Gold«, antwortete Franz Tausend, dem die Erleichterung deutlich ins Gesicht geschrieben stand.

Ich ertappte mich dabei, dass ich ihm glaubte. Ja, er hatte vor unseren Augen Gold hergestellt.

Auch bei den anderen Zeugen tat der Anblick des Goldklümpchens seine Wirkung. Sie begannen durcheinanderzureden. »Das wird die gesamte Außenpolitik verändern. Gold ist ein ungeheurer Faktor«, hörte ich sagen.

»Die Probleme mit den Tributlasten durch den Weltkrieg würden sich in Luft auflösen!«, tönte ein anderer.

»Ganz richtig, Herr Mannesmann. Die Sache muss aber unbedingt über die Reichsbank laufen.«

»Die Goldfabriken müssen geheim bleiben.«

»Sollen wir sie im Inland oder im Ausland errichten?«

»In der Unsicherheit der gegenwärtigen politischen Lage und in Anbetracht der internationalen Verbindungen –«

»Das Fremdwort ›international‹«, fuhr Ludendorff dazwischen, »zersetzt das Volkstum. Es täuscht die Möglichkeit einer Verbrüderung vor, die es nicht geben kann. Sie sind wohl auch so ein Pazifist, der unser Volk entmannen will?«

Der Industrielle beeilte sich zu verneinen.

»Wir befinden uns mitten im Kampf zweier Welten«, sagte Ludendorff, »des Prinzips des Bösen, wie es hauptsächlich durch das Judentum vertreten ist, und des Prinzips des Guten und Lichten, nach dem der nordische Edelmensch strebt. Darin müssen wir unseren Platz kennen. Die Produktion von Gold muss der guten Sache dienen.«

»Wir sollten mit dem Gewinn die Industrie stärken.«

»Wir sollten Ödland erwerben und bäuerliche Bevölkerung ansiedeln, um die Agrarversorgung zu verbessern.«

»In jedem Fall können wir die Arbeitslosigkeit verringern.«

Einer der Herren, der bisher geschwiegen hatte, kratzte sich den grauen Haaransatz im Nacken und sagte mit sauertöpfischer Miene: »Aber eine künstliche Goldherstellung würde nach den Gesetzen des Marktes über kurz oder lang bedeuten, dass der Goldpreis rapide sinkt. Das Prinzip von Angebot und Nachfrage, Sie verstehen?«

Der Prozess der Goldgewinnung müsse so lange wie möglich geheim bleiben, schlug ein Fabrikant vor, so könne man den Preis stabil halten und aus aller Welt den Reichtum abziehen. Es entspann sich eine Debatte, in deren Verlauf ich merkte, dass mir die Industriellen in geschäftlichen Fragen weit überlegen waren. Offenbar hatte Ludendorff sie eingeladen, damit sie in das Goldprojekt investierten. Der rotblonde Herr an seiner Seite war niemand Geringeres als Eduard Kahlen-Hunte aus Köln. Laut Ludendorff hatte er bereits 100 000 Reichsmark in das Unternehmen eingebracht und stand kurz davor, seine Beteiligung auf eine halbe Million Mark aufzustocken. So viel Hingabe an ein Verfahren, das durchaus obskur war, verblüffte mich. Eduard Kahlen-Hunte, so erklärte Ludendorff, leite einen Rüstungsbetrieb von großer Bedeutung. Kahlen-Hunte wusste also, womit man reich wurde. Er musste lange Zeit gut verdient haben, bis 1919 der Versailler Friedensvertrag ausgehandelt wurde, dessen strenge Regeln Deutschland verboten, Flugzeugmotoren, Panzerwagen oder Artillerie zu produzieren. War diese Investition in eine wundersame Goldherstellung ein Verzweiflungsakt? Der Versuch, mit einem neuen Geschäftsfeld den Untergang der Firma zu verhindern?

Kahlen-Huntes Engagement verfehlte nicht seine Wirkung auf die übrigen versammelten Industriellen. In rascher Folge nannten sie hohe Summen, die sie einzubringen bereit waren.

Ludendorff nahm Haltung an, und alle verstummten. »Ihnen ist der *Völkische Kurier* ein Begriff. Ich habe die Gründung dieser Tageszeitung mit allen Kräften unterstützt, weil ich davon überzeugt bin, dass sie das nationale Gedankengut in die Köpfe der Menschen bringt. Aber die Druckkosten steigen. Wir sollten einen Teil der Summe, die heute zusammengelegt wird, für die Deckung der Schulden dieser wichtigen Zeitung einsetzen. Nicht zuletzt gehört dieses Landhaus, in dem unser geschätzter Franz Tausend seine Experimente durchführt, Oberleutnant Otto Fuchs, dem Verlagsleiter des *Völkischen Kuriers*.«

Ich blickte in die Runde, ob dieser Hinweis auf das berüchtigte Kampfblatt der nationalsozialistischen Bewegung, das vor zwei Jahren erstmals erschienen war, nicht doch einige der Unternehmer abschreckte. Aber niemand runzelte die Stirn oder zog auch nur die Augenbrauen hoch.

Ein Mann, dessen harte, spitze Wangenknochen mir bereits aufgefallen waren, merkte an, die finanziellen Zuschüsse für Franz Tausend dürften nicht als politische Spende ruchbar werden.

»Die Gesellschaft ist als wissenschaftlicher Verein mit idealen Zielen eingetragen«, beruhigte Erich Ludendorff den Mann.

Im Unterschied zu Parteispenden, die nicht mehr steuerbegünstigt waren, ließen sich Zuwendungen an wissenschaftliche Vereinigungen von der Steuer absetzen. Das schmeckte den Industriellen gut.

Ich hatte Mühe, an mich zu halten. Auch wenn mir Maucks Ermahnungen noch durch den Kopf schwirrten, wandte ich mich an Franz Tausend, um ihn auf einen schwer übersehbaren Widerspruch hinzuweisen: »Wenn Sie so leicht Gold herstellen können, wozu benötigen Sie dann eigentlich noch finanzielle Förderer?«

Ein spöttisches Lächeln umspielte seinen Mund.

Ludendorffs finsterer Blick hingegen durchbohrte mich wie ein Bajonett.

»Erst zum Ende des Jahres«, sagte Tausend, »wird die Goldproduktion so weit gestiegen sein, dass wir nicht mehr in Gramm produzieren, sondern in Kilo. Von da an, aber nicht früher, wird meine Arbeit sich selbst tragen. Ziel ist es, aus drei Kilo Rohprodukt etwa zwei Kilo Gold herzustellen. Ich werde monatlich etwa einhundert Kilo Gold herstellen. Und anschließend folgt selbstverständlich die fabrikmäßige Mengenproduktion.«

Kahlen-Hunte lachte. »Dann lassen wir Ihnen, Herr Ludendorff, einen Briefbeschwerer aus Gold anfertigen.«

Die anderen stimmten in das Lachen ein. Kahlen-Hunte fuhr sich genüsslich mit der Hand über den rotgoldenen Vollbart.

Auf dem Rückweg zur Bahn stieß mich Ludendorff zur Seite und verabreichte mir einige Befehle, die »gefährliche Frau« betreffend. Er drückte mir einen Zettel in die Hand.

Ich faltete ihn auf. Eine Adresse war darauf notiert, im Schlachthofviertel in Sendling. Keine gute Gegend. Darüber stand ein Name: Elisabeth Loibl. Wie konnte eine Frau, die in so kärglicher Umgebung lebte, überhaupt auf die Idee verfallen, sich um Goldherstellungsversprechen zu kümmern? Das roch tatsächlich nach Betrug. Ich bräuchte kein Mitleid mit ihr zu haben.

Dennoch konnte ich mir eine Warnung nicht verkneifen. »Sie sollten Tausends Verfahren von Fachleuten überprüfen lassen.«

»Damit die sich das Rezept abgucken und uns Konkurrenz machen? Oder uns an das Ausland verraten?« Er schnaubte verächtlich. »Hören Sie: Deutschland ist nicht in der Lage, zweieinhalb Milliarden Reichsmark pro Jahr an Reparationen zu zahlen. Und die Kredite der Wall Street machen uns von den USA abhängig, sollten sie die je zurückziehen, schlittern wir in eine enorme Krise. Wir brauchen dieses Gold. Wenn die Frau zur Presse geht, droht das Unternehmen zu scheitern. Sie sind Kriminalpolizist. Sie werden doch wohl ein schlichtes Weib einzuschüchtern wissen! Hermann Mauck hat sich für Sie verbürgt, er war sicher, dass Sie als Spezialist für Urkundenfälschung in der Lage sind, die Sache zu lösen. Enttäuschen Sie uns nicht. Unser Land wird ausgesaugt durch die Reparationen, die uns der Versailler Schandfrieden auferlegt hat. Es geht um Deutschlands Aufstieg oder Niedergang.«

Ich schwieg. Diese harsche Reaktion auf den Vorschlag einer simplen Vorsichtsmaßnahme verhieß nichts Gutes.

Sein Rücken straffte sich, und er musterte mich wie ein seltenes Insekt. »Wo haben Sie gedient?«

»An der Westfront. Flandern, Etappeninspektion 4.«

»In der Etappe also.« Er verzog abschätzig das Gesicht. »Da waren Sie recht kommod eingebettet, was? Ich nehme an, Militärpolizei?«

»Nein, ich war im Wirtschaftsausschuss in Gent beschäftigt. Versorgung der kämpfenden Truppe.« In Wahrheit hatten wir hauptsächlich Baumwolle und Flachs konfisziert und in die Heimat geschickt.

Ich war darauf gefasst, dass er mich Etappenschwein nannte, Sockenzähler, faule Made. Wir in der Etappe waren den Gefahren der Front entgangen und hatten wie die Maden im Speck gelebt, verglichen mit dem Schicksal der Frontsoldaten. Es war nicht zu leugnen.

Für einen Moment schämte ich mich vor dem General a. D., doch er fragte bloß, ob ich schießen könne.

Ich bejahte.

»Man hätte Sie in den Schützengraben schicken sollen. Damit Sie sich bewähren. Hätte Ihnen gutgetan.«

So ließ er mich stehen. Mauck hätte sich keine bessere Zwickmühle ausdenken können. Die Frau einzuschüchtern war eigentlich nicht der korrekte Weg. Wenn sie wirklich einen Schuldschein gefälscht hatte, müsste man sie verklagen, damit ein Gericht entschied, ob sie mit ihrem Handeln die Gesetze brach.

Andererseits war ich verpflichtet, den Auftrag meines Vorgesetzten auszuführen. Laut Gesetz sogar unweigerlich, ein Nachprüfungsrecht bezgüglich des Sachverhalts stand mir nicht zu. Mein Vorgesetzter wollte, dass ich Ludendorffs Wunsch erfüllte und die Frau zum Schweigen brachte.

Wenn dieser Franz Tausend ein Scharlatan war, würde ich laut Strafgesetzbuch mit Zuchthaus bis zu fünf Jahren bestraft werden, sollte ich die Verfolgung seiner strafbaren Handlung unterlassen. Also blieb mir nur ein Schlupfwinkel: Ich durfte mir nicht anmerken lassen, dass ich mir ziemlich sicher war, dass er ein Betrüger war, denn als Kriminalbeamter war ich verpflichtet, eine Straftat zu verfolgen, sobald ich sie erkannt hatte.

Was für ein Irrsinn! Industrielle, die ganze Produktionsketten überwachten und klug genug waren, die Versorgung von Millionen Menschen auf gewinnbringende Weise zu organisieren – fielen sie tatsächlich auf einen Hochstapler herein, der ihnen ein derart stupides Märchen erzählte? Die Gier nach Gold oder schlimmer noch, die Gier danach, klüger zu sein als der Rest der Menschen, mussten sie blind gemacht haben.

Mehrere Hundert Meter vor mir fuhr die grün lackierte Elektrolokomotive in den Bahnhof ein, und aus den Waggons stiegen müde Ausflügler. Ich hätte rennen müssen, um noch einzusteigen. Stattdessen ließ ich den Zug fahren und spazierte die staubige Straße aus Argelsried hinaus. Bäche und Flüsschen durchzogen die ausgedehnten Wiesen, Schmetterlinge und Libellen schwirrten durch die Luft.

Es war ein langer Winter gewesen, noch im späten März mit Minusgraden und einer kühlen ersten Aprilhälfte, aber jetzt war der Frühling eingekehrt, es wehte ein lauer Wind. Ich zog das Jackett aus. Eine Feldlerche hing flügelschlagend mit gespreiztem Schwanz in der Luft und trillerte ein langes Lied. In das Glück hinein, das ich empfand, mischte sich eine Erinnerung: Meine Mutter, wie sie in Berlin am Fenster stand, nie stand die Mutter still, und vor allem hielt sie nie den Mund, sie keifte den ganzen Tag – aber ich erinnerte mich an jenen besonderen Moment, die Mutter am geöffneten Fenster, wie sie dem Gesang einer Amsel lauschte. Ich hätte sie umarmen mögen damals. Wie alt war ich da gewesen? Zehn? Elf? In diesem Augenblick hatte ich mich wirklich als ihr Kind gefühlt, obwohl sie nicht einmal wusste, dass ich die Küche betreten hatte und hinter ihr stand.

Jetzt, da ich mich daran erinnerte, vermisste ich sie. Selbst den Vater vermisste ich. Für einen kurzen Moment verspürte ich den Impuls, eine Fahrkarte nach Berlin zu kaufen und meine Eltern zu besuchen. Dann ertrank dieser Impuls in der rasch folgenden Woge unschöner Erinnerungen.

3

Das Kind, das mir aus dem Hinterhof entgegenkam, war höchstens vier Jahre alt. Es war allein und trug ein Täschchen um den Hals und eine Schnur mit einem Schlüssel daran. Schnur und Täschchen hingen schief, ich hätte sie gern geradegerückt. »Wohin bist du unterwegs?«, fragte ich und ging in die Hocke.

»In' Kindergarten.« Sein Gesicht war schmutzig, die Kleidung zerlumpt.

»Geht deine Mama nicht mit? Oder die große Schwester?«

Das Kind schüttelte stolz den Kopf und ließ mich stehen.

Ich sah ihm nach. Es hob einen Stock vom Boden auf und kratzte damit an der Hauswand entlang. Hier dünsteten hundert Leben aus. Die alten, rostigen Rohre rauschten, und durch die Steine sickerten Weinen und Kindergeschrei. Die fleckigen Ziegelwände verbargen kaum das Elend.

Im Haus drehte ich den Lichtschalter an, aber es blieb dunkel. Die Leitungen waren grobschlächtig auf Putz gelegt. Und nun waren anscheinend sämtliche Glühbirnen durchgebrannt, ohne dass jemand sich bemüßigt fühlte, sie zu ersetzen. Also folgte ich vorsichtig der alten, ausgetretenen Treppe nach oben, nur durch die halb blinden Fenster fiel etwas Licht. Vor jeder Tür blieb ich stehen und entzifferte die Namen.

Endlich las ich: Loibl. Ich drehte die Klingel, und drinnen erscholl mechanisch schnarrend das Signal. Schritte kamen näher. Eine Frau im Kittel und mit fettigem Haar öffnete. So hatte ich mir die Frau mit dem Interesse an der künstlichen Goldproduktion nicht vorgestellt. Sie sah mich furchtsam an. »Ja?«

»Ahrndt, Kriminalpolizei.«

Sie wurde blass. »Frau Loibl ist doch nichts zugestoßen?«

»Sie sind nicht Frau Loibl?«

»Nein. Ich bin die Nachbarin. Ihr Junge ist krank, da hat sie mich gebeten, auf ihn aufzupassen.«

Wie konnte eine Mutter ihr Kind in diesem Zustand allein lassen?, dachte ich und bat darum, eintreten zu dürfen.

Sie machte im Türrahmen Platz. »Entschuldigen Sie.«

Mit wenigen Schritten hatte ich die Wohnung durchmessen, die aus einer Wohnküche und einem kleinen Zimmer bestand, in dem zwei Betten waren. In einem der Betten hob ein Junge mit glänzendem Fieberblick den Kopf. In der Küche gab es ein weiteres Kinderbett, dazu einen Schrank aus Tannenholz, dunkel gebeizt, und an der Wand eine alte, abgestoßene Uhr. Daneben Fotos. Ich ging zu dem Jungen in die Kammer, setzte mich auf die Bettkante und sagte: »Dich hat es aber übel erwischt.«

»Nein«, krächzte er, »ist halb so schlimm. Ist was mit Mama?«

»Ich will ihr helfen. Mach dir keine Sorgen. Wie heißt du denn?«

»Anton.«

»Gute Besserung, Anton.« Ich kehrte in die Küche zurück, wo die Wanduhr laut tickte. Auf einem der Bilder sah man ein Paar, sicher Vater und Mutter; der Mann trug eine Soldatenuniform, aber so, als hätte er sich ungeschickt für ein Theaterstück verkleidet. Nur der verängstigte Gesichtsausdruck verriet den Ernst der Lage: den Weltkrieg. An jeder Hausecke wurde man darauf gestoßen, sah Einarmige, Einbeinige oder Männer mit weggeschossener Kieferpartie. Die Frau hingegen wirkte selbstbewusst. Sogar für das Foto waren ihre Locken nicht zu bändigen gewesen. War sie eine Spielernatur? Sie trug ein

Hochzeitskleid, und sie lächelte, ganz im Gegensatz zu ihrem Mann. Für ihn war das Heiraten eine ernste Sache, oder er hatte sich schon damals Sorgen um die Zukunft gemacht.

Ich sah mich um. Die Fensterbank war mit Geranien geschmückt.

Die Nachbarin bemerkte meinen Blick. »Die hat sie aus Ablegern gezüchtet, die ich ihr geschenkt habe«, sagte sie stolz.

Immerhin, die Wohnung wirkte sauber und aufgeräumt. Spielzeug sah ich keines. Auch die Küchenschränke waren vermutlich leer, bis auf ein paar Teller. Wer hier lebte, besaß keine Vorräte.

Blieb die Frage, wie sie in den Besitz eines Goldgutscheins gekommen war. Ich tippte auf das Gesicht des Ehemanns. »Was ist er von Beruf?«

»Maurergeselle. Hat aber schon länger keine Arbeit.«

»Das heißt, er hat Zeit. Warum kümmert er sich nicht um Anton, wenn es die Mutter schon nicht tut?«

Die Nachbarin winkte ab. »Der taucht hier nur noch manchmal zum Essen auf.«

»Und Frau Loibl?«

»Sie ist, kurz bevor Sie kamen, weggegangen. Ist in einer piekfeinen Gegend unterwegs, da schuldet ihr einer was, hat sie gesagt.«

Es konnte sich nur um Franz Tausend handeln.

Ich riss ein Blatt aus meinem Notizbuch und schrieb meine Adressc und die Nummer meines Diensttelefons auf. »Sagen Sie ihr, dass ich mit ihr sprechen möchte.« Ich verabschiedete mich von Anton. Auf dem Weg durch das düstere Treppenhaus musste ich unweigerlich an meine schöne, helle Wohnung in der Sedanstraße im Franzosenviertel denken, mit eigenem WC, Badewanne, fließend warmem und kaltem Wasser und einem gut gefüllten Eisschrank.

Ich nahm die Tramlinie 1 Richtung Romanplatz. Nach der Rückkehr aus Argelsried gestern hatte ich in der Polizeidirektion einiges zu Franz Tausend recherchiert und unter anderem seine Adresse herausgefunden. Wenn Frau Loibl sich die 15 Pfennige für die Tram nicht leisten konnte, würde ich sie vielleicht noch erwischen, bevor sie das Haus des Goldmachers betrat.

Der Schaffner trat mit seinem Schnellwechselapparat vor mich, und ich kaufte eine Karte. Aus seinen vier Röhrchen für die Münzen gab er mir das Wechselgeld.

Die Straßenbahn ruckelte durch eine Kurve, ihre Eisenräder kreischten in den Schienen. Ich bemerkte einen weggeworfenen Fahrschein auf dem Boden und bückte mich danach. Sehe ich Unordnung, muss ich sie beseitigen, ganz egal wer sie verursacht hat.

Vielleicht bin ich deshalb Polizist geworden. Es geht mir nicht nur um die sichtbare Ordnung, sondern auch um die unsichtbare, um Gerechtigkeit. Bereichert sich jemand am Geld der anderen, indem er ein Bankformular fälscht, eine Krankenkassenanweisung oder ein Testament, dann fühle ich mich verpflichtet, das wieder in Ordnung zu bringen. Gesetze sind für mich die Bücherregale, Schränke und Truhen, die dabei helfen, im Chaos des Stadtlebens aufzuräumen. Man sieht es schon an solch einfachen Dingen wie der Nachtruhe. Sie beginnt um zehn Uhr abends. Hätte man das nicht festgelegt, gäbe es ständig Streitereien: Der eine geht um neun schlafen, der andere erst um zwölf, da muss das Gesetz eingreifen, um Ordnung zu schaffen. Eine fortgesetzte Störung der Nachtruhe wird gesetzlich als gesundheitsschädigend angesehen, deshalb kann die Polizei dagegen einschreiten.

Wir fuhren an Bekleidungsgeschäften vorbei. In einem Schaufenster war ein Schlachtschiffmodell aus Draht ausgestellt, zwei Kinder drückten sich an der Scheibe die Nasen platt. Vor einem luxuriösen Restaurant parkten Privatautomobile. Dann Röttgers' Buchhandlung. Obwohl ich keine einzelnen Titel erkennen konnte, sah ich im Vorbeifahren voller Neugier auf die Bücher, die Herr Röttgers im Schaufenster aufgebaut hatte. Wie gern wäre ich ausgestiegen und hätte ihm einen Besuch abgestattet. Seit der Kindheit lese ich begeistert bequeme und unbequeme Autoren, Thomas Mann genauso wie Ludwig Ganghofer, Marieluise Fleißer genauso wie Karl May.

Schmunzelnd dachte ich an den Abend vergangener Woche zurück, als ich abends in einer verrauchten Kneipe in Schwabing am Nebentisch Studenten reden hörte. Da waren Namen gefallen wie Joachim Ringelnatz, Hermann Kesten, Arnold Zweig und Heinrich Mann. Sie alle schrieben für eine Zeitschrift, von der ich schon oft gehört hatte: *Die Weltbühne*. Es war, so rief einer der jungen Burschen, diesen bekannten Autoren völlig egal, wie wenig Geld sie für einen Artikel erhielten. Ein anderer hakte bei dem Namen Arnold Zweig ein und höhnte, der habe doch nur Thomas Mann nachgeschrieben und sei beim Weltkrieg begeistert dabei gewesen, bis er endlich gemerkt hätte, dass er sich auf eine sinnlose Menschenabschlachterei eingelassen hatte. Ich beneidete die Studenten um ihre Freiheit, ihre Lust am Debattieren. Am Tag darauf erwarb ich meine erste *Weltbühne* wie einer, der sich für zehn Pfennig ein Schmuddelblatt kauft und es unter dem Hemd versteckt in die Wohnung schleust. In der Tat waren die Folgen für meine berufliche Zukunft nicht absehbar, wenn ruchbar wurde, dass ich so etwas las.

Ich war ein paar Mal ungeschickt darin gewesen, passende Gesprächspartner zu finden, mit denen ich über meine Lektüren sprechen konnte, und hatte mir sehr unguten Streit eingehandelt. In Zukunft würde ich da besser aufpassen, das nahm ich mir fest vor. Die Gesellschaft war politisch aufgeheizt, allein der Hinweis darauf, welchen Autor man las, konnte Freundschaften zerbrechen oder eine gute Anstellung enden lassen.

Trotzdem war es ein diebisches Vergnügen gewesen, die *Weltbühne* ins Haus zu tragen. So wie früher, als ich mir vom Taschengeld heimlich Heftromangeschichten über *Oberst Longarm* oder *Lord Lister, den Meisterdieb* gekauft hatte. Haben mich vielleicht auch diese frühen Leseeindrücke in die Richtung der Polizei getrieben? Sie haben meinen Ordnungssinn noch weiter geschärft, das steht außer Frage.

Die Buchhandlung war längst aus dem Blickfeld verschwunden. Ein junges Mädchen musterte mich, und mir wurde klar, dass ich gedankenverloren lächelte. Ich setzte mich wieder gerade hin. Im Kopf ging ich noch einmal den Fall Franz Tausend durch. Er war zweifellos real, auch wenn er genauso in einer Ausgabe von *Lord Lister, der Meisterdieb* hätte stehen können. An den Taten dieses Mannes allerdings nahmen wirkliche Menschen Schaden.

4

»Und jetzt?«, fragte Herta Tausend ihren Mann, als er die Haustür wieder geschlossen hatte.

»Wir werden ein Fest feiern.«

»Wie bitte? Diese Frau hetzt uns die Polizei auf den Hals, und dir fällt nichts Besseres ein?«

»Genau. Wir werden unsere neuen Freunde einladen. Und die Polizei.«

Herta hatte Erfahrung mit Festen, allerdings nicht als Gastgeberin, sondern als Kellnerin, die sie früher gewesen war. Sie sah die Arbeit vor sich, die es bereiten würde, die Gäste zu bewirten und zu unterhalten. »Ist das nicht überstürzt? Wir können im Sommer feiern, wenn das Wetter schöner ist.«

»Wir feiern doch nicht zum Vergnügen.« Franz Tausend ging in die Stube, drehte den kleinen Schlüssel im Sekretär um und klappte die Schreibtischfläche herunter. Dann begann er, auf einem Blatt Papier Namen zu notieren.

Er benutzte handgeschöpftes Büttenpapier, und Herta schimpfte über die Verschwendung. So teures Papier für ein paar hingekritzelte Notizen! Schließlich fragte sie, welches Ziel er mit dem Fest verfolge, und was das an der Sache mit der Frau verändere.

»Die Gäste werden Zeugen eines prächtigen Schauspiels. Das ist der Sinn von großen Festen.«

Sie schüttelte nur den Kopf.

»Je prächtiger die Feier, desto fester werden unsere Gäste davon überzeugt sein, dass ich Gold machen kann.«

Herta fror plötzlich an den Armen. »Aber du kannst doch Gold machen.« Es klang wie eine Beschwörung. Seitdem sie diesen Reichtum angehäuft hatten, wartete sie bang auf den Tag, an dem herauskam, dass Franz alle nur angeschwindelt hatte. Manchmal vergaß sie es. Doch jedes Mal, wenn es ihr wieder einfiel, war die Angst erneut ein Stück gewachsen. Auch diese Villa südlich der Auffahrtsallee zum Nymphenburger Schloss hatten sie mit Goldgutscheinen erworben, die Fabrikantenfamilie Meinhold hatte ihnen das Anwesen für zehn Goldgutscheine auf 10 Kilogramm je 25 000 Mark überlassen, in der festen Überzeugung, damit ein gutes Geschäft zu machen.

Franz war ein Erfinder, kein Zweifel, aber dass die Leute ihm so viel Geld gaben, nur wegen einer Idee, die er hatte, erschien ihr zweifelhaft. Es glückte zu leicht. So hatte sie das Leben nicht kennengelernt, weder als Kellnerin noch später als Hilfsarbeiterin im Bayerischen Kriegsministerium.

»Selbstverständlich kann ich Gold machen.« Er sah sie an mit seinen grauen schönen Augen. »Es dauert nur, bis wir von der Grammproduktion zur Tonnenproduktion übergehen können, da liegt noch eine Menge Arbeit vor uns. Und ich will nicht, dass den Geldgebern die Geduld ausgeht.«

Die wütende, anklagende Stimme der Fremden, ihre aufrichtige Verzweiflung, aber auch ihre Unverforenheit gingen Herta nicht aus dem Kopf.

Sie hatte doch tatsächlich hier geklingelt und Franz den Goldgutschein vor die Nase gehalten. »Entweder«, hatte sie gesagt und sich energisch eine Locke aus der Stirn gestrichen, »Sie können wirklich Gold machen. Dann verlange ich, dass Sie diesen Gutschein auf der Stelle einlösen. Oder Sie sind ein Betrüger und gehören vor Gericht.«

»Sie können sich keinen Anwalt leisten.« Franz hatte sich vor den Türeingang gestellt. »Glauben Sie mir, Sie übernehmen sich. Heben Sie den Goldgutschein auf, eines Tages ist er viel wert. Sobald wir –«

»Dann beantrage ich ein Armutszeugnis«, unterbrach sie ihn, »und kriege die Gerichtskosten erstattet.«

»Was wollen Sie denn vor Gericht erstreiten? Auf dem Gutschein steht kein Zinsbetrag, den Sie einfordern könnten. Ein Datum finden Sie auch nicht, an dem die Auszahlung fällig wäre. Sie werden sich gedulden müssen.«

»Sagen Sie das meinen drei hungrigen Kindern. Aber das kümmert Sie ja nicht, wie es uns geht, Sie leben hier in Ihrem Schloss und scheren sich einen Dreck darum. Ich werde Ihnen die Hölle heißmachen und zur Polizei gehen. Dann fliegen Sie auf mit Ihrem ganzen Goldhokuspokus.«

Er musterte sie. »Das lassen Sie hübsch bleiben, sonst haben Sie im Handumdrehen eine Verleumdungsklage am Hals. Und wer wird sich um Ihre Kinder kümmern, wenn Sie im Zuchthaus sitzen?«

»Sie drohen mir?«

»Jedes Lebewesen im Tierreich weiß, wen es zum Kampf herausfordern darf und wann es besser den Schwanz einziehen und sich zurückziehen sollte. Sie haben in der Wahl Ihres Gegners danebengegriffen. Der Besitz, den Sie hier sehen, bedeutet Macht. Und Sie haben nichts, wirklich gar nichts in der Hand, um mir auch nur ein Haar zu krümmen. Gehen Sie nach Hause und belästigen Sie mich nicht länger.«

Die Fremde war vor Scham und Wut rot geworden. »Nicht ich habe mich getäuscht, sondern Sie. Ich hab nicht studiert. Aber wenn ich so ungefährlich für Sie wäre, würden Sie jetzt nicht hier stehen und mit mir reden. Die Wahrheit ist nämlich: Sie haben Angst vor mir. Und das sollten Sie auch.« Damit hatte sie kehrtgemacht. Das gusseiserne Gartentor hatte sie krachend ins Schloss geworfen.

Und sie, Herta, hatte gesehen, dass ihr Mann noch lange in der Tür gestanden und ihr nachgeblickt hatte. Das bestätigte sie in ihrem Eindruck. Er fürchtete die Frau, auch wenn er überlegen tat.

»Nehmen wir nicht den armen Leuten etwas weg, wenn wir reicher werden?«, fragte sie jetzt. »Der Gewinn des einen ist der Verlust des anderen. Ich meine, es wird doch nicht immer mehr Geld gedruckt. Und die Frau ...«

»Wir helfen den Armen, indem wir Leute einstellen. Die meisten Mittelschichthaushalte haben in den letzten Jahren ihren Koch auf die Straße setzen müssen, Schwärme von Dienstmädchen sind arbeitslos geworden. Und wir, die Tausends, machen es anders. Wir haben einen Koch eingestellt. Und zwei Dienstmädchen. Wir geben etwas ab von unserem Reichtum.«

»Deshalb hast du sie nicht eingestellt.«

»Mein kluges Mädchen.« Er stand auf und trat auf sie zu. Versonnen zupfte er am Ärmel ihres Sweaters, der mit Goldfäden durchwirkt war. »Du wirst ein wunderbares Abendkleid aus schwarzem Musselin mit Straußenfederschleppe tragen.«

»Wie unbequem.«

»Es bringt deine Rundungen vorteilhaft zur Geltung.« Er lächelte. »Und es zeigt, dass du nicht arbeiten musst.«

»Also ist das Ziel, dass man öffentlich Zeit verschwendet? Dann ist man wer?«

Er ließ sie los. »Mir gefällt dein Tonfall nicht. Lüg dir doch nicht selbst etwas vor mit deinem Spott. Willst du als Zugehfrau anderen die Wohnung reinigen? Oder die Mülltonnen nach Glasflaschen, leeren Konservendosen und Lumpen durchsuchen und vom Müll leben, den du zur Wiederaufbereitung verkaufst? Das willst du nicht. Weil es dich doch kümmert, wie dein Ansehen bei den anderen ist. Bestimmte Tätigkeiten haben eben ein schlechteres Ansehen, weil sie mit Unterwürfigkeit verbunden sind und man verächtlich über sie spricht. Und ein exquisites teures Kleid und eifrige Bedienstete sind nichts, wofür man sich zu schämen bräuchte.«

»O doch. Ich schäme mich, unseren alten Bekannten zu sagen, dass wir jetzt drei Dienstboten beschäftigen. Ich hab den Haushalt immer allein geschafft. Die fragen mich, warum wir plötzlich Dienstboten brauchen. Dann weiß ich nie, was ich sagen soll. Wir haben bloß ein Kind, manche von denen haben drei oder fünf, und die schaffen es ohne Dienstmädchen.«

»Sag ihnen: Wir haben gesellschaftliche Verpflichtungen.«

»Wovon sprichst du?«

»Besuche, Spaziergänge, Nähkränzchen. Außerdem wirst du in Zukunft in einigen Wohltätigkeitsvereinen aktiv werden. Wir werden in Klubs aufgenommen werden. Dazu der Sport, nicht zu vergessen.«

Was war nur aus Franz geworden? Seine Zielstrebigkeit imponierte ihr, aber wie konnte er so leichtfertig vergessen, wo sie herkamen? Das war schon immer der Fehler von Neureichen gewesen, als Kellnerin hatte sie früher oft genug solche Typen bedient.

Den persönlichen Kontakt mit den Angestellten empfand sie auch ohne den Spott anderer als unangenehm. Was die Dienstmädchen wohl über sie dachten? Dass sie faul war? Arrogant? Sich beim Koch zu wünschen, was es zu essen geben sollte, erschien ihr jeden Tag aufs Neue dekadent. Und wenn die Dienstmädchen das Haus putzten, kam sie sich vor, als wüssten diese sehr genau, dass es eigentlich ihre, Hertas, Aufgabe wäre.

Welche Unterschiede man zwischen dem Dienstpersonal und den Herrschaften machte! Trank ein Dienstbote, war es ungehörig und wurde verachtet – wenn sich dagegen der Hausherr betrank oder andere elitäre Besucher, so war das völlig in Ordnung, vor allem, wenn es kostspielige berauschende Getränke waren.

Andererseits wollte sie nicht undankbar und naiv sein. Franz hatte die Familie weit gebracht, weiter als sie jemals zu träumen gewagt hatte.

»Und diese Frau?« Die Frage war ihr etwas zu barsch herausgerutscht. »Der haben wir Geld weggenommen. Sonst wäre sie doch nicht so verzweifelt.«

»Ihr Mann hat ein Geschäft mit mir gemacht. Wenn es gut läuft, wird er dabei gehörigen Gewinn einstreichen. Er muss sich bloß etwas gedulden.«

»Die Frau klang nicht so, als hätten sie das Geld übrig gehabt.«

»Ach was! Besser, sie legt das Geld an, als dass sie es versaufen.«

»Glaubst du wirklich, dass die Frau trinkt?«

»Sie vielleicht nicht, aber ihr Mann. Ich habe mich durchgekämpft, ich habe in Hamburg eine Stelle beim Drogisten angenommen und mich bemüht, so viel über Chemie zu lernen, wie ich konnte. Diese Disziplin muss man eben aufbringen. Da soll keiner jammern, der es zu nichts gebracht hat.«

Es ärgerte Herta, dass ausgerechnet Franz sich großer Disziplin rühmte. Wie oft war er gescheitert, eben weil es ihm an Fleiß mangelte: Erst auf der Präparandenschule, wo er Volksschullehrer werden wollte, dann beim Versuch, Unteroffizier zu werden, weil er nicht in der Lage war, sich in die Hierarchie der Armee einzufügen. Als Klempner hatte er es auch nicht lange ausgehalten. Auf seiner Visitenkarte stand »Dr. Franz Tausend, Chemiker«, obwohl er niemals eine Universität besucht oder gar eine Doktorarbeit begonnen hatte. Mit der Wahrheit nahm er es nicht besonders genau. Bloß weil einer seiner Versuche endlich geglückt war, fühlte er sich jetzt erhaben über die Armen? Warum mussten Männer solche Aufschneider sein?

Vieles, was sie in den letzten Wochen erlebt hat, sieht sie plötzlich in einem anderen, unschönen Licht. Dass er solchen Wert darauf legt, den Tag mit ihr gemeinsam bei Kaffee und Brötchen zu beginnen, »wie eine gute bürgerliche Familie«, nennt er es, und die Dienstmädchen sieht er dabei nicht einmal an, sie sind für ihn wie Luft, wenn sie das Frühstück servieren. Mit welcher großspurigen Geste er vor einer

Spazierfahrt die Automütze aufsetzt und die große Autobrille. Dass er das Auto wöchentlich waschen lässt.

Und sie? Fährt sie nicht mit ebensolchem Stolz im Kaufhaus die »bewegte Treppe« hinauf und wieder hinab, giert sie nicht jedem Abverkauf von Handschuhen hinterher, von Parfüm und von Geschirr? Ist sie nicht durch die »Weißen Wochen« geschwebt wie eine Fee, hat die Perlmuttknöpfe befühlt, die weißen Strümpfe, die Seide, die weißen Bänder? Wie eine jungfräuliche Unschuld ist ihr all das Weiß erschienen, eine Schönheit zum Hineinfallen.

Sie hat Genugtuung empfunden, nicht länger zum einfachen Volk zu gehören, das sich bloß passiv von der Schönheit der Waren berauschen lässt und sich in den Sehnsüchten verliert, die sie hervorrufen. Die einfachen Leute staunen die Dinge an, ohne einen einzigen Pfennig auszugeben, und fragen immer nur ängstlich: »Wie viel kostet es?«, und wenn man ihnen den Preis nennt oder sie das Preisschild entdecken, sagen sie leise: »Danke, ich komme wieder«, als würden sie das Stück später kaufen; die erfahrenen Verkäuferinnen fragen gar nicht, ob sie es zurücklegen sollen, sie verstehen die Botschaft, es ist ein höfliches Theater, auch die Verkäuferinnen halten sich an ihre Rolle und lächeln freundlich. Aber um wie vieles freundlicher lächeln sie, wenn sie, Herta, kommt und ihre Geldbörse zückt!

Das Einkaufen ist nicht belanglos, es verleiht ihr Kraft. Sie findet diese Kraft im neuen Seidenschal, den sie entdeckt und ausgewählt hat, im Samtmantel mit Fuchspelz, in der Unterwäsche aus Seide. Der Mantel verschafft ihr Respekt, wenn sie in der Postfiliale ansteht oder wenn sie im Nymphenburger Park spazieren geht. Das Seidentuch macht jemanden aus ihr.

Das Verlangen nach einer hübschen Messingschachtel oder nach einem Hut ist irgendwie lächerlich, aber doch so wunderbar. Und der instinktive Trieb, ihr Zuhause auszustaffieren, wie die Vögel ihr Nest mit weichen Flaumfedern auspolstern.

Gleichzeitig sehnt sie sich nach dem heiteren Temperament, das sie früher besessen hat, als sie noch arm war. Warum ist sie so reizbar geworden? Es liegt an Franz. Was er ihr hier aufbaut, dieses Schloss aus Glas, ist in höchstem Maße zerbrechlich und weckt ihr Misstrauen.

Jetzt sitzt er wieder am Sekretär, den linken Arm aufgestützt, und schreibt. Ohne aufzublicken, sagt er: »Du sprichst mit dem Koch und kümmerst dich um die Speisenfolge. Ich setze die Einladungsschreiben auf. Wir feiern am Samstag. Für das Fest werden wir zusätzlich zu den Mädchen noch einige Aushilfen einstellen. Ach, und Herta? Auch Lenchen soll sich neu einkleiden. Die geladenen Herren bringen Ihre Gattinnen mit, und die sollen sich hinterher vor Neid das Maul zerreißen.«

»Müssen wir unbedingt imponieren?«

»Es geht um die Fähigkeit, zwischen dem Eleganten und dem Vulgären zu unterscheiden. Wer Geschmack hat, wer Ästhetisches zu schätzen weiß, beweist seine Zugehörigkeit zur Oberschicht. Das ist keine Arroganz: Die Unterschicht hat einfach nicht die Muße, Geschmack auszubilden.«

»Wir sind jetzt die Oberschicht?«

»Du wirst hintenüberfallen, wenn du siehst, wer alles zu unserer Feier kommt.«

Er lächelte auf seine unergründliche Art. Sein Blick tastete ihren Körper entlang, und nun stierte er sie unverhohlen an, auf eine Weise, die gegen ihren Willen Hitze in ihr aufsteigen ließ. Er trat auf sie zu und hob ihr Gesicht an, während seine andere Hand sich auf ihre Brust legte.

»Jetzt nicht«, sagte sie. Wie er glauben konnte, sie sei nach diesem Gespräch zu Zärtlichkeiten aufgelegt, war ihr ein Rätsel.

5

Ich spazierte die Romanstraße hinunter. Südlich der Auffahrtsallee zum Schloss Nymphenburg standen prunkvolle weiß gestrichene Villen, jede umgeben von gepflegten Gartenanlagen. Allein die Villa in der Romanstraße 25, die Franz Tausend besaß, hatte einen Wert von 180000 Mark. Ich zahlte im Monat 90 Mark Miete, Elisabeth Loibl zahlte sicher nicht mehr als 15 Mark. Vor der Villa des Goldmachers parkte ein Ford, er war etwas in die Jahre gekommen, aber gut gepflegt – und wie viele Menschen in München konnten schon von sich behaupten, Automobilist zu sein und einen eigenen Wagen zu besitzen?

Ich empfand keinen Neid auf die weiß gestrichenen Villen, obwohl ich es mir angenehm vorstellte, in einer solchen zu residieren. Nicht einmal unser Polizeipräsident Karl Mantel wohnte so luxuriös, von Kriminaloberinspektor Mauck ganz zu schweigen.

Elisabeth Loibl war nicht zu sehen. Dass sie noch im Haus der Tausends war, hielt ich für unwahrscheinlich, der Goldmacher würde seine Anklägerin nicht ins Wohnzimmer bitten. Ich gab die Suche auf und lief weiter, in die Hubertusstraße und von dort in die Nibelungenstraße, und hing meinen Gedanken nach.

War Elisabeth Loibl überhaupt in der Lage, einen Goldgutschein zu fälschen? Womöglich hatte ihr Mann das getan. Und Franz Tausend? Er war sicher skrupellos genug, auch arme Leute ins Verderben zu stürzen. Die Versuchung musste groß sein für ihn, nicht nur

Industrielle als Teilhaber einzuwerben, sondern auch bei Unbeteiligten wertloses Papier gegen Bares einzutauschen.

Welche Rolle spielte Mauck bei alledem? Und hatte sich Ludendorff tatsächlich von dem Goldmacher einwickeln lassen, oder verfolgte er eine eigene Agenda? Polizeipräsident Karl Mantel wusste mit Sicherheit nichts von diesen Umtrieben.

Ich arbeitete im Dezernat für Urkundenfälschung, Scheckbetrug und Hochstapelei. Dem Wortlaut nach wollte man von mir, dass ich der Frau nachwies, dass ihr Goldgutschein gefälscht war.

Hätte man mich beauftragt, Franz Tausend das Handwerk zu legen, es wäre mir eine Freude gewesen. Aber statt ihn zu Fall zu bringen, sollte ich ihm den Rücken freihalten.

Was hatten Hochstapler in den letzten Jahren nicht alles versprochen: die Gewinnung von Elektrizität aus der Luft. Heilpräparate, die jede Krankheit besiegten. Kein Betrug war ihnen zu billig: gefälschte Einfuhrbewilligungen, erfundene Adelstitel, Patente von neuen Gerätschaften, die nicht funktionierten. Wettbüroeinsätze mit »sicherem Gewinnsystem«. Pfandscheinschiebereien. Eine Bande hatte es gegeben, die bei Firmen eilige Nachnahmelieferungen an bestimmte Kunden bestellte und dazu verlangte, dass die Firmen nicht ihre eigene Adresse als Absender angeben dürften, sondern nur die der bestellenden Betrügerfirma. Die Warensendungen ließ die Post, da die Adressaten nicht zu ermitteln waren, als unzustellbar an den Absender zurückgehen. Die Betrügerbande verkaufte alles und erschwindelte sich so mehrere Hunderttausend Mark.

Oder das Goldregensystem: Eine Schuhvertriebsgesellschaft verkaufte einen Luxusschuh zu 24 Mark. Jeder Käufer musste vier andere Käufer bringen, wenn er den Schuh für 6 Mark erhalten wollte. Das Geschäft war ein solcher Erfolg, dass an manchen Tagen sechshundert Schuhe versandt wurden. Bis die Zahlungseingänge stockten und die Sache aufflog.

Seit Jahrhunderten bewährt: Bauernfänger, die am Bahnhof ankommende Fremde vor den zahlreich herumlaufenden Betrügern warnten und sich zu ihrer Führung und ihrem Schutz anboten. Natürlich nur, um sie letztendlich selbst auszunehmen.

Beim Falschspiel ließen die Betrüger das Opfer erst einige Male Gewinne einheimsen, bis sie ihm alles abnahmen. Franz Tausend ging sicher ähnlich vor. Er verschenkte das angeblich frisch erzeugte Gold bereitwillig an seine Geschäftspartner und ließ sie glücklich mit ihrem Klümpchen nach Hause gehen. Wenn sie angebissen hatten, entlockte er ihnen Hunderttausende Mark. Letzten Endes waren alle Hochstapler gleich und lebten vom Egoismus und der Eitelkeit der Betrogenen. Franz Tausend spielte ebenfalls damit. Jeder der Eingeweihten war froh und stolz, dass er an der Erschaffung von Gold Anteil hatte und die anderen nicht.

Mauck und Ludendorff hatten mich zu einem Zimmer geführt, das in schlimmster Unordnung war. Und sie verlangten von mir, an der Tür Wache zu stehen und die Unordnung zu beschützen.

Ich fuhr in die Ettstraße und suchte, obwohl die Chancen schlecht standen, in den erkennungsdienstlichen Unterlagen eine Karteikarte über Franz Tausend. Die Kartei war erst wenige Jahre alt, sie war neu angelegt worden, nachdem die Spartakisten am 29. April 1919 ins Revier eingedrungen waren und einen Großteil der Akten verbrannt hatten, um zu verhindern, dass man die politisch Verdächtigen aus den Revolutionsmonaten vor Gericht brachte. Damals hatten die Reichswehr und die Freikorps bereits vor München gestanden, die Zeit war zu knapp gewesen, um die Akten der »Politischen« herauszusuchen, man warf einfach alles in den Hof und zündete es an. Nur der Regen hatte verhindert, dass sämtliche Unterlagen verbrannten.

Ich ärgerte mich oft wegen des verloren gegangenen Materials. Die Folgen waren zweischneidig: Mit dem Verbrennen der Akten verhinderte man die Festnahme Dutzender Verbrecher, aber man hatte auch Hunderten von politisch Verdächtigen aus der Zeit des Zusammenbruchs 1918/19 das Leben gerettet – beim Einmarsch der Truppen in München war ein Blutbad angerichtet worden, über fünfhundert Menschen starben, und es wurde später kaum jemand für das Massaker zur Rechenschaft gezogen. Wie viele wären es erst gewesen, wenn die Akten noch vorhanden gewesen wären.

Die Akte von Adolf Hitler hatte überlebt. Ich sah sie mir öfter an, auch die Akte von Ludendorff hatte ich einmal durchgesehen. Zu Franz Tausend fand ich nichts. Ich prüfte das Steckbriefregister. Dort ging ich ebenso leer aus.

Also war wirklich nur seine Adresse im Melderegister verzeichnet, und er war sauber?

Wenn man Enttäuschungen nicht verkraftet, darf man nicht Kriminalpolizist werden. Ich begab mich hinauf ins Büro. Kaum vorstellbar, dass Franz Tausend noch nie straffällig geworden war. Vielleicht in früheren Jahren? Mauck würde ihn fallen lassen müssen, wenn er Vorstrafen hatte.

Aus dem Eintrag im Melderegister kannte ich seinen Geburtsort: Krumbach. Ich telefonierte nach Schwaben und versprach, den Vordruck F per Post nachzureichen. Man prüfte die Akten für mich. Zwanzig Minuten später klingelte mein Apparat, und ich erhielt die Auskunft, das Strafregister des Franz Seraph Tausend enthalte keine Vermerke.

Das konnte mehreres bedeuten: Entweder log man mich an, um Franz Tausend zu schützen, im Auftrag einer höheren Stelle. Oder es hatte Vermerke im Strafregister gegeben, die aber nur auf Geldstrafen oder eine Freiheitsstrafe von höchstens drei Monaten lauteten und inzwischen mehr als fünf Jahre zurücklagen – dann waren sie getilgt worden. Selbst härtere Strafen wurden nach zehn Jahren getilgt.

Energisches Klopfen an der Tür. Ich zuckte zusammen. Ein Kriminalbetriebsassistent forderte mich auf, in Maucks Büro zu kommen.

Ich sah das Telefon an. Konnten sie so rasch Meldung gemacht haben über meine Nachfrage beim Strafregister? Womöglich war dort eine heimliche Verabredung getroffen worden, jeden, der sich nach Franz Tausend erkundigte, bei Mauck anzuzeigen. Eine Konfrontation stand bevor, ohne Zweifel selbst dann, wenn Mauck nicht erfuhr, was ich in der letzten Stunde getan hatte. Ich konnte ihm im Fall des Goldmachers nicht einfach ins Gesicht lügen, ohne völlig die Achtung vor mir selbst zu verlieren.

Ich versprach dem Kriminalbetriebsassistenten, bei Mauck vorzusprechen, und ging zur Herrentoilette. Vor dem Spiegel richtete ich meine Krawatte. Dann bückte ich mich und zog die Strümpfe straff nach oben, tagsüber lasse ich sie immer etwas hinunterrutschen, weil der Gummizug sonst meine Waden einschnürt, aber jetzt sollten sie keine unschönen Falten schlagen. Ich richtete mich auf und prüfte, ob mir Reste vom Schinkenbrötchen zwischen den Zähnen hingen.

Entschlossen machte ich mich auf den Weg in sein Büro. Im Vorzimmer feuchtete die Sekretärin gerade auf einem Schwämmchen eine Briefmarke an. Während sie die Marke mit der Faust auf dem Brief festklopfte, gab sie mir mit einer Handbewegung, die in Richtung seiner Tür ging, wortlos die Erlaubnis einzutreten.

Ich bin empfindlich, was die Gesten von Sekretärinnen angeht. Meiner Erfahrung nach nehmen sie wie zuverlässige Seismografen jede Erschütterung wahr, die aus dem Büro ihres Vorgesetzten dringt, und registrieren, wie er momentan zu seinen Untergebenen steht. Ungewollt verraten sie durch ihr Verhalten, wen der Vorgesetzte genauer im Blick hat, wen er bestrafen oder gar hinauswerfen will, über wen er sich unschlüssig ist und wen er zu befördern gedenkt. Lacht einen die Sekretärin fröhlich an und beginnt ein Geplauder, oder flirtet sie gar mit einem, dann kann man davon ausgehen, dass auch der Vorgesetzte zufrieden ist. Verhält sie sich aber abweisend, droht Unheil.

Dass Erika keine Bemerkung über die Briefmarke machte und schweigend mit der kleinen Faust auf ihr herumklopfte, machte mich ganz unruhig. Ich konnte Franz Tausend noch nichts nachweisen. Nicht einmal, dass er unbefugt unverzinsliche Schuldverschreibungen ausgab, die er als Goldgutscheine tarnte. Das war strafbar, genauso wie das Drucken von falschen Banknoten, aber ich hatte weder den Goldgutschein in der Hand noch einen Beweis, dass er von ihm stammte.

Kriminaloberinspektor Mauck empfing mich und hielt mir einen Umschlag hin, dessen schweres Büttenpapier meiner Haut schmeichelte. Mauck sagte: »Wir gehen auf ein Fest.«

Ich öffnete den Umschlag und überflog die Einladung. Als ich den Namen Tausend las, traf es mich wie ein elektrischer Schlag.

»Am Samstag«, murmelte ich.

»Unser Gastgeschenk wird sein, dass dann die Sache mit Frau Loibl gelöst ist. Wie weit sind Sie damit?«

»Ich habe sie zu Hause noch nicht angetroffen. Aber ich muss mit Ihnen über Franz Tausend reden. Ich fürchte, General Ludendorff und die anderen Herren sind einem Betrüger aufgesessen.«

Er zog die Augenbrauen hoch. »Das können Sie doch gar nicht beurteilen.«

So schnell ließ ich mich nicht einschüchtern. »Als Kriminalbeamter ist es meine Pflicht, sowohl die belastenden, wie auch die entlastenden Beweise zu sammeln und aktenkundig zu machen.«

»Hier liegt kein Strafverfahren vor, kapiert?« Er zog eine Schreibtischschublade auf und entnahm ihr eine Mappe mit Arbeitsunterlagen, als wäre unser Gespräch für ihn beendet. »Tun Sie, was Ludendorff wünscht. Machen Sie diese Frau unschädlich.«

»Sie geben mir den offiziellen Befehl?«

»Ein Soldat muss auch einmal handeln, ohne dass er seinen Vorgesetzten um einen Befehl anbettelt.«

Meine Bedenken wuchsen. Er wollte nicht mithineingezogen werden, zumindest nicht in seiner offiziellen Position als Kriminaloberinspektor. Unsere Gespräche konnte er später immer abstreiten. Hatte er womöglich selbst Anteile gezeichnet? Ich räusperte mich. »Ich bin Polizist, kein Soldat. Und es gibt Gesetze, an die ich mich zu halten habe.«

»Sie können sich auf Ihre Amtsverschwiegenheit berufen, falls Sie in dieser Sache befragt werden sollten. Man darf Sie nur vernehmen, wenn die vorgesetzte Dienstbehörde es genehmigt. Und ich gebe Ihnen mein Wort, dass ich es nicht genehmigen werde.«

An dieses Wort würde er sich nicht mehr erinnern, wenn sein eigener Kopf in Gefahr war, so viel war sicher.

Statt zu arbeiten – dafür fehlte ihm wohl doch die Gelassenheit –, stand er jetzt auf, nahm die kleine Gießkanne vom Fensterbrett und goss die Zimmerpflanzen. Genauer gesagt, ertränkte er sie in einem Schwall von Wasser. Mauck war wütend. Über seine Passion für Zimmerpflanzen wurde unter den Kollegen viel gelästert, das Gießen des Gummibaums und der Palmen war eine Aufgabe, die einem Kriminaloberinspektor nicht gut zu Gesicht stand. Plötzlich, während er dem Gummibaum ein vertrocknetes Blatt herausriss, sagte er: »Schon länger denke ich über Ihre Eignung als Kriminalpolizist nach. In dem Betrugsfall mit Kassenanweisungen der Barmer konnten Sie keine Schuldigen finden, und im Fall Uhlfelder steht ebenfalls noch ein Ergebnis aus.«

Mir wurde übel. Die Abrechnungsfälschungen bei Uhlfelder würde man ohne einen Zeugen oder ein Geständnis nie zuordnen können, jeder der Angestellten bestritt, etwas damit zu tun zu haben. Ein Ergebnis in diesem Fall war mit ordentlicher Polizeiarbeit unmöglich zu erreichen. »Nicht jeder Betrug kann aufgeklärt werden. Alle Kollegen sind schon einmal gescheitert. Herr Oberinspektor, im Sommer werde ich das zwölfte Dienstjahr beenden. Wenn Sie mir noch einige

Sonderaufgaben erteilen wollen, bevor ich unkündbar bin, verstehe ich das. Aber verlangen Sie bitte nicht, dass ich das Gesetz breche.«

»Niemand verlangt das von Ihnen.« Er stellte die Gießkanne zurück auf das Fensterbrett. »Ich möchte nur, dass Sie die Sache bis zum Fest in Ordnung bringen. Sie haben Zeit bis Samstag. Dann melden Sie mir einen Erfolg, und Ihrer Beförderung steht nichts mehr im Weg.«

Elisabeth Loibl ließ sich ihre Verblüffung nicht anmerken, als sie nach Hause zurückkehrte und ihren Mann am Küchentisch sitzen sah.

»Der Bub ist krank«, sagte er. »Und du treibst dich herum.«

Es roch betörend nach Hühnersuppe. Hatte Günther etwa gekocht? Ihr knurrte der Magen. Wenn er teures Hühnerfleisch besorgt und für sie gekocht hatte, würde sie den Mund halten, ganz gleich, wie herablassend er da am Tisch saß und welche Vorhaltungen er ihr machte.

Sie sah nach dem Topf auf dem Holzherd und hob den Deckel. Leer. Daneben ein Teller, nicht abgewaschen und ebenfalls leer. Er hatte alles aufgegessen. Seine Erwerbslosenunterstützung behielt er seit Monaten für sich und versoff sie mit seinen Kumpanen. Auch mit den Kindern oder mit der Miete half er ihr nicht. Und jetzt teilte er nicht einmal ein Mittagessen mit ihr.

Günther sagte: »Die Nachbarin kümmert sich, die weiß, was sich gehört.«

»Und du hast mir nichts übrig gelassen?«

»Wer nicht kommt zur rechten Zeit …«

»Hat wenigstens Anton was abgekriegt?«

»Was denkst du von mir!«

Was sollte sie schon von ihm denken? Er war ein Kind geworden, aber ein Kuckuckskind, das die anderen aus dem Nest schubsen würde, um sich selbst mehr Platz zu verschaffen. »Du solltest jetzt besser gehen.«

»Gib mir den Goldgutschein«, verlangte er.

Sie verschloss fest die Lippen.

Er stand so abrupt auf, dass der Stuhl umkippte und zu Boden krachte. »Du gibst mir sofort diesen verdammten Gutschein!«

Sie hielt seinem Blick stand, auch wenn sie innerlich vor Angst bebte. »Was willst du damit?«

»Freunde kaufen ihn mir ab. Das wolltest du doch: dass wir ihn wieder zu Geld machen.«

»Freunde?«

»Wir ziehen gemeinsam um die Ecken.«

»Sie spendieren dir ein paar Schnäpse, und du läufst ihnen nach wie ein heimatloser Hund.«

Sie sah zu spät, wie er mit der Hand ausholte, und konnte nicht mehr ausweichen.

Die Wange brannte, und Tränen der Wut schossen ihr in die Augen, aber sie würde jetzt nicht klein beigeben. »Ihr sitzt in der Weinkneipe und grölt vom Vaterland, und wenn die Gäste nicht dazu aufstehen, verprügelt ihr sie. Singen, Aufstehen, Hurraschreien, das ist euer ganzes Programm. Hast du mal darüber nachgedacht, woher die Nazis das viele Geld haben? Die schwimmen doch im Geld von den Fabrikbesitzern! Die geben's ihnen, damit sie den Roten die Leute wegfangen. Du bist Maurergeselle, Günther, du solltest auf der Seite der Arbeiter stehen.«

»Auch der Arbeiter ist Bürger, wenn er deutscher Volksgenosse ist. Wir tun halt was, wir sitzen nicht bloß rum. Wir sind Tatmenschen. Das Volk steht auf, der Sturm bricht los. Wir Deutschen haben dem Engländer standgehalten, den Russen zerschmettert und den Franzosen geschlagen. Nur den Juden haben wir übersehen. Sonst hätten wir den Krieg gewonnen.«

Das schmerzhafte Brennen ließ nach, trotzdem blieb ihre Wange heiß. »Glaubst du das wirklich? Bei euren Versammlungen traut sich doch keiner mehr aufzumucken. Jeden, der was fragen will, prügelt ihr aus dem Saal. Kein Wunder, dass eure Zuhörer wie Gläubige in den Reihen sitzen.«

»Wir brauchen einen starken Führer. Nur so ist Deutschland zu retten.«

Er kam ihr vor wie verwandelt. Drosch Phrasen und sah sie stahlhart an. Vor diesem neuen, zu allem entschlossenen Günther graute ihr. »Du weißt doch gar nicht, was du da sagst«, flüsterte sie.

Er griff nach ihrem Handgelenk. »Wo hast du ihn?«

»Nicht hier.«

Er ließ sie los und riss die Türen des Küchenschranks auf, zog die Schubladen heraus, selbst die Uhr nahm er von der Wand und sah von hinten in das Gehäuse. Als er nichts darin fand, schleuderte er sie zu Boden, es war, als hätte er einen Anfall, alle Wut entlud sich in dieser zerstörerischen Geste. Über den Küchenboden rollten feine silberne Zahnrädchen. Nebenan weinte Anton.

Günther knurrte: »Ich prügele dich windelweich.«

So hatte er früher nie geredet. Sie wäre am liebsten fortgelaufen, hätte die Tür hinter sich zugeworfen und wäre aus dem Haus geflohen, weg von diesem fühllosen Schläger. Aber wenn sie das tat, würde er seine Wut an Anton auslassen. Mit allem, was ihr noch an Mut geblieben war, gab sie ihrer Stimme Festigkeit. »Du verlässt jetzt auf der Stelle meine Wohnung.«

Er bleckte die Zähne wie ein Tollwütiger. »Wenn ich jetzt gehe, siehst du mich nie wieder.«

Sie schwieg.

Für einen kurzen Moment sah sie den Günther, den sie früher gekannt hatte, sah das Flehen um Anerkennung und Zuneigung in seinen Augen. Dann wandte er sich ab, und die Tür fiel ins Schloss. Sie hörte seine Schritte auf der Treppe, tausendmal hatte sie diese Schritte gehört und sich gefreut, weil er pfeifend zur Arbeit ging, oder ihn gefürchtet, weil er trinken ging, beides hatte sie als Ehepaar miteinander verbunden, er war als Maurer ihr Mann gewesen und als Trinker. Jetzt stieg er die Treppe hinab, und sie hörte seine Schritte verklingen, hörte die Haustür unten zuklappen, beinahe zärtlich zuklappen, und fühlte eine jähe Beklemmung in der Brust.

Der Chemiker, den ich schon in einigen Betrugsfällen um Hilfe gebeten hatte, war diesmal überfragt und empfahl mir, mich an Professor Steufmehl von der Münchner Universität zu wenden. Eine förmliche Verabredung war womöglich erst in Wochen zu erreichen, also bemühte ich mich gar nicht erst darum, sondern suchte ihn unangemeldet in seiner Studentensprechstunde auf.

Das Büro des Professors entsprach recht genau meinen Erwartungen: hohe Regale, verstaubte Vorhänge und ein mit Büchern und Fachzeitschriften überladener Schreibtisch, auf dem sich außer dem Professor niemand mehr zurechtfinden würde.

»Ein Spätberufener?«, begrüßte er mich. Er war etwa Mitte vierzig und hatte gewelltes dunkelblondes Haar.

Ich trat vor den Schreibtisch. »Nein, Herr Professor. Ich bin Kriminalpolizist.«

Verdutzt sah er hoch.

Wie es die Leute aufweckt, sobald ich meinen Beruf erwähne. Die Kriminalpolizei wird nicht als Teil des gewöhnlichen Lebens angesehen, weil die Straftaten gewissermaßen aus dem Leben herausfallen. Aber wenn man täglich mit ihnen zu tun hat, begreift man, dass sie leider Teil des Lebens sind. Kein schöner Teil, sondern ein hässlicher, der aber in uns allen angelegt ist. »Ich brauche Ihre Hilfe in einem Betrugsfall.«

»Bitte, nehmen Sie Platz.« Er erhob sich immer noch nicht, deutete aber ein Aufstehen an, wies auf den Stuhl, neben dem ich mich bereits befand, und fragte leise, ob es sich um einen Mitarbeiter oder um einen Studenten handele.

Als ich mich setzte, die Frage verneinte und erklärte, dass es sich um einen Mann handle, der behaupte, Gold herstellen zu können, sagte er: »So abwegig ist das nicht«, und kam in Fahrt. Fritz Haber, der Nobelpreisträger, wolle herausfinden, wie hoch der Goldgehalt des Wassers in den unterschiedlichen Meeresgebieten dieser Erde sei, und ob er an der Oberfläche höher sei als in der Tiefe, und wie sich die Meeresströmungen auf den Goldgehalt auswirken. Die Reichsmarine finanziere ihm seine Fahrten. Allerdings liefen die Untersuchungen langsam aus und die Geheimhaltung auch. Er habe kürzlich in einem öffentlichen Vortrag darüber gesprochen. Offenbar reiche der Goldgehalt der Meere für eine wirtschaftliche Verwertung nicht aus. Der Professor kramte in den Zeitschriftenstapeln auf seinem Tisch, fand aber das Gesuchte nicht.

»Solche wissenschaftliche Herangehensweise in allen Ehren, Herr Professor. Fritz Haber ist bei der Sache nicht reich geworden, oder?«

»Nicht dass ich wüsste, nein.«

»Sehen Sie, als Kriminalpolizist werde ich skeptisch, wenn jemand plötzlich zu Reichtum kommt. Der Goldmacher, von dem ich rede, führt Geldgebern Experimente vor und streicht dann für die weitere Forschung Hunderttausende ein. Ich habe selbst eines der Experimente gesehen.« Detailgenau beschrieb ich ihm das Geschehen. »Mir ist es nicht gelungen, aufzudecken, wie er den Betrug vertuscht. Weder hat er plötzlich die Flamme hochgedreht, damit das helle Licht die Zuschauer blendet und er unbemerkt ein Stück Gold in die Glut werfen kann, noch habe ich eine Wachsschicht im Tiegel oder am Rührstab bemerken können, unter der das Gold hätte verborgen sein können.«

Der Professor lächelte. »Goldhaltiges Material kann alle möglichen Farben haben. Es muss nicht einmal glänzen wie Metall. Gelöstes Gold kann im Borax verborgen sein, das der Mann für seine Bleischmelzungen verwendet. Und Goldocker zum Beispiel kann als brauner, schlammiger Niederschlag aus chemischen Lösungen gefällt werden und enthält Feingold in feinsten Kristallen. Noch verblüffender ist die Wirkung von Goldsalzlösungen.« Der Professor hielt sich den Zeigefinger an die Lippen und dachte nach. »Aber wir kriegen den Kerl.«

»Leider hat er mächtige Unterstützer. Bitte sprechen Sie zu niemandem von der Sache, sonst bringen Sie eher mich zu Fall.«

Er hob die Hand. »Ich hab's. Besorgen Sie mir ein Stück Gold von ihm. Wenn er nicht reines elementares Gold liefert, haben wir ihn am Haken. Was er da aus dem Tiegel holt, ist sicherlich eine Gold-Silberlegierung, wie man sie für Schmuck oder Golddraht herstellt, und kein reines Gold. Das wird ihn überführen.«

6

Im Hof der Loibls kniete ein Mann neben einem Fahrrad, das er auf den Sattel gestellt hatte. Werkzeug lag auf einem Lappen ausgebreitet. Ich grüßte, und er nickte freundlich. Seine Kleidung war abgewetzt, aber sein dunkles Haar sehr gut frisiert. Es passte nicht zusammen. Die Bewohner dieses Hinterhofs suchten wohl kaum regelmäßig einen Friseur auf. Eher ließen sie sich von jemandem in der Familie mehr schlecht als recht die Haare schneiden. Ich wurde misstrauisch, verlangsamte meinen Schritt und sah genauer hin: Das Fahrrad, das er reparierte, war, wenn ich es recht erkannte, ein französisches Rennrad der Marke Nobilis. Das geschwungene Schmuckrohr unter dem oberen Rohr, der schwarz lackierte Rahmen, die dünnen Räder und der schnittige schmale Ledersattel – mein Bruder fuhr ein solches Fahrrad, und es war sein ganzer Stolz. Wer sich ein Nobilis-Rennrad leisten konnte, wohnte doch nicht in einem Hinterhof im Schlachthofviertel in Sendling zur Miete.

Während ich im Treppenhaus hinaufstieg, suchte ich nach Erklärungen. Hatte er jemanden besucht, eine Geliebte vielleicht, und ihm war das Fahrrad kaputtgegangen? Aber er war mit gutem Werkzeug ausgerüstet, das schleppte er sicher nicht für ein Rendezvous mit sich. War er der Bote einer Bank oder ein Lieferant, einer, der viel durch die Stadt fuhr und ein Täschchen mit Werkzeug mit sich führte, für den Fall, dass er eine Panne hatte? Aber was sollte ein solcher Bote hier zu suchen haben, was sollte er hierhin liefern?

Blieb die unangenehme, bedrohliche Erklärung, dass er ein Späher war, ein Wachhund. So sehr seine Anwesenheit Elisabeth Loibl galt, sie galt auch mir. Ja, der Mann war eine Absicherung für den Fall, dass ich scheiterte.

Ich hatte die dritte Etage erreicht und klingelte. In der Wohnung blieb es still.

Anton konnte wohl kaum so rasch genesen sein. Ich sagte laut: »Frau Loibl, mein Name ist Heinrich Ahrndt. Ich bin Kriminalpolizist.«

Der Riegel wurde aufgezogen. Warum verriegelte sie die Tür mitten am Tag?

So stand ich Elisabeth Loibl also endlich gegenüber. Sie war einfach, aber nicht ungepflegt gekleidet. Ihre hellen Augen fielen mir sofort auf. Sie hatte Pfirsichflimmerhaar auf ihren Wangen, golden im Gegenlicht der Sonne, die durch das Küchenfenster fiel. Ich fand sie, auch wenn ich mich innerlich dagegen sträubte, nicht unsympathisch.

Sie bat mich hinein.

Ich betrat die Wohnküche. Durch die offen stehende Tür zur Schlafkammer sah ich drei Kinder im großen Bett sitzen. Die Lippe des Ältesten war geschwollen und das linke Auge von einem schwarzblauen Bluterguss umgeben, außerdem hatte er ein paar Schrammen an der Stirn. Anton hingegen sah verweint aus, und kurz darauf erfuhr ich auch von Frau Loibl den Grund dafür: Paul war auf dem Schulweg eingeschüchtert worden. Man hatte ihn angeschrien, dass seine Mutter nichts tauge; und als er erbost zurückschrie, erhielt er Prügel.

Das erklärte die verriegelte Tür und den Umstand, dass sich die Kinder so ängstlich im Bett zusammendrängten. Ich setzte mich behutsam auf die Bettkante, weit genug von den Kindern entfernt, um sie nicht noch mehr zu verängstigen. Das kleine Mädchen sah mich furchtsam an.

»Paul, kannst du mir beschreiben, wie die Typen aussahen?«

Er beschrieb zwei junge Erwachsene, der eine füllig, mit einer Knollennase und abstehenden Ohren, der andere mit langen schwarzen Koteletten.

»Ich hatte Streit mit Günther, meinem Mann«, sagte sie. »So wollen sie sich rächen.«

»Wer sind ›sie‹?«

»Die Sturmabteilung oder irgendwelche Freunde von denen.«

Ich sah noch einmal Paul ins Gesicht. »Sind deine Zähne in Ordnung?«

Er fasste sich in den Mund. »Der da wackelt.«

Das kastanienlockige Mädchen sah mitleidig und doch irgendwie bewundernd zu ihrem Bruder auf.

»Der Zahn wird in einigen Tagen wieder fest. Lass ihn in Ruhe und beiß die nächste Zeit keine harten Brotkanten. Du warst sehr tapfer.« Ich stand auf. »Frau Loibl, ich werde Ihnen helfen. Zuerst habe ich einige Fragen an Sie.«

Mir fiel auf, dass die Uhr nicht mehr da war. Wo sie an der Wand gehangen hatte, war nur noch ein Schatten geblieben. Bei der dreifachen Mutter sah ich keine Anzeichen von Gewalteinwirkung. Zumindest hatte er sie nicht geschlagen. Sie bemerkte meinen forschenden Blick und fragte, was ich wissen wolle.

»Sie haben einen Goldgutschein von Franz Tausend gekauft. Woher hatten Sie das nötige Geld dafür?«

»Mein Mann hat ihn gekauft, nicht ich. Er hat das Einzige verkauft, was wir noch hatten. Unseren Garten.« Erst habe sie gedacht, er hätte das mit dem Goldgutschein erfunden und das Geld vertrunken. Aber er sei wirklich so dumm gewesen, einem Betrüger einen Zettel abzukaufen, auf dem stand, dass er später Gold erhalten würde. Das habe ihr Vertrauen in ihren Ehemann endgültig ruiniert.

Ihr Mann gehe, sagte sie, viel spazieren, oder er spiele Karten mit anderen Männern. Er klaube Zigarettenstummel von der Straße auf und rauche sie zu Ende. Er sei arbeitslos und habe jede Menge Zeit, Unfug zu machen. Aber er habe kein Geld mehr, mit der Zeit etwas Schönes anzufangen. Stundenlang stehe er auf der Straße herum, alleine oder in einer kleinen Gruppe von Männern. Sie lehnten an der Hauswand oder am Brückengeländer. Wenn ein Fuhrwerk vorbeikomme oder ein Automobil, sähen sie ihm nach. Sie redeten manchmal, aber sehr behäbig, mit langen Pausen zwischen den Sätzen. Er habe es verlernt, etwas aus seiner Zeit zu machen. Eigentlich tue er ihr leid. Er sei ein fleißiger Mann gewesen, der seinen Stolz hatte und seine Kinder liebte und sie, seine Frau. Aber als man ihm seine Arbeit genommen habe, habe er das nicht verkraftet. Sie, Elisabeth, habe ja noch zu tun, sie müsse ja kochen und die Kinder versorgen. Er habe nichts mehr.

Anfangs habe er noch die Schuhe der Kinder und der Nachbarn mit Dachpappe repariert. Seit er arbeitslos geworden sei, sei er kaum mehr zu Hause gewesen. »Vielleicht kommt er jetzt gar nicht mehr.«

Ich sah mich weiter um. Der Boden war sauber gefegt, ich sah weder Scherben von zu Bruch gegangenem Geschirr noch Überreste der Uhr. Unwillkürlich begann ich, mir ein Bild von Elisabeths Charakter zu machen. Alles brach zusammen, aber sie hielt den engsten Kreis in Ordnung, räumte die Zimmer auf, gab acht, dass die Kinder sich wuschen und sogar saubere Fingernägel hatten, flickte die Kleider der Kinder selbst, wie das Nähzeug und eine Hose mit Riss auf dem Küchentisch verrieten.

Die Fenster waren sauberer als bei mir, obwohl ich ein Dienstmädchen beschäftigte. Keiner sollte Elisabeth Loibl etwas nachsagen. An der Wand lehnte eine Blechwanne, später erfuhr ich, dass sie die jeden Morgen mit kaltem Wasser füllte und die Kinder, eines nach dem anderen, hineinstellte und sie mit einem Stück Lumpen und Kernseife wusch. Samstags wurden die Kinder entlaust, jedes Kind hielt seinen Kopf über ein Stück Papier, damit die Mutter die Läuse mit einem

Läusekamm aus dem Haar kämmen konnte. Das herausgefallene Ungeziefer wurde aus dem Papier in siedendes Wasser geschüttelt, um es zu verbrühen.

Ihre Herkunft musste etwas besser gewesen sein, dachte ich, daher der Wille, den Verfall aufzuhalten. Vielleicht hatten sie früher sonntags Fleisch gegessen, Pferdefleisch vom Rossmetzger, oder ganz früher sogar Rindfleisch gehabt. Sie war sicher besorgt, ob es ungesund sei für die Kinder, so selten Fleisch zu bekommen. Deshalb kochte sie manchmal einen Knochen aus, der Markknochen gab eine kräftige Suppe.

Es war eine raffinierte Einteilung nötig und genaue Planung, wenn das Geld für zwei Wochen reichen sollte, Geld, das andere an einem Tag ausgaben. Aber sie musste den Kindern nicht nur etwas zum Essen auf den Tisch stellen, sondern ihnen auch Kleidung besorgen, denn sie wuchsen schnell aus Schuh und Hemd heraus. Viel zu selten konnte sie ihnen mal etwas Neues kaufen. Das machte sie wütend. Ja, es war neben aller Niedergeschlagenheit auch etwas Wut in ihrem Blick.

»Was haben Sie im Garten gezogen?«, fragte ich.

»Gemüse und Salat, und für den Winter Zwiebeln und Knoblauch. Und Kartoffeln habe ich angebaut.« Sie sah auf ihre Hände. »Eigentlich hat auch Günther den Garten geliebt. Dort hat ein kleiner Schuppen gestanden, und wenn er müde war von der Schichtarbeit, ist er oft nicht nach Hause, sondern in den Garten gegangen, und hat dort im Schuppen geschlafen. Zu Hause waren ihm die Nachbarskinder zu laut.«

Sie flüsterte, damit die Kinder es nicht hörten: »Der Garten war unsere Rettungsleine. Jetzt weiß ich nicht mehr, wie ich die Großen satt kriegen soll. Ist es wahr, dass wir gegen Franz Tausend keine Chance haben, wenn es vor Gericht geht?«

Ich schüttelte den Kopf. Während ich zum Schatten an der Wand sah, wo die Uhr gehangen hatte, fasste ich einen Plan. »Kleiden Sie die Kinder an«, sagte ich. »Wir gehen.«

Als alle bereit waren, verließen wir die Wohnung und traten auf den Hof. Der Kerl mit dem Rad zuckte sichtbar zusammen, als er mich mit der Familie Loibl sah. Er raffte sein Werkzeug zusammen und hob das Fahrrad wieder auf die Räder. Zuletzt steckte er noch die Luftpumpe am Rahmen fest.

Ich hielt ihm meine Polizeimarke vors Gesicht und sagte: »Was tun Sie hier? Den Ausweis bitte.« Er würde keinen Ausweis bei sich tragen und mir nur einen Fantasienamen sagen, aber das war mir gleich, wichtig war, die Botschaft an ihn und seine Auftraggeber zu senden, dass ich ihre Spitzelei durchschaut hatte.

Zu meiner Verblüffung sah er mir frech in die Augen. »Das geht Sie nichts an.«

»Ich habe mich wohl verhört!«

Er schwang sich auf sein Rennrad und fuhr vom Hof. Wen auch immer er benachrichtigte, derjenige schien ihm eine gehörige Sicherheit zu vermitteln. Der Kerl fühlte sich über die Polizei erhaben.

Ich bemühte mich, mir von der Erschütterung nichts anmerken zu lassen, und geleitete die drei Kinder und Elisabeth zur Straße und vom Kapuzinerplatz Richtung Stadtzentrum. Wir sprachen nicht viel, die Kleinen blickten sich immer wieder furchtsam um, Paul zitterte sogar ein wenig. Elisabeth Loibl hatte sich bei mir eingehakt. Auch sie war blass.

»Was wir tun, ist nicht illegal«, versuchte ich, sie zu beruhigen. »Ich würde sogar behaupten, dass dieser Weg in der Republik vorgesehen ist, für Fälle wie den Ihren, wenn die Polizeigewalt versagt.«

Wir bogen in die Lindwurmstraße ein. Der Radfahrer kam uns entgegen, ich erkannte ihn sofort wieder. Neben ihm fuhr ein Mann, dessen Gesicht von langen schwarzen Koteletten gerahmt war. Sie stiegen ab und lehnten die Fahrräder an die Hauswand. Ich sah mich um. Hinter uns näherten sich zwei weitere Männer auf Fahrrädern, einer von ihnen mit Knollennase und abstehenden Ohren, so wie ihn der Junge beschrieben hatte, der andere war schlank und wirkte durch seine dunkle Stirnlocke eher südländisch. Paul stieß einen erstickten Schrei aus. Ich hielt den Männern meine Polizeimarke entgegen, was sie wenig beeindruckte. Sie machten einen Schritt weiter auf uns zu. Knollennase krempelte schon demonstrativ seine Ärmel hoch. Ich überlegte kurz und kam zu dem Schluss, dass ich keine Chance hätte gegen die vier. An der Körperschulung und dem Polizeisport hatte ich immer nur widerwillig teilgenommen, es war eine lästige Pflicht, die ich erfüllte, wobei meine Bewertungen für das Absolvieren von Turn-, Spring- und Hindernislaufübungen von Jahr zu Jahr schlechter wurden. Heute erhielt ich die Quittung für meine Saumseligkeit. Ich hätte Elisabeth und die Kinder gern beeindruckt.

Glücklicherweise hatte ich meine Dienstwaffe bei mir, und ich wusste keinen anderen Rat, als sie zu zücken, kurz bevor der mit den Koteletten zu einem Schlag gegen mich ausholte. Sie wichen zurück, bemühten sich, einen gelangweilten Gesichtsausdruck zu machen, und riefen schließlich, dass sie irgendwann dieses »miese Flittchen« und ihre Kinder »drankriegen« würden, schließlich könnte ich sie nicht Tag und Nacht bewachen. Die Art, wie sie das sagten und dabei Elisabeth Loibl ansahen, zeigte mir, dass sie ihre Drohung ernst meinten. Elisabeth Loibl und ihre Kinder waren deutlich schockiert, so viel Hass auf sich zu ziehen.

Wer waren diese Schlägertypen?

Von Kriminaloberinspektor Mauck konnten sie nicht geschickt worden sein. Eher schon von Franz Tausend, mit dem Auftrag, den Goldgutschein zurückzubringen.

Als sie sahen, dass sie momentan nichts ausrichten konnten, verzogen sich die Kerle. »So geht das nicht weiter«, sagte ich zu Elisabeth Loibl. »Kommt.«

Wir erreichten die Redaktion der *Münchener Post* am Altheimer Eck 19 gehörig außer Puste. Der Pförtner wies uns auch noch in die erste

Etage hinauf. Mir blieb nichts anderes übrig, als den Kindern nachzusehen, die vor uns die Treppen hinaufstürmten. Elisabeth blieb aus Höflichkeit bei mir. Oben empfing uns ein Reporter, der ein himmelblaues Hemd und eine gelockerte Krawatte trug, in seinem schlauchförmigen Büro. Ich bat Elisabeth, ihm ihre Geschichte zu erzählen. Während sie anfangs stockend, dann zunehmend lebhafter erzählte, schmiegten sich ihre zwei Söhne und Tochter Charlotte immer enger an sie.

So jung der Reporter auch noch war, so gelangweilt und kühl nahm er den Bericht auf. Ja. Die gnädige Frau sei da betrogen worden, was ihm sehr leidtue. Sie möge doch ihre Adresse dalassen, er werde ihren Fall dem Chefredakteur vortragen, vielleicht schicke man jemanden vorbei und mache ein kleines Stück daraus. Aber er könne nichts versprechen. Das Aktuelle habe natürlich immer Vorrang.

Sie schrieb die Adresse auf einen Zettel, und er nahm ihn entgegen, ohne ihn näher anzusehen, und legte ihn auf einem Schreibtisch ab. »Danke sehr.« Er schüttelte allen unverbindlich die Hand und geleitete uns zum Ausgang, vorüber an den Schreibmaschinenfräulein und dem Postboten mit eiligen Telegrammen.

Was das hieß, war mir klar: Sie würden keine Zeile über diesen Skandal drucken.

Einerseits musste ich vermeiden, dass mein Name in dieser Sache fiel. Aber wenn wir Franz Tausend nicht den entscheidenden Schlag versetzten, würden diese Kerle wiederkommen oder andere, die sie ersetzten, und ich konnte Elisabeth Loibl und ihre Kinder nicht rund um die Uhr bewachen. Abgesehen davon, dass Ludendorff und Mauck und ihre teuer gekleideten Spießgesellen den Betrug fortsetzen konnten, ihre verschleierten Parteispenden, ihre steuerbegünstigte Förderung des *Völkischen Kuriers* oder was sonst sie noch alles verbargen.

Ich traf eine Entscheidung. Während sich Elisabeth und die Kinder schon zur Tür wandten, blieb ich einfach stehen.

»Wir haben zu tun«, sagte der Reporter und sah mich missbilligend an. »Wenn Sie mir bitte zum Ausgang folgen würden.«

Ohne Eile zog ich meinen Dienstausweis hervor und hielt ihn dem Reporter vor die Nase. »Kriminalkommissar Heinrich Ahrndt. Ihre Zeitung ist doch sozialdemokratisch orientiert. Die Verrückten haben sich nicht um den Goldmacher gruppiert, sondern um seine Exzellenz General Ludendorff. Wollen Sie mir sagen, dass das keine Geschichte für Sie ist? Nationalsozialisten stecken mit denen unter einer Decke, Sie haben hier die Geldgeber des Herrn Hitler. Also holen Sie jetzt Ihren Chefredakteur, und der hört sich die Geschichte dieser Frau an, verstanden?«

Der Reporter schluckte und machte ein nachdenkliches Gesicht. Schließlich brachte er uns in ein Büro am Ende des Flurs und stellte uns, nun gänzlich ohne dominantes Gehabe, dem Chefredakteur vor, einem stark nach Zigarrenrauch riechenden Mann in den Fünfzigern. Als Elisabeth und ich ihm den Fall darlegten, sah ich seine Augen vor Begeisterung feucht werden. Er schwor hoch und heilig, unsere Namen geheim zu halten.

»Das müssen Sie. Sehen Sie sich den Jungen von Frau Loibl an.« Ich deutete auf die Schrammen im Gesicht von Paul, der rot anlief und den Blick senkte. »Das soll nicht wieder passieren. Und mich würde es meine Karriere kosten.«

»Sie können mir vollkommen vertrauen, ich pflege meine Quellen schon im eigenen Interesse zu schützen.« Er fragte, wo sich das Labor des Goldmachers befinde, er wolle ein Foto von dem Gebäude anfertigen lassen, das würde dem Artikel eine höhere Aufmerksamkeit verschaffen.

Wenn ich verriet, dass das Labor sich auf dem Gilchinger Steinberg befand, auf einem stacheldrahtumzäunten Gelände, würde Mauck rasch darauf kommen, dass ich der Verräter war. Elisabeth war nie dort gewesen, sie konnte den Standort nicht kennen. Das konnte mir mehr als nur die Kündigung einbringen. »Ich habe vertraglich zugesichert, diese Information nicht weiterzugeben.«

»Aber es ist ein Vertrag mit einem Betrüger!« Er lachte charmant.

Ich blieb ernst. »Es gibt hochstehende Leute, die an den Goldmacher glauben wollen. Sie könnten meine Tat vor Gericht als Landesverrat darstellen.«

»Und Frau Loibl?«

»Sie hat keinen solchen Vertrag unterschrieben.« Ich hob die Hand. »Versuchen Sie es gar nicht erst. Sie kennt den Standort des Labors nicht.«

Er seufzte. »Also gut, wir bringen, was wir haben. Aber wenn sich weitere Enthüllungen ergeben, kommen Sie bitte gleich zu mir.«

7

Lampions erleuchteten den kurz geschnittenen Rasen, Damen in Abendkleidern mit Draperien und Volants spazierten neben befrackten Herren durch den kunstvoll angelegten Garten. Einige der Damen hatten wohl denselben Coiffeur, sie trugen Dauerwellen, die sich zum Verwechseln ähnlich sahen, die Erfindung von Karl Ludwig Nessler war schwer in Mode, denn sie ermöglichte es, auch bei vollständig glattem Haar mithilfe einer geheimnisvollen Flüssigkeit, Lockenwicklern und einer elektrisch beheizten Zange dauerhaft Wellen zu erzeugen.

Mir gefielen Elisabeth Loibls natürliche Locken besser. Ich hatte sie gestern mit zu mir genommen, sie und ihre Kinder, um ihnen einen sicheren Unterschlupf zu bieten, bis die Sache ausgestanden war. Aber ich konnte mich als Polizist unmöglich in derselben Wohnung zum Schlafen aufhalten wie sie und hatte mir deshalb ein Zimmer im Hotel Marienbad genommen.

Von dort war ich voller Siegesgewissheit zur Villa in der Romanstraße 25 gegangen. Auf dem Fest der Tausends verlor sich mein Hochgefühl schnell: Ich war hier deplatziert, zumal ich die Verhaltensregeln nicht kannte, die mit dem Verzehr von Austern und Kaviar einhergingen. Geschlagene zehn Minuten trug ich ein Holzspießchen, von dem ich bereits die Südfrüchte heruntergegessen hatte, durch die Gegend, bis mir ein aufmerksames Dienstmädchen eine Silberplatte reichte, auf der ich es ablegen konnte. Später bemerkte ich, dass sich die anderen auch für einen kleinen Spieß extra einen Extra-Teller nahmen, und am Ende den Teller samt abgegessenem Spieß auf einem der Tische abstellten, wo er flugs abgeräumt wurde.

Diese Leute waren mit Pralinen aufgewachsen, ich hingegen mit Gummischlangen oder Himbeerbonbons aus der Tüte. Ich aß mein Schnitzel gern mit Tomatenketchup, sie gossen sich nicht mal selbst den Wein ein.

Viele der hier anwesenden Reichen und Mächtigen würden mich von Montag an hassen, wenn sie die neue Ausgabe der *Münchener Post* in der Hand hielten. Aber da ich sowieso nicht vorhatte, zum Dauergast ihrer Festlichkeiten zu werden, kümmerte mich das nicht. Als es kühler wurde, ging ich vom Garten in die Villa hinein. Ich besah die Teppiche und Wandbehänge und die echten Gemälde, durch deren Erwerb Franz Tausend jetzt über ein Monopol auf Schönheit verfügte. Er allein bestimmte darüber, wer sie betrachten durfte. Nun, vielleicht nicht mehr lange.

Am Buffet lud ich mir Schokoladen-Soufflé und Schlagrahm in ein Schüsselchen. Der Silberlöffel wog schwer in meiner Hand. Er war handgeschmiedet, sicher hatte allein der Löffel einen Wert von etlichen Mark. Ein Aluminiumlöffel kostete nur Pfennige. Beide erfüllten ihren Zweck, mit dem Silberlöffel ließ es sich nicht besser löffeln als mit einem aus Aluminium. Aber dem Silbernen hafteten Überlegenheit und Ehre an. Das schwere Gewicht in der Hand verkündete die Macht seines Besitzers.

Die genäselten Gespräche beim Austernschlürfen, die geheuchelten Höflichkeiten erschienen mir wie ein irrwitziges Theater. Und wie sie bei jeder Geste gewichtig blickten. Ein guter Teil des Lebens dieser Menschen bestand offenbar darin, anderen eine Rolle vorzuspielen. Die Modeschöpfer änderten jedes Jahr die Schnitte und Muster, weil sie genau wussten, dass die Damen für etwas Neues doppelt so viel ausgaben. Heute Abend versuchten nicht nur die feinen Damen der

Oberschicht, einander zu übertrumpfen. Sogar die Telefonistinnen wollten andere Telefonistinnen ausstechen, Kaufmannsfrauen ihresgleichen. Der Geltungsdrang hielt den Laden in Schwung, jede versuchte, vornehmer und hübscher als die anderen zu sein. Sie demonstrierten Reife und Geschmack, stellten sich als gute Partie dar bei den Herren, mühten sich, wahrgenommen zu werden und gesellschaftlich aufzusteigen.

Die Gespräche, die ich belauschte, erinnerten mich an tote, labbrige Gummivögel, die man an Bindfäden herumschleuderte, um den Eindruck des Fliegens zu erwecken.

Die älteren Damen sprachen über Hüte. Die jüngeren davon, wie sie auf einem Stück roter Erde einem Tennisball nachjagten und ihn über das Netz schlugen, und von Spielen in Wimbledon, denen sie als Zuschauerinnen beigewohnt hätten, und Spielen in Paris und in Cannes und in Berlin, und welche Hüte sie dort getragen hätten – schon wieder Hüte! Sie selbst nähmen auch an Turnieren teil, wenn auch weniger bedeutenden.

Plötzlich entdeckte ich Erich Ludendorff in einer Gruppe: Mit einem kurzen Nicken in meine Richtung deutete er ein Wiederkennen an. Ich wartete, ob er vielleicht noch auf mich zukäme, immerhin hatte er mir als Erster den Auftrag erteilt, Elisabeth Loibl zuzusetzen. Aber er richtete seine Aufmerksamkeit ganz auf die Frau an seiner Seite, Mathilde Spieß, die er erst vor Kurzem, nach seiner Scheidung von seiner ersten Ehefrau, geheiratet hatte. Sie sprach sehr laut auf die anderen Frauen in dieser Gruppe ein: »Goethe war nicht nur ein Freimaurer, ich werde in meinem neuen Buch auch den Beweis erbringen, dass er es war, der Friedrich Schiller mit einem feigen Giftanschlag ermorden ließ.« Dass sie völkische Schriften für gelangweilte bürgerliche Damen schrieb, war mir bekannt, aber ich staunte doch über die Kühnheit dieser Thesen und darüber, dass sich in ihrer Runde nicht der geringste Widerspruch zu regen schien. Ich entfernte mich langsam und stellte mich in die Nähe einer Gruppe, in der ich den Rechtsanwalt vom Gilchinger Steinberg wiedererkannte, der mich aber gänzlich ignorierte.

Die Herren sprachen von ihren Automobilen, davon, wie ein angekurbeltes Auto vor der Abfahrt herrlich zitterte vor Spannung und Aufladung. Sie erzählten sich stolz von Verletzungen, die sie erlitten hatten, weil die Anlasskurbel sich selbstständig gemacht und zurückgeschlagen hatte. Offizielle Regel war, die linke Hand für das Ankurbeln zu verwenden, um die kostbare rechte nicht zu verletzen. Man brauche ein Gefühl für den Motor, sagten sie, und müsse sein Auto gut kennen. Auch schalten dürfe man nicht mit Gewalt, sondern nur mit Gefühl.

Natürlich erforderten die Wagen Sachkenntnis und Hingabe. Die Herren besaßen sie nicht bloß, sie waren Automobilisten geworden, eine Veränderung ihrer Daseinsform. Neunzig Kilometer auf dem Schnelligkeitsmesser, Opel Cabriolett, Citroën, Rolls-Royce, hundert, hundertzehn Kilometer pro Stunde …

Eduard Kahlen-Hunte brachte sie zum Schweigen, indem er von seinem neuen Maybach berichtete. Den müsse man überhaupt nicht mehr ankurbeln. Man starte den Wagen einfach durch Drücken eines Abfahrtpedals. Das gebe einem Anlassmotor Strom, der den Hauptmotor so lange drehe, bis die ersten Zündungen erfolgten. Dann schalte sich der Anlassmotor selbsttätig aus, und der Motor des Maybachs laufe. Man lege einen Gang ein und fahre los. Alles, ohne den Wagen zu verlassen.

Die Herrschaften rings um ihn glotzten und wirkten kleinlaut. Sie waren geschlagen.

Die Frau des Goldmachers trug ein Abendkleid aus schwarzem Musselin mit einer Schleppe aus Straußenfedern, die hinter ihr herschleifte, während sie durch die reich stuckierten und illuminierten hohen Räume der Villa schritt. Herta Tausend führte Gäste im Haus herum und zeigte ihnen einige der Besitztümer, unter dem Vorwand, etwas zu kommentieren, das ihr persönlich viel bedeutete, damit es nicht arrogant wirkte, sondern wie ein privates Gespräch und ein Zeichen von Häuslichkeit. Neben ihr lief ihre Tochter, prachtvoll in einem Abendkleid aus weißem Crêpe Georgette, und doch verschüchtert.

Der Luxus hier hatte eine strategische Bedeutung. Franz Tausend hatte Signale platziert, die seine Kunden beeindrucken sollten. Auf dem Sekretär lag ein Buch, das er gewiss noch nie aufgeschlagen hatte, Thomas Manns *Zauberberg*. Es sollte aussehen, als sei er kulturell interessiert. Die Einladungen waren auf handgeschöpftes Büttenpapier mit faserigen Kanten geschrieben worden, das den Eindruck von edler Herkunft vermittelte. Selbst die Angorakatze, die auf einem Fensterbrett lag und mit würdevollem Blick über das Kommen und Gehen der Gäste wachte, war bewusst angeschafft worden, da war ich mir sicher. Ein kostspieliges Tier, das den Besuchern zeigte, in welcher Klasse die Tausends spielten. Und nicht zuletzt waren auch die eingeladenen Gäste nicht nur willkommene Beobachter, sondern auch ihrerseits Ausstellungsstücke, die unterstreichen sollten, welche Bedeutung Franz Tausend besaß. Neben General a. D. Erich Ludendorff waren führende Herren der Industrie, Landtagsabgeordnete, Kunstmaler und zwei berühmte Opernsänger erschienen. Ihr Ruhm färbte auf den Goldmacher ab und verlieh ihm Glanz. Dass Karl Scharnagl, der Oberbürgermeister von München, sich, anders als angekündigt, doch nicht blicken ließ, war zu verschmerzen.

Ich entdeckte Franz Tausend im Salon. Er trug einen taillierten zweireihigen Smoking, die Haare gescheitelt und in einem Knopfloch einen dunklen Anstecker, auf dem G 164 zu lesen war. Er hob kurz den Blick, als ich in seine Nähe kam, ich merkte, dass es in seinem Kopf eine Weile arbeitete, bis er mich erkannte. Scheinbar gänzlich unbeeindruckt unterhielt er sich weiter mit einem würdevollen Herrn mit Monokel. Der Herr sagte: »Ich beherrsche ganz leidlich das Cellospiel. Und Sie?«

Da spürte ich einen Griff am Arm und wurde unsanft zur Seite gezogen. Kriminaloberinspektor Mauck sprach leise und so dicht an meinem Gesicht, dass seine Speicheltröpfchen mir die Wange benetzten. »Sie sind abgezogen von dem Fall. Verlassen Sie die Feier. Meine Güte, Ahrndt! Sie sind eine Schande für die ganze Münchner Polizei.«

Ich spürte einen Druck in der Brust, als würde eine Würgeschlange meine Rippen zusammenpressen.

Er sagte: »Ich habe mit dem Chefredakteur der *Münchener Post* gesprochen. Es wird kein Artikel über Franz Tausend erscheinen.«

Wie betäubt stolperte ich nach Hause. Was hatte das zu bedeuten? Entweder steckte Mauck mit den Schlägern unter einer Decke, und sie hatten ihm Bericht erstattet. Dann wäre der Kriminaloberinspektor verantwortlich für das Verprügeln eines unschuldigen Jungen und die Attacke auf mich. Schwer vorstellbar. Dass er mit dem Chefredakteur der einzigen sozialdemokratischen Zeitung Münchens befreundet war, hielt ich für genauso wenig wahrscheinlich, wenn ich seine Bewunderung für Ludendorff bedachte. Er musste dem Redakteur mit irgendetwas gedroht haben. Wie aber hatte er von der Sache erfahren?

Als ich zu Hause in der Sedanstraße aufschloss und mich einer Frau und drei Kindern gegenübersah, prallte ich überrascht zurück. Ich hatte für einige Stunden vergessen, dass sie bei mir wohnten.

Elisabeth Loibl bemerkte mein Befremden, obwohl ich rasch die Fassung wiedergewann. »Danke, dass Sie das für uns tun«, sagte sie.

»Schon gut.«

»Ich wollte Ihnen etwas zu Essen kochen, aber ich hab mich nicht getraut. Das sind ja Ihre Sachen in der Küche.«

»Nein, bitte, die Kinder haben doch auch Hunger. Ich müsste nur der Köchin absagen, gestern hatte sie ihren freien Tag, deshalb kennen Sie sich noch nicht. Sie kommt immer um halb sechs.«

Jetzt fühlte sie sich noch unsicherer in meiner Wohnung, ich sah es ihr an. Wahrscheinlich ging es ihr ähnlich wie mir kurz zuvor auf dem Fest der Tausends. Ich zog die Schuhe aus und schlüpfte in meine Pantoffeln. Dann begab ich mich ins Wohnzimmer und rief nach der Familie. Ich bat sie, Mutter wie Kinder, Platz zu nehmen. Die zwei Jungs teilten sich einen Sessel, Elisabeth setzte sich in den anderen Sessel, die kleine Charlotte neben mich auf das Sofa, sehr adrett, die Hände auf den Knien. Sicher hatten sie längst Heimweh, diese fremde Wohnung musste bedrückend für sie sein, zumal ich mir vorstellen konnte, wie viele Tausend Mal Elisabeth in meiner Abwesenheit befohlen hatte: Fasst ja nichts an!

Ich fragte die Kinder: »Was esst ihr denn zu Hause gern?«

Schweigen.

»Zum Frühstück, was esst ihr da?«

»Kaffee und Brot«, sagte Anton mit seiner erkältungsrauen Stimme.

»Natürlich Malzkaffee«, ergänzte Elisabeth rasch.

»Wir tunken das Brot ein«, sagte die kleine Charlotte. »Aber Kristallzucker ist zu teuer, darum kauft Mama Süßstoff.«

Ich wandte mich ihr verblüfft zu.

»Sie kaufen nicht selbst ein, oder?«, fragte Elisabeth.

Ich schüttelte den Kopf.

»Anderthalb Kilo Kristallzucker kosten eine Mark«, erklärte sie, »eine Schachtel Saccharin nur zwanzig Pfennig.«

»Wenn Mama viel Geld hat«, sagte Charlotte, »gibt es auch mal Margarine aufs Schulbrot. Das ist immer toll.«

»Und zu Mittag?«, fragte ich.

Anton sagte: »Mama kocht Suppe aus Kochmehl. Manchmal gibt es auch Linsen oder Kartoffeln und Kohl.«

»Ich hätte einen Vorschlag.« Ich sprach, als würde ich nur die Kinder meinen, und vermied den Blickkontakt mit Elisabeth. Ich wollte sie nicht beschämen. »Was haltet ihr davon, wenn wir die Köchin bitten, uns Rindssuppe mit Leberknödeln zu kochen? Und damit ihr bis dahin durchhaltet, gibt es jetzt erst mal ein Schmalzbrot.«

Die Antwort war ein Jubelgeschrei, als hätte ich die Weihnachtsbescherung angekündigt.

Die Sache machte einfach zu viel Freude, ich konnte mich nicht beherrschen: »Als Nachtisch soll sie einen Schokoladenpudding zubereiten, wie findet ihr das?«

Jetzt war das Geschrei so laut, dass ich mir Sorgen machte, die Nachbarn könnten sich beschweren. Für gewöhnlich hörten sie aus meiner Wohnung nichts, höchstens einmal vom Plattenspieler Johann Sebastian Bachs Fugen.

Meine Sorgen, welche disziplinarischen Maßnahmen Mauck am Montag gegen mich anwenden würde, gingen in der Freudenlawine unter.

»Danke«, sagte Elisabeth und sah mich an. In ihrem Blick erkannte ich nicht nur Dankbarkeit. Ich sah einen Anflug von Liebe darin.

8

Den Sonntagvormittag verbrachten wir im Nationalmuseum. Die Kinder hatten nie zuvor ein Museum besucht und staunten über die Schiffsmodelle, über die Uhrensammlung im Rittersaal mit deutschen, englischen und französischen Modellen aus dem 16. bis 19. Jahrhundert. Auch die historischen Kinderspielsachen im Nachbarraum zogen sie in ihren Bann. Charlotte erfreute sich an dem großen Puppenhaus mit den filigranen Möbeln, ihre Brüder hingegen schwärmten für die Marionetten und die Weihnachtskrippen.

Ich gestehe, dass mich Stolz durchflutete, als wäre ich derjenige, der ihnen all diese Dinge zeigte: der Stolz eines Erwachsenen, der einem Kind die Welt eröffnet.

Zuletzt besuchten wir die große Waffenhalle. Links beim Eingang eine drehbare Hinterladerkanone aus Gustav Adolfs Besitz, an der Wand Reiterschilde mit Ausschnitt für die Lanze, dann Rüstungen und Helme, Hellebarden, Hakenbüchsen, Kugelarmbrüste, Schwerter. In der Mitte des Saals zwei Reiterharnische auf Pferden.

Wir schlossen einen Besuch des Englischen Gartens an. Die Kinder spielten am Isarkanal, und ich setzte mich auf eine Parkbank und unterhielt mich mit Elisabeth. Ich hatte mich getäuscht, sie stammte nicht aus besseren Verhältnissen. Ihr Vater hatte in einer Fabrik gearbeitet, die Knochen zu Leim und Seife verarbeitete. Er hatte die Knochen auskochen müssen, Leim und Seife angerührt, anschließend die Kessel gesäubert. In Arbeitsschichten von 6 bis 14 Uhr, 14 bis 22 Uhr oder von 22 bis 6 Uhr. Er hatte es sich nie erlaubt, krank zu sein. Nach der Arbeit ging er in den Wald, grub Baumstümpfe aus und zerkleinerte sie. Damit heizten sie im Winter.

»Er hat gern auf dem Stuhl in der Stube gesessen und uns Kindern beim Spielen zugesehen«, sagte sie. »Er war immer müde. Mit vierzig Jahren ist er gestorben.«

Ich biss mir auf die Lippe. Mir fiel nichts Tröstliches ein, das ich hätte sagen können. Wir gingen schweigend einige Schritte. Dann rief ich die Kinder. Wir setzten uns ins Milchhäusl und aßen ein Eis. Danach mieteten wir am Kleinhesseloher See einen Kahn und fuhren über das Wasser. Der Kahn war mit zwei Erwachsenen und drei Kindern voll beladen, ich ruderte vorsichtig, damit kein Wasser hereinschwappte. Paul und Anton warfen mir Blicke zu, die mich beschämten. Es waren die Blicke von Kindern, die davon träumen, einen Vater zu haben, der ihnen öfter so etwas bieten könnte.

Warum tat ich all das? Legte ich es darauf an, die Kinder zu beeindrucken? Wollte ich ihre Zuneigung gewinnen und vielleicht über diesen Umweg die Zuneigung Elisabeths? Ich schob den Gedanken beiseite. Die Kinder und auch Elisabeth hatten nach dem, was geschehen war, eine friedliche Ruhepause verdient.

Ich versprach, nächstes Wochenende wieder einen Ausflug mit ihnen zu unternehmen. Wir würden ins Deutsche Museum gehen, erklärte ich, wo Originalflugzeuge an der Decke hingen und wo es Dampfmaschinen gab und die Nachbildung einer Alchemistenküche. Eine Küche wie die von Franz Tausend, dachte ich, nur dass ein wirklicher Erfinder nicht die Hilfe eines korrupten Polizeioberinspektors brauchte und keinen Presseartikel untersagte.

Auch Elisabeth Loibl sah mich an, während wir über den Kleinhesseloher See schipperten. Ich hatte ihr schonend beigebracht, dass aus dem Zeitungsartikel nichts wurde. Es entmutigte sie nicht, wie ich befürchtet hatte, sie war danach zwar schweigsam, aber es war ein zum

Handeln entschlossenes Schweigen. Dieser Blick von ihr, auf mich, einen fünfundvierzigjährigen übergewichtigen Mann mit grauem Bart, der ihren Kindern vermutlich gerade zu einem der schönsten Sonntage ihres bisherigen Lebens verholfen hatte, sagte allerdings: Sie verstand mich nicht. Dass ich nicht länger als Polizist handelte, war ihr bewusst. Ich war als Privatmann hier. War das überhaupt gestattet, einen Fall, mit dem man als Polizist betraut war, privat werden zu lassen? Und selbst wenn, warum half ich ausgerechnet ihr? Es gab so viel Leid in der Stadt. Verzweifelte, Hungrige, Bedürftige. Abgesehen davon war es nicht schicklich, dass sie sich als verheiratete Frau mit mir, einem Alleinstehenden, zu gemeinsamen Unternehmungen traf.

Während sie mich ansah, vergaß ich, die Ruder ins Wasser zu senken. Dieser Blick, so ernst und gleichzeitig fragend: Was hast du vor, Heinrich? Ich konnte ihm nicht standhalten. Ich sah auf das Wasser, tauchte die Ruder ein und beobachtete, wie die Kreise immer weiter über das Wasser zogen, bis sie durch die Vorwärtsbewegung des Kahns hinter uns verschwanden. Ich mochte Elisabeth, das stand außer Frage. Aber ich wusste keine Antwort auf ihre stumme Frage.

Der Frachtdampfer *Artushof* fuhr in den Stettiner Hafen ein, gefolgt von der *Colberg* und der *Gothenburg*. Ihre Schornsteine rußten, die Motoren stampften schwer. Die Fracht drückte die Schiffe tief ins Wasser.

Eduard Kahlen-Hunte stand an der Lastadie und beobachtete das Anlegen der drei Schiffe. Ständig wurden aus Schiffen, Zügen oder Flugzeugen Waren entladen, die ihm gehörten, es war nicht seine Aufgabe, das zu überwachen. Aber diesmal wollte er dabei sein und sicherstellen, dass der Coup gelang.

Nebelfeuchte legte sich auf sein Gesicht und auf die Hände, feine kalte Tropfen. Das Wetter spielte ihm in die Karten, weil es Neugierige fernhielt, die sich sonst gern im Hafen herumtrieben. Falls die Militärkontrolleure der Alliierten auftauchen sollten, würde es einen Skandal geben, der in sämtlichen Zeitungen der westlichen Welt beschworen würde und Deutschland in große politische Schwierigkeiten brächte. Alles hing davon ab, dass seine Leute mit dem Ablenkungsmanöver Erfolg hatten. Gib dem Räuber etwas Kleines zum Fressen, dann sucht er nicht nach der großen Beute.

Kräne hievten schwere Kisten aus dem Bauch der *Artushof*, breiträdrige Lastwagen fuhren vor und übernahmen sie. Trotz der Aufregung vermittelte ihm dieser Augenblick ein gesteigertes Gefühl von Gegenwart, das ihm gefiel. Er war wirklich *hier*. Ein gewöhnlicher Donnerstag in Stettin. Aber was er in Gang brachte, würde den Lauf der Geschichte verändern.

Es gab Leute, die verloren sich in Spinnereien wie Musik oder Theater oder Literatur. Das hier war die Realität. Die Ladung dieser Schiffe bestimmte darüber, wer lebte und wer starb, welches Volk erblühte und welches Sklavendienste zu leisten hatte.

Ein Mann in einem dunklen Regenmantel trottete heran, klappte seinen Block auf und begann, die Hafenarbeiter zu belästigen. Er stellte Fragen nach den Schiffen, Eduard sah es an seiner auf die *Artushof* weisenden Armbewegung.

Zwei Männer lösten sich aus dem Schatten eines der Lastwagen und blickten zu ihm, Eduard, auf. Er nickte kurz. Sie schnappten sich den Reporter und schleiften ihn vom Hafengelände. In den Gassen der Lastadie würden sie ihn krankenhausreif schlagen, und er würde sicher beschließen, dass ihm die drei Schiffe keine weiteren verlorenen Zähne und Knochenbrüche wert waren.

Es lief gut.

Stettin war der verlängerte Arm des 150 Kilometer entfernten Berlin, der Ein- und Ausfuhrhafen in alle Welt, durch die Eisenbahnlinie und die Oder-Schifffahrt wie in einer Symbiose mit der Hauptstadt verbunden. Eduard Kahlen-Hunte ärgerte sich, dass er nicht längst in die Stettiner Werft investiert hatte. Dort wurden die größten und schnellsten Ozeandampfer der Welt gebaut, Stettin hatte die Engländer so sehr gereizt, dass sie mit dem Bau der *Titanic* reagierten. Er würde sich hier eine Villa kaufen oder eines der mittelalterlichen Häuser in der Stettiner Altstadt, das beschloss er jetzt, und anschließend würde er nach klugen Investitionen in die örtlichen Industrieanlagen Ausschau halten.

Ein Polizeiwagen fuhr vor. Sein Herzschlag beschleunigte sich. Waren seine Männer zu unvorsichtig gewesen? Wenn die Polizei nach dem Verbleiben des Reporters fragte, würde sie womöglich auch die Fracht ansehen. Das musste er unbedingt vermeiden. Eine Prügelei, dachte er, ein Streit im Hafen, ja, so werde ich es ihnen verkaufen, ich habe alles gesehen. Die zwei Schläger wandern in den Knast, aber ich werde sie so gehörig schmieren, dass ihnen der Aufenthalt in der Zelle wie ein kurzer Urlaub erscheint. Mit dem Reporter würde es schwieriger werden, solche Leute waren Idealisten, der war nicht mit Geld zu kriegen, er würde ihn einschüchtern lassen, eine Schwachstelle hatte jeder: Familie, ein dunkles Geheimnis, Spielschulden.

Als er den Polizeipräsidenten höchstpersönlich aussteigen sah, fuhr er zusammen. Nein, das war nicht wegen der Schläger. Jemand hatte die Sache verpfiffen. Oder Paul Fenner folgte einer klugen Vermutung. Der Polizeipräsident war klein und dick und versuchte, seine beginnende Glatze unter der Dienstmütze zu verbergen. Er sah sich kurz um, dann lief er direkt auf ihn, Eduard, zu.

Zwei Beamte stiegen aus demselben Wagen, blieben aber dort stehen, vermutlich, um eine Order des Polizeipräsidenten abzuwarten.

Fenner stellte sich neben ihn, als wolle er wie ein Tourist das Entladen der Schiffe betrachten. »Aus Leningrad?«, fragte er.

»Hören Sie, ich bin nicht verpflichtet –«

»Ladung?«

»Rundeisen und Aluminium.«

»Wer's glaubt.« Der Polizeipräsident lachte leise.

»So steht es in den Papieren.«

Fenner schien abzuwägen, wie weit zu gehen er bereit war. Auch seine Karriere konnte leiden, er musste sich über die Beziehungen klar sein, die Eduard bis in höchste Kreise pflegte. Aber Fenner war Sozialdemokrat, Eduard wusste das, und er traute ihm deshalb nicht über den Weg.

»Wir haben einen Befreiungskrieg vor uns«, erwiderte Eduard, »in fünf, sechs Jahren. Darauf müssen wir uns vorbereiten.«

»Das entscheiden nicht Sie«, entgegnete der Polizeipräsident knapp. »Dafür gibt es gewählte Volksvertreter im Reichstag.«

Eduard sah zu den Lastwagen, die schwer beladen vom Hafengelände fuhren. »Das Reichswehrministerium ist informiert. Sie werden sich doch nicht gegen die deutsche Regierung stellen wollen.«

Fenner schwieg grimmig.

Zum Glück waren in Pillau in Ostpreußen bereits die Hälfte der 3 000 Tonnen Artilleriemunition ausgeladen und auf die umliegenden Munitionsdepots verteilt worden. Selbst wenn der Polizeipräsident die Fracht hier aufhielt, wäre nicht alles auf einen Schlag ruiniert. Aber das Entladen von 350 000 Artilleriegranaten würde noch Stunden dauern, in denen er hier großen Ärger bekommen konnte.

Seit drei Jahren lag die Munition in Leningrad bereit, drei Jahre lang hatte, wegen der alliierten Militärkontrolle, niemand gewagt, sie nach Deutschland zu holen. Er, Eduard, hatte alles perfekt vorbereitet. Da durfte ihm ein Hanswurst wie Fenner nicht in die Quere kommen. Was wusste der schon vom geheimen X-Haushalt für Rüstungsausgaben, der neben dem offiziellen mickrigen Wehretat Deutschlands bestand und im Ausland nicht bekannt werden durfte? Was wusste diese Null von den wirklichen Machtverhältnissen in Europa, von den Vorbereitungen, den Plänen? Nichts, rein gar nichts! Dass deutsche Piloten im Geheimen in der Sowjetunion bereits die Zusammenarbeit mit der Artillerie übten, mit modernster Technik aus der Luft per Funk Anweisungen gaben, die das Artilleriefeuer steuerten. Nachtflug übten, Erdangriffe im Staffelverband, Bombenabwürfe und die Verwendung von Zündern, Visiereinrichtungen und ballistischen Messapparaturen! Der Polizeipräsident stand hier und faselte von Frachtpapieren – wenn erst mal der Krieg ausgebrochen war, würde er vor Angst krank im Bett liegen und hoffen, dass seine, Eduards, vorausschauenden Pläne aufgegangen waren und Deutschland bereit war.

»Für wen fährt die *Artushof?*«, fragte Fenner.

»Die Deutsche Orient-Linie AG, für gewöhnlich.«

»Und diese Herren dort?« Er zeigte auf die fünf Offiziere der Reichswehr, die den Transport begleiteten. »Sie sehen nicht wie Matrosen aus. Eher wie Soldaten.«

»Reines Privatvergnügen.« Sie hatten gefälschte Pässe bei sich. Sollte man sie entlarven, würde das Auswärtige Amt eine vorbereitete Stellungnahme veröffentlichen: *Anspielungen über geheimnisvolle Beziehungen der Reichswehr zu fremden Armeen, insbesondere zur russischen, beruhen auf einem Missverständnis. Was die Offiziere des Reichsheeres nach ihrer Entlassung als Privatleute unternehmen, entzieht sich der Kenntnis sowie der Verantwortung der Reichsregierung.*

Fenner schüttelte den Kopf und rief seinen Kollegen zu: »Prüfen Sie die Ladung.« Die zwei Polizisten setzten sich in Bewegung.

»Sie machen einen Fehler«, sagte Eduard.

»Der Friedensvertrag von Versailles sagt klar und unzweideutig: Die Einfuhr von Waffen, Munition und Kriegsgerät jeder Art nach Deutschland ist ausdrücklich verboten.«

»Sie machen einen Fehler«, wiederholte Eduard. »Pfeifen Sie Ihre Männer zurück.«

Fenner zückte ein weißes Taschentuch und tupfte sich den Schweiß von der Stirn, aber er gab keine Rückzugsorder. Die Polizisten befahlen den Hafenarbeitern, eine der Kisten abzusetzen und aufzuhebeln.

Der schwere Deckel wurde abgehoben, Holzwolle beiseitegeschoben. Fenner trat näher und lugte hinein. Die dunklen Artilleriegranaten lagen wie anklagend da.

Eduard spürte, wie die Nervosität in ihm schwand. Das war schon immer seine Stärke gewesen: Auf dem Höhepunkt jeder Krise wurde er ruhig. Die alliierten Kontrolleure waren weit weggelockt, sie würden heute nicht mehr hier auftauchen. Er musste jetzt den Polizeipräsidenten, der bestimmt innerlich triumphierte, seine Macht- und Bedeutungslosigkeit spüren lassen. Wenn es ihm gelang, den Abtransport der Munition fortzusetzen, hatte Fenner bis auf einige Augenzeugenberichte nichts in der Hand. Das reichte allenfalls für einige unschöne Presseberichte.

Gleich nach dem Abtransport der Fracht würde er nach Berlin weiterreisen und Reichswehrminister Geßler warnen.

Eduard Kahlen-Hunte wandte sich an den Polizeipräsidenten und blickte ihn mitleidig an. »Sie sind ein Niemand«, sagte er, »eine Ameise, die sich einem Automobil entgegenstemmen will.«

Nach einer ruhelosen Nacht im Hotel Marienbad – in der ich durch die dünne Zimmerwand meinem Raumnachbarn beim Schnarchen zuhörte, bis ich in den Morgenstunden endlich einschlief – kleidete ich mich an, frühstückte Spiegelei mit Speck und machte mich auf den Weg zur Polizeidirektion. Es war bereits halb neun, als ich in der Ettstraße eintraf. Erika, Maucks Sekretärin, sah mich an, als hätte ich eine tödliche Krankheit.

Sie drückte mir eine Mappe in die Hand, eine Patientenakte zur Entlassung aus dem Krankenhaus, Sie sind ein hoffnungsloser Fall, Ahrndt, gehen Sie, sterben Sie zu Hause bei Ihren Lieben. »Das wird Ihnen Freude machen«, sagte sie mit Leichenbittermiene. »Sie sind doch literarisch interessiert. Gehen Sie zu diesem Thomas Mann. Jemand hat sich für ihn ausgegeben.«

»Ein Hochstapler? Schon wieder? Es muss ein Nest geben in München«, sagte ich.

Sie rührte an meinen Arm. Jetzt erinnerte sie mich an meine Mutter, wenn ich als Knabe hohes Fieber hatte. »Und gehen Sie gleich. Es ist besser, wenn Sie heute nicht hier sind.«

»Weshalb?«

Statt zu antworten, gab sie mir einen sanften Druck mit der Hand und entfernte sich. Es stand nicht gut für mich.

Aber ich hatte mich bei einem Anwalt erkundigt. Falls Mauck mir vorwerfen würde, ich sei für den Polizeidienst untauglich, müsste er sich sagen lassen, dass er das in den vergangenen zwölf Jahren längst hätte bemerken können, und nicht erst kurz vor meiner Beförderung.

Thomas Mann. Ich hatte einiges von ihm gelesen, die *Buddenbrooks*, den *Zauberberg* nur zur Hälfte, den *Tod in Venedig*. Diesen Autor persönlich zu treffen und dabei Mauck zu entgehen, war eine Aussicht, die mir gefiel, auch wenn mich dabei das ungute Gefühl quälte, meine Probleme auf die lange Bank zu schieben.

Die Mappe unter den Arm geklemmt, verließ ich die Polizeidirektion. Mit weit ausgreifenden Schritten lief ich zum Stachus. Eine Tram fuhr durch das Karlstor und neben ihr ein Radfahrer in Briefträgeruniform, er klingelte, um einige Fußgänger zu vertreiben, die ihm im Weg waren.

Drei Straßenbahnstrecken kreuzten sich in der Mitte des Platzes, sie schnitten mit ihren Schienen ein Dreieck aus, und in der Mitte dieses Dreiecks befand sich der Stachus-Kiosk. Er hatte vor sieben Jahren in Flammen gestanden, bei den Straßenkämpfen, nicht weil er angezündet worden wäre, sondern weil man ihn in Brand geschossen hatte. Ob es die Brigade Ehrhardt war oder Angehörige des Freikorps Grafing oder die Batterie Zenetti, oder ob es die Roten waren, weiß ich nicht. Vor dem neuen Kiosk sah ich eine Bank, dorthin setzte ich mich und öffnete die Mappe. Sie enthielt einen Artikel aus der heutigen

Münchener Post, bezeichnet mit der Autorenangabe »Thomas Mann« und fein säuberlich ausgeschnitten. Dazu mit Schreibmaschine getippt eine kurze Aufnahme des Vorfalls und der Begleitbrief, den der hochstapelnde Verfasser letzte Woche dem Artikel beigelegt hatte. Ein Zettel mit Thomas Manns Adresse, handschriftlich, war angeheftet.

Ich nahm die Trambahn Linie 9, die Gelbe, und fuhr hinaus nach Bogenhausen zum Gebeleplatz. Von dort waren es nur drei Querstraßen zu Fuß. Ich ging an Einfamilienhäusern vorbei und las die Klingelschilder. Baron von Rummel. Prof. Erich Marcks. Bruno Walter, Generalmusikdirektor der Münchner Hofoper. Baron Gumppenberg, Hofmarschall des Herzogs Karl Theodor in Bayern.

Poschinger Straße 1, Ecke Föhringer Allee. Hier war der *Zauberberg* entstanden. Eigenartig, dass auch Literatur, die sich in alle Welt hinauswagte – im Fall des *Zauberbergs* hoch ins Gebirge –, eine Adresse in meiner Stadt hatte, ein Haus, in dem sie entstand.

Thomas Manns Villa war buchstäblich das letzte Haus Münchens. Dahinter begann die Wildnis. Neben der Villa rauschte die Isar, sie strömte schnell über flache Terrassen hinweg. Zwischen Fluss und Haus befanden sich eine Pappelallee und ein erhöht liegender, von knorrigen Espen gesäumter Fußweg.

Das große, herrschaftliche Haus besaß drei Stockwerke und einen halbrunden Vorbau, darüber einen terrassenartigen Balkon und im dritten Stock einen weiteren halbrunden Balkon, von mehr als zwanzig steinernen Säulchen eingefasst, auf denen ein Handlauf aus Stein ruhte.

Eine kurze Treppe führte aus dem Garten zum Vorbau hinauf. Dort stand die Flügeltür offen, und auch die Fenster waren weit geöffnet. Ich begriff, dass ich mitten in das Arbeitszimmer des Schriftstellers blickte. Der Schreibtisch stand in der runden Wölbung des Vorbaus, sodass er von drei Seiten Licht bekam. Ich sah Empire-Leuchter – übermannshohe Stelen mit je sieben elektrischen Lampen –,

Empire-Sessel und ein Sofa, auf dessen Sitzfläche Bücher gestapelt waren. Hinter all dem standen hohe dunkle Bücherregale, gefüllt mit bibliophil eingebundenen Büchern. Ein kleiner runder Tisch war vage zu erkennen, ein Tisch, den zwar Stühle umstanden, der aber kaum zum Teetrinken in Benutzung sein konnte, weil sich auf ihm ebenfalls Bücher türmten.

Ein Windstoß wehte grüne Samtvorhänge zusammen mit den weißen Gardinen aus den Fenstern. Thomas Mann selbst trat an die hohen Fenster und schloss sie, und danach auch die Terrassentür. Hatte er mich gesehen?

Ich schämte mich für den ungehörigen Spähblick ins Haus. Nachdem ich ein Stück am Zaun entlanggegangen war, betrat ich durch die Zaunpforte das Grundstück und ging zur rückwärtig gelegenen Eingangstür, immer noch Schamesröte im Gesicht, wie ich spürte. Ich läutete.

Es dauerte einige Momente, dann öffnete eine Frau in den Vierzigern. Ihre großen lebhaften Augen blickten mich leicht fragend und doch gleichmütig an. Das musste Katia Mann sein. Sie leibhaftig vor mir zu sehen, ließ mich trocken schlucken. Ich hatte auf ein Stubenmädchen gehofft, das mich melden würde. »Ich müsste Herrn Thomas Mann sprechen, ist das möglich?«

»Nein, ist es nicht.«

»Dürfte ich fragen, weshalb nicht? Ist er krank?«

»Er arbeitet. Während der Vormittagsstunden wünscht er keine Störung.«

Die Art, wie sie das sagte, machte klar, dass es nicht verhandelbar war. Andererseits durfte ich mir auf keinen Fall einen weiteren Misserfolg einhandeln. Sie war schon im Begriff, mir die Tür vor der Nase zu schließen, als ich meine Mappe öffnete und sagte: »Dieser Artikel ist in der heutigen Ausgabe der *Münchener Post* erschienen. Jemand hat den Namen Ihres Mannes benutzt, und Ihr Mann hat den Vorfall gemeldet. Ich würde der Straftat gern auf den Grund gehen, auch im Interesse Ihres Mannes. Ich bin Kriminalpolizist.«

Das machte auf sie keinen sonderlich großen Eindruck. »Er hat mir von der Sache erzählt. Aber rückgängig machen können wir's sowieso nicht. Jetzt arbeitet er.«

»Sehen Sie«, sagte ich, »es lässt sich zwar nicht mehr beheben, und Korrekturvermerke in den Zeitungen werden leicht überlesen. Aber der Täter wird die Sache wiederholen. Ich bin seit zwölf Jahren Polizist, und mir sind fast ausschließlich Wiederholungstäter untergekommen. Wollen Sie jemanden dulden, der immer wieder eigene Texte für die Ihres Mannes ausgibt? Das torpediert das Schaffen Ihres geschätzten Gatten.«

Sie seufzte leise und musterte mich kurz, bevor sie mich doch hereinbat. Wir betraten einen Vorraum mit einer Garderobe, wo ich den Hut ablegte und den Sommermantel. Dahinter führte mich Katia Mann in eine holzgetäfelte Diele, in der ein mannshoher Bär meine Aufmerksamkeit fesselte. Er war auf die Hinterbeine erhoben und fletschte die Zähne, ein sorgfältig präpariertes Tier, auch wenn das Fell bereits etwas ausgeblichen war. In den Pranken hielt er eine hölzerne Schale für Visitenkarten. Ein Grammofon sah ich und eine große Plattensammlung. An den Wänden standen hohe Bücherschränke, und es gab einen Kamin und eine Treppe nach oben. Das Ambiente wirkte einschüchternd auf mich, aber dieser Empfindung durfte ich mich nicht überlassen.

Wir durchschritten eine weitere Türöffnung und betraten einen Salon. Durch drei Fenster fiel warmes Morgenlicht, es gab auch hier Bücherregale sowie einen Stutzflügel. In einer Ecke stand ein Teetisch, dorthin geleitete mich Katia Mann und bat mich, an ihm Platz zu nehmen.

Thomas Mann betrat den Raum. Er war rasiert und fein gekleidet in Hemd und Bügelfaltenhose. Ich erhob mich. Wir stellten uns vor und gaben uns die Hand. Auf eine knappe Geste seinerseits hin setzte ich mich wieder. Er nahm mir gegenüber Platz.

Ich sagte: »Was hier vorgefallen ist, Urkundenfälschung, nehmen wir sehr ernst. Wir haben oft Schmähbriefschreiber, die mit einer fingierten Unterschrift jemandem eins auswischen wollen. Die trifft die volle Strenge des Gesetzes.«

Warum man so etwas mache?, fragte er.

Ich wischte mir die schweißnassen Handflächen an den Hosenbeinen ab und zählte auf: »Missgunst, Schadenfreude, Hass, Rachegelüste, Neid …«

In seinem Fall sei es ja kein gehässiger Artikel.

»Wir werden die Unterschrift, die Schreibmaschinenschrift und das verwendete Papier untersuchen. Da gehen wir akribisch vor. Haben Sie denn jemanden in Verdacht?« Ich hörte mir selbst zu, wie ich daherredete, und verabscheute mich. Ich kann die verfälschte Form meiner selbst nicht leiden, in die ich mich verwandele, wenn ich nervös bin: dieses fahrige schnelle Sprechen und die hohe Stimme.

Er habe darüber natürlich schon nachgedacht, sagte er. Dann verfiel er in Schweigen.

»Jemand, der beweisen will, dass er Ihnen im Schreiben ebenbürtig ist? Immerhin ist der Redaktion nicht aufgefallen, dass der Text nicht von Ihnen stammen kann. Das muss dem Fälscher ein Triumph gewesen sein.«

Er nickte vage.

Ich bat ihn, auf dem weißen Blatt zu unterzeichnen, das ich ihm hinschob.

Zuerst zögerte er, dann tat er mir den Gefallen. Als Menschenkenner und feiner Beobachter hatte Thomas Mann längst bemerkt, dass ich vor Ehrfurcht zitterte. Ich glaube, er hatte Mitleid mit mir.

Unterschriftsfälschungen sind besonders schwer nachzuweisen, vor allem, wenn dem Fälscher ein Original vorlag, das er durchpausen konnte. Ich suchte nach Hinweisen auf eine Verzögerung der Schreibbewegung. Der Fälscher beherrscht nicht die Schreibschnelligkeit des Urhebers der echten Unterschrift. So lässt sich die Fälschung überführen. Ich legte den Begleitbrief, der dem Artikel im Schreiben an die Redaktion beigelegt worden war, neben die frische Unterschrift und verglich die Schriftzüge. »Hier sehen Sie eine Unterbrechung.« Ich zeigte darauf. »Und dort wurde angeflickt, dieser Strich im ›n‹ wurde ausgebessert. Das hat kein Profi gemacht. Ein Profi hätte Ihre Unterschrift sorgfältiger eingeübt.«

Statt sich auf die Unterschrift zu konzentrieren, las Thomas Mann den Brief. Das sei geschickt gemacht, sagte er. Indem der Verfasser behaupte, er werde zu einer längeren Reise aufbrechen, verhindere er Nachfragen der Redaktion.

Beinahe hätte ich gesagt: An Ihnen ist ein Polizist verloren gegangen. Ich verkniff mir diese Vertraulichkeit. Stattdessen bat ich Frau Katia Mann, die soeben eintrat, höflich um eine Lupe. Sie erfüllte meinen Wunsch und brachte eine, das übliche Glasrund am Stiel, das sich in den meisten Haushalten findet, um klein gedruckte Zeitungsannoncen zu lesen. Ich untersuchte die beiden Schriftzüge. Indem ich mich darauf konzentrierte, lenkte ich die Aufmerksamkeit von meiner Aufgeregtheit ab, sodass sich mein Gemüt entkrampfte und ich ruhiger atmete.

Thomas Mann fragte, ob ich so etwas öfter mache.

Ja, sagte ich. Bei gefälschten Urkunden müsse man genau hinsehen. Zum Beispiel lasse sich leicht feststellen, ob einer gefalteten Urkunde nachträglich Eintragungen hinzugefügt worden seien: Durch das Falten des Papiers werde es an den Knickstellen ausgefasert, schreibe man über solche Stellen, laufe die Tinte aus. Ursprünglich sei die Urkunde aber erst ausgestellt und danach gefaltet worden, sodass die originalen älteren Eintragungen an den Faltstellen nicht auslaufen.

Vor einiger Zeit war ein Fälscher namens Hermann Kyrieleis genau an diesem Phänomen gescheitert. Er hatte in gedruckte Bücher und Bibeln des 15. und 16. Jahrhunderts Widmungen Luthers an seine Freunde eingeschrieben, dazu Sprüche, Psalmen oder geistliche Lieder, was einer tatsächlichen Gewohnheit des Reformators entsprach. Kyrieleis schickte seine Frau oder einen Mittelsmann zu Direktoren großer Bibliotheken und zu bedeutenden Autografenhändlern, um das jeweilige Buch zum Kauf anzubieten, unter dem geheuchelten Vorwand, durch Not zum Verkauf dieses kostbaren Familienbesitzes gezwungen zu sein. Im Laufe der Zeit stellte der Fälscher mehr als neunzig vermeintliche Lutherhandschriften her. Nach einiger Zeit wurden die Antiquare stutzig wegen der Menge von auftauchenden Autografen und ließen sie genauer als bisher untersuchen, sodass der Schwindel aufflog. Wo hatte der Fälscher gepatzt? An den Wurmlöcherstellen war die Tinte verlaufen, aber zu Luthers Zeiten waren die Bücher noch nicht wurmstichig gewesen. Man prüfte die Tinte und stellte fest, dass es nicht die Eisengallustinte war, die in der Zeit der Reformation üblich gewesen war, und hatte damit den letzten Beweis in der Hand.

Es machte mir Freude, von diesen Entdeckungen zu erzählen. »In den fünfziger Jahren des vorigen Jahrhunderts«, sagte ich, »gab es einen Mann namens von Gerstenbergk, der eine große Menge Schiller-Autografen fabrizierte und in den Handel brachte. Die Fälschungen waren so gelungen, dass sie bis heute noch nicht ganz aus den Sammlungen verschwunden sind. Man konnte von Gerstenbergk nachweisen, dass er leere Blätter aus alten Akten aufgekauft hatte, die er für seine falschen Autografen verwendete.«

Thomas Mann sah mich an, und in diesem Moment meinte ich, etwas von dem Autor in ihm erkennen zu können. Sein Blick war wach, voller Neugier und schweifte doch schon in ein entferntes Reich der Fantasie.

»Sehen Sie selbst«, sagte ich und reichte ihm die Lupe.

Er beugte sich über die beiden Unterschriften.

»Das Tintentröpfchen hängt für gewöhnlich unterhalb der Federspitze«, erklärte ich. »Hält man die Feder flach, so wie es der Fälscher getan hat, wird das Tröpfchen beim Federzug über die Papierfläche geschleift und verursacht nach dem Adhäsionsprinzip eine ausgebuchtete Konturenlinie. Der obere Rand der Linie ist glatt, der untere Rand rau. Bei Ihrer Unterschrift ist das nicht so, Sie halten die Feder steil.«

Ob es nicht trotzdem ein Husarenstück sei, das der Artikelschreiber da absolviert habe, fragte er. Ein Husarenstück, das man bewundern müsse.

Ich verneinte das entschieden.

Aber er beharrte darauf: Anfangs habe er sich zwar geärgert. Er habe es als Frevel empfunden, als ein Eindringen in seine Privatsphäre. Jemand gebrauchte seinen Namen! Und dieser Jemand schrieb über das Leben in seinem Haus, er schilderte den Alltag der Familie Mann.

Andererseits, wenn man den Fall von diesem Franz Tausend nehme … Er habe heute in der Zeitung davon gelesen, in derselben Ausgabe. Wenn einer diesen unsäglichen General Ludendorff derart an der Nase herumführe, sei das zu bewundern. Und auch in seinem Fall …

In meinen Ohren rauschte es. Ich hörte das Herz in meiner Brust klopfen. Der Artikel war erschienen? Sie hatten ihn doch gebracht!

Erst als Thomas Mann irritiert innehielt, wurde mir klar, dass ich nicht länger zugehört hatte. Ich bat ihn höflich, fortzufahren, und nahm mir im Stillen vor, auf dem Rückweg eine Ausgabe der *Münchener Post* zu kaufen.

Er würde gern abwarten, ob noch weitere Artikel seines Doppelgängers auftauchten.

»Abwarten?«, fragte ich. »Warum?«

Er habe einen Verdacht, wer den Artikel geschrieben haben könnte.

»Und wer?«

Er bevorzuge, mir das nicht zu sagen.

Der Polizist blieb erstaunlich höflich, er drang nicht in ihn und verabschiedete sich bald. Thomas Mann kehrte ins Arbeitszimmer zurück. Arbeiten konnte er jetzt nicht. Er nahm einige Bücher vom Sofa, legte sie am Boden ab und setzte sich.

Hochstapler. Das Thema reizte ihn, seit er als junger Mann die zweibändigen Memoiren des Edelbetrügers Georges Manolescu förmlich verschlungen hatte, ein wahrer Schelmenroman. Aber der Stoff war schwieriger, als er gemutmaßt hatte, die Novelle nie recht gelungen.

Lag es daran, dass er sich selbst manchmal wie ein Hochstapler fühlte?

Er verdiente zwar Geld mit seinem Schreiben – sein erstes Honorar: drei goldene Zehnmarkstücke für die Erzählung »Der Wille zum Glück«, die der *Simplicissimus* abdruckte und für die er vom jungen Jakob Wassermann das Honorar bar ausgehändigt bekam, Goldgeld, der Inbegriff der Bürgerlichkeit und das Signal, dass er, Thomas Mann, trotz der Künstlerexistenz solide war und akzeptabel –, aber vor den *Buddenbrooks* hatte er noch geglaubt, er solle zeitlebens bei der psychologischen Kurzgeschichte bleiben und würde es nie mit einer großen Komposition aufnehmen können, einem Roman.

Die Romane der Goncourts, die er damals las, hatten ihm Mut gemacht mit ihren kurzen Kapiteln. Auch einige skandinavische Familienromane inspirierten. Zweihundertfünfzig Seiten nahm er sich vor, in fünfzehn Kapiteln, ein zitternd gefasster Plan. Er entwarf die Handlung, die Stammbäume der Protagonisten, sammelte psychologische Pointen, recherchierte mithilfe von Onkel Wilhelm Marty in Lübeck, weil er selbst schon in München wohnte. Wie er sich immer wieder füttern musste, die Verzweiflung bekämpfen musste, indem er Turgenjew las und Tolstoi! Und wie er das Manuskript, von Hand auf liniertem Papier geschrieben, beidseitig, schließlich an S. Fischer geschickt hatte …

Der Verlag brachte das Buch auf den Markt, aber es schnitt bei der Kritik nicht gut ab, die Kritiker verglichen es mit einem im Sand mahlenden, feststeckenden Lastwagen. Ein ganzes Jahr dauerte es, bis die ersten tausend Exemplare verkauft waren. Wer würde da nicht an sich zweifeln?

Und schließlich doch der Erfolg. Das schönste Kompliment kam von einer Dame, einer Münchner Künstlerin: »Ich habe mich nicht gelangweilt beim Lesen Ihres Buches und habe mich auf jeder Seite gewundert, dass ich mich nicht langweilte.« Ha! Der Triumph über den Stoff! Er hatte ihn gebändigt und überwunden.

Trotzdem überfielen ihn Zweifel, jetzt noch, im Rückblick: Es hatte doch nur ein Missverständnis den Roman erfolgreich werden lassen. Das deutsche Lesepublikum hielt ihn für Regionalliteratur, für Heimatkunst, sie sahen in ihm eine norddeutsche Komödie, auf einer Linie mit Ernst Reuters plattdeutschem Humor.

Außerdem hatte der Verkaufspreis die entscheidende Rolle gespielt, noch vor dem Inhalt. Die zweibändige, gelb broschierte Erstausgabe kaufte kaum jemand, für das ungefüge Produkt eines jungen Verfassers so viel Geld auszugeben, dazu waren nur wenige bereit. Die Kritik fragte missgelaunt, ob etwa die mehrbändigen Wälzer wieder Mode werden sollten. Nach langem Hin und Her hatte sich Samuel Fischer zu einer neuen Ausgabe entschlossen, diesmal in einem Band und auf Dünndruckpapier, und zu einem billigen Preis von nur fünf Mark, mit einer Biedermeier-Zeichnung auf dem Umschlag. Prompt jagten die Auflagen der *Buddenbrooks* einander. Wie viel hing doch von den Preisen und Umschlägen und Stimmungen des Publikums ab!

Er wollte gern mit größerer Genugtuung, mit mehr Wohlgefallen auf sein Werk zurückblicken können. Aber das gelang ihm nicht. Jedes neue Unternehmen erschien ihm wie der Versuch, für das vorige aufzukommen und seine Unzulänglichkeit gutzumachen. So würde es gehen bis zuletzt.

Nie war er Teil der aktuellen Künstlerbewegung, nie modisch genug. Als alle expressionistisch schrieben, verfasste er mit den *Buddenbrooks* etwas Bürgerliches, altmodisch in seinem Tempo und seinen Dimensionen. Und er las ja auch rückwärtsgewandt, er las Tolstoi und vergötterte ihn, und Schopenhauer und Flaubert, Romane von 1850 und 1860, kein Wunder, dass ihn das gebildete Bürgertum liebte, die waren genauso hinterher.

Warum setzte er sich Ideale, die so schwer zu verwirklichen waren? Tolstoi! So ein Format war im 20. Jahrhundert gar nicht mehr zu erreichen.

Thomas Mann sah zur Tür. Welche Mischung aus Ehrfurcht und Anmaßung bei diesem Polizeikommissar Ahrndt. Voller Stolz hatte er seine umfangreichen Kenntnisse über Fälschungen vor ihm ausgebreitet, nachdem er anfangs vor Respekt kaum den Mund aufbekommen hatte. Ein gewöhnlicher Polizist war das nicht. Wahrscheinlich literarisch interessiert. Bei aller Begeisterung hatte er auch etwas Bedrücktes gehabt, aus allen Poren kroch ihm der Geist der Subordination unter die strengen Vorgesetzten. Was mussten Menschen in bürgerlichen Berufen nicht alles aushalten.

Die ganze Zeit halte ich noch die Lupe in der Hand, dachte er und wunderte sich, dass ihn dieser Polizistenbesuch so beschäftigte. Er betrachtete durch das Vergrößerungsglas seine Finger. Die Haut war nicht mehr so straff wie ehedem, er war jetzt fünfzig Jahre alt, letztes Jahr zum Geburtstag hatte er sich im Münchner Alten Rathaussaal feiern lassen, auch von Prominenten, deren politische Auffassung er für hochgefährlich hielt.

Die Sache mit dem Hochstapler Franz Tausend ging ihm nicht mehr aus dem Kopf. Er dachte häufig zurück an *Königliche Hoheit*, seinen zweiten Roman, in dem Doktor Krippenreuther versuchte, den Haushalt des Kleinstaats Grimmburg zu sanieren, wobei er Aufbesserungen der Beamtenbesoldungen hinausschob, die Ertragsteuer in eine Vermögensteuer umwandelte und am Ende doch zugeben musste, wie hatte er es formuliert? *Allein Dr. Krippenreuther konnte nicht Gold machen – »ich habe nicht Gold machen gelernt«, sagte er wörtlich.*

Der Dichter Axel Martini gewann im Kleinstaat Grimmburg für seine Verse im poetischen Turnier 300 Mark und eine goldene Busennadel in Leierform und den Pokal des Großherzogs, ein Mann, der sich zu jeder anderen menschlichen Tätigkeit vollkommen unfähig fühlte und die Unfähigkeit zu allem anderen als Erlaubnis sieht, Zuflucht in der Poesie zu suchen.

Auch er, Thomas Mann, hatte wie seine Romanfigur kein Abitur geschafft. Er hatte die Schule verabscheut. Selbst seine Kinder hatten katastrophale Schulleistungen gezeigt, zumindest Erika und Klaus, Erika hatte vor zwei Jahren das Abitur am Luisengymnasium mit Ach und Krach bestanden, im selben Jahr hatte sein Sohn Klaus, nachdem er auf der Odenwaldschule und in Salem schon wenig genug gelernt hatte, auch noch den Privatunterricht abgebrochen, der ihn auf das Abitur vorbereiten sollte. Monika, die auf der Volksschule zunächst gut gewesen war, flog mit 14 ebenfalls von der Schule, und auch für sie musste er dieses sündhaft teure Salem-Internat bezahlen. Ausgerechnet Dudula, seine Jüngste, machte ihm keine Scherereien, sie lernte anständig, spielte jetzt mit zehn schon so wunderschön Klavier; dabei hatte er solche Angst vor einem weiteren, fünften, Kind gehabt.

Abrupt stand er auf. Er legte die Lupe weg und trat zum Schreibtisch. Eine Zeitungsanfrage lag da wie ein Gestellungsbefehl.

Was halten Sie vom Theater? Glauben Sie an seinen Kulturwert, und was verdanken Sie dem Theater für Ihre Bildung und Ihre künstlerische Entwicklung?

Das schrieben die einfach so hin, drei Fragen, das kostete die fünf Minuten. Und er? Saß über Wochen an den Antworten. Er sollte denen absagen und sich in Zukunft nicht mehr auf solche Banalitäten einlassen. Die Fragen befriedigend zu beantworten kostete ihn unverhältnismäßig viel Zeit und Nervenkraft.

Aber schon jetzt, während er wütend darauf starrte, formulierte er im Kopf bereits erste Sätze. Die Fragen starteten unweigerlich den Denkprozess in ihm. Ihm fiel eine Pointe ein. Um sie nicht zu verlieren, nahm er am Schreibtisch Platz und notierte sie von Hand.

Hatte er damit bereits den Roman beiseitegelegt? Das hieß, er würde tagelang mit der Zeitungsanfrage beschäftigt sein, auch wenn ihm klar war, dass er in seiner Antwort zu ausführlich sein würde, sich zu sehr festlegen würde und das in der Zukunft irgendwann bereuen müsste. Er schrieb weitere Sätze unter die notierte Pointe und empfand den zweiten von ihnen doch als geschmeidig …

Der berühmte Richard Dehmel hatte ihn immer ermutigt. Nach der Lektüre von *Königliche Hoheit* hatte er verkündet, er, Thomas Mann, könne der Nachfolger Fontanes werden. Und auch der *Zauberberg* war wider Erwarten ein großer Erfolg geworden. Aber all das kauerte sich mickrig zusammen vor seiner gewaltigen Angst, nichtswürdig zu sein, ein Hochstapler, ein Versager.

Da waren immer wieder diese kritischen Stimmen. Sein Stil sei kühl und verhalten, ihm fehle die Leidenschaft. Er schreibe langsam, spöttisch und gewissenhaft. War das etwa die Art von Beurteilung, die man sich als Schriftsteller wünschte: Man sei gewissenhaft?

Ein Straßenarbeiter, der die Steine eines neuen Gehwegs verlegte, war gewissenhaft. Eine Putzfrau war gewissenhaft, wenn sie von der

Hausfrau geprüft wurde, indem sie ein Stück Faden unters Bett legte, um zu sehen, ob auch dort sauber gemacht wurde, und am nächsten Tag war der Faden fort. Aber ein Künstler, von dem wünschte man sich doch etwas anderes! Große, mutige Gesten! Gipfelstürmerisches Wollen und Können! Nicht sturen Fleiß.

Wer war er schon gegenüber den Göttern und Halbgöttern der Literatur? Stifter hatte gesagt, er sei kein Goethe, aber er sei einer von dessen Verwandtschaft. War er, Thomas Mann, gegen Stifter ein Nichts, oder wenigstens so viel gegen ihn, dass auch er Familiensinn pflegen durfte?

Sein Werk, dieses fragmentarische, unzulängliche, schlackenvolle Werk – er dachte aufrichtig bescheiden darüber. *Königliche Hoheit* erschien ihm zuweilen so neu und schön, dass er in sich hineinlachte, und zuweilen so läppisch, dass er sich auf die Chaiselongue setzte und zu sterben glaubte. Und der *Zauberberg* hatte doch mit einem richtigen Roman wenig zu tun.

Jeder Künstler kannte die Scham vor der Kunst, das plötzliche Erröten vor dem Meisterhaften, das andere geschaffen hatten. Beim Vergleich damit fragte man sich: Wie ist es möglich, mein persönliches Schaffen damit überhaupt in einem Atem zu nennen?

So sah er seine Arbeit. Nüchtern, skeptisch, ironisch, erstaunt. Sein würdevolles, steifes Betragen auf Festlichkeiten und Vortragsreisen war doch nur der Über-Ausgleich seines Zweifels, der gute Gründe hatte. In der schriftstellerischen Arbeit war er bemüht, nichts weiter. Das Ergebnis war fragmentarisch und unzulänglich.

Im Grunde glich er diesem Goldmacher Franz Tausend oder dem Doppelgänger, der sich der Zeitung unter falschem, unter seinem, Thomas Manns Namen vorgestellt hatte.

Letzteren konnte er nicht ans Messer liefern, aus zwei Gründen: Erstens, weil er sich selbst wie ein Hochstapler fühlte, und zweitens, weil ihm, nachdem er entrüstet bei der Zeitung angerufen hatte, allmählich klar geworden war, wen er hinter dem Streich zu vermuten hatte. Wer wusste denn so gut Bescheid über die häuslichen Abläufe bei ihnen? Keiner ihrer vielen Besucher konnte derart genaue Beobachtungen angestellt haben. Wer besaß das sprachliche Talent, seinen Stil so treffend nachzuahmen? Und wer hatte leichten Zugriff auf ein Originalexemplar seiner Unterschrift?

Es konnte nur Klaus gewesen sein. Ein solcher Streich sah ihm ähnlich. Erika und Klaus, seine beiden Ältesten, hatten sich doch auch einen Sport daraus gemacht, Leuten in der Straßenbahn Szenen vorzuspielen, die den Anwesenden beängstigend real erschienen. Die Palette reichte von »da hinten quält jemand seinen Hund« bis »helfen Sie uns, dieser Mann ist uns bis zur Straßenbahn gefolgt«. Auch per Telefon hatte sie wildfremde Leute überrascht und verhöhnt. Und selbst vor Kriminellem schreckten sie nicht zurück, Ladendiebstahl war für sie eine Bagatelle, er musste da nur an das Fest denken, das sie ausschließlich mit gestohlenen Lebensmitteln gefeiert hatten.

Jetzt also die Frechheit, einen Artikel unter dem Namen des Vaters an die Zeitung zu schicken. In ihm rangen Bewunderung und Zorn miteinander, er hatte ja das Komödiantische ebenfalls in sich, es war der Anteil seiner Mutter, die Lust am Fabulieren hatte er von ihr, und die künstlerisch-sinnlichen Wesensanteile. Irgendwie war etwas von Rio de Janeiro, der Heimat seiner Mutter, in ihn übertragen worden, in ihn und in ihren Enkel Klaus.

Wie sie im Stadthaus in Lübeck am Bechstein-Flügel gesessen und Chopins Etüden und Nocturnes gespielt hatte, in einem lichten Erkerzimmer, und er, Thomas, hatte in einem der hellgrau gespolsterten Fauteuils gekauert und zugehört, während in ihm das romantische Gefühlsleben wuchs und sich bereits unter dem Einfluss von Eichendorff, Heine und Storm mit der Schönheit von Sprache verband. Mutter sang ihm vor, mit angenehmer Stimme, die musikalischen Ausdeutungen Eichendorff'scher und Heine'scher Gedichte durch Robert

Schumann, das Seelenwunder von »Es war, als hätt' der Himmel«, sie spielte Brahms, spielte ein Meisterwerk im Kleinen wie »Wann der silberne Mond« – all dies war ihm tief zum Lebensbesitz geworden.

Dennoch ertappte er sich dabei, dass er eigentlich die Persönlichkeit seines verstorbenen Vaters nachahmte. Fünfzehn war er gewesen, als der Vater starb, und jetzt war er fünfzig, und immer noch sah er vor sich, wie der Vater am Travemünder Strand durch sein goldenes Pincenez ein französisches Buch las, von Émile Zola, das Buch in eine gestickte Schutzhülle gesteckt, weil niemand sehen durfte, dass er, Senator Mann, die Romane dieses rebellischen Autors las. Oder wie der Vater, den Zylinder lüpfend, zwischen den präsentierenden Infanterie-Wachposten vor dem Rathaus hindurchging, wenn er eine Senatssitzung verließ.

Und er, Thomas, hatte ihm zu seinen Lebzeiten so wenig Hoffnung machen können, dass aus ihm etwas Ansehnliches werden würde.

Vaters viele Ämter, seine Würde und Gescheitheit, sein Ehrgeiz, seine persönliche und geistige Eleganz, und wie er das einfache Volk zu nehmen wusste, das an ihm wie an einem Patriarchen hing, seine gesellschaftlichen Gaben, sein Humor – er hatte eine gesunde Lebensbürgerlichkeit verkörpert, einen Sinn für Lebenspflichten.

Nur deshalb habe ich ein Haus gebaut und eine Familie gegründet, dachte er, wegen Vater. Seinetwegen hatte er seinem abenteuerlichen Leben eine feste, würdige Grundlage gegeben. Welchen Einfluss ein Toter noch ausübte!

Heute aber mochte er dieses Leben nicht. Die ärgerliche Zeitungsfrage – Was halten Sie vom Theater? –, der schwierige Romanstoff zum biblischen Joseph, bei dem er immer fürchtete, die Recherchen zu den altorientalischen und ägyptologischen Hintergründen machten die Geschichte zu gelehrt und seien bloß archäologischer Brokat. Seine Ägyptenreise war jetzt über ein Jahr her, und er hatte seitdem nur immer weiter gelesen und konzipiert, statt endlich mit dem Erzählen zu beginnen. Aus einer geplanten Novelle war ein umfangreicher Roman geworden, aber alles eben bloß im Kopf und in bruchstückhaften Notizen.

Er erinnerte sich gern an Kairo, die Pyramiden, Luxor, Karnak und das Tal der Könige. An die Mumie Amenophis, vor der er ehrfürchtig gestanden hatte. Die Tage der Isis und der sperberköpfigen Götter reizten ihn, die Lehmufer des Nils, wo Ägypter die Schöpfeimer hochzogen und Kamele ruhten, schäbige, nützliche alte Kamele mit ihren weisen Augen, Jahrtausende im Blick.

Aber er zögerte mit der Niederschrift. Er schlich um die Sache herum. Drückte sich. Beantwortete lieber Zeitungsanfragen.

Mit einem Seufzer schob er die Notizen beiseite. Plötzlich verspürte er eine unbändige Lust, auf dem Fahrrad über die Dörfer zu fahren, so wie früher, als er in seiner kleinen Junggesellenwohnung in der Schwabinger Marktstraße gehaust hatte. Sofort hatte er den Geruch von Lackfarbe in der Nase. Damals hatte er das Manuskript der *Buddenbrooks* auf dem Ausziehtisch mit der grünen Stofftischdecke liegen gelassen und ganze Tage auf Knien verbracht und die Korbfauteuils, die er gekauft hatte, mit rotem Lack gestrichen. Die Wohnung roch noch Wochen später danach.

Was war er für ein leidenschaftlicher Radfahrer gewesen! Selbst bei strömendem Regen hatte er seine Alltagswege mit dem Fahrrad zurückgelegt, in Gummischuhen und Lodenpelerine. Wenn er heimkehrte, zog er die Oberkleidung im Treppenhaus aus und stand bald in einer Pfütze, dann trug er das Vehikel auf der Schulter die drei Treppen hinauf in seine Wohnung, wo es in der Küche seinen Platz hatte.

Mittags aß er im Restaurant für 1 Mark und 20 Pfennige. Abends aß er zu Hause, nachdem er in der Schwabinger Lebensmittelhandlung etwas Brot und Käse eingekauft hatte, und trank dazu gelösten Liebigextrakt.

An einem Sommertag wie heute, da wäre er in den Schleißheimer Wald gefahren, ein Buch im Gepäck, oder über die Dörfer, bis er einen schönen Platz entdeckt hätte.

Er stand auf. Ging an der fragend blickenden Katia vorbei nach draußen, holte sein Fahrrad aus dem Schuppen, schob es durch das Gartentor auf die Straße, stieg auf und fuhr los. Es war das erste Mal seit Langem, dass er ohne Hut das Haus verließ. Der Wind blies ihm die Haare aus der Stirn, er erfrischte ihn mit seiner Kühle.

Erst trat er etwas ungelenk in die Pedale, dann kräftiger. Wie verwandelt fühlte er sich, verwandelt in sein altes Selbst. Der war er doch noch, er war immer noch Paul Thomas Mann, der vierundzwanzigjährige mit Hoffnungen und Begabungen ausgestattete junge Mann.

Unter seinen Reifen polterte das Straßenpflaster. In den Bäumen zwitscherten die Meisen, und das Sonnenlicht blitzte durch das Blätterdach hindurch.

Er vergaß das Manuskript, bemerkte nur noch den frischen Fahrtwind, den Frühlingsduft der blühenden Bäume, den Himmel, die Wolken, das Leben. Er war trunken vor Leben.

Da riss er so scharf an den Bremsen, dass das Rad quietschend zum Stehen kam. Etwas hatte tief in ihm weitergearbeitet, obwohl der Schreibtisch weit weg war. Franz Tausend und den Doppelgänger hatte es mit seiner Arbeit am biblischen Joseph zusammengebracht und eine Idee gezeugt, die ihn elektrisierte: Was, wenn er Joseph zum Hochstapler machte? Zu einem, der früh begann, sich mit den Geschichten zu identifizieren, die ihm erzählt wurden, und der durch seine Umgebung darin bestärkt wurde, sich für bedeutend zu halten?

Er machte eilig kehrt. Jetzt konnte es ihm nicht schnell genug gehen, an den Schreibtisch zurückzukehren. Sein Geist war erfrischt, und er brannte darauf, die aus den Tiefen seiner Seele geangelte Idee ans Ufer zu bringen.

9

Ich konnte das Büro nicht ewig meiden. Wenn er mich anbrüllen wollte, würde Mauck mich anbrüllen, und wenn er mir die verbliebenen Urlaubstage streichen wollte, würde er auch das tun. Ich setzte mich also an meinen Schreibtisch, als wäre ich mir keiner Schuld bewusst. Um die Überraschung besser spielen zu können, hatte ich mir keine Zeitung gekauft. Ich würde, ohne lügen zu müssen, sagen können, dass ich den Artikel zum ersten Mal sähe.

Keine fünf Minuten später knallte mir Hermann Mauck die Zeitung auf den Schreibtisch. Ich blickte gehorsam auf die Zeitung – ohne dass ich etwas las, meine Augen konnten den Text nicht fokussieren.

Ich wartete darauf, dass er mich zusammenstauchen würde. Er sah mitgenommen aus, hatte dunkle Ringe unter seinen Augen.

»Sie Arschloch«, sagte er leise. »Sie egoistisches, kleingeistiges Arschloch.«

Ich griff nach der Zeitung und schlug sie auf. Die fett gedruckte Überschrift sprang mich geradezu an.

Ludendorff der Harmlose

Mit denselben taktischen Instinkt, mit dem der Generalquartiermeister des Weltkriegs den Sieg an seine Fahnen zu heften wusste, hat er in der Nachkriegszeit sein Streitross in der politischen Arena zu tummeln verstanden. Eine wahre Virtuosität, danebenzugreifen und auf den falschen Gaul zu setzen, zeichnet den nach der Episode mit der blauen Brille in die deutsche Heimat zurückgekehrten Erich Lindström aus.

Erich Lindström. So verspottete ihn die *Münchener Post.* Ludendorff war vor der Novemberrevolution unter falschem Namen geflohen, Ernst Lindström hatte er sich genannt, damit er nicht durch die Monogramme auf seinen Hemden und Taschentüchern entlarvt wurde, die Initialen E. L. passten auch zum Decknamen. Mit einem finnischen Diplomatenpass war er über Kopenhagen nach Schweden geflohen, woraufhin ihn Kurt Tucholsky wegen der Flucht vor der politischen Verantwortung mit den Worten verhöhnt hatte: »Weitaus das kleinste Gehirn und das größte Mundwerk im Lande.«

Der General a. D. würde toben, wenn er diesen Artikel sah, der an die Lindström-Affäre anknüpfte. Mit klopfendem Herzen las ich weiter.

Tauchte da vor einigen Jahren in München ein »Genie« auf, ein Mann, dessen Fähigkeiten die Hoffnung rechtfertigten, dass aus seiner Hand Reichtümer wuchsen. Als Chemiker und Erfinder wusste er sich bald interessant zu machen, und da er überzeugend darlegte, es sei ihm eine

Kleinigkeit, Gold zu machen, und da er zu allem Überfluss auf den bestechenden Namen »Tausend« hörte, hatte er in den völkischen, immer geldbedürftigen Kreisen bald das erforderliche Gewicht, um dem General Ludendorff vorgestellt zu werden. Ludendorff frohlockte: Das war ja der Mann, der dem jüdischen Großkapital den Arm lähmen konnte, der moderne Alchimist, mit dessen gleißendem Destillat man die gegenwärtigen Umstände umkrempeln könnte. Das war der Mann, aus dem die Millionen flossen.

Im Empfangszimmer des Generals legte Tausend eine Probe seines chemischen Könnens ab. Eine mitgebrachte Erzprobe warf er in eine Flüssigkeit, die er bei sich führte, und vor den Augen des Generals sammelte sich das Edelmetall am Boden des Gefäßes. Andere völkische Größen, die Zeuge dieses umstürzenden Vorganges waren, staunten gemeinsam mit dem General. Die Sache musste finanziert werden. Der Mann bekam Geld, so viel er wollte, von bekannten und unbekannten Persönlichkeiten, sein Bankkonto erlaubte ihm eine kostspielige Lebensführung. Herr Ludendorff, der vom Rathenaumord her bekannte Fabrikant Küchenmeister und andere waren häufige Gäste bei dem Erfinder.

Aber vor wenigen Tagen entlarvte Kriminalkommissar Heinrich Ahrndt den »Tausendsassa« als einen geriebenen Gauner.

Nun fahndet die Polizei nach dem Spenglergesellen Tausend.

»Da … das stimmt hinten und vorne nicht«, stotterte ich.

»Was Sie nicht sagen!«

Erich Ludendorff, der Mann, der für die Eroberung der schwer befestigten Zitadelle Lüttich mit dem höchsten preußischen Orden Pour le Mérite ausgezeichnet und im ganzen Land mit Plakaten als der *Held von Lüttich* geehrt worden war, der strategische Kopf hinter der Tannenbergschlacht und der Masurenschlacht gegen die russischen Truppen, der Feldherr an Hindenburgs Seite, dieser Erich Ludendorff, dem aufgrund seiner Verdienste das Großkreuz des Eisernen Kreuzes verliehen worden war – der höchste preußische Kriegsorden, den eigentlich nur Könige und Prinzen wie Wilhelm I. oder Albert von Sachsen erhalten konnten –, wurde in dieser Polemik zur Lachnummer.

Natürlich befand sich Ludendorffs Stern ohnehin im Sinken, aber diesen Spott konnte er nicht hinnehmen, unmöglich. Ich ertappte mich bei einem kurzen Moment der Schadenfreude. Auf der Festivität von Franz Tausend hatte Ludendorff mich nicht einmal einer Begrüßung per Handschlag für würdig erachtet. Jetzt hatte er selbst den Schaden. Der Redakteur hatte sein Versprechen gebrochen, er hatte der Versuchung nicht widerstehen können, Namen zu nennen. Und nicht nur den von Ludendorff. Da stand auch mein Name.

Ein Artikel wirkte seriöser, wenn der Redakteur sich auf einen Kriminalpolizisten beziehen konnte. Aber dass ich über einen laufenden Fall an die Zeitung berichtet hatte, war unverzeihlich. Es kriminalisierte Franz Tausend, bevor ihm überhaupt ein Betrug zweifelsfrei nachgewiesen war. Es führte zu einer Vorverurteilung durch die Öffentlichkeit.

»Sie sind gekündigt«, sagte Mauck.

Ich spürte, wie mir das Blut ins Gesicht schoss und mein Atem schwerer wurde. Kurz darauf wurde mir sehr kalt, ja, ich fing an zu frieren. Zwölf Jahre Polizeidienst. Mein Lebensinhalt. Und jetzt wurde ich auf die Straße gesetzt. Ich würde keine gefälschten Dokumente mehr untersuchen. Keine Betrüger entlarven. Ich würde das Chaos der Großstadt erdulden müssen wie jeder andere auch.

»Geben Sie mir Ihr Notizbuch.«

Natürlich wusste er, dass ich neben den offiziellen Akten immer eigene Notizen führte. Viele machten das, per Gesetz war es uns verboten, während eines Gerichtsverfahrens noch einmal in die Polizeiakten zum Fall zu sehen, auch unsere eigenen Berichte und Protokolle durften wir nicht mehr einsehen, um uns über einige Details zu vergewissern, bevor wir als Zeugen vorgeladen wurden, wir sollten unsere Aussage vor Gericht aus dem Gedächtnis machen. Wie viele Fälle wir behandelten, und wie leicht dabei etwas unterging, war den Juristen wohl nicht bewusst. Wie die Kollegen auch hatte ich es mir zur Gewohnheit gemacht, wichtige Einzeltatsachen der Ermittlungen und die protokollierten Aussagen zu notieren.

Meine Notizen zu Franz Tausend würden Mauck auf die Fährte des Professors führen, sie würden Mauck sagen, welche Schwachstellen in Franz Tausends Betrug bestanden und wie er entlarvt werden könnte. Mir wollte keine Ausflucht einfallen. Ich griff in die Schreibtischschublade und reichte ihm das Büchlein.

»Ihre Dienstwaffe und die Marke«, sagte er.

Ich gab ihm meine Luger-Pistole und die Messingscheibe mit dem Wort *Kriminalpolizei*, in die meine Nummer eingeprägt war. Fehlte nur noch, dass er mich zwang, meinen Namen abzulegen und mein Geschlecht, und fortan als Pflanze weiterzuleben, als Gummibaum in seinem Büro, den er nach Belieben gießen oder auch vertrocknen lassen konnte.

Ich stand auf. »Ich kann dann wohl gehen.«

»Hiermit spreche ich ein Hausverbot aus«, sagte er. »Sie werden dieses Gebäude nie wieder betreten.«

Meine Stadt ist mir fremd geworden. Sie hat mich ausgespuckt. Ich bin ihr lästig geworden, und sie hat mich auf den Gehweg gespien. München bedarf meiner Dienste nicht länger. Halb blind stolpere ich voran. Die Passanten starren mich an, weil sie merken, dass ich ein Fremdkörper bin.

Auf dem Odeonsplatz bedient ein Kollege von der Verkehrsschutzmannschaft den »Eisernen Schutzmann«. Stundenlanger Dienst mitten auf der Kreuzung bei Wind und Wetter, das ist kein Vergnügen. Ich sehe ihn an, aber er hat keinen Blick für mich. Die Maschine braucht fürsorgliche Betreuung. Sie hat ausgebreitete Blecharme, auf denen »Halt!« zu lesen ist. Zu ihren Füßen steht der Kollege und steuert die Maschine über Hebel.

Bald soll eine Neuerung nach München kommen, eine elektrische Ampel wie in New York oder Paris. Sie soll über der Kreuzung am Bahnhofsvorplatz mit roten und grünen Farbplatten anzeigen, wer freie Fahrt hat, Farbplatten, die angestrahlt werden.

Ist das noch ein Kollege auf dem Odeonsplatz? Er trägt eine grüne Uniform. Seit die Verkehrsschutzmannschaft auf siebzig Mann aufgestockt wurde, weil immer mehr Automobile auf den Straßen sind, gibt es auch zwei Dutzend Verkehrspolizisten in Lederkleidung, die in Stolle-Victoria-Beiwagenmaschinen und Victoria-Solo-Motorrädern als motorisierte Verkehrsüberwachung durch die Stadt brausen. Auf ihren 500-ccm-Motorrädern holen sie problemlos jedes Fahrzeug ein.

Als Kriminalpolizist war ich nie in Uniform unterwegs gewesen. Und wenn ich motorisiert war, dann mit einem BMW »Dixi« Typ 3/15. Als Polizeikollege war ich nicht zu erkennen. Trotzdem habe ich mich immer den Verkehrspolizisten verwandt gefühlt. Wir dienten derselben Sache. Wir spielten in derselben Mannschaft.

Jetzt bin ich nur noch Zivilist. Ich bin einer, dem man auf die Finger schauen muss. Den man mit der Trillerpfeife abkanzelt. Ich bin potenziell ungehorsam.

Aus einem Biergarten tönt jene derbe Blechmusik herüber, die mich noch nie sonderlich angezogen hat. Eher besuchte ich Weinstuben wie die *Brennessel* im Künstlerviertel Schwabing. Aber auch dort werde ich mich nicht mehr blicken lassen. Meine Bekannten würden mir nur dumme Fragen stellen.

Tauben trippeln über den Gehweg, achtlos fortgescheucht durch die Schritte der Passanten. Diese Passanten sind die Leute, denen ich zu helfen versucht habe. Kutscher, Näherinnen, Hausknechte, Briefträger, tätowierte Proletarier. Ich habe sie immer als meine Schützlinge betrachtet. Jetzt komme ich mir lächerlich vor, bodenlos naiv, weil ich meinen Beruf so ernst genommen habe, obwohl ich in Wahrheit doch nur eine austauschbare Nummer gewesen bin. Niemand wird mich vermissen.

Hier, auf dieser Straße, habe ich meine Frau kennengelernt. Noch vor dem Krieg war das, ich hatte nicht gewusst, wie einsam ich gewesen war, bis ich Cosima traf. Sie ging mit der Tochter meiner Vermieterin spazieren, ich grüßte die beiden, hier vor dem Weißwarengeschäft, und Cosima gab mir die Hand, flüchtig nur sahen wir uns in die Augen, aber ich wusste sofort, dass ich sie heiraten wollte, sie oder keine.

Was ich nicht wusste: Die Liebe ist schwer. Sich von Mensch zu Mensch zu lieben, das ist vielleicht das Schwerste, was uns aufgegeben ist, das Äußerste. Es ist die Arbeit, für die alle andere Arbeit nur Vorbereitung ist. Wir waren jung, wir waren Anfänger in allem, auch in der Liebe. Wir konnten das nicht, wir mussten es erst lernen. Mein banges Herz musste lieben lernen, und wir beide sind gescheitert, Cosima ebenso wie ich.

Ich wollte Mittelmaß sein, nicht aus der Rolle fallen, sondern eine ganz gewöhnliche glückliche Familie gründen. Darin habe ich einen Zauber gesehen, im Alltäglichen. Ich wollte nicht auffallen, sondern Teil des Flusses sein und dort Ruhe und Glück finden.

Cosima suchte das Besondere. Sie kam aus einer herrlich gewöhnlichen Familie, und genauso wollte sie nicht sein, sie wollte sich unterscheiden, wollte einen eigenen Weg finden. Heute denke ich, ich hätte sie mehr unterstützen oder mich zumindest an ihrem Lebenstanz erfreuen sollen.

Ich kehre zu diesen Plätzen zurück, in der Hoffnung, dass sie mich wieder aufnehmen. Jemand tritt aus dem Laden, grüßt mich, und ich lüpfe den Hut und grüße zurück. Erstaunt erinnere ich mich daran, wer ich früher gewesen bin, noch bevor mich Cosima und das Leben umgeformt haben. Ich war ein Außenseiter, ein stiller Weltbeobachter. Schrieb Gedichte, die ich Cosima nie gezeigt habe, sie wusste nichts davon. Vielleicht hätte ich unsere Ehe retten können, wenn ich mich ihr mehr geöffnet hätte.

Auf seltsame Weise ist dieser Tag, da Hermann Mauck mich aus der Polizei hinausgeworfen hat, mit dem Tag verbunden, an dem Cosima bei mir auszog. Ich fühle mich zerschunden, wund, und gleichzeitig verblüfft über die Unvorhersehbarkeit des Lebens.

Es riecht nach Regen. Noch sind die Gehwege trocken und staubig, aber die Luft hat einen metallischen Geruch. Ich blicke zu den grauen Wolken empor. Ein kalter Tropfen trifft mich im Gesicht. Schon zeigen sich am Boden die ersten dunklen Punkte, wo Tropfen aufgeschlagen sind, ich spüre einen auf der Hand und, hinunterblickend, einen im Genick, und da ist er, plötzlich setzt der Regen ein. Passanten fliehen in die Hauseingänge. Andere öffnen Regenschirme, während sie mit doppeltem Tempo weitereilen. Ich gehe wie in Trance und passiere einen grauhaarigen Mann, der laut vor sich hinschimpft über die Feigheit und Verweichlichung der Menschen, und jeden Regenschirm mit verachtenden Blicken beschießt. Wird wohl ein ehemaliger Soldat sein.

Ich bleibe stehen. Der Regen prasselt mir auf den Kopf und fließt in Rinnsalen von der Hutkrempe. Wieso hat Mauck meine Notizen eingefordert? Was kümmern ihn die? Ist durch den Zeitungsartikel nicht bereits alles aufgeflogen?

Er fürchtet mich immer noch. An dem Fall Franz Tausend muss mehr sein als der Goldmacherbetrug. Irgendetwas Unerhörtes, was streng geheim bleiben soll.

Ich schlage die entgegengesetzte Richtung ein und marschiere durch den strömenden Regen zurück zur Ettstraße, vorbei an Menschen, die mich aus den Torbögen, unter denen sie Schutz gesucht haben, verwirrt mustern. Als ich in der Polizeidirektion am Pförtner vorbeieile, springt er auf und ruft: »Äh, Sie haben hier Hausverbot!«

Ich schere mich nicht darum, und einen Rest Autorität muss ich für ihn noch haben, denn er wagt es nicht, mich festzuhalten. Im zweiten Stock, in der Herrentoilette, ziehe ich den nassen Mantel aus und hänge ihn über die Toilettentrennwand, den Hut lege ich dazu, er tropft wie ein erbarmungswürdiges Tier, das man vor dem Ertrinken gerettet hat. Im Spiegel sehe ich mir mein Hemd an. Es hat Wasserspuren, zwei längliche dunkle Regenstraßen führen über die Brust. Ohne großen Erfolg wische ich mit dem Handtuch darüber.

Ich steige die Treppe hinauf ins dritte Geschoss. Im Vorzimmer des Polizeipräsidenten sage ich meinen Namen und bitte um ein Gespräch.

Der Sekretär, ein junger, ehrgeiziger Studienabgänger, sieht mich irritiert an. Mit gemurmelter Entrüstung erhebt er sich vom Schreibtisch und klopft an die Tür des Präsidenten, dann verschwindet er in dessen Zimmer. Er bleibt lange darin, so lange, dass ich bereits glaube, sie seien zu einem Diktat oder einer Arbeitsbesprechung übergegangen und hätten mich nicht einmal einer Absage für würdig befunden. Schließlich tritt der Sekretär wieder heraus und sagt: »Er ist bereit, Sie zu empfangen.«

Viele in der mittleren Etage sympathisieren mit Adolf Hitler. Aber Karl Mantel, der Polizeipräsident, ist anders. Während des Hitlerputsches war er zusammen mit Ministerpräsident Eugen von Knilling, Justizminister Franz Gürtner und Innenminister Franz Schweyer von dreißig bewaffneten SA-Männern als Geisel genommen worden. Trotzdem warf man ihm nach dem Putsch vor, nicht genug gegen die rechten Randalierer unternommen zu haben. Karl Mantel beantragte daraufhin beim Innenministerium ein Disziplinarverfahren gegen sich selbst. Diese Größe hatte er!

Das Verfahren wurde eingestellt, und fortan sprach jeder mit Hochachtung von ihm, Freunde wie Feinde. Unter den Kollegen bei der Schutzpolizei und der Kriminalpolizei gab es öfter mal Kritik an seinen Entscheidungen. An seiner Rechtschaffenheit aber zweifelte niemand.

Sein größter Coup war, Adolf Hitler Redeverbot erteilt zu haben. Dieses Redeverbot galt immer noch. Innerhalb eines einzigen Jahres hatte Karl Mantel dreizehn nationalsozialistische Versammlungen untersagt, weil Hitler trotz des Verbots ständig auftreten wollte. Ohne Hitler auf der Bühne kamen zu den Versammlungen der Partei keine Massen mehr, sondern bloß Grüppchen, und das bedeutete, dass sie weniger Eintrittsgelder einnahmen für die Parteikasse. Es traten auch weniger neue Mitglieder in die NSDAP ein.

»Ahrndt, setzen Sie sich«, sagte Karl Mantel. Sein Schnurrbart mit den hochgezwirbelten Enden war ergraut, und dort, wo der Zwicker auf der Nasenwurzel saß, furchten tiefe Falten sein Gesicht. Er trug ein Hemd mit Vatermörderkragen und eine Krawatte, was seine preußische Körperhaltung unterstrich.

Ich schilderte ihm das Vorgefallene. Obwohl er über meinen Rauswurf mit Sicherheit informiert worden war, unterbrach er mich nicht ein einziges Mal.

Als ich zum Ende gekommen war, sagte er: »Der von Ihnen initiierte Artikel hatte mehr Erfolg, als Sie meinen. Heute Mittag hat Erich Ludendorff durch seinen Vertreter, Justizrat Schramm, seinen Austritt aus Tausends Geheimgesellschaft 164 erklärt. Als Grund gab er eine lebensgefährliche Schilddrüsenoperation an. Aber das ist nur ein Vorwand. Der Artikel in der *Münchener Post* hat ihn zum Gespött der Leute gemacht. Die Gesellschaft wird, so hörte ich, in den nächsten Tagen liquidiert und aufgelöst.«

Genugtuung schoss in mir hoch und wärmte mich.

»Das heißt nicht, dass ich Ihre Kündigung rückgängig machen kann. Sie haben deutlich gegen die Regeln verstoßen.«

»Verstehe.«

Sein kühler blauer Blick lag fest auf mir, als wisse Karl Mantel bereits, dass da noch etwas kommen musste.

»Denken Sie nicht, dass mehr hinter der ganzen Geschichte um den Goldmacher steckt?«, fragte ich schließlich.

»Schildern Sie mir Ihren Verdacht.«

Plötzlich krochen Zweifel in mir hoch. War es nicht zu gewagt, ihm meine Vermutungen zu offenbaren? »Womöglich ist die Sache mit Ludendorffs Ausstieg noch nicht beendet«, sagte ich.

Mantels Blick durchbohrte mich.

Für einen Moment war ich mir nicht mehr so sicher, ob sein untadeliger Ruf nicht doch auf Legenden beruhte und auf welcher Seite er wirklich stand. Von seinem Gesicht war nichts abzulesen. Ich sagte zögerlich: »Hier geht es nicht nur ums Goldmachen. Die Geldgeber weisen eine erstaunliche Homogenität auf, was ihre politische Ausrichtung betrifft.«

»Jeder von uns bewegt sich in einer gewissen gesellschaftlichen Umgebung. Auch Sie würden bei einem geheimen Vorhaben die Mitwisser aus Ihrem Freundeskreis auswählen.«

»Natürlich. Vielleicht sind auch nicht alle eingeweiht. Aber ich meine, ein innerer Kern verfolgt die Goldgeschichte nur zum Schein. Die Zeitungsredaktion hat recherchiert, dass ein Mann namens Johannes Küchenmeister zur geheimen Gesellschaft gehört. Küchenmeister ist ein Fabrikant aus Sachsen, er hat vermutlich bei dem

Attentat auf Walther Rathenau das Mercedes-Kabriolett zur Verfügung gestellt, das die Staatskarosse des Außenministers überholte, sodass man ihn erschießen konnte. Nach der Ermordung von Rathenau ist Küchenmeister nach Österreich geflohen und erst vor Kurzem wieder nach Deutschland zurückgekehrt. Und Kriminaloberinspektor Mauck … Ich will ihn nicht ohne Beweise beschuldigen, aber mich wundert doch, dass er meine Notizen zu diesem Fall konfisziert hat.«

Karl Mantel legte die Stirn in Falten und sagte: »Ein Jammer, dass wir Ihnen kündigen mussten. Aber Sie haben zu großen Schaden angerichtet. Ich werde mich um den Fall kümmern. Für Sie ist es vorbei.«

10

Ich brachte es nicht über mich, Elisabeth gleich am ersten Abend von der Kündigung zu erzählen. Aber mein Kontostand schrumpfte durch den Hotelaufenthalt rapide, weil ich zusätzlich die Miete für die Wohnung aufbrachte und Elisabeth und den Kindern mit Essen und Kleidung aushalf. Ohne eine feste Anstellung war diese Fürsorge langfristig nicht aufrechtzuerhalten.

Wo auch immer ich mich bewarb, wurde ich abgewiesen. Vergeblich suchte ich Lücken in dem Wall von Tausenden Leidensgenossen, die wie ich nach einer Arbeit suchten, und bewarb mich als Kanzleischreiber, als Schuhverkäufer, selbst als Rangiergehilfe bei der Bahn. Aber auch wenn das erste Gespräch ausnahmsweise gut gelaufen war, endete es immer mit einer Absage. In meiner Verzweiflung suchte ich sogar den Chefredakteur der *Münchener Post* auf, der meinen Rauswurf zu verantworten hatte, und machte ihm ein schlechtes Gewissen, in der Hoffnung, dass er mir einen Tipp geben würde, wozu er sich auch herabließ. Aber selbst aus dieser Sache wurde nichts.

Einmal, als die Kinder ins Bett gebracht waren, bat ich Elisabeth, sich noch etwas zu mir ins Wohnzimmer zu setzen, eine Situation, die wir sonst sorgfältig vermieden. Ich hatte Tee gekocht, während sie die Kinder bettfertig machte, und goss ihr eine Tasse ein. Der Duft von Minze und Kräutern schwebte in der Luft. Sie setzte sich auf das Sofa, wobei sie die Beine seitlich unterschlug – so wohl fühlte sie sich bereits bei mir –, und nahm die Tasse in die Hände, wie um sich zu wärmen.

Mir fiel wieder einmal auf, wie schlank ihre Finger waren. Sachte blies sie auf den Tee.

Elisabeth war von schmaler Statur, was in mir Beschützerinstinkte weckte. Es tat mir leid und war mir peinlich, sie und die Kinder aus der Wohnung zu werfen. Aber mir gingen die Geldreserven aus.

»Ihr könnt nicht ewig hierbleiben«, sagte ich leise, nachdem ich eine Weile herumgedruckst hatte.

»Ich weiß.« Ihre Augen hatten eine unbestimmbare Farbe, heute erschienen sie mir grünlich, während sie mich über den Rand ihrer Tasse hinweg ansah. Sie trank vorsichtig einen Schluck.

»Ich würde euch am liebsten für immer hierbehalten. Es ist nur …«

»Die Kinder schlafen nachts wieder besser. Du hast viel für uns getan.«

Irgendwie waren wir Anfang der Woche in das Du hineingerutscht, und das machte die Situation nicht einfacher. »Ich möchte dir gern den Goldgutschein abkaufen.«

»Franz Tausend ist ein Betrüger. Du würdest dein Geld nie wiedersehen.«

»Immerhin habe ich mit eigenen Augen gesehen, wie er Gold hergestellt hat.«

Sie lachte. »Du bist ein schlechter Lügner.«

»Doch, ich hätte gern den Gutschein.« Ich griff nach dem Umschlag, den ich bereitgelegt hatte, und reichte ihn ihr.

Sie sah nicht hinein. »Danke«, sagte sie.

»Das sollte reichen, um den Garten zurückzukaufen.«

Aus dem Schlafzimmer hörte man Charlotte weinen. Elisabeth stand auf und ging hinüber. Ich hörte sie nebenan singen: *Guten Abend, gut' Nacht, mit Rosen bedacht, mit Näglein besteckt, schlupf unter die Deck.* Es lagen eine Zartheit in ihrer Stimme und eine Wärme, die mich tief anrührten. Einige Momente lang kam es mir so vor, als sänge sie auch für mich.

Dann wurde es still.

Elisabeth trat ins Wohnzimmer. Ihr anmutiger Gang erinnerte mich an Katzen. Ich hoffte, dass sie nicht bemerkte, wie sehr sie mir gefiel. Aber als sie sich wieder gesetzt hatte und mich mit dieser Ruhe ansah und mit diesem feinen Lächeln in den Augen, da wusste ich, dass sie mich durchschaute.

Ich stand auf und ging hinüber. Im Moment, bevor ich sie küsste, sah ich, dass sie die Lippen wie in einer Erwartung leicht öffnete.

Am nächsten Tag kehrten sie und die Kinder in ihre Wohnung zurück. Ich nahm ihr das Versprechen ab, mich sofort zu benachrichtigen, sollte sie etwas Ungewöhnliches beobachten oder sollten ihre Kinder wieder drangsaliert werden. Wir umarmten uns flüchtig, als schämten wir uns für die Küsse vom gestrigen Abend, und dann bedankten sich die Kinder bei mir. Charlotte und Anton hatten feuchte Augen dabei. Ich würde sie besuchen, beteuerte ich, und ihnen etwas Schönes mitbringen.

Ich holte meine Kleider aus dem Hotelzimmer und richtete mich wieder in meiner Wohnung ein. Ich konnte nicht ins Schlafzimmer gehen, ohne an die Kinder zu denken, und nicht auf dem Sofa sitzen, ohne Elisabeth vor mir zu sehen.

Was für eine Wahl hatte ich? Ich musste der Wahrheit ins Gesicht blicken: Ich war ein Arbeitsloser, der sich kurz vor dem gesellschaftlichen Absturz befand.

Als ich an diesem Abend müde und enttäuscht von der Arbeitssuche heimkehrte, stand meine Vermieterin vor dem Haus, einen dampfenden Wassereimer neben sich, und schrubbte mit der Bürste über die Wand. Ein Hakenkreuz war dort hingeschmiert worden.

Ich wollte mich an ihr vorbeimogeln, aber sie sah mich und rief: »Sie, Herr Ahrndt! Das ist Ihre Schuld!«

»Wie meinen Sie das?«

Sie fuchtelte derart mit der Bürste herum, dass mich immer wieder warme Seifenlaugenspritzer trafen. »Erst schleppen Sie uns diese Familie an, diese Obdachlosen –«

»Ich habe Ihnen doch schon erklärt«, unterbrach ich sie, »dass die Loibls sehr wohl eine Wohnung haben.«

»Ja, im Schlachthofviertel!«

»Auch dort leben Menschen. Davon abgesehen sind sie gestern wieder dorthin zurückgekehrt.«

»Das will ich hoffen. Diese Schmiererei hab ich Ihnen zu verdanken. Gesindel lockt weiteres Gesindel an.«

»Loibls sind kein Gesindel. Das sind prima Kinder, die alle zur Schule gehen, und eine fleißige Mutter, die alles tut, was sie kann, damit die Kinder einmal ein besseres Leben haben.«

»Bevor Sie mit solchen Sperenzchen angefangen haben, gab es keine Schmierereien an meinem Haus. Ich mach das jetzt weg«, sagte sie, »aber wenn die Schmierfinken wiederkommen und hier nicht endlich Ruhe einkehrt, werde ich …« Sie funkelte mich böse an. »Dann werde ich mir etwas überlegen.«

»Ich verstehe, Frau Mühlbauer.«

Von dem Hakenkreuz, das die Vermieterin wegzuschrubben versucht hatte, liefen Tropfen herunter, die hellrote Striche an die Wand malten. Eines war klar: Wenn ich in Mietrückstand geriete, hatte ich von der Mühlbauer keine Gnadenfrist zu erwarten. Ich brauchte dringend Arbeit.

Da in der gegenwärtigen Wirtschaftslage auf dem üblichen Weg nichts zu erreichen war, musste ich eben meine Scheu überwinden und die Geschäftsleute ansprechen, die ich als Kriminalkommissar kennengelernt hatte, indem ich Verbrecher überführte, die ihnen zugesetzt hatten.

Diese Phase währte eine Woche, und sie brachte nicht nur mich in ungute Situationen, sondern auch die Herren, die ich ansprach.

Betreten sahen sie mich an, der ich zum Bittsteller geworden war, und rangen um einen Weg, wie sie mich wieder loswerden konnten, ohne mich und sich allzu sehr zu blamieren. Am Ende zahlte sich meine Hartnäckigkeit aber aus. Ich bekam eine Anstellung in der Küche des Rotkreuzklinikums. Meine Aufgabe war es, die Essensreste von den Tellern zu kratzen und den Abwasch zu erledigen. Es war ein großes Haus, und es gab jeden Abend so viele Schüsseln, Tassen, Teller und Töpfe zu reinigen, dass wir zu dritt antraten. Mich ekelte das Essen der Kranken. Die gleiche Mahlzeit hätte ich vielleicht mit Appetit selbst verzehrt, aber nachdem jemand Fremdes mit seiner Gabel daran gewesen war, und zudem einer mit ansteckender Krankheit, erschienen mir die Essensreste wie das Widerwärtigste, das ich mir vorstellen konnte. Linsensuppe, Kartoffelbrei, Bohnen, Kalbsbraten. Es roch wie aus einer Mülltonne. Verrückt, dass unser Körper sich ständig Totes einverleiben muss, um zu überleben, und dass uns dieses Tote in dem Moment, wo wir hungrig sind und es verzehren, attraktiv erscheint. Ich kratzte Aprikosenkompott aus kleinen Schälchen und schmiss angebissene Käsebrote fort.

Meine Kolleginnen aßen von den Essensresten. »So spar ich eine Mahlzeit ein«, sagte Dorothea und stopfte sich eine verrunzelte Bratwurst in den Mund, die sie von einem Teller geklaubt hatte, und griff sich mit den Fingern noch etwas vom gekümmelten Sauerkraut. »Das haben die doch kaum angerührt.«

Wir wuschen in den Abendstunden ab, tagsüber hätten wir nur den Küchenbetrieb gestört. Ich verdiente dreißig Pfennig in der Stunde, ein Hungerlohn. Weil sich meine Ersparnisse weiter aufzehrten – wenn es so weiterging, würde es diesen Monat nicht mehr für die Miete reichen –, bot ich weiterhin verzweifelt meine Dienste an. Ich fühlte mich austauschbar und bedeutungslos wie nie zuvor in meinem Leben.

Ein Mann, dem ich früher in einem Schädigungsfall geholfen hatte, verschaffte mir aus Mitleid eine Stelle im Betrieb seines Schwiegersohns, einer Gärtnerei. Wir wurden im Morgengrauen in die wohlhabenden Viertel gefahren, wo wir die Vorgärten von Eigentümern zu pflegen hatten, die den Gärtnerbetrieb dafür bezahlten. Den ganzen Tag rupfte ich in gebückter Haltung Unkraut. Ein grobschlächtiger Mann, von dem ich mir früher nichts hätte bieten lassen, war als Vorarbeiter eingestellt worden und schrie mich regelmäßig an, weil ich nicht schnell genug war, oder, wenn ich schnell war, nicht gründlich genug. Ich hasste die Arbeit.

Während ich mit gebeugtem und allmählich schmerzendem Rücken Unkraut rupfte, stellte ich mir manchmal vor, wie Hermann Mauck an seinem schönen Schreibtisch saß und sich von seiner Sekretärin den Kaffee servieren ließ. Ich ärgerte mich. Ich bereute auch, Elisabeth den Garten bezahlt zu haben (dieses Geld hätte mich etwas länger über Wasser gehalten), schämte mich aber gleich, die gute Tat zu bereuen.

Und ich fragte mich, was aus Franz Tausend geworden sein mochte. Ludendorff hatte einen herben Schlag erlitten, der Goldmacher hingegen würde weiter betrügen, wenn man ihm nicht das Handwerk legte, einer wie der hörte nicht so einfach auf. Die unaufhaltsame Fortsetzung des Unrechts quälte mich.

Abends wusch ich mir die Hände und schrubbte den Dreck unter meinen Fingernägeln weg, bevor ich ins Krankenhaus zum Abwaschdienst fuhr.

Über dreihundert Mark im Monat hatte ich als Kriminalkommissar verdient. Jetzt bekam ich kaum achtzig Mark im Monat zusammen, und die Miete betrug neunzig, dabei arbeitete ich mehr als damals, ich schuftete tagsüber in den Vorgärten und abends in der Krankenhausküche und fiel danach wie tot ins Bett.

Elisabeth besuchte ich nicht. Ich hatte kein Geld, um ihr und den Kindern etwas mitzubringen, und schämte mich, so lange nicht bei ihnen gewesen zu sein. Aus der Scham wurde ein Verdrängen und Verschieben. Wenn ich erst wieder Geld hätte, würde ich alles nachholen, sagte ich mir.

Mir wurde klar, dass ich als Nächstes die Wohnung aufgeben und in eine kleinere Wohnung ziehen musste, ohne Bad, ohne Strom. Längst konnte ich mir manches, was mir immer gut geschmeckt hatte, nicht mehr leisten: Torte mit Schokoladenüberzug, Fleischgerichte, schmalztriefende Dampfnudeln. Ich musste erst einmal wieder festen Boden unter die Füße bekommen.

Ich hatte mir gerade die Hände gewaschen und mich umgezogen für die Abendschicht, als es an der Tür läutete. Elisabeth! Das war mein erster Gedanke. Auch wenn mich Schuldgefühle überfluteten, pochte mitten darin eine Freude. Ich eilte zur Tür und öffnete schwungvoll.

Frau Mühlbauer stand da. Sie sah mich an, als wollte sie mich heiraten, und sagte mit ehrfürchtiger Stimme: »Ein Herr wünscht Sie zu sprechen.«

Im Treppenflur hinter ihr war niemand zu sehen. »Wer denn?«, fragte ich.

»Er wartet unten.«

Ich nahm meinen Schlüsselbund vom Haken, trat hinaus und zog die Wohnungstür zu. Wir gingen die Treppe nach unten. Auf halbem Weg sagte die Vermieterin: »Entschuldigen Sie, dass ich neulich so geschimpft habe. Wir wollen doch nicht vergessen, wie lange wir schon einmütig in diesem Haus leben, gell? Sagen Sie, und Sie wissen gar nicht, wer Sie da besucht?« Aufgeregt drehte sie sich zu mir um, der ganze Mensch eine Frage, ein mühsam gezähmtes Bündel Neugier.

Ich schwieg. Meine lauten Verwandten konnten es nicht sein, die machten den Weg nach München nicht. Günther, Elisabeths Mann, der gekommen war, sich mit mir zu prügeln? Aber er hätte wohl kaum solchen Eindruck auf die Mühlbauer gemacht. Hermann Mauck?

Jetzt trat sie nach draußen und sagte, während sie einen Knicks andeutete: »Der Herr Ahrndt, bittschön.«

Da stand ein Mann, der mir gänzlich unbekannt war, im Anzug, fein frisiert. Ich war enttäuscht. Er bedankte sich bei der Mühlbauer, aber anstatt mich zu begrüßen, wandte er sich ab und öffnete den Schlag einer Limousine, die am Straßenrand parkte.

Es war ein schwarzer Maybach, verchromt und poliert, und heraus stieg niemand Geringerer als Eduard Kahlen-Hunte. Als er auf mich zutrat und mir die Hand gab, hörte ich einen leisen Seufzer von der Mühlbauer. Der rotblonde, bärtige Herr beeindruckte sie mit seiner modernen vergoldeten Armbanduhr, den polierten Lackschuhen und dem strahlend weißen Hemd unter dem Sakko.

»Darf ich Sie zu einer kleinen Spritztour einladen?«, fragte er.

Müsste er nicht wütend auf mich sein? Er hatte eine halbe Million Mark in den Goldmacher investiert, und ich hatte ihm das Geschäft verdorben. Höflich hielt er mir den Schlag auf, während ich einstieg. Es roch nach Leder, und die Sitzbank empfing mich weich. Vorn stieg der andere Herr ein, neben mir nahm Kahlen-Hunte Platz.

Wir fuhren los. Zumindest mit meiner Vermieterin würde es in der nächsten Zeit keine Probleme geben, dachte ich. Aber ich war innerlich wie gefroren.

Kahlen-Hunte erklärte einige Finessen des Maybachs. Sein Gefährt sei das erste Automobil mit einer Vierradbremse, und dank des Zweigang-Planetengetriebes erfordere es kein Zwischengas mehr.

Dann sagte er: »Ein Freund hat mich angerufen. Es spricht sich herum, dass Sie eine Anstellung suchen. Kommt ja nicht alle Tage vor, dass ein ehemaliger Kriminalpolizist sich bewirbt. Ich dachte mir gleich, dass Sie das sind.«

Was würde jetzt kommen? Hohn? Triumph? Er war wohl gekommen, um mich zu demütigen. »Sie und Ludendorff ...«

»Ach, der Alte. Machen Sie sich keine Gedanken. Erich Ludendorff hatte seine Zeit, jetzt bricht eine neue Zeit an.« Er sah aus dem Fenster. »Ich möchte Ihnen helfen. Sofern Sie noch Interesse an einer Anstellung haben.«

Er wollte mir helfen? Von allen Menschen auf der Erde, er?

»Es wäre bei der Politischen Polizei in Berlin.«

Polizeidienst! Meine Brust weitete sich. Ausgerechnet Berlin, wo mein Bruder arbeitete und meine Eltern lebten. Ich hatte die Stadt damals aus gutem Grund verlassen. Jetzt aber schien sie mir die Hand zu reichen. »Sie haben da Verbindungen?« Dann aber zuckte ich zurück. Wollte ich wirklich Teil seiner Geschäfte werden? Deutlich kühler sagte ich: »Natürlich haben Sie die.«

Er musterte mich. »Sie halten es für einen Pakt mit dem Teufel. Sie meinen, ich verdiene mein Geld auf unmoralische Weise.«

Ich hätte lügen müssen, um das zu leugnen. Auf der Suche nach einer Antwort sah ich aus dem Fenster. Wir hatten mein Viertel verlassen und fuhren eine breite Allee entlang.

»Lassen Sie mich etwas fragen: Hatten Sie als Polizist eine Waffe?«

»Eine Luger.«

»Haben Sie je darüber nachgedacht, wer sie gebaut und an die Polizei verkauft hat?«

Ich verneinte.

»Stellen Sie sich vor, Sie beobachten einen Mordversuch und können ihn durch einen Schuss verhindern. Würden Sie schießen?«

»Selbstverständlich. Es wäre meine Pflicht.«

»Also ist der Einsatz von Waffen nicht per se verwerflich. Aber ihre Herstellung schon?«

Er verwirrte mich. Mit einem unguten Gefühl wurde mir bewusst, dass er mir intellektuell überlegen war.

»Man wirft mir vor, am Krieg zu verdienen. Verurteilt man die Ärzte dafür, dass sie an den Kranken verdienen? Und Sie als Polizist, Sie hätten keine Arbeit, wenn es keine Kriminellen gäbe. Aber Sie erschaffen die Kriminellen nicht, und der Arzt sorgt nicht für die Verbreitung von Krankheiten. Genauso wenig trage ich Schuld daran, dass die Menschheit sich seit Urzeiten bekriegt.«

»Gäbe es nicht weniger Kriege, wenn es weniger Waffen gäbe?«, entgegnete ich.

Er warf mir einen verächtlichen Blick zu. »Die Bedingungen des Versailler Vertrags sind ungerecht. Darin werden Sie mir zustimmen. Selbst in England und in Frankreich gesteht man das hinter vorgehaltener Hand ein.«

Ich nickte.

»Und wenn der Besitz einer Armee verwerflich ist, warum hat dann das moralisch ach so überlegene Frankreich seine Armee nach dem Krieg nicht aufgelöst, so wie man uns gezwungen hat, unsere aufzulösen? Stattdessen haben die Franzosen ihre Armee ins Ruhrgebiet geschickt und unsere Kohleminen besetzt, um uns zu zwingen, 132 Milliarden Goldmark als Reparationen zu bezahlen, zwei Milliarden im Jahr, 66 Jahre lang, bis 1988. So läuft es in der Welt.«

Irgendwas stimmte nicht an seiner Argumentation. Aber ich kam nicht dahinter. »Ich kann das jetzt nicht entscheiden mit der Anstellung.«

»Sie sind pleite, was? Ich kann Ihnen die Kosten des Umzugs vorstrecken.«

Wollten sie mich aus München weghaben, damit sie mit Franz Tausend ungestört waren? Gehörte der Industrielle mit den Schlägern zusammen? Es wäre heldenhaft, hierzubleiben und zu kämpfen, Elisabeth zu beschützen, die Betrüger zur Strecke zu bringen.

Aber wann sollte ich all das tun, wenn ich doch nur in Vorgärten herumstocherte und in der Krankenhausküche Teller wusch?

Ich versprach, bis morgen Bescheid zu geben. Der Maybach chauffierte mich wieder nach Hause. Bevor ich ausstieg, gab Kahlen-Hunte mir die Hand. Er packte zu, als sei der Handschlag bereits die Bekräftigung unseres Kontrakts.

Im Treppenhaus sprach mich die Mühlbauer an. Sie platzte vor Neugier, was der feine Herr denn mit mir zu besprechen gehabt hatte.

Ich sagte: »Er hat mir eine Stelle angeboten. In Berlin.« Ich versuchte, an ihr vorbeizukommen.

»Ach, bleiben Sie doch«, bat sie. »Ziehen Sie nicht nach Berlin um.« Sie hätte mich immer sehr geschätzt, beteuerte sie.

Kaum hatte ich die Wohnungstür hinter mir zugezogen, rief ich Karl Mantel an, auf seiner Privatnummer. Er ging genauso straff und preußisch-knapp ans Telefon, wie ich ihn aus dem Polizeidirektorium kannte.

»Hier ist Heinrich Ahrndt.«

Für einen Moment war es still in der Leitung. »Herr Ahrndt? Was wünschen Sie?«

Ich berichtete von dem Angebot Kahlen-Huntes. Karl Mantel schwieg wieder. Dann sagte er: »Politische Polizei, ja? In Berlin? Und Sie wollen meinen Rat? Wenn Sie sich in Berlin bewähren, kann ich Sie wieder einstellen.«

»Wie lange muss ich mich bewähren?«

»Drei, vier Jahre müsste Gras über Ihr Vergehen wachsen. Machen Sie Karriere in Berlin, Ahrndt. Vielleicht stehen Sie dann bei Ihrer Rückkehr nach München besser da als zuvor.«

II

BERLIN, MÜNCHEN

11

Das Berliner Polizeipräsidium, genannt die »Rote Burg«, war das zweitgrößte Gebäude der Stadt nach dem Berliner Schloss. Ich arbeitete mit sechzehn weiteren Kriminalkommissaren in der Abteilung IA, der »Politischen«, im Außendienst. Dabei standen uns zwanzig Kriminalsekretäre und zweihundertfünfundvierzig Polizeibeamte niedrigerer Ränge zur Seite. Mit Unterstützung der Schutzpolizei nahmen wir täglich dreißig bis achtzig Personen fest.

Hier ging ich ein und aus, immer begleitet vom Baustellenlärm. Die Häuser am Alexanderplatz wurden abgerissen, an ihrer Stelle sollten zwölfstöckige Hochhäuser entstehen, und die Tunnel für U-Bahn-Linie wurden ausgeschachtet. Außerdem riss man das angrenzende Scheunenviertel ein. Trambahnen, Autobusse und Menschenmassen wanderten um die Zäune der Baustellen herum. An den Zäunen standen anpreisende Worte in großen Lettern, eine Art Riesenliteratur, sie warben für »Flora privat, leicht, süß, duftig, die Siegerin der 2-Pfennig-Zigaretten« und das »Darmgleitmittel Rodolax«. Von dahinter hörte man Sägen und Rasseln, allein das Eisengerüst der Dampframme ragte vier Stockwerke hoch.

Vom angrenzenden Scheunenviertel mit seinen vielen Hinterhöfen und Gaslaternen war der größte Teil bereits abgerissen, die fliegenden Händler fanden nur noch wenige Gassen vor. Neue Häuserblöcke erhoben sich über den Resten. Trotzdem gingen immer noch Männer mit altertümlichen Bärten und Schläfenlocken in Gruppen langsam ihre Gasse hinauf und hinab und redeten Jiddisch. Vor den Läden und Imbissbuden standen Familien aus dem Osten, die sich noch nicht angepasst hatten wie die westlichen Juden, die in der Konfektion oder an der Börse arbeiteten oder als Ärzte oder Juristen im Westen Berlins.

Das Polizeipräsidium thronte über der Trümmerstätte des Alexanderplatzes. Um die Mittelinsel zeichnete sich der neue Kreisverkehr ab.

Berlin war laut und schmutzig. Und doch lernte ich diese Stadt allmählich zu schätzen. Es war, als würde das Übermaß an Lärm meine Empfindlichkeit kurieren. Ich hörte die einzelnen Geräusche nicht mehr heraus. Die Menschenmassen schoben mich hierhin und dorthin, und ich verzieh es ihnen und genoss in der anonymen Meute die Einsamkeit. Selbst den Lärm aus Licht verkraftete ich, die Leuchtreklamen, die wandernden Buchstaben, die rot, blau und gelb strahlenden Firmennamen. Weil so viele Werbesprüche auf mich einprasselten, nahm ich die einzelnen nicht mehr wahr. Ich fand im Getümmel Stille.

Als Kind hatte ich Berlin gehasst, weil es die Stadt meines Bruders war. Überall hatte er seine Verbündeten, seine Kumpel, die ihm bei Prügeleien beistanden. Er war kaum einmal zu Hause, immer war er mit Freunden unterwegs. Ich aber fand niemanden, der so war wie ich, und wurde zum Stubenhocker, zur Leseratte. Dass wir in der Hauptstadt lebten, konnte ich den Eltern damals nicht verzeihen. Es kam mir egoistisch vor: Sie liebten es laut, sie waren, wo es ihnen gefiel. Um mich aber scherten sie sich nicht.

Jetzt, als Erwachsener, fühlte ich mich immer noch nicht als Berliner. München war meine Wahlheimat geworden. Aber ich begriff: Auch die anderen hatten zu kämpfen in Berlin. Ihren Kampf zu sehen versöhnte mich mit der Stadt. Da gab es die Obdachlosen, die im Keller der Mietskaserne am Alexanderplatz ihren Schlupfwinkel gefunden hatten, sie schliefen dort in einem schaurigen Zwischending aus Nest und Höhle hinter Schutt und alten Möbeln.

In anderen Kellerräumen gab es heimliche Basare. Konservengläser wurden verkauft, alte russische Mäntel, »kaum getragene« Schuhe, Schnürsenkel, abgestoßene Zylinder. Draußen standen im Regen Dirnen am Zaun und froren. Die Berliner nannten sie liebevoll abwertend »Nutten«, sie lachten nicht über die Mädchen, weil auch sie zu kämpfen hatten.

Jeder versuchte, auszukommen mit seinem Geld, ob man nun bei Wertheim vom Kleiderständer aus blitzendem Messing einkaufte oder im Ramschladen im Hinterhof. Ob man Kalbsschnitzel aß mit einem Nuss-Oliven-Salat und frittierten Kartoffelstreifen oder Bouletten vom Rossfleischer. Ob man im Grunewald wohnte oder in Tempelhof zwischen dem Güterbahnhof und den Müllabfuhrschuppen.

Berlin war immerzu unterwegs, immer im Begriff, sich zu verwandeln. Eine Kolonistenstadt, vorgeschoben in die leere Steppe. Es gab wenig Tradition. Stattdessen Fleiß und Unruhe.

Ich hatte meine Wohnung nicht in der Nähe des Präsidiums, sondern in Schöneberg. Weit entfernt von der Wohnung meines Bruders, dem ich aus dem Weg ging. Auch den Besuch bei meinen Eltern zögerte ich hinaus.

Ich wohnte mit Blick auf den Hinterhof und seine Stangen zum Teppichklopfen. Eine Wasserpumpe gab es, die stehen geblieben war aus der Zeit vor den Wasserleitungen, und ein kleines grünes Gestrüpp in der Ecke. Am Wochenende kam manchmal ein Leierkastenmann. Wenn er spielte, gingen die Fenster auf, und oben, im vierten Stock, wo hinter dem offenen Fenster der Vogelbauer stand, zwitscherte ein Kanarienvogel mit der fremden Musik.

Auch wenn meine Fenster raus zum Hof gingen, wohnte ich im teuren Vorderhaus, es besaß einen vergitterten Fahrstuhl, das Treppenhaus war so weiträumig gewesen, dass man nachträglich den Fahrstuhl hatte einbauen können zwischen die Treppenfluchten. Ein nackter Käfig, aber ich fuhr doch manchmal damit, auch wenn er sehr langsam von Stockwerk zu Stockwerk kroch, während man durch die Gitter nach draußen auf die breiten Holztreppen blickte.

Jeder Mieter musste auf seinem Stockwerk den Flur und die Treppe wischen und die Messingteile des Geländers blank polieren, abwechselnd mit den anderen Mietern war ich außerdem dazu eingeteilt, Keller und Trockenboden zu fegen. Der Hausmeister meinte es besonders ernst: Er putzte nicht nur den langen Handlauf neben der Eingangstreppe, sondern auch den Türgriff der Haustür, die Zierbeschläge an der Tür, das Klingelschild und selbst die Klingelknöpfe, wobei er manchmal versehentlich bei mir läutete.

Mein Bruder wäre an meiner Stelle nicht aus München weggegangen, sondern wäre geblieben und hätte gekämpft. Das ist mal wieder typisch für dich, hörte ich ihn in meinem Kopf sagen: Du zeigst Feigheit vor dem Feind.

Aber ich fühlte mich nicht feige. Ich hatte eine neue Aufgabe.

Unter den neuen Kollegen waren zwei, drei, mit denen ich ab und zu etwas unternahm. Franz Neumüller nahm mich einige Male mit seinen Freunden mit ins Capitol, in den UFA-Palast oder den Tauentzienpalast, wo wir den Film *Metropolis* in der auf zwei Stunden gekürzten Fassung sahen, und *Café Elektric – Wenn ein Weib den Weg verliert* mit einer jungen Schauspielerin namens Marlene Dietrich.

Aber es gab natürlich auch die Großmäuler, die Aufschneider, und ich merkte nach einer Weile, dass sie sich als Zielscheibe gern den armen Heinz Baldauff vornahmen, der mehrere aufgelöste Verlobungen hinter sich hatte und sich deswegen üble spöttische Bemerkungen gefallen lassen musste. Er war mir unendlich dankbar, als ich ihn in Schutz nahm und mich im Beisein vieler Kollegen mit ihm zum Biertrinken verabredete.

*

Carl von Ossietzky betrat das Büro im Eckhaus in der Wundtstraße 65, blinzelte und gab Jacobsohn die Hand, dabei murmelte er leise seinen Namen. Er sah zu Kurt Tucholsky hinüber und dachte für einen Moment, dass der Kollege äußerlich einen ziemlichen Gegensatz zu ihm selbst bildete, mit Doppelkinn und fülligem Gesicht; Tucholsky wirkte arriviert und im Bewusstsein des weiten Weges, den er zurückgelegt hatte. Ich dagegen, dachte Carl von Ossietzky, bin schmal, blass und rieche nach Zigarettenqualm.

Jacobsohn, der berühmte Herausgeber, suchte ebenfalls Blickkontakt zu Tucholsky, als wollte er fragen, ob sie den falschen Mann erwischt hätten, aber Tucholsky machte eine beschwichtigende Geste, und so bat Jacobsohn den Neuankömmling an seinen Schreibtisch.

»Sie haben Erfahrung?«, fragte er. Jacobsohns dunkle Augen und die Denkfalten auf der Stirn strahlten Tiefsinn aus, und er hatte auch etwas von dem geschäftsmännischen Ernst eines verantwortlichen Verlegers an sich.

Ossietzky murmelte von der *Berliner Volkszeitung*, dem *Tage-Buch* und dem *Montag Morgen*.

Tucholsky ergänzte: »Als leitender Redakteur, für ihn schreiben Leute wie Egon Erwin Kisch oder Erich Kästner. Und er hat mit Albert Einstein die ›Nie-wieder-Krieg!‹-Bewegung angeführt. Ich war da bloß Mitarbeiter, er hat sie gegründet und ihr vorgestanden.«

»Ah, Sie waren das. Hunderttausende Demonstranten in Berlin, hm? Aber jetzt hat es sich etwas im Sande verlaufen.«

Von den Bürgerlichen flüsterte Ossietzky, die man verloren habe, weil man zu radikal geworden sei, er habe das nicht gewollt, es habe da Querelen im Vorstand gegeben.

Tucholsky wirkte angespannt. Sein Vertrauen schien zu schwinden, aber Jacobsohn gab noch nicht auf. Er sagte: »Ich gebe Ihnen einige politische Stichworte, und Sie kommentieren. Beginnen wir mit: Ludendorff.«

Er merkte selbst, wie sich sein Oberkörper straffte. Es ging nicht mehr um ihn, es ging um die Welt. »Ludendorff ist ein Mathematiker des Schlachtfelds, ein Grundbuchbeamter des Todes, von dem kein wärmender Strahl ausgeht.«

Carl schaute zu Tucholsky hinüber, der ihm aufmunternd zunickte. Wegen solcher Sätze, die politisch waren, pointiert, scharfzüngig, hatte dieser ihn ein Jahr bekniet, sich doch endlich bei der *Weltbühne* vorzustellen. Dem Blatt, zu dessen Autoren Joachim Ringelnatz, Hermann Kesten und Lion Feuchtwanger gehörten.

Jetzt fragte Jacobsohn nach der SPD, ihren Reichstagsabgeordneten.

»Sie sind Hochstapler, die eine Partei repräsentieren, die es gar nicht mehr gibt. Die SPD ist ein kläglich verlassenes Wrack, dem die Massen nach links und rechts wegströmen.«

Jacobsohn nickte und schnalzte mit der Zunge. Carl merkte, dass der große Zeitungsmacher zum Radio blickte, ein altes Familienerbstück, das auf einem hüfthohen Schrank stand. »Die Leibesübungen nach dem System Dr. Rudolf Bode auf Welle fünfhundertfünf.«

Er brauchte keine zwei Sekunden, seine Antwort kam prompt. »Täglich sechs Uhr zwölf werden die Kommandos gesendet, mit rhythmischer Musikbegleitung. ›Dreimal Kniebeuge. Oberkörper vorwärts beugt!‹ Hunderttausende verrichten nach der Stimme aus dem Radio ihre Leibesübungen, zur gleichen Sekunde zappeln sie an den Bändern eines unsichtbaren Regisseurs und vollführen die gleichen mechanischen Bewegungen. Bald werden wir nach einer unsichtbaren Flöte tanzen, reguliert von einer Zentrale, die auf Welle fünfhundertfünf ihre Befehle in unsere Ohren dröhnt. Alles bammelt hübsch an einer Strippe. Und der General befiehlt Sturmangriff.«

Tucholsky hob mit einem siegesgewissen Grinsen die Brauen: Habe ich es Ihnen nicht gesagt?

»Sehr hellsichtig«, sagte Jacobsohn. »Das Politische können Sie. Und das Automobil?«

»Wie die Ägypter die Krokodile angebetet haben, die sie fraßen, beten wir die Automobile an, die uns totfahren. Wir sind geschäftig geworden, sehr geschäftig. Selbst die Bettler Ecke Linkstraße tragen ihre Notlage im Telegrammstil vor, wie Leute, deren Zeit Geld ist. Man hetzt und hastet, das Vergnügen wird zum Dampfbetrieb, die Erholung zu vorgeschriebenen Freiübungen, und wir sind stolz darauf, unter der Walze selbstangekurbelter Apparatur zu verröcheln.«

Jacobsohn erhob sich. »Sie sind unser Mann. Daran habe ich keinen Zweifel.« Er angelte ein Schriftstück vom Schreibtisch: »Ihr Vertrag.«

Ossietzky fühlte sich plötzlich unsicher. Er wusste nicht mehr, wohin er den Blick wenden sollte, vermied den Augenkontakt mit seinem Freund, schrumpfte, sah sich Hilfe suchend zur Tür um. »Ich weiß nicht, ob ich das jetzt schon unterschreiben kann. Ich nehme es mal mit. Ich muss darüber schlafen.« Er hatte sich vorher alles Mögliche ausgemalt, Probetexte, die man ihn schreiben ließ, erste zaghafte Aufträge für Konzertrezensionen oder Buchbesprechungen, aber nicht eine derart schnelle Entscheidung und eine Festanstellung.

Er wusste: Noch nie hatte jemand in solcher Weise auf eine Einladung von Jacobsohn reagiert, für die *Weltbühne* zu schreiben. Und doch ging er und ließ den verblüfften Chefredakteur und seine Edelfeder Tucholsky zurück.

Carl von Ossietzky erinnerte sich mit einem gewissen Schaudern an jenen 2. Februar 1926 zurück. Welch ein Einstieg in eine neue Laufbahn, die ihn endlich bekannt machte.

Tucholsky hatte ihm später erzählt, wie er und Jacobsohn verdattert dagesessen hatten. Jacobsohn klagte, da habe man ihm ja einen »der größten Umstandskommissare« ins Haus gebracht, die er je kennengelernt habe. Bis er, Tucholsky, sich gesammelt und schließlich gesagt habe: »Ich kenne ihn. Seine Mutter hat ihn weggegeben, als er zwei war. Er tut sich schwer damit, Menschen zu vertrauen. Geben Sie ihm etwas Zeit.«

Tatsächlich unterschrieb er, Carl von Ossietzky, wenige Tage später den Vertrag, der ihm zum ersten Mal im Leben ein ordentliches Monatsgehalt garantierte, mehr, als er je zuvor verdient hatte. Jacobsohn, den sie alle respektvoll nur J.S. nannten, war mit seinen Artikeln zufrieden, das merkte er schnell, J.S. nahm sie in die Zeitschrift auf, ohne vorher ein einziges Wort zu verbessern. Nicht einmal Kurt Tucholskys Texte ließ er ungeprüft durchgehen. Diese Ehre wurde in der Geschichte der *Weltbühne* nur ihm zuteil.

Dann war Jacobsohn gestorben, und er, Carl, hatte die Leitung der Zeitschrift übernommen. Sie waren mit der Redaktion in die Kantstraße umgezogen. Und er war mehr und mehr in Not geraten. Carl kratzte mit dem Fingernagel am Bleistiftstummel, bis die Farbe abplatzte. Kurt Hiller, der alte Streithals, setzte ihm zu, warf ihm bei jeder Gelegenheit vor, einem zu unpolitischen Pazifismus zu huldigen, nicht den wahren Sozialismus anzustreben. Er fühlte den Neid mancher Kollegen, dass er es jetzt war, der die *Weltbühne* leitete, dabei tat er doch alles, um nicht wie ein Vorgesetzter aufzutreten. Glücklicherweise steckte Edith, Jacobsohns Witwe, als Verlagsleiterin weiterhin Geld und Energie in die *Weltbühne*, die sie mit ihrem Vermögen schon mehrfach vor dem Konkurs gerettet hatte.

Er betrachtete die Hand, mit der er den Bleistift hielt, das feine Netz von Poren, die blonden Härchen, die noch feineren Hautzellen, die in einem Muster winziger Fältchen den Handrücken überspannten. Er beugte und streckte die Finger, die Beugefalten an den Knöcheln erinnerten ihn an die Kniegelenke von Elefanten.

Unter der Haut die blauen Adern, die beständig dieses Wunderwerk mit Blut und Nahrung versorgten. Mit dieser Hand schrieb er seine Texte, einen Code aus sechsundzwanzig Buchstaben, der Welten entstehen lassen konnte. Mit dieser Hand streichelte er Rosalinde über das Gesicht, putzte ihr die Nase, reichte Maud etwas über den Tisch, öffnete Türen, schloss Fenster, blätterte Seiten im Buch um.

Am Ringfinger saß der Wappenring der von Ossietzkys. Nach Jahren der Armut kleidete er sich jetzt sehr sorgfältig, am liebsten dunkelblau, und zum Anzug trug er einen weichen grauen Hut.

Und draußen stürzte die Welt ein. Schreib, sagte er sich, das kannst du. Schreibe dagegen an.

Wenn der Vater so konzentriert arbeitet, das weiß Rosalinde, darf sie ihm keine Schwierigkeiten machen. Er sitzt am Wohnzimmertisch, und seine leise hingeflüsterten Worte verraten, dass er etwas über Flugzeuge schreibt und über die Reichswehr und Russland. Er weiß nicht, dass er diese Worte flüstert, er ist tief in Gedanken, während sein Bleistift über das Papier kratzt. Er flüstert, streicht Worte durch, steht auf und geht im Zimmer auf und ab, und sie passt auf, dass die Schildkröte ihm nicht im Weg herumläuft, »Ecki«, sagt sie mit leisem Vorwurf und nimmt sie hoch, und die Schildkröte rudert unbeholfen mit den Beinen, langsam wie in Honig gegossen, und Rosalinde setzt sie beim Schreibtisch ab, wo sie Vater nicht stört.

Sein Schreibtisch droht unter Bergen von Papier zusammenzubrechen. Arbeiten kann er da nicht. Er setzt sich wieder an den runden Wohnzimmertisch. Seine Hände gestikulieren, er diskutiert mit unsichtbaren Gegnern, sieht plötzlich froh aus, dann blickt er ironisch, spöttisch, sein Gesichtsausdruck wechselt oft, während er mit dem Bleistift übers Papier fährt.

Es ist schön, dass sie hier sitzen und dabei sein darf und nicht gleich ins Bett geschickt wird. Ihr Vater hat selten Zeit für sie, aber sie ist stolz auf ihn, weil sie weiß, er tut etwas Besonderes, er formuliert die Wirklichkeit.

Ecki kriecht langsam zur Wand und klettert behändig an der Fußbodenleiste hoch, der Schildkrötenmann läuft schräg, zwei Beine oben, zwei Beine unten, als wollte er sehen, wo das Ganze hinführt, immer weiter an der Wand entlang.

Bald ist Weihnachten. Sie wünscht sich eine Eisenbahn zum Aufziehen mit Schienen, die kostet eine Mark fünfundvierzig, wahrscheinlich kriegt sie die nicht, sondern bloß ein paar Hefte für die Schule. Dann wünscht sie sich eben, dass Papa mit ihr spazieren geht. Das sind die schönsten Nachmittage, wenn sie am Sonntag durch Friedenau oder Wilmersdorf flanieren und sie Papa ganz für sich hat. Dann redet er über das, was auf der Welt vor sich geht, und sie kann spüren, dass er ihr etwas mitgeben möchte. Nach solchen Gesprächen ist sie beflügelt von dem Gefühl, etwas begriffen zu haben.

Mutter klappert in der Küche. Sie schiebt die Hausarbeit immer so lange hinaus, wie es geht, sie mag das Geschirrspülen nicht, genauso wenig das Kochen. Heute scheppert sie so laut mit dem Geschirr, dass die Teller fast brechen, so hört es sich an.

Ihre Wut reißt den Vater aus der schönen Konzentration. Rosalinde steht auf und schleicht zu ihr in die Küche. »Mama, soll ich dir helfen?« Ohne ihre Antwort abzuwarten, greift sie sich ein Geschirrtuch und nimmt der Mutter den gerade abgespülten Teller aus der Hand.

»Morgen ist Schule, Rosa, du brauchst deinen Schlaf.«

Natürlich hat Mutter gewusst, dass Rosalinde noch auf ist. Oder hat sie es tatsächlich vergessen?

Gnädig reicht sie einen weiteren Teller an, und Rosalinde trocknet ihn ab. Manchmal ist ihr die Mutter unheimlich. Sie riecht gut nach Kräuterschnaps. Aber sie passt genauso wenig in diese Welt, wie Papa oder Rosalinde in sie hineinpassen. Die Mutter gehört nach Indien.

Sie hört, wie die Tür ins Schloss fällt. Mama hält kurz inne, einen Moment nur, und ein scharfer Zug entsteht um ihre Nase. Dann wäscht die Mutter weiter ab. Sie sagt nichts. Mit dem Schwamm schrubbt sie den Topf. Der Reisrand ist angetrocknet, sie muss Kraft aufwenden.

Der Text ist noch nicht wasserdicht, und das fuchst ihn. Er kann es spüren, ob ein Artikel gut ist. Dann gleißt etwas im Bauch, und die Finger kribbeln. Aber heute ist ihm der Text missglückt. Es wird viel Arbeit brauchen, ihm Überzeugungskraft zu verleihen, vielleicht gelingt es gar nicht.

Er macht große Schritte. Sein blauer Mantel schlägt ihm gegen die Beine. Die Hände hat er in den Manteltaschen vergraben. Aus den Fenstern leuchtet es warm, die Leute stimmen sich auf Weihnachten ein. Aber ihm ist nicht nach Weihnachten zumute.

Aus dem Tanzcafé an der Ecke dröhnt beschwingte Musik. Einige Leute stehen draußen, zwei von ihnen rauchen, die anderen reden und lachen. Denen ist die Lage in der Welt vollkommen egal. Sie blenden das aus, es kümmert sie nicht. Sie haben Spaß, das allein zählt für sie.

Er ist wütend auf die Leute. Und er beneidet sie. Die können sich unbeschwert freuen, sie verspüren keine Verpflichtung, für andere in die Bresche zu springen.

Sein Blick trifft den einer Frau. Sie sehen sich an. Die Frau erinnert ihn entfernt an seine erste Liebe, eine Schauspielerin im Hamburger Stadttheater, der er einmal ein Theaterstück schrieb und die es sogar las und die er nach einem Gespräch in »Leons Atelier« bis nach Hause hatte begleiten dürfen. Sie hatte gelacht über seine schüchternen, unbeholfenen Annäherungsversuche. Aus der Sache war nie etwas geworden.

Ihre Augen sind geschminkt, die Lippen auch, aber sie hat etwas Natürliches an sich, eine verletzliche Schönheit, die ihn elektrisiert. Er bleibt stehen. Sie sieht, dass er stehen geblieben ist, und jetzt drehen sich auch einige andere von den Feiernden nach ihm um.

Er ist ein scheuer Mensch, unmöglich kann er diese Fremde ansprechen. Trotzdem tritt er auf sie zu. Ein straffes Seil zieht sich um seine Kehle.

Schnippisch blickt sie ihm entgegen. Sie erwartet einen Flirtversuch. Die Männer an ihrer Seite sagen etwas, er hört es gar nicht, er sieht nur ihre herausfordernden Augen.

Die wissen, dass er nie feiern geht, dass ein Tanzcafé ihm fremd ist und er auf unsicheren Füßen läuft. Die haben ihre Sprüche, ihre Gesten. Er müsste etwas sagen.

Immer erwartungsvoller ruht ihr Blick auf ihm. Er spürt etwas zwischen ihnen, eine Verbundenheit, die ihn erregt. Sie ist amüsiert von seiner Unfähigkeit, etwas zu sagen, ihr Lächeln wird spöttisch.

Er hört sich selbst sagen: »Hätten Sie Lust, mit mir spazieren zu gehen?«

Die Männer brechen in Gelächter aus.

Aber sie hält seinen Blick, und dann hakt sie sich bei ihm ein. »Gehen wir.«

Ihre Berührung an seiner Armbeuge spürt er wie Feuer.

Sie mustert im Gehen seinen dunklen Anzug und die Uhrkette quer über der Weste. Aber sie sagt nichts, geht an seinem Arm, und so entfernen sie sich vom Tanzcafé und den johlenden Rufen der Feiernden. Endlich biegen sie in eine Seitenstraße ein. Er möchte mit dieser Frau durch die ganze Stadt spazieren. Sein eigener Mut berauscht ihn. Seine Dreistigkeit.

Die Frau an seiner Seite sieht ihn an und sagt: »Ich weiß schon, du bist verheiratet.«

»Und du?«

»Ich bin allein.«

Ihre Blicke treffen sich, und wieder fährt es ihm durch alle Glieder.

Sie ist wunderschön, aber ihr Gesicht verrät auch, dass ihre Seele Verletzungen erlitten hat. Davon fühlt er sich angezogen, er weiß, sie dümpelt nicht oberflächlich herum, sie sucht in der Tiefe. So wie Maud, seine Frau. Er ist verwirrt. Seine unzufriedene Frau zu Hause, seine schäbig möblierte Wohnung – und kaum eines der Möbelstücke gehört ihnen –, der Zusammenbruch der Friedensbewegung, in die er so viel Energie investiert hat, das Kind, das nach ihm hungert und dem er nur wenig Nähe geben kann. Sein Leben ist eine Ruine, die ihm fremd geworden ist. Er trägt die Schuld daran, er weiß es, aber er kann nicht sagen, wann der Verfall eingesetzt hat, was der Fehler war, und noch weniger kann er sagen, wie er ihn ungeschehen machen könnte.

Er muss schlucken.

»Wie heißt du?«, fragt sie.

»Carl. Und du?«

»Auguste. Aber das sagt keiner. Nenn mich Gusti.«

Schweigend setzen sie den Weg fort.

Nach einer Weile sagt sie: »Lass mich raten: Im Schlafzimmer bei euch hängt an der Wand links die Fotografie der Großeltern mütterlicherseits, rechts die der Großeltern väterlicherseits. Und jeden Morgen sagst du deiner Frau, wie gut du es mit ihr getroffen hast. Und sie kocht dir Kaffee und gibt dir Butterbrote in die Arbeit mit. Auf dem Waschtisch im Schlafzimmer stehen Baldriantropfen, und tagsüber liegt auf dem großen Doppelbett eine Spitzendecke, über beide Betthälften gelegt und glatt gestrichen. Euer Esstisch im Speisezimmer: drei Meter fünfzig mal zwei Meter aus Eiche. Er ist so schwer, dass er von keinem mehr bewegt werden kann. Im Vorraum habt ihr Rosenrankentapete an den Wänden, die Decke ist grün gestrichen, der Spiegel ist mit goldenen Putten verziert. Und ihr habt einen Schirmständer, jedes ordentliche Ehepaar hat einen. Euer Schirmständer ist mit Fröschen verziert, die nach Regentropfen schnappen, ihr findet das neckisch. Im Herrenzimmer sind die Wände mit Stoff bespannt, die Decke kaffeebraun. Ihr nennt es »das braune Zimmer«. Und wenn man die Flügeltüren des Bücherschranks öffnen will, muss man zwei schwere Klubfauteuils beiseiteschieben und einen runden Tisch mit gestickter Decke und einen Korb, in dem die gelesenen Zeitschriften stecken.«

Ihre Fantasie bezaubert ihn. »Alles falsch. Wir haben kein Speisezimmer. Auch kein Herrenzimmer und keinen Schirmständer mit Fröschen. Aber wir haben lebendige Frösche, Fritz und Friedrich. Denen fange ich an den Fenstern die Fliegen. Und eine Schildkröte gibt es, die frei im Zimmer herumläuft.«

Für einen Moment fällt ihr das spöttische Lachen aus dem Gesicht. Sie muss das Gesagte verarbeiten. Offenbar hat sie ihn sich anders vorgestellt. Sie ist fasziniert von dem, was er gesagt hat. »Habt ihr Kinder?«, fragt sie und lässt es gelangweilt klingen. Aber ihre Stimme bebt verräterisch.

»Eine Tochter. Rosalinde. Sie ist sieben.«

»Hattet ihr Streit?«

So kennt sie das also. Familienväter haben Streit zu Hause, und dann gehen sie ins Tanzcafé und lachen sich eine Geliebte an. Aber so einer will er nicht sein. Er verabscheut die »Berliner freie Liebe«.

»Natürlich hattet ihr Streit«, gibt sie sich selbst die Antwort.

»Du bist ungebunden.« Er sieht nach vorn und fühlt ihre Hand in seiner Armbeuge und seinen Herzschlag im Hals. »Du hast in der Küche einen Toaströster und ein elektrisches Plätteisen und im Bad einen Föhnapparat, deine Wohnung ist hell eingerichtet, die Sitzmöbel weiß, und es steht immer ein frischer Blumenstrauß auf dem Tisch, du kaufst ihn dir selbst oder lässt ihn dir von einem deiner vielen Verehrer schenken.«

Sie lacht. »Alles richtig.«

Meine Güte, was tut er hier? Er verliebt sich bereits in dieses Lachen. Maud hat das Lachen verlernt. Wenn sie trinkt, weint sie. Diese junge Frau hingegen ist voller Lebensfreude und würde nicht an ihm hängen wie ein Mühlstein.

»Lass mich raten: Du bist Anwalt.«

»Schlimmer«, erwidert er.

»Zahnarzt?«

»Nein. Ich bin Journalist. Für die braven Bürger sind wir Zigeuner mit Bügelfalten und gehören zum ›Abiturientenproletariat‹.«

Sie schweigt einige Schritte lang, dann sagt sie leise: »Jetzt weiß ich, woher ich dich kenne.«

Er bleibt stehen. »Du kennst mich?« Entsetzen drückt ihm auf die Brust.

»Ein Freund von mir arbeitet im Mosse-Verlag, in der Bildredaktion fürs *Berliner Tageblatt*. Er hält große Stücke auf dich. Du bist Carl von Ossietzky, richtig? *Die Weltbühne*. Eine mutige Zeitschrift, wirklich.«

Wie hat er sich das denn gedacht, verdammt noch mal! Irgendwann musste doch herauskommen, wer er ist. Er rutscht immer tiefer hinein.

»Ich lese gern deine Artikel. Hätte gar nicht gedacht, dass ein ruhiger Typ wie du hinter diesen spitzzüngigen Texten steht.« Sie gibt ihm einen Knuff in die Rippen.

Sie hat Artikel von ihm gelesen! »Ich bin ein Außenseiter. War's schon immer. Aber die Republik braucht die spornende Kraft der Außenseiter. Ohne uns hätte es keine Aufdeckung der Fememorde gegeben, keine Kontrolle der Reichswehr … Nur ein Außenseiter kann kompromisslos schreiben.«

»Das glaub ich dir sofort. Man darf bloß nicht zu einem werden, der nur redet. Man muss auch handeln. Sonst bist du irgendwann ein überkluger Musensohn, der seine Weisheiten und Rezepte an den Mann zu bringen versucht und sich selbst dabei aus allem raushält.«

Den Finger in die Wunde legen kann sie also auch. »Ich würde ja in die SPD eintreten, aber vor dem Weltkrieg hat die Sozialistische Internationale noch behauptet, dass Arbeiter nicht auf Arbeiter schießen würden – und dann hat die SPD im Reichstag geschlossen für die Kriegskredite gestimmt. Tja, und die KPD zieht mich an mit ihrer großen Idee, aber die russische Heilslehre ist eine Religion, die nur das Schwert kennt und auf das Menschenleben pfeift.«

Sie legt ihm ihre kühle Hand in den Nacken und spielt mit seinem Haar, dann zieht sie ihn zu sich herunter und küsst ihn auf die Wange, gefährlich nahe beim Mund. Sie sieht ihn ruhig an, als wollte sie sich sein Gesicht einprägen. »So, Carl von Ossietzky, dann geh mal zurück zu deiner Frau und deiner Tochter.« Sie zwinkert verschwörerisch. »Oder willst du weiter mit mir spazieren gehen?«

Ihm ist schwindelig vor Aufregung. Er kriegt kein Wort heraus.

»Mach's gut, mein Großer mit den herrlichen blauen Augen.« Und schon spaziert sie zurück in Richtung des Tanzcafés.

Er kämpft das nervöse Zittern in seinem Inneren herunter. Im Treppenhaus hält er inne, stützt sich am Geländer ab und keucht wie unter Atemnot, aber sein Gesicht glüht vor Glück.

Musste er Maud so etwas antun, um endlich wieder so fühlen zu können? Warum ist das nicht möglich mit Maud?

Er fürchtet um sie. Will nicht, dass sie leidet. Sorgfältig richtet er seine Uhrkette, den Wappenring an seinem Finger, zieht den weichen Hut vom Kopf und fährt sich durchs Haar.

Haare! Im Schein der schwachen Treppenhausfunzel sucht er auf seinen Schultern nach einem Haar der fremden Frau. Er findet eines, das sich deutlich vom dunklen Blau des Mantels abhebt. Mit spitzen Fingern nimmt er es herunter. Wegwerfen will er es nicht, er legt es auf die Briefkästen, um später wieder danach zu sehen. Dann geht er hoch und schließt die Tür auf.

Er zieht die Schuhe aus, stellt sie ordentlich neben den Wichskasten im Flur und tritt ins Wohnzimmer. Dort sieht er Maud über seinen Text gebeugt.

»Was tust du da?«

Sie legt den Finger auf die Lippen und flüstert: »Rosa schläft.«

Er nimmt ihr die Blätter weg. »Das ist noch nichts.«

»Früher hast du mich nach meiner Meinung gefragt.« Ihr englischer Akzent ist immer noch da, und er ist liebenswert.

»Ich muss das erst überarbeiten.«

»Manchmal habe ich das Gefühl, dich zu stören. In deinem Leben, meine ich. Störe ich dich?«

Sie sieht ihn traurig an mit ihren großen, dunklen Augen. Heute scheint ihre Haut olivfarben zu sein, meist kommt sie ihm wie von innen heraus gebräunt vor. Mauds warme, weibliche Ausstrahlung hat ihm immer gefallen. Schuldgefühle übermannen ihn. »Ich bin müde«, sagt er.

12

»Halt den Kahn ruhig«, sagte der Ältere der beiden Brüder, die in Hamburg auf dem Müggenburger Kanal angelten.

Der 14-Jährige sagte: »Mach ich doch.«

»Nein, machst du nicht. Du verscheuchst die Fische.«

Der Jüngere schwieg beleidigt. Er starrte auf das Wasser, das jetzt, da Wolken heraufzogen, grau wie Stahl war.

Noch vor Kurzem hatten sie »Franzosen und Deutsche« gespielt. Wie lange war das her, zwei, drei Jahre? Jede Partei versuchte, so viele Gefangene zu machen wie möglich, und sperrte sie in ein »Gefängnis«, wo sie die anderen wieder befreien konnten. »Aber die ist ein Mädchen!«, hatte Jacob protestiert bei der Zuwahl der »Deutschen«, und Guntram, der ältere Bruder, hatte entschieden: »Doch, die kann mitmachen, die kann schnell laufen. Wirste sehen.«

Die Zeit des Spielens war vorbei. Mit Vaters Gesundheit ging es bergab, seine beiden Söhne hatten die Arbeit übernommen. Sie angelten Fische aus dem Müggenburger Kanal und ernährten damit die Familie. Hier gab es Aale, Barsch, Karpfen, sogar Zander.

Jacob, der Jüngere, stellte sich vor, wie unter ihnen die Fische anbissen, vier Angeln hatte er zu überwachen, er sah genau hin, ob eine der Ruten zuckte.

Jetzt spürte er ein Kratzen im Rachen und räusperte sich. Aber das Kratzen blieb. Plötzlich stach es ihn in der Lunge. Er bekam nicht mehr gut Luft, er zitterte.

»Ich hab gesagt, du sollst nicht wackeln!«, schimpfte Guntram, der aber auch plötzlich zusammenzuckte. »Was ist das für ein Gestank?« Es roch nach verfaulendem Heu. Guntram spürte eine Unruhe in sich, die mit nichts zu erklären war, eine plötzliche Hast seines Herzens. Und es fiel ihm schwer, das Gleichgewicht zu halten. Er taumelte. Die beiden Brüder sahen aneinander an, Entsetzen im Blick.

Mit unregelmäßigen, fahrigen Bewegungen steuerten sie den Kahn zum Ufer hin, sie schafften gerade noch, ihn an Land zu ziehen, die Angeln warfen sie hinein, dann humpelten sie, sich gegenseitig stützend, nach Hause. Der Hustenreiz ließ nicht nach, sie waren kurzatmig und hatten Kopfschmerzen.

»Was ist das?«, flüsterte der Ältere.

Jacob zuckte hilflos mit den Schultern.

Vater war schwerhörig geworden und kam nicht mehr gut vom Stuhl hoch. Jetzt aber stürzte er ihnen entgegen, betastete Jacobs und Guntrams Gesicht und fragte, was passiert sei.

Sie versuchten, es ihm zu erklären.

Er wollte wissen, wo sie mit dem Kahn gewesen seien, dann rief er nach seiner Frau, die hinter dem Haus im Garten arbeitete, laut und klagend, und sie kam rasch. Gemeinsam brachten sie Jacob und Heinrich ins Bett.

»Das Gas«, sagte er. »Du bleibst bei ihnen.«

Der alte Mann eilte so schnell er konnte zur Unglücksstelle, er achtete nicht auf sein steifes Bein, sondern forderte seinem Körper alles ab. Als er die Stelle erreichte, wo seine Söhne das Boot ans Ufer gezogen hatten, waren bereits zwei Schutzleute aus Hamburg eingetroffen, der Schleusenwärter Bandorf von der Müggenburger Schleuse hatte sie gerufen, sie standen bei dem Kahn und den hingeworfenen Angeln und diskutierten.

»Wir brauchen Hilfe«, sagte der Vater.

Die Polizisten wandten sich zu ihm um, sie wollten wissen, wo er wohnte. »Das liegt auf preußischem Gebiet«, beschieden sie ihn. »Wenden Sie sich an die preußische Feuerwehr.«

Er stotterte Protest, er baute sich vor ihnen auf und verlangte und forderte und flehte, aber ihre Gesichter blieben abweisend. Sie wollten mit der Sache nichts zu tun haben, es roch nach Ärger.

Aufgebracht kehrte er nach Hause zurück. Die Polizisten sollten sich die beiden ansehen und ihm dann ins Gesicht sagen, dass sie ihnen nicht helfen würden. Gemeinsam mit seiner Frau schleppte er Guntram und Jacob an die Unglücksstelle, die Söhne waren kaum noch in der Lage zu atmen. Sie husteten rotbraunen Auswurf, und sie litten Ängste zu ersticken. Inzwischen war die Hamburger Feuerwehr eingetroffen, vier Feuerwehrleute, die schüttelten die Köpfe über die Paragraphenreiter von der Polizei und halfen Jacob und Guntram, sie hatten Sauerstoffflaschen mitgebracht und setzten den Jungen Masken auf und führten ihnen Sauerstoff zu. Binnen Minuten ging es ihnen besser, sie wirkten wie neu belebt.

Der alte Fischer und seine Frau dankten den Feuerwehrleuten überschwänglich. Die ganze Familie konnte nach Hause gehen, Jacob und Guntram liefen sogar wieder selbst. »Das Schlimmste ist jetzt glücklich überstanden«, sagte die Mutter und weinte vor Erleichterung.

Phosgen sei das gewesen, hatten die Feuerwehrleute ihnen erklärt, ein Lungenkampfstoff aus dem Krieg. Da sei ein Ventil abgesprungen bei einer Lagerstätte am Hamburger Hafen, und eine Giftgaswolke habe sich über den Müggenburger Kanal ausgebreitet.

Als sie das sagten, arbeitete das Giftgas bereits auch in ihren Lungen.

Guntram und Jacob erreichten mit ihren Eltern das Haus. Die Eltern mussten sie wieder stützen. Den vierzehnjährigen Jacob brachte der Vater ins Bett, die Mutter kümmerte sich um Guntram. Die Kinder wurden blau im Gesicht. Die Freude über ihre vermeintliche Genesung verflog.

Schleusenwärter Bandorf von der Müggenburger Schleuse machte sich Sorgen. So leicht war das Phosgen nicht zu besiegen. Als der Polizeiarzt an der Unglücksstelle eintraf, fuhr der Schleusenwärter mit dem Fahrrad zur Fischerfamilie, der Polizeiarzt sei jetzt da, sie müssten hingehen, die Jungs müssten vom Polizeiarzt untersucht werden.

Die Mutter sagte: »Sehen Sie sich die beiden an! Die können nicht mehr laufen.«

Der Schleusenwärter sah es ein. Er stieg wieder auf sein Fahrrad und fuhr zurück zum Polizeiarzt, er fuhr schnell, er wusste, das Leben der beiden Jungen hing von ihm ab.

Der Arzt aber weigerte sich, sofort zu helfen. Die Erkrankten müssten zu ihm gebracht werden, er habe hier noch weitere Patienten. Aus den Wohngebieten kamen sie zu ihm in großer Zahl, und selbst die Feuerwehrleute und Polizisten klagten inzwischen über Schmerzen und Atemnot, es ging ihnen schlecht.

Der Schleusenwärter blieb hartnäckig. Endlich stimmte der Arzt zu, mitzukommen. Bei der Familie eingetroffen, untersuchte er die beiden. Es sei nichts mehr zu befürchten, sagte er. Das Schlimmste sei vorüber. Er empfahl, die Söhne an die frische Luft zu transportieren, und kehrte zu seinen anderen Patienten zurück.

Die Eltern wollten auf den Arzt hören und genau das tun, was man ihnen gesagt hatte. Aber als sie versuchten, die Keuchenden, Erstickenden nach draußen zu schaffen, brach Jacob zusammen.

Der Schleusenwärter raste auf dem Fahrrad zu Hausarzt Dr. Otto. Der kam mit fliegendem Haar, er ahnte Böses. Als er die beiden sah, ordnete er ihre sofortige Einlieferung in das St.-Georg-Krankenhaus an. Er schimpfte auf den Polizeiarzt, und darauf, dass hier niemand Gasmasken habe. Alle, die nur den leisesten Verdacht hegten, das Gas eingeatmet zu haben, müssten sich ins Krankenhaus begeben.

Jacob stand am Rande einer Ohnmacht, seine Augen flatterten. Er tastete blind mit der Hand über die Bettdecke und sagte leise: »Mama.«

Guntram lebte fünf Minuten länger als sein kleiner Bruder. Er sagte nichts, als er starb, er wand sich nur in Atemnot, keuchte und kämpfte, bis er in Krämpfen erstarrt war.

Das Phosgen tötete im Umkreis sechzehn Menschen, über dreihundert wurden krank, die meisten blieben für immer gezeichnet.

Mein Vorgesetzter, Karl Futh, Leiter des Außendienstes der Abteilung IA bei der Politischen Polizei, hatte mich ins Büro befohlen, drückte mir eine Akte in die Hand und gab mir den Auftrag, diesen Mann umfassend zu beschatten: Carl von Ossietzky.

Der neue Leiter der *Weltbühne* also. Ein Journalist.

Ich seufzte.

»Lesen Sie die Akte, dann verstehen Sie, warum.«

Ich wusste es auch so: Natürlich war die *Weltbühne*, die ich auch schon verstohlen gelesen hatte, mit ihrer Spottlust so ziemlich allen Amts- und Würdenträgern im Staat verhasst. Aber warum musste man ihren Herausgeber gleich beschatten?

Ich zog mich in mein Büro zurück und las die Akte sorgfältig durch.

1889 geboren, aus einfachen Verhältnissen stammend, eine Familie, die aus Oberschlesien nach Hamburg kam, der Vater Stenotypist, katholisch, die Mutter ein Dienstmädchen, evangelisch. Carl von Ossietzky – warum eigentlich »von«, fragte ich mich, wenn er aus so schlichten Verhältnissen stammte? – wurde ohne Schulabschluss Hilfsschreiber bei der Justiz. Ich staunte nicht schlecht, seine Artikel lasen sich, als hätte er die höhere Bildung mit der Muttermilch eingesogen, aber auf der Schule hatte er versagt. Im Ersten Weltkrieg kurz Armierungssoldat. Trat früh als Pazifist hervor. Schon 1914 wegen Beleidigung der Militärgerichtsbarkeit eine Geldstrafe von zweihundert Reichsmark. 1920 Redakteur der *Berliner Volkszeitung*, trat dem »Friedensbund der Kriegsteilnehmer« bei, gründete mit anderen Redakteuren

1924 die Republikanische Partei, ein Sammelbecken für enttäuschte Sozialdemokraten, der »Bonzenpartei«, gegen die »Diktatur der Wirtschaft«, für eine völlige Umkrempelung der Verwaltung und aller Lebensbereiche, Schulen inklusive.

Kein Zweifel: Der Mann war größenwahnsinnig.

Also vielleicht doch gefährlich.

Fortan prüfte ich seine Post. Ich las jedes Wort, das er schrieb, zog Entwürfe aus dem Müll, bestach Druckereigehilfen in Potsdam, hörte Telefongespräche ab. Ich glaube, dass mir in diesen Tagen wenig entging.

Das war Aufgabe der Politischen Polizei, wir befassten uns mit der Aufklärung und Vorbeugung von Straftaten mit politisch radikalem Hintergrund. Dabei arbeiteten wir nicht nur mit polizeilichen Maßnahmen wie Hausdurchsuchungen, sondern auch mit nachrichtendienstlichen Methoden. Wir öffneten Briefpost und verschlossen sie wieder, wir infiltrierten staatsfeindliche Gruppierungen und stellten Fallen.

Ich war froh, dass ich nicht länger nur Gespräche in Restaurants belauschen und die Meckerer in Schutzhaft bringen musste, wie in den ersten Monaten in Berlin, eine abscheuliche Karikatur von Polizeiarbeit: Der Staat lauste sich wie ein bepelztes Tier, und meine Aufgabe war es gewesen, zu entfernen, was ihn juckte oder kratzte.

Carl von Ossietzky war ein anderes Kaliber. Das wurde mir vollends klar, als ich seine Gerichtsakten durchsah. Seine staatsfeindlichen Artikel brachten ihn wieder und wieder in Konflikt mit dem Gesetz, aber das stachelte ihn nur weiter an. In den Unterlagen zu einer Verurteilung aus dem Jahr 1927 wegen Beleidigung der Reichswehr – Geldstrafe: 600 Reichsmark – fand ich folgende Aussage von ihm: »Man mag uns verurteilen heute, morgen, übermorgen. Wir werden es hinnehmen. Aber unser Stolz wird sein, nicht ›gebessert‹, sondern nur energischer, schärfer, dichter und zäher zu werden.«

Ich brachte es fertig, ihn gleichermaßen zu bewundern wie zu verachten. Sein Fleiß und seine Distanziertheit – in der Redaktion hatten sie ihn deswegen zeitweilig »Marquis von O« genannt – imponierten mir. Aber ich warf ihm die ganze Hybris seiner Zunft vor, das Besserwisserische, nie um Worte verlegene Reden der Untätigen, die sich für überlegen hielten und dabei fernab des Schlachtfelds Scheingefechte inszenierten. Autoren liebte ich. Aber keine Journalisten. Sie verwursteten die Realität, indem sie das Geschehen um eine giftige Winzigkeit veränderten. Sie gaben vor, den Blick der Leser zu erhellen, und dabei trübten sie ihn oft genug.

Ich sah in Carl von Ossietzky alle, die ich nie gemocht hatte: Meinen wortgewandten Klassensprecher, der sich an meiner Scham geweidet und mich gequält hatte, meine lautstark feiernden Verwandten, die Witze auf meine Kosten rissen, den Journalisten in München, der sein Wort gebrochen und dafür gesorgt hatte, dass ich gefeuert und arbeitslos wurde. Der Schreck über das Abrutschen ins gesellschaftliche Abseits saß mir noch so tief in den Gliedern, dass ich mich mit Feuereifer in die Arbeit stürzte.

Carl von Ossietzky trank das Wasserglas leer. Mit der Kellnerin hatte er eine unausgesprochene Vereinbarung getroffen, dass er nur einen Kaffee bestellte, sie fragte ihn nicht nach weiteren Tassen, und er blieb so lange sitzen, wie es nötig war: Mal hatte er den Leitartikel in einer Stunde fertig, mal schrieb er drei Stunden daran. Im Gegenzug brachte er ihr immer eine Ausgabe der *Weltbühne* für ihren Bruder mit.

Draußen wurde es schon dunkel. In der Druckerei warteten sie auf ihn, er wusste, dass er den Angestellten dort Überstunden aufhalste, weil er heute nicht pünktlich lieferte. Nur sein Leitartikel fehlte, die restlichen vierzig Seiten hatten sie bereits fertig. Sie mussten seinen Artikel noch setzen, mühevoll im Bleisatz die Buchstaben zusammenfügen, die er hier aufs Papier gekritzelt hatte, dann erst würden sie die Druckmaschinen in Gang setzen und zwölftausend Exemplare der *Weltbühne* drucken können. Er würde ihnen wieder einmal Bockwurst und Bier für ihre Überstunden spendieren.

Eigentlich war Carls Traum immer gewesen, ein »richtiger Schriftsteller« zu werden. Ein Buch zu schreiben, zum Beispiel über Martin Luther, vor dessen grünspaniger Statue am Fuße des Hamburger Michels er als Jugendlicher so oft gestanden hatte. Sich mit der Kurzlebigkeit des Journalismus abzufinden fiel ihm schwer.

Aber das war es, was er konnte, und er war sich über die Wirkung und Reichweite seiner Arbeit im Klaren: Am Dienstagmorgen würden alle bedeutenden Politiker und Publizisten die frisch gedruckte *Weltbühne* zur Hand nehmen und lesen, wie seine Zeitschrift das Weltgeschehen beurteilte.

In ganz Deutschland gab es »*Weltbühnen*-Leserkreise«, die sich trafen, um über die neueste Zeitschriftenausgabe zu diskutieren. Es fanden Gesprächsrunden mit *Weltbühnen*-Autoren statt, und anschließend Debatten der jungen Leute bis Mitternacht.

Es war gut, dass er die Leitung der Zeitschrift übernommen hatte. Nur wusste er nicht, ob er es schaffen würde, diesen Weg zu Ende zu gehen. Das Unglück von Hamburg, über das er gerade zu schreiben versuchte, zeigte deutlich, dass die Gegner weniger Skrupel hatten als er. Sein Artikel würde den Lesern die Augen über die rätselhaften Todesfälle am Müggenburger Kanal öffnen. Er hatte alle Fakten zusammen.

Vor fünf Jahren hatte Dr. Hugo Stoltzenberg an der Müggenburger Schleuse ein Unternehmen gegründet, das auf chemische Kampfstoffe spezialisiert war. Dr. Stoltzenberg hatte den Krieg gründlich kennengelernt, er hatte als Adjutant von Fritz Haber gearbeitet, dem Planer des Gaskrieges, der neben vielen wichtigen Entdeckungen auch im Meerwasser nach Gold gesucht hatte, und später hatte Stoltzenberg auf Anregung Habers in der Gasfüllanstalt Breloh in der Lüneburger

Heide gewirkt, wo die chemischen Kampfstoffe des Deutschen Reiches gelagert waren, die Reste von 37 592 Tonnen deutschen Kampfgasgranaten. Sie sollten laut Versailler Vertrag vernichtet werden.

Statt die Kampfstoffe zu vernichten, versteckte Stoltzenberg sie. Unter anderem 8 000 mit dem Lungenkampfstoff Phosgen gefüllte Flaschen: Die Behälter waren in schlechtem Zustand, deshalb füllte er ihren Inhalt in Kesselwagen um und ließ sie nach Hamburg transportieren, auf ein gemietetes Grundstück an der Müggenburger Schleuse. Sein Ziel: das Phosgen an die USA zu verkaufen.

All das redete man unter der Hand. Das Phosgen war noch nicht verkauft. Mit welchem Geld hatte Stoltzenberg also die Chemische Fabrik Stoltzenberg gegründet? Er hatte für die spanische Armee in den Orten Mellila und Maranosa Kampfstofffabriken errichtet und Strategien zum Einsatz von Giftgas in ihrem Kolonialkrieg in Spanisch-Marokko entwickelt. In seiner Dependance bei Bitterfeld östlich der Elbe bauten 200 Mitarbeiter Giftgasanlagen fürs Ausland.

Für das Deutsche Reich, dem die Produktion und der Besitz von chemischen Kampfstoffen durch den Versailler Vertrag verboten war, sollte er eine geheime Produktionsstätte in der Sowjetunion in Iwaschtschenkowo bei Samara errichten, weit weg von den Kontrolleuren der Alliierten. Aber auch auf deutschem Boden sollte es für die Reichswehr ein getarntes Kampfstoffwerk geben, in Gräfenhainichen. Beide illegalen Projekte scheiterten, der Firma ging es nicht gut, sie hatte sich für die Bauarbeiten hoch verschuldet. Und wieder wurde Geld gebraucht. Deshalb baute die Firma jetzt im Auftrag der jugoslawischen Regierung eine Kampfstofffabrik bei Ravnjak.

Und sie widmete sich der Schädlingsbekämpfung, denn was als Schädlingsbekämpfungsmittel diente, ließ sich auch als chemischer Kampfstoff nutzen. Zudem war es nützlich, das Verhalten von Nebelwolken zu ergründen, die Erkenntnisse ließen sich auf die Erzeugung von Kampfstoffwolken übertragen.

Die Feuerwehrleute vom Müggenburger Kanal hatten sich gewaltig getäuscht, was die Wolke anging. Aus dem Tank waren 10400 Liter Phosgen ausgetreten, die bei 20 °C Außentemperatur absiedeten, und die entstandene Wolke war vom Wind Richtung Wilhelmsburg, Georgswerder und Harburg getrieben worden und zog, während sie dort am Kanalufer redeten, in die Wohngebiete. Menschen gerieten in Panik.

Unterdessen arbeitete das tückische Phosgen in Guntram und Jacob, den Jungen, die in ihrem Kahn zum Fischen hinausgefahren waren. Carbonylchlorid verband sich in ihren Körpern mit der vorhandenen Flüssigkeit und wurde zu dem Stoff, den die Hersteller vorgesehen hatten: Salzsäure. Unter dem Namen Grünkreuz war der Kampfstoff im großen Krieg eingesetzt worden, er war für den Großteil der 90000 Gastoten des Krieges verantwortlich gewesen.

Die Firma Stoltzenberg gab eine Erklärung ab, dass vonseiten der Firma alle Sicherheitsvorkehrungen eingehalten worden seien, und jammerte über die Verluste. Sie musste die verbliebenen Kampfstoffe im Meer versenken, auch, um das Ausland zu beruhigen, das hellhörig geworden war: Produzierte Deutschland Giftgas für Kriegszwecke?

Carl von Ossietzky schrieb:

Man liest die lamentablen Erklärungen des Herrn Dr. Stoltzenberg, der bejammert, dass man ihn um sein kostbares Gut betrogen habe. Man vergisst darüber, dass das in der Nachbarschaft menschlicher Wohnungen lagernde Todesgift seit Jahr und Tag ständige Todesgefahr über die zweitgrößte deutsche Stadt brachte … So wird der nächste Krieg sein! So wird es sein! … Friedliche Menschen werden plötzlich mit verzerrten Gesichtern hinsinken, andere, die sich durch Flucht zu retten suchen, sich durch die eilende Bewegung nur schneller erschöpfen und mit giftgedunsenen Lungen fallen.

Er schrieb weiter, dass der Völkerbund ein Verbot durchsetzen müsse, das die Herstellung von Kampfgas international ächtete. Das Genfer Protokoll stand noch auf zu schwachen Füßen. Den Artikel beendete er mit den Worten: *Gegen den Krieg.* Aus einer Laune heraus schrieb er es noch einmal, es musste tiefer sitzen, niemand sollte es überlesen können. *Gegen den Krieg.*

Dann stand er auf, klemmte sich die Papiere unter den Arm und steckte den Bleistiftstummel ein. Die Druckereigehilfen warteten bereits ungeduldig vor dem Café und nahmen ihm die Seiten aus der Hand.

Gedankenumwölkt ging er nach Hause, er sah nicht hoch, sah keine Häuser, keine Bäume, keinen Himmel. Er fragte sich, wohin Europa steuerte. Am Tag des Unglücks in Hamburg hatten auch die Reichstagswahlen stattgefunden. Die SPD und die KPD hatten sich gegen den Bau des Panzerkreuzers A gewandt und im Wahlkampf mit dem Slogan geworben: »Kinderspeisung statt Panzerkreuzer«. Das brachte ihnen viele Wählerstimmen ein. Jetzt sah es so aus, als würde die SPD mit der DVP und dem Zentrum eine Regierungskoalition bilden. Fortan würden die beiden konservativen Parteien die SPD bei jeder Abstimmung im Reichstag erpressen können. Am Ende entstand keine ehrliche Regierungsmehrheit, die SPD war in der großen Koalition bloß die Geisel für das Wohlverhalten der Arbeitermassen.

Den Ausdruck musste er sich merken.

Man würde die Sozialdemokraten zwingen, von ihrem Wahlversprechen abzurücken. Der schwere Kreuzer würde gebaut werden. Trotz Versailler Vertrag legte Deutschland ein Rüstungsprogramm auf.

Er klingelte. Maud öffnete, er hörte sie schon im Treppenhaus kichern, bestimmt hatte sie Freundinnen eingeladen, da lebte sie auf und vergaß vorübergehend ihre Schwermut. »Na, meine kleine Frau Schmetterling«, begrüßte er sie und gab ihr einen Kuss.

Sie roch nach Alkohol, wirkte jedoch nicht sehr betrunken. Er warf den Freundinnen einen Gruß hin, den diese lachend erwiderten, und notierte im Schlafzimmer auf dem Block, den er neben dem Bett zu liegen hatte: *SPD = Geisel für das Wohlverhalten der Arbeitermassen.*

Er holte eine Rolle Heftpflaster aus der Küche und fragte, während er schon wieder im Gehen begriffen war, wo Rosalinde stecke.

»Weiß nicht«, antwortete Maud. »Treibt sich in der Stadt herum.«

Mit einem Ton der Missbilligung verließ er die Wohnung. Wenn die Freundinnen gegangen waren, würde er mit Maud über sein Vorhaben reden müssen.

Unten am Hauseingang rollte er ein fingerlanges Stück Heftpflaster ab und riss mit den Zähnen den Streifen ein, dann trennte er das Stück ab. Es klebte ihm am Daumen. Er steckte sich mit der anderen Hand die Rolle in die Hosentasche und löste das am Daumen klebende Stück Heftpflaster, drückte es auf den Schriftzug *von Ossietzky* neben der Klingel und fuhr zum Befestigen dreimal darüber. Dann schrieb er mit dickem Filzstift *Meyer* auf das Pflaster.

Der Kampf begann.

13

Ossietzky verließ die Redaktion wieder einmal erst spät abends, die Straßenlaternen leuchteten bereits. Ich stand an einer Litfaßsäule und tat so, als würde ich aufmerksam das Theaterprogramm lesen. In Wahrheit beobachtete ich ihn. Er trug einen weichen grauen Hut und einen dunklen Anzug, dazu passend eine graue Krawatte. Wie immer hatte er seine kostbare alte Taschenuhr so an der Weste befestigt, dass die Uhrkette ihm quer über den Bauch hing. Er war von schmaler Statur, aber großgewachsen und strahlte etwas Weltmännisches aus, wie er mit weit ausgreifenden Schritten – immer in Eile – den Heimweg antrat. Plötzlich blieb er stehen. Auf der gegenüberliegenden Straßenseite stand eine junge attraktive Frau. Ich hatte die beiden schon einmal zusammen gesehen. Die Identität der Frau war leicht festzustellen gewesen: Es war Gusti Hecht, eine Architektin Anfang zwanzig, die sich in Intellektuellenkreisen herumtrieb. Ich tat, als wäre mein Interesse am Theaterprogramm jetzt befriedigt, und ging zur Bushaltestelle, wo ich mich zwischen die Wartenden stellte, um die Situation weiter zu beobachten.

Gusti rührte sich nicht vom Fleck, stand nur da und schaute ihn an. Heute war von ihrem Stolz und ihrer spöttischen Stärke, die ich beim letzten Mal bemerkt hatte, wenig zu spüren, sie war eine verletzliche Schönheit. Ihre Augen waren geschminkt, die Lippen rot nachgezogen; diese »Maske« wirkte wie der Versuch, sich vor der Welt zu schützen. Ein Auto fuhr vorüber und schob sich für einen

Moment zwischen ihre Blicke. Schließlich setzte sich Carl in Bewegung und überquerte die Straße.

»Hast du an mich gedacht?«, fragte sie.

»Nein«, stammelte er.

Sie sah ihn böse an, dann kniff sie die Augen zusammen und lächelte, ja, sie strahlte förmlich. Sie las die Wahrheit in seinem Gesicht. Sie sagte nichts, aber sie legte ihre Hand in seine Armbeuge und zog ihn an sich heran. »Ich brauche einen Spaziergang.« Wie zwei Verlobte gingen sie. Ich folgte ihnen, es war einiges los auf dem Gehweg, und die zwei sahen sowieso nur sich, also musste ich nicht einmal auf Abstand achten.

Sie sagte: »Einen mutigen Artikel hast du geschrieben.«

»Findest du?«

»Überall reden sie darüber. In der Untergrundbahn, im Restaurant an der Ecke, beim Anstehen an der Bäckertheke. Natürlich haben nicht alle die *Weltbühne* gelesen, das wäre bei der geringen Auflage ja gar nicht möglich.«

Er gab ihr einen leichten Stoß. »Du!«

Sie lachte. »Du musst der Realität ins Auge blicken: Die meisten haben ihr Wissen aus dem *Berliner Tageblatt.*« Dann sah sie ernst zu ihm herüber. »Aber du hast das Wort ausgesprochen.«

»Welches Wort?«

»Krieg.«

»Das fällt einem ein, wenn in Deutschland wieder chemische Kampfmittel produziert werden.« Er erzählte ihr von den geheimen Anlagen Stoltzenbergs, von denen er bei seinen Recherchen erfahren hatte.

»Carl.« Sie sah ihn eindringlich an und blieb stehen. »Pass auf, dass sie dich nicht umlegen.«

»Ich habe unser Klingelschild überklebt. Die SA-Horden werden mich nicht finden.«

»Ach so. Und ich dachte schon, du wolltest nicht von mir gefunden werden.«

»Hast du es gesehen?« Er wirkte verblüfft.

Eine herrliche Röte flog ihr über die Wangen. »Ich bin bei euch vorbeispaziert«, gestand sie leise. Schmerzerfüllt senkte sie das Gesicht, als würfe sie ihm vor, ihr Leben durcheinandergebracht zu haben und sie damit alleinzulassen.

Unser Leben ist nur eines von vielen möglichen, die wir hätten führen können. Tief im Inneren ist uns das bewusst. Selbst in glücklichen Ehen und großartigen Karrieren gibt es einen leisen Zweifel. Wir können gar nicht anders, als uns zu fragen, wie unser Leben aussähe, wenn wir einen anderen Weg eingeschlagen hätten.

Carl wurde ein anderer, wenn er mit Gusti unterwegs war. Er wurde dann jemand, der er gern gewesen wäre. Sobald er heimkehrte, hatte er das Gefühl, in seinem Leben festzustecken. Er stand bei sich in der Küche und dachte darüber nach, wie sein Leben mit Gusti verlaufen wäre: andere Schwiegereltern, eine andere Wohnung, eine selbstständigere, stabilere, suchtfreie Frau, die ihm den Rücken stärkte, mehr Freude, mehr Freiheit … Es war nicht nur, dass Gusti ihn sexuell erregte, sie versprach ihm ein anderes Leben.

Er wusste ja, auch jenes Leben hätte seine schweren Seiten. Oder war das nur moralisches Gerede? Wäre es womöglich zauberhaft?

So blass wurde er, dass Maud ihn besorgt nach seinem Befinden fragte. Abwehrend bat er sie, ihm einen Teller Suppe aufzuwärmen, und verließ die Küche. Er strich durch die Wohnung, blieb hier und dort stehen. Auf der Kommode standen Kristallfiguren, an den Wänden hingen Porträts der berühmten Generäle Helmuth von Moltke und Karl von Bülow. Die Militärs blickten auf ihn, den Friedensaktivisten, voller Argwohn herunter. Aber es war nicht gestattet, sie abzuhängen, die Wohnung war möbliert gemietet, wie alle ihre Wohnungen, seitdem sie geheiratet hatten, fünfzehn Jahre lang umgeben von Möbeln anderer Leute.

Das mächtige Polstersofa und das breite dunkle Buffet erdrückten alles, sie ließen keinen Raum für Mauds feine englische Möbel. Die protzige spießbürgerliche Möbelgarnitur entsprach ihnen nicht. Maud und er träumten vom modernen Bauhausstil, hatten aber kein Geld, um eine eigene Wohnung zu mieten und sie damit einzurichten.

Was in dieser Wohnung gehörte ihm? Die Bücherregale. Das Einzige, worauf er stolz war: seine Bücher.

Er trat an das Fenster und fing mit einer raschen Handbewegung eine Fliege, hob den Deckel vom Terrarium und warf die Fliege hinein. Sofort schloss er den Deckel wieder. Die Fliege taumelte, trippelte ein paar Schritte und wurde mit einer raschen Zungenbewegung von Fritz gefangen und verschluckt.

Bestand nicht eine große Weisheit darin, das eigene Leben zu akzeptieren, wie es war? Immer nach etwas anderem zu gieren, führte nur zu einer Flucht, auf der man nie irgendwo ankam.

Andererseits lag in der Unzufriedenheit mit dem Gegebenen eine der größten Stärken der Menschheit. Niemand machte sich in ein neues Land auf und besiedelte es, wenn zu Hause alles zum Besten stand. Wem der Alltag Gemütlichkeit schenkte, der baute kein Schiff und setzte keine Segel.

Er schüttelte die Seefahrergedanken ab. Hier ging es um Menschen. Um Rosalinde. Um Maud. Das ist mein Leben, dachte er. Ich muss es akzeptieren. Sonst verliere ich mich selbst und alles, was mir lieb ist.

Maud brachte die Suppe. Er dankte es ihr mit einem Lächeln, setzte sich und blies auf den Löffel mit dem ersten dampfenden Kartoffelstück in einem Brühesee. »Wo ist Rosalinde?«, fragte er.

»Gras holen für Ecki, glaube ich«, antwortete Maud und setzte sich ihm gegenüber an den Tisch.

Er löffelte weiter. Ihren Blick zu deuten, der in ihn drang, war nicht schwer. Aber ihm war nicht nach einem Krisengespräch.

»Du arbeitest zu viel«, sagte sie.

Er sagte: »Bitte versuche, mich als Menschen zu verstehen, der in der Welt eine bestimmte Arbeit zu verrichten hat.« Er löffelte weiter.

Schon glaubte er, dass sie aufstehen und in die Küche gehen würde, da sagte sie: »Wir haben zusammen gehungert, hast du das vergessen?«

Das erste Zimmer in Berlin, in der Leibnizstraße, er weiß es noch, der Wirt nahm sie aus nach Strich und Faden, dreißig Mark Monatsmiete für ein schäbiges Hinterzimmer, dazu zehn Mark für die Küchenbenutzung, zehn Mark für Geschirrgebrauch, Gas und Licht, und noch zehn Pfennig extra für jeden Teekessel warmen Wassers. Maud war hochschwanger gewesen, um Weihnachten herum erwartete sie das Kind, er trank Kaffee-Ersatz, sie trank Tee, mehr gab es manchmal nicht, um den Bauch zu füllen.

Tatsächlich hatte sie damals an Unterernährung gelitten, als er aus dem Krieg heimgekehrt war und für die Deutsche Friedensgesellschaft umherreiste und Vorträge hielt, auch als man ihn als Sekretär der Friedensgesellschaft in Berlin einstellte, reichte sein Einkommen kaum für das Nötigste, und die Pazifistin Helene Stöcker nahm Maud, die mit Rosalinde schwanger war, in einem ihrer Heime für ledige Mütter auf, in der Uhlandstraße, wo sie wenigstens regelmäßiges und nahrhaftes Essen erhielt. Es beschämte ihn, dass er damals für Maud nicht hatte sorgen können. Wollte sie ihm das jetzt vorhalten? Oder dass Rosalinde nach der Geburt noch fünf Monate im Krankenhaus hatte bleiben müssen, weil sie sich keine menschenwürdige Wohnung leisten konnten, nur ein feuchtes und kaltes Drecksloch? Das war für das Neugeborene nicht geeignet gewesen, deshalb war Rosalinde die ersten fünf Monate im Krankenhaus in Pflege geblieben, und nur jeden zweiten Sonntag hatten sie die Kleine besuchen dürfen und verpassten so ihr erstes Lächeln.

Was wollte Maud damit erreichen, ihn an diese Zeiten zu erinnern? Dass er sie endlich auch arbeiten lassen sollte? Dass sein Verdienst für keine großen Sprünge reichte, wusste er. Auch als er beim *Tage-Buch* und beim *Montag Morgen* leitender Redakteur gewesen war, hatte er für beides zusammen nur einen mickerigen Lohn im Monat bekommen. Es ärgerte ihn, dass sie ihn unter Druck setzte. Seine Arbeit war Berufung, nicht Mittel zum Zweck, er konnte sie sich nicht nach dem Gehalt aussuchen. »Willst du die hässliche Trumpfkarte ausspielen, willst du das wirklich? Deine gute Herkunft, dass sie dich meinetwegen verstoßen und enterbt haben, dass du ohne mich das Leben einer wohlhabenden Dame hättest führen können?«

»Ich wünschte, wir würden noch hungern.« Sie sah ihn traurig an. »Damals waren wir nämlich ein Paar. Wir haben gemeinsam gekämpft. Aber inzwischen kämpfst nur noch du.«

Er legte den Löffel ab und schwieg.

Sie sagte: »Früher hab ich deine Artikel bei den Verlagen abgeliefert, und ich bin deinen Honoraren nachgelaufen. Du hast dich nie dafür interessiert, Rechnungen schreiben musste ich und das Honorar einfordern auch, du warst dankbar, überhaupt schreiben zu dürfen, dass wir Geld brauchten, hast du immer wieder vergessen. ›Wir sind eine Familie‹, hab ich den Verlegern gesagt, ›mein Mann hat diesen Artikel geschrieben, denken Sie daran!‹« Sie lächelte bitter.

Er wusste es ja. Er vergrub sich ganz in die Arbeit, und die Arbeit vergrub ihn. Maud wollte unter Menschen sein, reden und lachen, wie damals in Hamburg, als noch alle möglichen Leute in ihre Wohnung gekommen waren, um über Gott und die Welt zu diskutieren. Dafür hatte er keine Zeit mehr. Sie hatte zwar ein paar Freundinnen gefunden, aber diese Bindungen waren oberflächlicher Natur. Sie hängte sich zu sehr an ihn.

»Weißt du noch, unsere winzige Wohnung in Hamburg? Wir hatten fast keine Möbel und nicht einen einzigen Teppich. Es war ein richtiger Arme-Leute-Haushalt, mit Bergen von Büchern, sonst hatten wir nichts. Damals haben wir uns geliebt.«

Natürlich erinnerte er sich. Sie waren stundenlang durch die Vororte Hamburgs spaziert, an der Elbe entlang oder durch die Straßen. Hatten Ausstellungen und Museen besucht, auf Galerieplätzen im Theater gesessen und sich gemeinsam für gute Inszenierungen begeistert oder schlechte Stücke ausgepfiffen.

Er liebte Maud. Er wusste es, auch wenn er es gerade nicht fühlen konnte. Er nahm ihre Hände. »Ich will es versuchen. Lass uns wieder sein wie damals, als wir uns gefunden haben, an der Alster. Ich habe den Tag nie bereut, an dem du in mein Leben getreten bist.«

Er wollte es meinen. Aber während er es sagte, dachte er an den leisen Knuff, den ihm Gusti vorhin verpasst hatte, und an ihr verschwörerisches Blinzeln.

14

Carl von Ossietzky traf sich am Potsdamer Platz mit Gusti. Ich strengte mich an, die beiden nicht aus den Augen zu verlieren, was auf Europas verkehrsreichstem Platz nicht ganz einfach war. Sie verschwanden im Gewühl. Nicht hektisch werden, sagte ich mir. Ich folgte blind der Richtung, in der sie unterwegs gewesen waren, als ich sie zuletzt gesehen hatte. Und tatsächlich, sie tauchten wieder auf, ich sah, wie sie das *Haus Vaterland* betraten, einen Vergnügungspalast unter domartiger Kuppel. Ich drückte mich durch die Menge, trat jemanden, entschuldigte mich und folgte ihnen in das Gebäude. Der Fahrstuhl trug mich hinauf ins prächtige Vestibül. Dort waren die beiden nicht mehr zu sehen. Um nicht allzu suchend zu wirken, gab ich mich als Tourist und schlenderte von einem Raum zum anderen. Von der sogenannten Rheinterrasse blickte man, Wein trinkend, in ein Flusspanorama mit Rebenhügeln. Plötzlich wurde der Saal verdunkelt und ein ohrenbetäubend lautes Gewitter setzte ein. Tatsächlich wurden elektrische Lichtblitze ausgelöst, und aus Wasserleitungen plätscherte Regen in vorbereitete Gefäße. Dann heiterte sich der Himmel wieder auf, und rheinische Mädchen tanzten unter Rebenreifen ein Bühnenprogramm. Ich blickte mich unter den Gästen um, fand aber Carl und Gusti nicht.

Im nächsten Saal servierten Männer mit bunten Schärpen um Kopf und Bauch feurige Getränke, um die Gäste in eine spanische Taverne zu versetzen, dazu führten Spanierinnen Tänze vor. Aber weder hier noch in der angrenzenden Wildwestbar konnte ich die beiden entdecken.

Im Türkischen Café sah ich nach, die Luft vernebelt von den Wasserpfeifen, dann in der sonnendurchglühten Puszta, wo die Leute ungarischen Wein tranken, und schließlich im Münchner Saal, dem *Löwenbräu.* Die jungen Frauen trugen Dirndl und boten ein verzerrtes Bild Bayerns, dazu die Musiker in Lederhosen und ein Ausblick auf die »wildromantische Szenerie des Eibsees«, so stand es am Eingang. Auch hier verdunkelte sich der Saal, am gemalten Eibseehotel gingen die Lichter an, und bayrische Darsteller zertrümmerten in einer inszenierten Wirtshausschlägerei auf den Köpfen ihrer Gegner Bierkrüge. Die Direktion scheute keine Kosten.

War ihnen aufgefallen, dass sie jemand beschattete, und sie hatten diesen Vergnügungspalast nur betreten, um mich auszutricksen, und ihn unbemerkt gleich wieder verlassen? Draußen im Flur wäre ich beinahe mit ihnen zusammen gestoßen. Ich wollte mich gerade entschuldigen, da begriff ich, dass sie mich nicht wahrnahmen. Carl von Ossietzky und Gusti Hecht redeten miteinander, eindringlich, mit Tränen in den Augen, und bemerkten die Feiernden um sich herum nicht, die Tänzer, die Lichtspektakel, mich. Sie waren allein. Sie hatten sich aneinander verwundet und wussten kein Heilmittel.

Beschämt wandte ich mich ab. Welches Recht hatte ich, die beiden zu beschatten und über sie zu urteilen?

Ich verließ das *Haus Vaterland*, dieses Zentrum des bürgerlichen Amüsements, und anstatt die Tram zu nehmen, ging ich zu Fuß in die Stadt. Die aufleuchtenden und verschwindenden, wandernden Lichtreklamen veränderten den Umriss der Gebäude, mal betonten sie diese Ausbuchtung, dann wieder jene Tiefe – ganz so, als gäbe es keine beständige Wahrheit. Aber es gab sie, musste sie geben.

Der Anhalter Bahnhof. Von hier fuhren die Züge nach München, in einer halben Stunde würde ein Zug gehen, ich hatte schon öfter die

Fahrpläne studiert, ohne wirklich vorzuhaben zu fahren, allein die Möglichkeiten zu erörtern, gab mir etwas Freiheit in die Brust, die Züge fuhren ja, ich konnte einsteigen, auch wenn ich es nicht tat. Würde ich mir ein kleines Schlafwagenabteil buchen, wäre ich morgens in München.

Warum war es Elisabeth und mir nicht gelungen, uns richtig voneinander zu verabschieden? Hatte ich bewusst vermieden, ihr Auf Wiedersehen zu sagen? Ich war zu ihr gegangen, am Tag des Umzugs, die Möbelpacker des bahnamtlichen Rollfuhrunternehmens hatten, nach einem holprigen Beginn und nachdem ich eine Lage Bier spendiert hatte, so geschickt Stehlampe, Sessel, Couch, Teppich, Grammofon, Schreibtisch und Schränke verladen, dass ich mich davonstehlen konnte. Das Herz donnerte mir im ganzen Körper, ich war wie eine Glocke, die vom Klöppel aufgeschlagen wurde, bamm, bamm, als ich vor Elisabeths Tür stand. Aber auf mein Läuten hin öffnete niemand. Also stellte ich ihr meine Wanduhr vor die Tür. Als Ersatz für die, die ihr Mann zertrümmert hatte. Sie musste sie wiedererkennen, schließlich hatten ihre Kinder und sie einige Zeit in meiner Wohnung gelebt.

Die Nachbarin hatte geöffnet und erklärt, Elisabeth habe eine Stelle als Putzfrau bekommen, sie sei nicht da. Aber sie werde ihr gern Grüße von mir bestellen, ach, das sei ja eine schöne Uhr, wirklich, da werde sich Frau Loibl sehr freuen.

Wollte Elisabeth vielleicht keine Uhr von einem, der sie im Stich gelassen hatte? Ich stellte mir vor, dass sie die Uhr aufgehängt hatte, dort, wo die alte gehangen hatte, und dass die Kinder jeden Tag daraufsahen, und dass Paul die kleine Charlotte hochhob, weil sie ihr Ohr daranhalten und das Ticken hören wollte, und dass daraufhin Anton protestierte, er wolle auch. Ich stellte mir vor, dass Elisabeth ihre Kinder morgens nach einem Blick auf diese Uhr darauf hinwies, dass sie sich beeilen mussten, um pünktlich in die Schule zu kommen, und dass sie abends auf das Ziffernblatt zeigte und sagte, es sei schon spät, Zeit, ins Bett zu gehen.

Ich dachte an den Garten, den sie hatte zurückkaufen können, und daran, dass die Kinder dort Ameisenstraßen beobachteten und Elisabeth Erdbeeren und Kartoffeln und Möhren erntete und nach dem Unkrautjäten erschöpft im hölzernen Liegestuhl lag und dem Vogelgezwitscher und dem Geplauder ihrer Kinder lauschte.

Ich stand im Anhalter Bahnhof und stieg in keinen Zug ein.

Wie konnte ich Carl von Ossietzky verurteilen, ich, der selbst einer – wenn auch unglücklich – verheirateten Frau nachgestellt hatte?

Schwermütig wandte ich mich vom Bahnhofsgebäude ab. Tagsüber wurde hier am Europa-Hochhaus gebaut, jetzt war die Baustelle still, eine klaffende Wunde in der Haut der Stadt. Es roch nach Asbest und Zement.

Ein Backkartoffelhändler zog seinen Karren über das holperige Straßenpflaster. Aus dem schwarzen Behälter wehte Funkenregen. Die Funken verglühten in der Nacht.

Als ich am nächsten Morgen die »Rote Burg« betrat, die Welt der Karteiarchive, der Schreibmaschinenfräulein, der Zimmer mit Namensschildern, wusste ich wieder, wer ich sein wollte. Ich wollte Straftaten ahnden, Kriminelle überführen, den Betrogenen zu ihrem Recht verhelfen. Das erfüllte mich mit Zufriedenheit. Und die Politische Polizei? Auch der Staat war ein schützenswerter Organismus, wir bei der Politischen Polizei achteten auf seine innere Gesundheit und verhinderten Exzesse. Das sagte ich mir.

Ich betrat mein Büro und stutzte. Jemand saß an meinem Schreibtisch. Das war … Kahlen-Hunte! Mit einer neuen Frisur, sein Hinterkopf war amerikanisch rasiert. Was machte der in Berlin? Und mit welchem Recht hatte er meine Unterlagen vor sich ausgebreitet?

Er blickte auf. »Ahrndt! Wie schön, Sie zu sehen.« Er erhob sich, kam zu mir an die Tür und schüttelte mir jovial die Hand. »Freut mich, dass mit dem Umzug und der Stelle alles geklappt hat.«

Ich wies auf den Schreibtisch und ermahnte ihn: »Das sind vertrauliche Unterlagen.«

»Wie kommen Sie voran mit Ossietzky?« Als wäre er hier zu Hause, kehrte er zum Schreibtisch zurück und lud mich ein, Platz zu nehmen. Er wies dabei auf den Besucherstuhl. Er selbst nahm auf meinem Stuhl Platz. »Sie haben da einen großen Fisch an der Angel. Der Mann ist ein Fanatiker. Machen Sie ihn müde, geben Sie ihm Schnur, bis er sich erschöpft hat, und dann zurren Sie den Haken in seinem Maul fest und bringen die Sache zu Ende.«

Er hatte in München gesagt, dass er einen Freund bei der Politischen Polizei habe. Grzesinski würde es kaum sein, der kämpfte mit Vehemenz gegen die NSDAP. Vermutlich war es Karl Futh, mein direkter Vorgesetzter.

Ossietzky war kein Fisch, den man köpfte. Ich dachte an gestern, an die Verzweiflung in seinem und Gustis Gesicht. Diesen beiden, und auf eine gewisse Weise auch Maud, fühlte ich mich näher als dem Industriellen. Ich beschloss, Kahlen-Hunte zu provozieren. »Ist es nicht etwas Gutes, Friedensfanatiker zu sein?«

Kahlen-Hunte sah mich mit seinen blauen Augen ernst an. Er besaß Charisma. Sicher hatte ihm sein Aussehen oft dabei geholfen, gewinnbringende Geschäfte zu machen. »Irgendwann zündet er eine Bombe, das sag ich Ihnen. Mitten in einer politischen Massenversammlung im Sportpalast.«

Ich hatte erst kürzlich miterlebt, wie die Nationalsozialisten den Sportpalast mit einer großen Kundgebung füllten. Vor den Toren patrouillierte die uniformierte Polizei, man rechnete mit Gegendemonstrationen der »Roten« draußen. Ich war in Zivil bei den »Roten« unterwegs, um ihre Pläne zu erkunden, und hörte gerade noch, wie die

Devise ausgegeben wurde, den Sportpalast zu stürmen. Ich forderte Polizeiverstärkung an. Aber schon rannten sie, rotteten sich zu Stoßtrupps zusammen, attackierten. Die Polizeikollegen vor dem Sportpalast schwangen gegen die Rotfront ihre Gummiknüppel, es gab viele Verletzte, auch in unseren Reihen.

Dann wieder tagten die Kommunisten im Sportpalast, und draußen lauerten die Männer vom Stahlhelm. Der Saal war mit breiten roten Spruchbändern behangen, Ordner mussten die Treppengänge frei machen, Stühle wurden herangeschleppt in den überfüllten Saal. Die Schlägertrupps der Nationalsozialisten warteten bis zum Abend und griffen gezielt die Heimkehrer an.

Der Sportpalast blieb immer neutral. Seine Wände gaben mit ihrem Echo alles wieder, ohne Partei zu nehmen, das »Hakenkreuz am Stahlhelm« genauso wie »Auf zum letzten Gefecht«. Eine Bombe inmitten dieses Menschengedränges wäre eine Katastrophe, es würde Hunderte Tote geben. Aber Ossietzky war kein Bombenleger.

»Hören Sie«, sagte Kahlen-Hunte, »Sie sind ein guter Mann. Das hab ich gleich erkannt, als Sie unserem Goldmacher auf die Finger gesehen haben. Fähige Leute wie Sie gibt es nicht oft. Ich habe einen Blick dafür. Mag sein, dass ich ein passabler Ingenieur bin und ein besserer Finanzanalytiker, aber vor allem kann ich eines: gute Leute erkennen und sie einstellen. Damit ist meine Firma groß geworden. Und ich sehe Sie und weiß, Sie können was. Aber Sie wollen keine Befehle befolgen. Ist es nicht so? Mauck kann ein Lied davon singen, hat er mir gesagt.«

»Das hängt ganz von den Befehlen ab. Einen Mann zu belauern, der politisch nicht genehm ist, und darauf zu warten, dass er einen Fehler macht, ist keine Polizeiarbeit. Wir kümmern uns um wirkliche Verbrecher.«

»Sein Artikel in der *Weltbühne* neulich über den Gaskrieg war ein Verbrechen am Volk.«

Das sah ich anders, und ich sagte es ihm.

Er sah aus, als würde er gleich mit der Faust auf den Tisch schlagen. An seiner Schläfe pochte eine Ader. »Machen Sie sich doch bitte einmal die Zusammenhänge klar! Gerade hat er unseren neuen Panzerkreuzer eine ›alberne Blechkiste‹ genannt. Er macht uns lächerlich vor der Welt. Und er fordert Abrüstung, wo wir längst bis auf das Unterhemd abgerüstet worden sind. Carl von Ossietzky meutert, dass wir Deutschen gerade vier Kreuzer, sechs Zerstörer und ein kleines Torpedoboot bauen, und vergisst völlig, dass unsere Gegner viele U-Boote haben, und wir kein einziges, und dass sie uns auch keinen U-Boot-Bau gestatten. Wir sind schwach, und die Aasgeier rupfen uns bereits, so sieht es aus!«

»Das Gesetz regelt ziemlich klar, was eine Straftat ist. Diese Aussagen –«

»Aber am schlimmsten ist das hier«, unterbrach er mich und angelte die aktuelle Ausgabe der *Weltbühne* vom Stapel, um sie wütend aufzublättern, »er bezeichnet die Entwaffnung Deutschlands durch den Versailler Vertrag als Vorsprung. Als *Vorsprung!«* Er hatte die Stelle gefunden, die er gesucht hatte, hob das Heft hoch und deklamierte wie ein Theaterschauspieler: »Der Panzerkreuzer ist militärisch eine Lappalie. Der Kampf darum zeigt, dass Deutschland nicht eine Renaissance seiner Militärmacht will, dass es die Wiederkehr einer Gott sei Dank versunkenen Glorie nicht einmal im Miniaturformat wünscht.« Dann sah er mich auffordernd an, mit, wutblitzenden Augen.

Ich nickte zögerlich.

»Wie schwach sollen wir noch werden, damit er zufrieden ist. Wie schwach vor aller Welt?« Er schob mir die rote Zeitschrift herüber, die Seite aufgeknickt, und tippte auf eine Stelle. »Das haben Sie gelesen, ja? Und dann fragen Sie noch, ob der Kerl ein Krimineller ist? Die wollen ein Volksbegehren starten gegen den Panzerkreuzer, sie wollen vier Millionen Unterschriften sammeln, die Kommunisten!«

Ich las:

Es geht darum, endlich jenen perfiden Militarismus zu treffen, der tausend Mal bankrott und kompromittiert, immer wieder den Weg durch die Seitentüren gefunden hat. Er schoss als Mörder aus dem Hinterhalt, er wütete in Geßlers schwarzer Klapprothgarde, er lächelte verständnisinnig um Seeckts versiegelte Lippen. In zehn Jahren ist er die geheime Krankheit, der Tumor im Hirn der Republik gewesen.

Ich gab zu, dass man seine Schilderung Geßlers und Seeckts als beleidigend empfinden konnte, zumal sie nahe am urteilenden Wort »Mörder« stand.

Kahlen-Hunte erhob sich. Er fuhr sich mit der Hand über den roten Bart, wie um sich selbst zu beruhigen. Er sagte: »Wir üben mit Panzerattrappen, weil man uns verbietet, Panzer zu bauen. Papp-Panzerwagen, die wir auf Dixi-Kleinkraftwagen spannen. Das ist lächerlich! Aber wir sind dazu gezwungen, um wenigstens halbwegs im Training zu bleiben. Wir behelfen uns bei Manövern mit Holzgeschützen. Und die Zeit arbeitet gegen uns. Während wir unsere Soldaten mit Attrappen trainieren müssen, entwickelt der Gegner seine Fahrzeuge und Waffen beständig weiter. Uns sterben die letzten flugtauglichen Piloten weg, die noch im Ersten Weltkrieg Dienst taten, bald haben wir niemanden mehr, der ein Kampfflugzeug fliegen kann. Versailles hat uns die Hände gebunden. Sollen wir uns für immer mit weibischem Pazifismus begnügen? Auf ewig mit der Sklavenrolle?«

Ich war mir unsicher. Viele sagten, dass ein neuer Krieg unausweichlich sei. Wenn unser Volk nicht nach und nach gefressen werden wolle, müsse es sich wehren.

Natürlich kämpften die Nationalsozialisten mit den falschen Mitteln für ihre Überzeugungen: plumpe Parolen, Einschüchterung der

Bevölkerung durch die marschierenden SA-Horden, Mordanschläge auf Politiker. Das konnte ich nicht gutheißen. Aber hieß das automatisch, dass sie im Unrecht waren?

»Hat Deutschland das Recht auf bewaffnete Notwehr?«, fragte Kahlen-Hunte.

Ich nickte zögerlich. »Aber«, setzte ich nach, »ist die Rüstung denn wirklich für die Verteidigung gedacht?«

»Defensive Rüstung. Selbstverständlich. Bedenken Sie: Auch ohne Krieg sind militärische Fragen nie von den Fragen der Außenpolitik zu trennen. Eine schwache Armee von nur hunderttausend Mann, wie wir sie gerade haben, kann unserer Politik unmöglich den nötigen Rückhalt geben. Die Besetzung des Ruhrgebiets durch die Franzosen hat gezeigt, dass wir wehrlos sind. Mit hunderttausend Mann und ohne Panzer, Geschütze und Flugzeuge lässt sich kein Land verteidigen.« Er stand auf. »Bringen Sie den Mann zur Strecke. Und retten Sie unser Land.«

15

Es hatte geläutet, und Katia ließ Herrn Silberhorn ein, Thomas hörte dessen brummige Stimme, und so wie Katia lachte, hatte er wohl einen Scherz gemacht. Hoffentlich nicht auf seine Kosten. Er sah an sich herunter. Der einteilige Turnanzug stand ihm nicht, er fühlte sich darin wie ein Hanswurst.

Silberhorn hingegen, der jetzt das Zimmer betrat, passte der Trainingsanzug wie angegossen. Dr. Arno Lampé, der berühmte Internist, hatte ihm diesen Turnlehrer empfohlen. »Guten Morgen, Herr Mann, wie geht es Ihnen?«

Die Höflichkeitsformel war nicht ernst gemeint. Sie war das Kalkül eines Menschen, für den alles gut war, solange nur die eigenen Gliedmaßen vollumfänglich schmerzfrei bewegungstüchtig waren, und für den geistige Fragen und Beschwernisse gänzlich bedeutungslos waren, ja eigentlich außerhalb der menschlichen Existenz lagen. Entsprechend erwartete Silberhorn, der vor Energie bebte, auch keine Antwort. Er redete wie ein Arzt, bevor er eine Spritze setzte, und reichte ihm das Springseil. »Dann fangen Sie mal mit vierzig Sprüngen an.«

Mühevoll versuchte Thomas, in einen Takt zu kommen, er ließ das Seil sausen und hüpfte hoch. Wieder und wieder verhedderte er sich und musste von vorn beginnen.

»Hüpfen, hüpfen«, schrie Silberhorn, »die Fußarbeit ist die Hauptsache am ganzen Training!«

Es war nicht so, dachte Thomas, dass sein Trainer vergaß, wen er hier zur Ertüchtigung antrieb. Nein, der Schriftsteller, der gerade an einem Werk arbeitete, das, wenn es denn gelänge, ein Jahrhundertwerk sein könnte, war für ihn schlicht nicht vorhanden. Silberhorn belächelte das Geistige als eine entbehrliche Unterfunktion körperlicher Vorgänge.

Der Schweiß brach ihm aus allen Poren. Er keuchte vor Anstrengung. Neununddreißig. Vierzig. Er ließ das Seil sinken.

Jetzt holte Silberhorn einen Expander aus der Sporttasche. Er demonstrierte, wie das Folterwerkzeug gezogen werden musste, und dehnte den Expander schräg über der kräftigen Brust, es sah wie Spielerei aus. Kommentarlos drückte er Thomas das Sportgerät in die Hand. Thomas zerrte daran, und obwohl er die Übung bis an die Grenzen seiner Kraft ausführte, gelang es ihm nicht annähernd, das Ding vollständig zu dehnen. »Und«, fragte Silberhorn, während er mit scharfem Lehrerauge das Versagen seines Schülers betrachtete, »was halten Sie von den Ozeanfliegern?« Es war keine Frage, eher eine Nötigung zur Beifallsbekundung.

Thomas musste an die Bemerkung denken, die er gestern in einem Brief an Arthur Hübscher verwandt hatte, von den »Flieger-Tröpfen«, zu deren Ehren die Stadt den nationalistischen Kopfstand vollführe. Er hatte schon bereut, dass er sich gegenüber dem großen Schopenhauer-Forscher und Gelehrten dazu hatte hinreißen lassen, aber als er jetzt Silberhorns diktatorische Frage vernahm, fühlte er sich im Recht. »Die Stadt München scheint an ihnen einen Narren gefressen zu haben.« Keuchend ließ er den Expander sinken.

Die Strafe für diese Respektlosigkeit gegenüber dem, was in der lebensbejahenden Welt wirklich zählte, folgte auf dem Fuß. »Weitermachen! Vom Rumstehen geht der Bauch nicht weg.«

Musste sein Bauchansatz überhaupt weg? Katia hatte ihm gegenüber nie eine kritische Bemerkung fallen lassen. Selbst seine Ältesten,

Erika und Klaus, denen er schon lange keinen Respekt mehr abnötigte, hatten sich nicht in diesem figurkritischen Sinn geäußert. Widerstrebend setzte er die Streckübungen mit dem Expander fort. Er musste achtgeben – wenn er die Griffe losließ und ihm das Gerät an den Kiefer flog, wäre er für keine repräsentative Aufgabe mehr zu gebrauchen. Er wäre entstellt und musste dann womöglich lebenslang Kauübungen unter Aufsicht des Trainers absolvieren.

Silberhorn schwadronierte ungerührt weiter. Natürlich sei jeder Münchner aus dem Häuschen, das sei ja auch ein Husarenstück, von Ost nach West zu fliegen, viel schwieriger, als was der Lindbergh letztes Jahr geschafft habe. Sechsunddreißig Stunden nach Amerika, bei Sturm und Orkan, und nachts im Blindflug, nur mit Instrumenten. – »Passen Sie auf, dass Sie sich mit dem Expander nichts einklemmen, das kann schmerzhaft werden.«

»Ich finde nur«, entgegnete Thomas, »dass Glockengeläut, Minister, ausgerückte Schulen … Ehrentrünke, Ehrenjungfrauen, Oberbürgermeister … gesperrter Verkehr und ein Demonstrationsgewoge schwarz-weiß-roter Fahnen … zum Empfang ein wenig übertrieben sind.«

Es war so, als ob er gar nichts eingewandt hätte. Die Bedenken eines Mannes, der die elementarsten Übungen mit dem Expander nur unter Aufbietung seiner letzten Kraftreserven absolvieren konnte, mussten in Silberhorns Wahrnehmung gegenstandslos sein. »Sogar in den Vereinigten Staaten haben sie die Flieger geehrt, in New York mit einer großen Konfettiparade. Und sie haben die höchste amerikanische Pilotenauszeichnung erhalten, als Deutsche, das Distinguished Flying Cross, vom Präsidenten! Geben Sie den Expander her.«

Für einen Moment erwog er die Möglichkeit, Silberhorn hinauszuwerfen. Aber als er ihm ins Gesicht sah, wurde ihm klar, dass dieser Mann in der obszönen Gewissheit seiner unerschütterlichen physischen Gesundheit einen Rauswurf gar nicht als solchen wahrzunehmen vermochte. Er würde ihn in eine Kapitulation seines ungelehrigen, ältlichen Schutzbefohlenen umdeuten und überall in der Stadt erzählen, der Mann, der sich mit Ägyptologen, Historikern und Anthropologen über die Deutung der Josephsgeschichte austausche, sei zu jeder Bewegungskultur ungeeignet. Er saß in der Falle. Was er auch unternahm und sagte, Silberhorn blieb Sieger. Plötzlich hatte er die Vision einer Zeit, in der die Menschen von morgens bis abends nur noch über sportliche Höchstleistungen sprechen, sie johlend und mit viehischer Instinktbefohlenheit verfolgen und geistige Hervorbringungen nur noch als zweitrangige Nebentätigkeiten betrachten würden, die man allenfalls in den Stunden, da der Körper sich regenerieren musste, zur Zerstreuung zur Kenntnis nehmen würde.

Er musste sich auf die Matte legen, Arme und Beine in die Luft strecken und die Beine treten wie ein Radfahrer. Wirkliches Radfahren wäre ihm lieber gewesen, das schonte die Bauchmuskulatur. Für einen Moment sah er sich auf dem Fahrrad, wie letzte Woche, als er sich treiben gelassen hatte, einem blond gelockten Jüngling, der ihm an einer Ecke zugelächelt hatte, wie absichtslos gefolgt war, bis dieser, noch einmal lächelnd, sein Rad im Vorgarten eines bescheidenen zweistöckigen Hauses abgestellt hatte. Der kurze Austausch von geheimnisumflorten Blicken hatte seine Fantasie angeregt, er hatte danach unbeschwert und mit leichter Hand eine Szene zu Ende schreiben können. Solche sublimen Erlebnisse würden diesem Tatmenschen, der noch nie von dem produktiven Widerstreit von apollinischen und dionysischen Kräften in der menschlichen Psyche gehört hatte, vermutlich auch nur ein verächtliches Kopfschütteln abnötigen.

Er fiel erschöpft auf die Matte zurück und prustete. »Ich halte die Paraden in den großen deutschen Städten für eine Überbewertung sportlicher Rekorde. Es geht hier doch mehr um die nationalistische Ausbeutung des Spektakels, wenn wir ehrlich sind.«

»Köhl war Kampfflieger im Weltkrieg«, verkündete Silberhorn streng und sah ihn an wie einen Fahnenflüchtigen.

Silberhorn war im Krieg Hauptmann gewesen, Kriegshelden standen für ihn auf hohem Podest. Man konnte da nur durch Schweigen sein mangelndes Einverständnis kundgeben.

Morgen würde es den ganzen Tag in den Waden und den Kniekehlen ziehen und in den Hüften, im Oberarm und Unterarm, er fühlte sich jetzt schon wie gerädert. Und übermorgen würde Silberhorn wieder kommen. Der Mann fuhr im Auto vor und nahm jedes Mal stattliche acht Mark. Er hatte viele prominente Kunden. Ein Grund mehr zu schweigen. Wer wusste schon, was er denen von ihm erzählte.

Thomas fand Trost in der Vorstellung, dass es doch eigentlich umgekehrt sei, er durfte sich von dem äußeren Schein nicht irremachen lassen. In Wahrheit benutzte und bezahlte er Silberhorns eng umgrenzte Kenntnisse, die eine Frucht starrsinniger Borniertheit waren. Er verrichtete die Leibesübungen gerade so weit, dass er sicher sein konnte, dass sein Körper seinem Geist nicht in den Rücken fallen und ihn nicht an der Hervorbringung bedeutender Werke hindern würde. Was nutzte es, wenn man seine Talente am Altar der Trunksucht, der Schwindsucht oder anderer Gebrechen opferte und sein Werk nicht so zu Ende zu bringen vermochte, dass es Bestand hatte? Er, Thomas Mann, bediente sich Silberhorns nur, damit er weiterhin die Kultur bereichern und sie vor einem Absinken in das Abklatschen tumber Rekordjäger bewahren konnte.

Er durfte sich auf die Matte legen, und der Turnlehrer rieb ihn mit Kölnisch Wasser ab und massierte ihm den Rücken. Obwohl ihm die Behandlung guttat, waren ihm die Berührungen nach ihrer Meinungsverschiedenheit unangenehm. Er war froh, als es vorüber war. Katia bezahlte, und Silberhorn verschwand.

Nach dem Abduschen und Ankleiden lockte die *Weltbühne*. Aber er zwang sich zur Arbeit am Manuskript. Joseph brauchte ihn, dieser liebenswerte Hochstapler. Natürlich ließen die Reize nach, die vom Thema auf ihn ausgegangen waren, das Ausformulieren war eine Sache produktionsethischer Bravheit, so war es immer gewesen, es war eine Verbissenheit, eine bezähmte Nervosität. Wenn er ehrlich zu sich selbst war, musste er sich eingestehen, dass das Schreiben oft eine Qual war. Von jeher hatte es bei ihm mit naivem Pflichtgefühl zusammengehangen, es war eine Askese mit schlechtem Gewissen, wenn auch ein guter Teil Lust und Genugtuung damit verbunden war, wie bei aller Askese.

Hätte er vielleicht besser einen richtigen Beruf ergriffen wie sein Kommilitone Erich Koch, der in der Verwaltung Karriere gemacht hatte? Erst war er Oberbürgermeister von Kassel geworden und kürzlich Reichsjustizminister. Das war ein Leben mit Ernst und Würden. Was wäre wohl aus ihm geworden, wenn er in die Politik gegangen wäre? Wortgewandt war er, das Repräsentieren lag ihm mehr alles Übrige auf dieser Welt, und er besaß Arbeitsethos.

Erich Koch nannte sich jetzt Koch-Weser, nach seinem Wahlkreis Weser-Ems, um sich von anderen Reichstagsabgeordneten zu unterscheiden, die ebenfalls Koch hießen. Als eines der ersten Gesetze nach den Wahlen hatte er eine Amnestie für politische Straftäter durchgebracht. Und er trat offen für die Republik ein.

Als Autor war man doch ein Scharlatan. Trieb er nicht mit seinem Beruf eine Albernheit und Narretei, schlug er nicht dem Leben und allem, was da von einem erwartet wurde, auf unerlaubte Weise ein Schnippchen? Es war Leichtsinn, es war Unordentlichkeit, als Autor zu leben. Andererseits fühlte er sich, seit er an diesem Riesenteppich der biblischen Geschichte des Jaakob webte, Goethe verwandt, dieser Roman, er wusste es, konnte sein *Faust* werden, das Werk, das blieb.

Er zündete sich eine Zigarette an und ging noch mal die schriftlichen Vorarbeiten zum *Joseph* durch, die kurzen Entwürfe und Studien, psychologischen Pointen und Motive, Aufzeichnungen gegenständlicher Art und Buchauszüge, die durch quer über das Blatt laufende Striche voneinander getrennt waren, wie Stoffmuster, aus denen er schneiderte.

Zur Selbsthypnose rückte er das Linienblatt gerade, das er unter die Seite gelegt hatte, damit dessen schwarze Striche hindurchschienen und verhinderten, dass seine Zeilen zu einem Durcheinander gerieten. Er strich mit der flachen Hand über das weiße, vollkommen glatte Papier. Dann tunkte er die neue Feder ein. Sie würde leicht laufen und die flüssige Tinte auf dem Papier verteilen, äußere Hemmungen riefen innere hervor, auf solche Details zu achten hatte sich als gut erwiesen.

Er dachte sich in die Szene hinein. Jaakobs Söhne hatten ein Blutbad angerichtet, um ihre Schwester Dina zu rächen. Er schrieb:

> *»Verflucht sei euer Zorn«, rief er aus aller Kraft, »dass er so heftig ist, und euer Grimm, dass er so störrig ist! Unselige, was habt ihr mir zugerichtet, dass ich stinke vor des Landes Einwohnern wie ein Aas unter Fliegen? Wenn sie sich nun versammeln über uns zur Rache, was dann? Wir sind ein geringer Haufe. Sie werden uns schlagen und vertilgen, mich und mein Haus samt Abrahams Segen, den ihr solltet weitertragen in die Zeitläufte, und wird zerbrochen sein das Gegründete! Blödgesichtige! Sie gehen dahin und würgen die Wunden und machen uns schwer für den Augenblick und sind zu arm im Kopfe, um zu gedenken der Zukunft, des Bundes und der Verheißung!«*

Immer noch war es ihm ein kleines Wunder, dass er Worte schrieb, die später tausendfach auf Papier gedruckt und von Menschen in Buchhandlungen gekauft und schließlich, beim Lesen, Realität in fremden Köpfen wurden. Er schrieb »Maulbeerbaum«, und im Kopf der Leser wurde daraus ein lebendiges, stattliches Gewächs mit Ästen und Blättern, die sich im Wind bewegten. Er schrieb »Jüngling«, und in den

Köpfen der Leser wurde daraus ein zartes oder energisches oder spöttisches Wesen aus Fleisch und Blut, das zu reden vermochte und andere verletzte, liebte oder verachtete.

Sie fuhren mit offenem Verdeck. Die Luft hier oben auf dem Brenner roch nach Schnee und kühlte die Haut, während die Sonne sie gleichzeitig wärmte. Dieses Oszillieren zwischen Wärme und Kälte war herrlich, Franz Tausend fühlte sich lebendig wie schon lange nicht mehr. Neben ihm saß eine Schönheit, die er in Österreich kennengelernt hatte, als er eine Rast machte und in einem Café mit ihr ins Gespräch kam. Die Freundinnen hatten dem Mädchen mit neidischen Blicken nachgesehen, als er mit ihr davongefahren war. Sein luxuriöses Fiat 525 N Cabriolett donnerte mit der Kraft von achtundsechzig Pferden die Straße entlang.

Der jungen Frau war es etwas zu schnell, sie hielt sich am Türgriff fest und strich sich immer wieder die Haare hinter das Ohr, die vom Fahrtwind losgerissen wurden. Ihr blaues, modisch gemustertes Sommerkleid reichte kaum bis zu den Knien, das gefiel ihm. Sie hoffte natürlich auf etwas Ernstes, so wie die meisten Frauen, er sah es in ihrem Blick, mit dem sie ihn verstohlen musterte.

Dabei würde er sich niemals von Herta trennen. Die Schlösser und Anwesen waren auf ihren Namen eingetragen, eine Vorsichtsmaßnahme gegenüber seinen Gläubigern, die ihn an Herta band. Aber das musste ja das Mädchen nicht belasten.

Er sagte: »Gold ist nicht nur das kostbarste Metall. Es ist der reinste Stoff auf Erden. Feuer kann Gold nicht verbrennen, nur schmelzen, und es rostet nicht. Es hat keinen Geruch und keinen Geschmack und spricht das Auge in einer Weise an wie nichts anderes auf der Welt.«

»Unbedingt«, sagte die junge Frau.

»Aber ich beschäftige mich nicht nur damit. Ich erforsche auch das Wesen der Elektrizität. Es ist mir gelungen, eine flüssige Elektrizität zustande zu bringen – ein in der Luft befindliches Gas mit Leuchtvermögen, selbst strahlend wie Radium. Ich nenne es Unavera-Elektrol. Es heilt jede Wunde sofort. Jede! Im Universitätsklinikum München wird es gerade mit glänzendem Erfolg erprobt.« Er musste die Stimme heben, geradezu schreien, weil der Motor so laut röhrte und der Wind ihm die Worte vom Munde riss.

Das Mädchen war voller Bewunderung.

»Hundert Kilometer in der Stunde ist noch nicht alles, dieses Automobil schafft bergab locker hundertzehn, wirst du gleich sehen!«

»Bitte, fahr nicht so schnell«, sagte sie.

Er lachte, drosselte aber schließlich die Geschwindigkeit. Sie war ein gutes offenherziges Mädchen, er wollte ihr keine Angst einflößen.

»Wo fahren wir hin?«

»Eppan in Südtirol. Ich besitze da ein kleines Schloss. Paschbach, du wirst es mögen. Türmchen und Erker, herrlich weiß gestrichen, und man blickt auf die Weinberge hinunter. Mein Schloss Tharandt in Sachsen ist größer, das hat auch einen Schlosspark und einen Teich und so weiter, aber ich mag Paschbach, da haben wir's gemütlich.« Dass er gerade nicht gern in Deutschland war, weil ihm die Gläubiger immer respektloser zusetzten, musste sie nicht wissen. Diese Forderungen, er müsse endlich von den Einzelexperimenten zur Großproduktion übergehen, fielen ihm auf die Nerven. Es lief doch wunderbar! Er versprach den Anlegern Renditen von dreißig Prozent. Sie rannten ihm die Bude ein mit ihrem Geld. Wurde jemand misstrauisch und verlangte sein Geld zurück, bekam er es, und die dreißig Prozent Gewinn dazu. Das sprach sich herum, viele wollten sogar nachträglich ihren Einsatz erhöhen. Jeder hoffte, Millionen zu verdienen. Er war nicht wie diese Sportwettmacher, diese Kuppler und Schwarzhändler. Solange genug neue Beiträger hinzukamen, war die Sache für alle Seiten zufriedenstellend.

»Dieses Mittel …« Sie hielt ihr Kleid bei den Knien fest, damit der Wind es nicht hochwehte.

»Es ist ein radioaktives Präparat, in Glasröhrchen eingeschmolzen und mit Paraffin abgedichtet. Silberweiß und leichtflüssig wie Quecksilber. Leider habe ich keines dabei, um es dir zu zeigen. Die Radioaktivität kann man beobachten, wenn man das Präparat auf der Handfläche fest verreibt. Im Dunkeln leuchtet die ganze Hand. Auf Wunden gebracht, stillt das sofort die Blutung und überzieht die Wunde mit einer Art künstlicher Haut. Auch graue Haare kann man damit kurieren. Sie sind ja grau wegen der Verkalkung der Hautzellen. Mein Präparat löst den Kalkgehalt der Zellen, befreit sie von der Krankheit, und das Haar bekommt wieder seine natürliche Farbe.«

»Du bist unglaublich.« In ihren Augen blitzte der Schalk. Sie ahnte, dass er übertrieb, aber sie genoss es, das spürte er.

Er legte ihr die Hand auf den Oberschenkel und lenkte nur noch einhändig. Jetzt drosselte er wirklich die Geschwindigkeit, denn die Berührung erregte ihn.

»Meinen Apparat ›Sopholith‹ müsstest du sehen! Der heilt innere Krankheiten ohne Medizin und ohne Operation. Willst du wissen, wie es funktioniert? Ultraviolette Strahlen durchdringen den Körper und lösen die Blutstauungen auf.«

»Deine Familie ist sicher stolz auf dich.«

War das ein Test? Ich habe keine Familie, wollte er zuerst sagen. Dann fiel ihm ein, dass ja auch Geschwister und Eltern gemeint sein könnten. »Ja, ist sie.« Er dachte an seinen Bruder, der immer so solide gewesen war. Als er im Sterben lag, hatte er, Franz, ihn besucht und ihm die Augen dafür geöffnet, wie wenig seine Frau und sein Sohn seiner würdig gewesen waren, und hatte ihn überredet, sie gleichsam mit dem letzten Atemzug zu enterben und das Geld ihm, Franz, zu vermachen.

Er legte die rechte Hand zurück ans Lenkrad. Jetzt ging es bergab, der Fiat 525 N kam in Fahrt. Die Erinnerungen an seinen Bruder weckten Erinnerungen an seine Eltern. Er war ärgerlich und gab Gas. Warum hatte sie ihn auch nach seiner Familie fragen müssen? Er dachte an Herta, auch an seine Tochter, und spürte einen Anflug von schlechtem Gewissen. Der Tacho zeigte fünfundneunzig, dann hundert, dann hundertfünf Kilometer pro Stunde. Das Mädchen schrie. Eine leichte Kurve. Aber er wusste, was er dem Wagen zumuten konnte.

Im letzten Moment sah er den Fußgänger. Er wollte noch bremsen, da rammte er ihn schon, ein lautes Knallen, der Körper wurde durch die Luft geschleudert, das Mädchen schrie nicht mehr, Franz bremste, der Motor tuckerte leise, und das Auto kam zum Stehen. Er stieg aus und sah die Straße zurück. Weit hinten lag etwas Dunkles im Gras. Bewegte es sich? Ja, es bewegte sich, es versuchte, aufzustehen.

Er eilte nach vorn und sah sich den Kühler an. Die Schäden waren beträchtlich. Er stieg wieder ein.

»Der Mann …«, sagte das Mädchen. »Wir müssen ihm helfen.«

Er gab Gas. Sie schluchzte, erst leise, dann immer lauter.

Er ergriff ihre Hand und bat sie, Ruhe zu bewahren. Dem Fußgänger sei nichts Schlimmeres passiert, er habe sich sofort erhoben. »Wirklich?«, fragte sie, und es lag etwas Flehentliches in ihren Augen. Ja, log er, der sei wieder aufgestanden. Die ersten Häuser der Ortschaft kamen näher. Vom Straßenrand sahen die Leute ihn misstrauisch an. Oder betrachteten sie das beschädigte Auto? Er hob zum Grüßen die Hand.

Die junge Frau sah ihn von der Seite an.

Er wusste, sie würde heute Nacht nicht mit ihm schlafen. Der Unfall würde ihr nicht mehr aus dem Kopf gehen. Alle Leichtigkeit war verflogen. Vielleicht war es das Beste, wenn er sie in den Zug nach Hause setzte.

16

Mir wurde ein Assistent zugeteilt, was sicher auf eine Initiative Kahlen-Huntes zurückging. Er traute mir nicht mehr über den Weg.

Ich schrieb dem Assistenten detaillierte Listen. Die Orte, wo Maud einkaufte, die Cafés, in denen Carl von Ossietzky einkehrte (mit Ausnahme derer, wo er Gusti Hecht traf). Ich notierte den Tagesablauf des *Weltbühnen*-Herausgebers und ließ den Assistenten Abweichungen notieren. Er brachte Wochen damit zu, alte Artikel zu lesen, die Ossietzky geschrieben hatte, und ich ließ ihn auch noch dessen unwichtige Weggefährten aus der Friedensbewegung auskundschaften. Schließlich wurde der Assistent wieder abgezogen. Die Personaldecke war dünn, man brauchte ihn anderswo.

Wäre es Carl von Ossietzky gelungen, ein paar Monate lang die Füße still zu halten und nur im Rahmen der Vernunft das Tagesgeschehen zu kommentieren, hätte es ein gutes Ende nehmen können mit ihm und mit mir.

Sie saßen in Korbsesseln an Cafétischen. Das Symbol der Lufthansa, der abhebende Kranich, stand auf einem dünnen Ständer, modisch flach aus Metall geschmiedet. Nur ein paar Blumenkübel trennten uns vom Flugfeld. Ich hatte mich in der Nähe der beiden Männer platziert und verbarg mein Gesicht hinter der aufgeschlagenen *Berliner Montagspost*. Wir alle trugen unsere Mäntel und genossen dennoch die ersten Frühlingssonnenstrahlen.

Ein surrender Stahlvogel raste auf dem Flugfeld voran, exakt gegen den Wind gerichtet, er hob ab und stieg im Kreisflug höher, bevor er seine Richtung einschlug, Moskau mit Zwischenstopps in Danzig und Königsberg? Stettin und weiter nach Kopenhagen, Göteborg und Oslo? Im vergangenen Herbst war sogar eine Junkers W 33 von Berlin nach Tokio geflogen.

Der Flughafen Tempelhof hatte ein höheres Verkehrsaufkommen als Paris, Amsterdam und London, gerade erweiterten sie das Abfertigungsgebäude, ein großer, mit Klinkern verkleideter Bau entstand. Ich tat, als würde ich über die Zeitung hinweg zum Scheinwerferturm und zur Funkstation sehen und in die Frühlingssonne blinzeln, wie die anderen Fluggäste und Flughafenbesucher auch.

Der Mann, der Carl von Ossietzky gegenübersaß, hatte dunkelbraune Augen mit Schlupflidern und dunkles, gelocktes Haar, in das er zu viel Pomade gegeben hatte. Er war gebräunt wie jemand, der Wert auf Gesundheit und Sport legte, und sprach mit schwäbischem Akzent.

Gerade startete eine Junkers F 13, das erste Ganzmetallflugzeug der Welt, mit Wellblech beplankt, hergestellt in Dessau. Die Sonne blitzte auf dem Blechleib.

»Was sehen Sie?«, fragte der Schwabe.

Ossietzky blickte zu den großen Flugzeughallen hinüber. »Verkehrsflugzeuge.«

»Ich sehe den zukünftigen Krieg. Den Zweiten Weltkrieg.«

»Ich dachte, Sie sind Pazifist?«

»Das bin ich auch. Aber die meisten meiner Kollegen in der Fliegerei sind es nicht. Und die Militärs arbeiten fieberhaft an dem, was sie ›den großen Befreiungskrieg‹ nennen.«

»Die heimliche deutsche Kriegsrüstung in der Sowjetunion ist enttarnt worden, die Flugzeugfabrik musste schließen«, wandte Ossietzky ein. »Die können keinen Krieg vorbereiten.«

Der braun gebrannte, sportliche Mann schüttelte den Kopf. »Das Hauptproblem sind nicht die Flugzeuge. Das Hauptproblem sind die Piloten.«

»Deshalb die Sportflug GmbH.«

»Natürlich, dahinter steckt das Reichswehrministerium. Aber in den Fliegerschulen kann sowieso kein bewaffneter Flug trainiert werden, keine Bombardierung und so weiter. Hören Sie mir zu.« Er beugte sich vor und redete leiser. Glücklicherweise hatte sich die F 13 bereits in den Himmel geschraubt. Mit einiger Anstrengung konnte ich dem Gespräch weiter folgen. »Seit drei Jahren bilden sie Kampfflieger aus, in einer geheimen deutschen Fliegerschule in Russland, in Lipezk. Dort gibt es alles, Unterkünfte für die Flugschüler, Tanklager, Bunker für die Waffenerprobung. Die Fluglehrer wählen in den Verkehrsfliegerschulen von Schleißheim und Braunschweig den Kampfpilotennachwuchs aus. Offiziere müssen vor der Ausbildung ihre Entlassung aus der Reichswehr beantragen, als Entlassungsgrund steht eine geistige Erkrankung in den Akten, und sie erhalten die mündliche Zusage, hinterher wieder eingestellt zu werden.«

Ossietzkys Gesichtsausdruck gefror.

»Sie haben fünfzig Kampfflugzeuge der Fokkerwerke in Holland bestellt – vom hochmodernen, neu entwickelten Typ D XIII zum Stückpreis von hunderttausend Mark, den modernsten Jagdeinsitzer der Welt. Die haben sie in Kisten verpackt nach Russland verschickt und dort aufmontiert. Außerdem haben sie ein Dutzend Albatrosmaschinen. Die Leitung der Schule hat Major Walter Stahr übernommen, ein ehemaliger Fliegerkommandeur des Ersten Weltkriegs. Wichtigste Bordwaffe ist das 08/15-Maschinengewehr, die Treffermarkierung beim Luftkampftraining erfolgt mittels MG-Kamera. Die Durchschlagskraft der Bomben testen sie mit einer Betonplatte von fünfzig Quadratmetern Fläche. Die proben auch den Angriff von Jagdstaffeln auf eine Kette von Tagbombern mit verschiedenen Angriffstaktiken. Alles.«

»Wie viele Fluglehrer gibt es?«

»Sieben.«

Ossietzky lehnte sich zurück und verschränkte die Arme. »Dann können sie bisher höchstens hundert oder zweihundert Piloten ausgebildet haben. Damit gewinnt man keinen Krieg.«

»Verstehen Sie nicht?« Der Mann mit der sportlichen Ausstrahlung sprach immer eindringlicher. »Das sind die zukünftigen Ausbilder, die Staffelkapitäne und Stabsoffiziere der neuen Luftwaffe. Mit zweihundert Fluglehrern kann man sehr wohl einen Krieg gewinnen, wenn die weitere Piloten und Fluglehrer ausbilden, das geht exponentiell in die Höhe. Das Motto im Reichswehrministerium lautet ganz klar, ›Luftmacht‹ aufzubauen.« Er fasste in die Innentasche seiner Jacke und zog einige Papierbögen heraus, entfaltete sie, strich sie glatt und reichte sie Ossietzky. »Auch über die Tarnfirmen beim Seeflug und über eine ominöse Abteilung M. bei der Deutschen Versuchsanstalt für Luftfahrt habe ich geschrieben.«

Während Carl von Ossietzky die Notizen las, verfinsterte sich sein Gesicht. Er legte die Blätter beiseite, zündete sich eine Zigarette an und rauchte einige Züge. »Wenn wir das bringen«, sagte er und blies Rauch aus, »werden wir wegen Landesverrats vor Gericht gestellt.«

Sein Gegenüber schüttelte den Kopf. »Ich habe fast alle Details weggelassen. Das sind nur Andeutungen. Die Staatsanwaltschaft würde feststellen, dass der SPD-Abgeordnete Krüger bei einer Sitzung im Reichstagsausschuss ähnliche Fingerzeige gegeben hat, das hat bloß die Öffentlichkeit nicht verstanden. Es gibt Eingeweihte im Reichstag, die haben das Thema rasch abgewürgt.«

»Was lässt Sie glauben, dass man Ihre Andeutungen verstehen wird?«

»Die meisten Leser der *Weltbühne* sind gewieft genug, zwischen den Zeilen zu lesen.«

»Sie sind gut vorbereitet.«

Der Schwabe grinste. »Bin ich immer.«

»Wer hängt mit drin in der heimlichen Aufrüstung?«

»Dornier, Junkers. Kahlen-Hunte. Bei den Panzern Daimler, Rheinmetall, Krupp.«

»Die wissen, dass der Versailler Friedensvertrag Deutschland Giftgase, Panzerwagen und Kampfflugzeuge verbietet.«

»Natürlich. Aber mal ehrlich, die Friedensbedingungen sind unmöglich, das müssen auch Pazifisten zugeben.«

»Tun wir, und wir gehen politisch dagegen an, auf friedliche Weise«, sagte Carl von Ossietzky. »Viele Bedingungen wurden doch schon nachgebessert. Es bewegt sich was. Sehen die das nicht?«

Der Schwabe zuckte die Achseln. »Sie wollen den Kampf mit den Völkern der Erde wiederaufnehmen.«

»Dieser schreckliche Popular-Darwinismus. Das fünfte Rad am Wagen der modernen Naturwissenschaft, das sich einfach nicht abmontieren lässt.« Ossietzky blies Rauch nach oben. »Immer wieder dieses leere Wort vom ›Kampf ums Dasein‹. Haben die denn nichts dazugelernt durch den Weltkrieg? Wollen die das wiederhaben? Statt Kultur zu schaffen und aufzubauen, mit eisernen Ungetümen blühende Menschensiedlungen vernichten? Statt gegenseitiger Hilfe einander mit giftigen Gasen ersticken? Im Krieg werden nicht bloß materielle Güter vergeudet, das Schlimme ist, dass seelische Kapitalien elendiglich vor die Hunde gehen. Der kostbarste Rohstoff der Völker, das einzige die Zeiten überdauernde Gut.«

»Poetisch wie immer.«

Er nahm die Blätter auf. »Bei der Abteilung M. werde ich etwas kürzen. Das ist zu gewagt.«

»Wenn Sie es für nötig halten.«

»Noch können Sie zurückziehen. Sie sind der einzige Pazifist in Fliegerkreisen. Die werden daraufkommen, dass Sie der Verfasser sind.«

»Ein neues Pseudonym wäre gut. Schreiben Sie, dass Sie den Artikel von einem gewissen Heinz Jäger bekommen haben.«

Carl von Ossietzky notierte den Namen.

Das wäre der Zeitpunkt gewesen. Ich hätte aufstehen und mich zu den Herren an den Tisch setzen müssen, hätte meinen Ausweis der Abteilung I vorzeigen und sie auffordern müssen, mich ins Polizeipräsidium zu begleiten.

Aber ich sah zu, wie sie sich die Hand gaben. Der Informant erhob sich und ging, ohne sich noch einmal umzusehen. Eine Viertelstunde später brach auch Carl von Ossietzky auf. Ich stellte mir vor, dass das Manuskript in der Manteltasche auf seinem Leib brannte wie Feuer.

Ich war als Polizist dafür eingestellt worden, staatsfeindliche Umtriebe wie diese Unterredung zwischen Journalist und Flieger zu unterbinden oder zumindest zu verfolgen. Noch konnte ich die Redaktion der *Weltbühne* durchsuchen lassen und das Manuskript auffinden und Nachforschungen über Schwaben anstellen, niemand wusste, dass ich hier gesessen und zugehört hatte.

Ich war aber nicht sicher, ob ich das tun würde. Ossietzky und sein Informant trafen den Staat an einer Stelle, an der er es verdiente. Die Dinge, die der Informant erzählt hatte, klangen wahrhaftig. Wenn der Staat die Verträge nicht einhielt, die er mit anderen Staaten abgeschlossen hatte, mit welchem Recht konnte er dann von seinen Bürgern verlangen, sich an die Gesetze zu halten?

Wie betäubt lief ich zur U-Bahn-Haltestelle »Flughafen«. Bettler standen an den Eingängen und dort, wo warme Abluft durch die Gitter nach oben drängte. Ich stieg die Treppe hinab. Der Bahnsteig war elektrisch beleuchtet, die wartenden Fahrgäste lasen Bücher aus der Leihbücherei oder die Tageszeitung. Sie ahnten nichts von den heimlichen Kriegsvorbereitungen, die steigende Arbeitslosigkeit hielt sie völlig in Atem.

Die U-Bahn schoss aus dem Tunnel und bremste schnaufend. Vor mir hielt ein rotlackierter Raucherwagen. Ich lief den Zug entlang zu einem gelben Nichtraucherwagen und stieg ein.

Fahrgäste, die keinen Sitzplatz gefunden hatten, hielten sich an Schlaufen fest. Ihr Blick war stumpf, sie folgten, während der Zug anfuhr, den Bewegungen des Zuges, er schwankte und schaukelte, sie schaukelten mit. Es war der 7. März 1929. Ein Donnerstag. Nie werde ich dieses Datum vergessen.

Vor dem Reichswehrministerium saß eine junge Frau am Landwehrkanal, sie hatte sich an das steinerne Ufer gesetzt, als überlegte sie, sich in den Kanal zu stürzen. Unter Schluchzern bebten ihre Schultern.

Eduard Kahlen-Hunte, eben im Begriff, das Ministerium zu betreten, blieb stehen. Die Liebesrührigkeit des Mädchens regte ihn auf. Wie hatte sie sich als intelligentes Lebewesen derart verblenden lassen können? Liebe! Dieses hochtrabende Wort, das bloß die sexuellen Triebe zu kaschieren suchte. In diesem Fall offensichtlich die sexuellen Triebe eines jungen Mannes, der das Mädchen nach erfolgter Befriedigung hatte fallen lassen.

Er ging neben dem Mädchen in die Hocke. »Hör zu, Kleine. Du sehnst dich nach etwas Wahrem, nach der Schönheit der Liebe, hm?«

Verwirrt sah sie ihn an.

»Glaub mir, das gibt es nicht. Es existiert einfach nicht! Wenn du Liebe willst, schaff dir einen Hund an. Solange du ihn fütterst und versorgst, wird er dich bedingungslos lieben. Versuch mal, das Leben realistisch zu sehen.«

Sie starrte immer noch auf ihn, als wäre er ein Geist.

Die Sache war klar: Der jungen Frau fehlte das gesunde Misstrauen. Sie würde noch Jahre mit ihren Gefühlsduseleien vergeuden. Unreif, unfrei. So wie die meisten Menschen. Dabei war es doch leicht zu durchschauen: Wer seine Eltern pflegte, tat das aus Schuldgefühl. Angebliche Nächstenliebe war nichts als Herablassung. Freundschaft war Opportunismus. Jeder versuchte, für sich das meiste rauszuholen auf dieser Welt.

Die Leute dachten einfach nicht über die Zusammenhänge nach! Sie kauften ein, aßen, schliefen, und wenn es bergab ging, meckerten sie oder heulten wie dieses Mädchen. Währenddessen hielten er und ein paar andere, die bereit waren, die Augen aufzumachen, ihnen den Rücken frei. Vom Kampf um die Ressourcen der Welt hatten sie keinen blassen Schimmer. Hatte dieses deutsche Volk es verdient, dass es den Spitzenplatz eroberte? Manchmal fragte er sich das ernsthaft.

Er stand auf und ging über die Straße zum Ministerium. Der Pförtner hinter der Eingangstür grüßte ehrerbietig. Auf dem Weg die Treppe hinauf stach ihm wieder einmal die Diskrepanz zwischen diesem eindrucksvollen Gebäude und den albernen Tarnbezeichnungen ins Auge, die sie gezwungen waren, zu verwenden. Weil die Reichswehr nach den Bestimmungen des Versailler Vertrags keinen Generalstab besitzen durfte, hatte man das »Truppenamt« erfunden. Die Generalstabsausbildung firmierte unter der Bezeichnung »Führergehilfenausbildung«. Statt schwerem Panzer sagte man »Großtraktor«, die leichten Panzer mit 3,7-cm-Kanone hießen »Leichttraktor«, man schrieb »Kiste« statt Kampfflugzeug, dann die Decknamen der Militärs, die heimlich in Russland das neue deutsche Heer aufbauten, angebliche »Direktoren« und »Professoren« und »Oberingenieure«, die unverdächtig im »Heim deutscher Angestellter« in der Ulica Worowskogo Nr. 48 ein- und ausgingen, dem getarnten Außenposten des Truppenamts, inzwischen geleitet von Major Oskar Ritter von Niedermayer, den man natürlich auch nicht mehr so nennen durfte.

Wie angenehm hatten es da die anderen Länder, die ungehemmt und frei rüsteten, während Deutschland trotz der Geheimhaltung kaum wagte, mit kleinsten Mengen und in vorsichtigen Schritten Kriegsvorbereitungen zu treffen.

Bis 1932, so der Plan, sollten drei Panzerkompanien aufgestellt sein. Der Weg dahin war noch weit. Immerhin konnte er bei helllichtem Tage ins Ministerium gehen. In Moskau mussten die deutschen

Botschaftsangehörigen die Dunkelheit abwarten, bevor sie die geheime Zentrale in der Ulica Worowskogo betraten.

Er wurde auf der Treppe von einem Jüngeren überholt. Als der mit einer knappen, respektlos hingeworfenen Entschuldigung vorbeizog, sah Eduard ihm mürrisch ins Gesicht – und fuhr zusammen.

Das war Kriminalkommissar Ahrndt, nur in einer älteren Version, mit angegrauten Schläfen und etwas schlanker, aber er war es, ganz gewiss! Wie war das möglich?

Eduard Kahlen-Hunte folgte dem Doppelgänger, bog mit ihm in die Heeresstatistische Abteilung ein und sah zu, wie der Kerl ein Büro betrat, ohne anzuklopfen, und darin verschwand. Er las neben der Tür das Namensschild: Hauptmann Martin Ahrndt.

Wieso hatte der Kriminalkommissar bei der Frage, ob er nach Berlin zog, keinen Bruder erwähnt?

Dass er den Polizisten nach Berlin gebracht hatte, war einer seiner Schachzüge gewesen. Der wütende Arbeitslose hätte mit seinem Spürsinn am Ende doch noch aufgedeckt, was die Geheimgesellschaft 164 kaschierte. So aber, nach Berlin verpflanzt, ließ sich mit ihm Eduards Wirkungsmacht in der Politischen Polizei ausbauen, die hochwichtig werden würde, wenn es in Richtung Krieg ging. Dort Leute zu haben, die ihm zu Dankbarkeit verpflichtet waren und entsprechend seiner Wünsche agierten, war entscheidend.

Das in Franz Tausend investierte Geld hatte seinen Dienst getan, der größte Teil der Summe war an den *Völkischen Kurier* gegangen und hatte politische Wirkung gezeigt. Inzwischen unterstützte er den *Völkischen Beobachter*, bis zur Reichstagswahl sollte die Auflage auf 100 000 Exemplare steigen und die Zeitung damit zu den größten deutschen Zeitungen aufschließen.

Aber wenn er etwas verabscheute, dann waren es unsichere Posten. Er mochte sie nicht in den Rechnungsbüchern, und er mochte sie nicht bei dem Menschenmaterial, das er steuerte. Musste er diesen

Heinrich Ahrndt wieder abschießen? Der Kerl verheimlichte ihm Dinge, das war nicht akzeptabel. Wobei es ein Jammer wäre, ihn zu verlieren: Von seinen Anlagen her gab er einen herrlich scharfen Bluthund ab, er wurde in Berlin benötigt, um Ossietzky mit seiner unnachgiebigen Schnüffelei an den vorgesehenen Ort zu drängen.

Eduard Kahlen-Hunte zögerte kurz, dann klopfte er an.

»Bitte«, ertönte es von drinnen. Er trat ein und sah den lässigen Gesichtsausdruck des Offiziers. Wieder kam es ihm vor, als würde er dem Kriminalkommissar in die Augen blicken. Eduard stellte sich vor, und der andere erwiderte knapp seinen Namen.

»Sie sind Hauptmann?«

»Offensichtlich.«

»Ich bin nur erstaunt. Das heißt, nein, ich bin es überhaupt nicht. Ihr Bruder verfügt ebenfalls über beeindruckende Fähigkeiten. Er ist doch Ihr Bruder? Kriminalkommissar Ahrndt?«

Sein Gesicht verschloss sich. »Was wollen Sie?«

»Ihr Bruder hat eine wichtige Aufgabe übernommen.«

»Hat er das?«

»Er überwacht einen Pazifisten. Die anderen Friedensaktivisten sind Heulsusen und Naivlinge, die von der wirklichen Welt der Lebenskämpfe und Kriege keine Ahnung haben. Aber Carl von Ossietzky ist anders. Er ist eine Gefahr. Ein Friedenshetzer, der den kriegerischen Mut besitzt, den ich bei so vielen vermisse.«

»Worauf wollen Sie hinaus?«

»Ihnen muss ich nicht erklären, dass die Schwächung der deutschen Wehrkraft höchst gefährlich ist. Mit Naturnotwendigkeit wird es zu einem erneuten kriegerischen Zusammenstoß kommen. Wenn wir keine Vorkehrungen treffen, wenn wir nicht vorbereitet sind, wird es danach vielleicht kein Deutschland mehr geben.«

Der Offizier sah ihn an ohne eine Regung der Zustimmung oder der Verneinung.

»Die Friedensbewegung verweichlicht das Volk, sie macht es unfähig, die große Kraftprobe zu bestehen, die der Krieg ihm zumutet. Natürlich, kein Mensch möchte sich von Granaten zerfetzen oder sein Haus in Brand schießen lassen. Aber das große, gewaltige Schicksal, das den Menschen erhebt, wird …«

»Bitte halten Sie keine Rede. Ich habe zu tun. Kommen Sie zu Ihrem Anliegen.«

»Es wäre gut, wenn Sie sich Ihren Bruder einmal zur Brust nehmen könnten. Er muss Ossietzky zur Strecke bringen, und im Notfall dafür auch außerhalb des offiziellen Rahmens vorgehen.«

»Ich lasse es mir durch den Kopf gehen«, sagte der Offizier ernst.

Eduard dankte und verließ das Büro. Er ärgerte sich. Dieser Kerl hatte ihn behandelt wie einen Laufjungen in der Fabrik. Er überlegte, zurückzukehren und ihm klarzumachen, dass er, Kahlen-Hunte, das Werkzeug lieferte, mit dem er und seinesgleichen den künftigen Krieg gewinnen wollten, und dass Millionen aus seinem Familienvermögen in der Sache drinsteckten, während das Bürschchen sicher nur einen Monatslohn von achthundert oder neunhundert Mark bekam und persönlich kaum involviert war in die Sache.

Aber je länger er darüber nachdachte, desto mehr kam er zu dem Schluss, dass der Offizier genau so war, wie er zu sein hatte. Er gefiel ihm immer mehr mit seiner steifen, straffen Art. Sie brauchten solche Leute.

Er würde am Ende tun, was getan werden musste, und seinen Bruder auf Linie bringen. Vorbereitet war die Sache bereits, ihm war nicht entgangen, dass seine, Eduards, Worte größeren Eindruck auf den Polizisten gemacht hatten, als dieser nach außen zugeben hatte wollen.

Beschwingt machte er sich auf den Weg zur Besprechung mit Generalleutnant Groener. Wenn es bei der Arbeit voranging, war die Welt in Ordnung. Es gab nichts, was ihn glücklicher machte. Der Kampf war hart, aber am Ende, da war er sicher, würden sie gewinnen.

17

Ein Auto fuhr vor. Franz Tausend stürzte zum Fenster, das zum Vorplatz des Schlosses hinausging. Aber es war nicht die Polizei, es waren Herta und Lenchen. Der Fahrer hatte ihnen den Schlag geöffnet, sie stiegen aus, und Herta drückte ächzend das Kreuz durch wie nach einer langen Fahrt.

Er ging zurück zum Koffer auf dem Bett und klaubte Hertas Schmuck heraus, raffte ihn mit den Händen, trug ihn zur Schublade und stopfte ihn in ihr Schmuckkästchen. Schon hörte er sie die Treppe hinaufschnaufen. Er schloss das Kästchen und schob die Lade zu.

»Du packst?«, fragte seine Frau erstaunt. Sie war in der Tür stehen geblieben.

»Herta!« Er drehte sich um. Es fiel ihm nicht schwer, den Schrecken zu spielen. »Was tust du hier?«

»Hast du unser Telegramm nicht bekommen?«

»Nein«, log er. »Und ich bin gerade im Aufbruch, das Labor braucht mich in Deutschland, stell dir vor, es gibt wunderbare Fortschritte. Wir können mit der Kiloproduktion beginnen.«

Misstrauisch sah sie ihn an. »Was ist mit dem Auto passiert?«

»Ein Wildschaden. Aber mir geht's gut.« Er fragte: »Ist Lenchen auch hier?«

Sie antwortete nicht, sondern trat auf ihn zu, schob ihn brüsk beiseite und zog die Schublade auf. »Mein Schmuckkasten – was hast du da gemacht?«

Zwei Kettchen hingen heraus, er hatte sie in der Eile nicht ordentlich hineingestopft, bevor er den Deckel schloss, er sah es jetzt auch. »Es soll eine Überraschung werden.«

»Bist du so verzweifelt, dass du schon meinen Schmuck einschmelzen musst? Damit sie glauben, du kannst Gold machen?«

»Unsinn! Wir haben Grund zu feiern. Ich wollte dir aus der eigenen Goldproduktion einen Ring formen und musste deine Größe nachmessen. Weißt du, was das bedeutet, dass ich jetzt in beliebigen Mengen Gold herstellen kann? Die Goldfabriken werden gebaut, zehn, zwanzig, vierzig Fabriken! Du solltest endlich anfangen, mir zu glauben.«

»Die Gesellschafter fragen in München nach dir. Sie wollen wissen, wo du dich aufhältst. Und die Polizei war da. Du stehst auf der Fahndungsliste. Es gibt einen moralischen Zusammenhang zwischen Arbeiten und Ausgeben, Franz. Der ist bei dir völlig verloren gegangen. Du gibst Geld aus, das andere verdient haben, und was tust du dafür? Nichts, außer zu lügen und zu betrügen.«

»Sei doch nicht so heuchlerisch, Herta«, sagte er kalt. »Sich über die kapitalistischen Gewinne zu beschweren ist leicht, vor allem, wenn man so bequem davon profitiert wie du.«

Sie machte eine verächtliche Geste. Dennoch sah er, dass er sie getroffen hatte.

Er sagte: »Wenn du eine Ananas isst, fragst du je danach, wie die Menschen ausgebeutet werden, die sie ernten? Du genießt die Annehmlichkeit eines heißen, gesüßten Kaffees, aber wie viel Blut und Schweiß darin steckt, kümmert dich nicht. Menschen entscheiden sich, ihre Arbeitskraft am Markt zu verkaufen, Herta, um Geld zu verdienen und sich damit Güter zu kaufen. Genauso mache ich es. Ich kann Träume herstellen, das tue ich mit meiner Arbeitskraft. Und dafür erhalte ich Geld. Was ist daran verwerflich? Was ein Mantel wert ist, hängt davon ab, wie sehr ihn sich jemand wünscht. Und Gold wird von vielen Menschen gewünscht.«

»Du machst die Menschen zu Sklaven ihrer Wünsche. Und dann nutzt du sie aus.«

»Ich gebe ihnen, was sie wollen. Wenn ich es nicht tue, tut es ein anderer. Stört dich der Reichtum, in dem wir leben?«

»Er steht uns nicht zu.«

Da stand sie in ihrem teuren rostroten Kleid, und war doch nur seine Herta, immer noch die Kellnerin, die gezaudert hatte, als er ihr einen Antrag gemacht hatte. Nur ihre Haut wurde grobporiger, und sie hatte an den Hüften Fett angesetzt.

»Wir haben sehr wohl verdient, reich zu sein. Du hast schließlich jahrelang geschuftet, und ich habe auf meine Weise auch hart gearbeitet.«

Mit welcher Verachtung sie ihn jetzt ansah und langsam den Kopf schüttelte.

Sie verstand das nicht. Früher hatten die Menschen nach geglückter Jagd das Fell der Tiere als Trophäe getragen. Jeder konnte sehen, was sie geleistet hatten: Sie hatten mit einem Bären gerungen und ihn bezwungen, oder mit einem Wolf. Und er, Franz, beherrschte die Materie! War da nicht ebenfalls eine Trophäe angemessen? Bei ihm waren es eben Schlösser und Schlossgärten oder schnelle Autos. Es war ein ganz natürlicher Vorgang.

Wenn Herta sich von ihm scheiden ließ, würde er alle Liegenschaften, die Schlösser und die Landgüter, verlieren. Sie liefen auf ihren Namen. Aber die Schlösser waren ihm auf der Flucht sowieso nicht von Nutzen. Er würde von vorn beginnen, mit einer neuen Identität in eine neue Branche einsteigen. Elektrisches Spielzeug, das war die Zukunft. Der Umsatz mit Spielzeug in den USA war in den letzten dreißig Jahren von acht auf über hundert Millionen Dollar gestiegen. Ähnlich musste es in Europa kommen. Für ihn als Erfinder war da leicht ein Vermögen zu verdienen.

Sie sagte: »Wer bist du, Franz? Was ist bloß aus dir geworden?«

Dass Herta in Schloss Paschbach aufgekreuzt war, machte seine Flucht schwieriger, aber längst nicht unmöglich. Er würde zum Schein einlenken und sich dann in der Nacht absetzen.

Lenchen trat ins Zimmer. Es versetzte ihm einen leisen Stich, die Tochter zu sehen. Sie war nicht hübsch, in ihrer stillen Art wirkte sie klobig, aber sie war seine Tochter, und das Schlimme war, sie trug die Züge seiner Mutter im Gesicht, die breiten Wangenknochen der einzigen Frau, die er je wirklich geliebt hatte.

»Also gut«, sagte er, »ich kann die Abreise auch noch um ein paar Tage verschieben.« Gerade wollte er Lenchen die Hände reichen, da gefror er in der Bewegung. Ein Geräusch jagte ihm Kälte den Rücken hinauf.

Auch Lenchen rührte sich nicht. Sie versuchte verwirrt, in seinem Gesicht zu lesen.

Das Geräusch kam näher. Es waren Autos mit starken Motoren, das hörte er sofort, sicher drei, vier Wagen. Sie hielten draußen auf dem Kies. Türen klappten.

Er ließ die beiden stehen und rannte die Treppe hinunter. In der Küche riss er der Köchin die Schürze vom Leib und band sie sich selbst um. Auch die Kochmütze nahm er ihr ab. Faustschläge donnerten an die Tür.

Er straffte den Oberkörper und setzte ein gutmütiges Lächeln auf, bevor er zur Tür eilte und sie öffnete. Ein Dutzend Polizisten standen da. Sie wünschten, Franz Seraph Tausend zu sprechen.

»Der Herr ist leider nicht da«, sagte er und gab sich einen italienischen Akzent. »Morgen oder übermorgen will er kommen zurück.«

Einer der Polizisten drehte schon enttäuscht ab. Zwei andere dagegen sahen ihn eindringlich an. Sah er nicht wie ein Koch aus? Sie musterten ihn von Kopf bis Fuß. Verdammt, sie fielen nicht auf seine Maskerade herein. Er wollte ihnen die Tür vor der Nase zuschlagen. Doch die Polizisten kamen ihm zuvor. Sie packten seine Arme.

Handschellen klickten. Sie rissen ihm die Kochmütze vom Kopf und schnalzten mit der Zunge. »Sieh mal einer an, Herr Tausend höchstselbst. Sie sind festgenommen wegen Fahrerflucht.« Sie sprachen ein gutes Deutsch. »Fürs Kochen hätten Sie besser die Schuhe wechseln sollen.«

Er sah hinab auf die teuren schwarzen Lackschuhe. Als er wieder aufblickte, kam seine Tochter die Treppe hinunter und blieb auf den letzten Stufen stehen. Die Angst in ihrem Blick tat ihm weh, die Angst um den Vater, um ihn.

18

Ein unbestimmtes Gefühl sagte mir, dass ich verfolgt wurde. Jeder andere wäre dem spontanen Impuls gefolgt, sich umzudrehen und nachzusehen. Aber ich habe in all den Jahren gelernt, meinen Instinkten zu vertrauen. Es muss in meinem Verstand Bereiche geben, die meinem direkten Zugriff verschlossen sind und doch zuverlässig arbeiten. Woher sie ihre Ergebnisse ziehen, bleibt mir verborgen, sie liefern sie nur, und ich nehme dankbar an, was ich von ihnen bekomme.

Da ich alle Handlungsmöglichkeiten behalten wollte, beschloss ich, den Verfolger unbemerkt zu beobachten. Ich trat an das Schaufenster eines Reisebüros heran und tat so, als würde ich die Weltkarten und Globen betrachten und die grünen Hefte, auf denen verführerische Namen fremder Städte standen. In Wahrheit musterte ich die Scheibe und die Reflexionen darin.

Mein Verfolger blieb in einiger Entfernung stehen. Er war groß gewachsen und von athletischer Statur. Wenn er plante, mich zu attackieren, war er sich zumindest über die Art und Weise noch nicht ganz im Klaren. Oder er hatte den Auftrag, einen weniger belebten Ort dafür auszuwählen.

Ihn zu stellen, erschien mir unklug, ich musste davon ausgehen, dass er bewaffnet war. Meine Instinkte warnten mich eindringlich vor diesem Fremden. Auch wenn ich in der Scheibe und auf die Entfernung sein Gesicht nicht erkennen konnte – und die Gesichtszüge, die Augen, die Mundpartie sind entscheidend, wenn man sich über die

Gefährlichkeit eines Gegners klar werden will –, zog sich etwas in meinem Bauch zusammen, das Gefahr verhieß.

Ich beschloss, ihn abzuhängen. Ganz in der Nähe fand ein Wochenmarkt statt, dort würde er mich nicht anzugreifen wagen. Um meine Eile zu tarnen, sah ich auf die Uhr, als wäre mir gerade wieder ein Termin eingefallen. Zügig schritt ich davon.

Die Verkäufer in ihren Marktbuden boten alles an: Pantoffeln und Schnürsenkel, Rotkohl, Ziegenschmalz und Fettbücklinge, Krawatten, sogar Pelze gab es, und natürlich die üblichen Gemüsekarren mit Karotten und Rettich. Eine Ausruferin warb für Strümpfe aus »unzerstörbarer Panzerseide«, ein Mann bot Flaschen mit Maiglöckchenessenz an, jenem billigen süßen Duft, den Zimmermädchen verwendeten, er drängte vorbeiziehende Kundinnen: »Gelegenheitskauf, die Damen!« Ein anderer pries seine Kartoffeln an: »Winterrote, alle mehlig!«

Vor einem Stand mit Haarnadeln und runden Kämmen, wie sie sich ältere Frauen ins Haar steckten, gab es ein Gedränge, das dadurch verstärkt wurde, dass gegenüber ein hübscher Bursche, der ein feines Gesicht und Wimpern wie ein Mädchen hatte, Rosen anbot, die, seinen charmanten Ausrufen zufolge, gerade mit Flugpost aus Holland gekommen waren. Ich nutzte das Durcheinander der Menschenleiber, tauchte darin ein, duckte mich und bog in die enge Gasse zwischen zwei Ständen ein. Ein Hund lag hinter den Wagen, er hob den Kopf und sah mich an, unsicher, ob er zu bellen hatte. Ich eilte vorüber und tauchte durch einen weiteren schmalen Gang zwischen zwei Ständen an der Parallelmarktgasse wieder auf. Aber aus dem Augenwinkel sah ich den athletischen Verfolger in eben jener Gasse auftauchen. Er machte seine Arbeit verteufelt gut.

Ich wandte mich der Seite zu, die für ihn wegen der dichten Menschenmenge schwerer zu erreichen war, und hastete eine Treppe hinunter. Der Bahnsteig der Untergrundbahn war nahezu verwaist, ich hatte Pech, gerade musste eine Bahn gefahren sein. Da ich die Schritte meines Verfolgers auf der Treppe nicht hörte, ließ ich alle Vorsicht fahren und rannte den Bahnsteig entlang. Erst an seinem anderen Ende ging ich wieder langsamer. Dort stieg ich die Treppe hinauf und tauchte in den Nachmittagsverkehr der Stadt ein. Schon sah ich den Verfolger wieder. Er schien immer zu wissen, wohin ich mich wandte. Und ihm war längst klar geworden, dass ich auf der Flucht vor ihm war.

Indem ich todesmutig eine viel befahrene Straße überquerte und mich sofort in eine Querstraße begab, kam ich für kurze Zeit aus seiner Sichtweite. Diesen Vorsprung musste ich nutzen. Ich rannte die Querstraße hinunter und stieß wie erhofft auf die Spree. Hier, am Ufer beim Zeughaus, war ein Kahn angekettet, der mir schon öfter aufgefallen war. Ich eilte den Brettersteg hinüber an Bord, bezahlte das Eintrittsgeld von zwanzig Pfennig und duckte mich hinab unter Deck. Nun warf ich, aus der Dunkelheit heraus, doch einen Blick zurück. Der Verfolger war nicht zu sehen.

Ich würde eine halbe Stunde an Bord bleiben, irgendwann würde er die Suche aufgeben. Im schwachen Lichtschein, der durch die Bullaugen fiel, las ich das Titelblatt des Programms, das mir die Frau an der Kasse ausgehändigt hatte.

Das größte Säugetier der Welt und sein Fang.
22 m 56 cm lang, vollständig geruchlos präpariert.
Herausgegeben von der Direktion der Walfischausstellung.

Also hatte das Werbeschild am Ufer nicht übertrieben. Hier erwartete mich die präparierte Leiche eines Wals.

Ich drehte mich um. Da lag er, grau, wuchtig, und er roch wider Erwarten nicht nach Tran. Er sah aus, als wäre er aus Papiermaché gefertigt. Eine Berufskrankheit: Ich sehe sofort die Betrugsmöglichkeiten. Gern hätte ich den Koloss angefasst, aber es stand angeschrieben: »Nicht berühren! Giftig!«

Ich sah in den Schlund und betrachtete die oft beschriebenen Barten. Wer hatte es auf mich abgesehen? Der Unterstützerkreis des Goldmachers? Hatten sie einen ihrer Leute geschickt, um mich zu bestrafen?

Auf einer Schautafel las ich, dass Wale rotes warmes Blut haben wie wir und lebendige Junge zur Welt bringen, »welche von der Mutter gesäugt und mit Aufopferung eigner Lebensgefahr verteidigt werden«.

Ich trat vor die Sonderausstellung der inneren Organe und begutachtete den Heringssack, die Ohren und Augen des Wals und in einem Extrakasten die Knorpelschichten und die Rückenfinnen. Da bückte sich eine athletische Gestalt in den Schiffsbauch.

Angsterfüllt fuhr ich herum – und blickte in die grauen Augen meines Bruders Martin. Das letzte Mal, als ich ihn gesehen hatte, war ich noch ein Halbwüchsiger gewesen.

»Du hast mich verfolgt«, entfuhr es mir. »Was sollte das?«

»Und du bist vor mir weggerannt. Hast dich in der Roten Burg nicht einmal nach mir erkundigt. Wie früher.«

Die letzten Worte trafen ins Schwarze. Wir hatten uns nie gemocht. Jetzt maßen wir uns mit Blicken voller Misstrauen.

Er sagte: »Dass du nach Berlin ziehst und mir nichts davon sagst, damit muss ich leben. Aber es ist ein Unding, dass du dich zehn Jahre lang nicht bei den Eltern gemeldet hast.«

Erschüttert stellte ich fest, dass ich mich ihm immer noch unterlegen fühlte. Ich schämte mich meines Übergewichts, meiner dünner werdenden Haare, ich schämte mich, dass ich kleiner war als er, und ich schämte mich meiner Unsicherheit, die er wie ein Raubtier spürte. »Wie geht es ihnen?«, fragte ich.

»Das interessiert dich doch einen Dreck.«

Er legte es regelrecht darauf an, mich kleinzumachen, mir die Luft zu nehmen. Ich sagte: »Hast du dich mal gefragt, warum? Was für ein Scheißleben ich hatte in dieser Familie? Ich war immer der dumme, kleine Dicke, der Versager, über den man sich amüsieren konnte. Du warst der Prachtkerl, den sie sich gewünscht hatten, und ich der armselige Nachzügler. Meinst du, ich habe nicht gespürt, wie ihr mich verachtet? Deine Vorwürfe kannst du dir sparen.« Ich würde mich nicht länger von ihm demütigen lassen. Damit war nun Schluss.

Martin stand da im Halbdunkel des Kahns neben dem Walkadaver, und ein Schatten fuhr über sein Gesicht. »Heinrich. Es ...«

Das war mir zu billig, jetzt ein paar Worte hingeworfen zu bekommen, und damit sollte der Familienfrieden wiederhergestellt sein. »Versuch es gar nicht erst.«

Er räusperte sich. »Ich habe dich immer bewundert.«

Ich traute meinen Ohren nicht.

Mit rauer Stimme fuhr er fort: »Ich musste immer stark sein. So tun, als ob alles an mir abprallt. Aber insgeheim wär ich gern wie du gewesen. Du hast stundenlang Schallplatten gehört, hast am Fenster gesessen und rausgesehen, in den Himmel hinauf, und hast irgendwas gesehen da oben, das ich nicht sehen konnte. Wenn mir einer blöd kam, habe ich ihm eine vor den Latz gehauen, aber du, du hast dich beleidigen lassen und hast innerlich gewusst, dass du uns allen überlegen warst. Nachts, wenn du geschlafen hast, habe ich deine Gedichte abgeschrieben. Ich habe auch versucht, selbst welche zu schreiben, aber sie waren nie so gut wie deine.«

»Meine Gedichte?«

»Dachtest du, das wusste ich nicht, dass du Gedichte schreibst? Ich habe sie noch.«

Vor Betroffenheit konnte ich mich nicht rühren.

»Manchmal lese ich sie, nachts, wenn ich nicht schlafen kann.«

Mir schossen Tränen in die Augen. Hätte ich nicht gewusst, dass ich Martin gegenüberstand, der mich verprügelt, bloßgestellt und gedemütigt hatte, ich wäre ihm um den Hals gefallen.

Er straffte seine Haltung. Hatte er meine innere Ablehnung gespürt? »Dieser Kahlen-Hunte«, sagte er, »mit dem du dich eingelassen hast, das ist ein tückischer Hund. Sieh dich vor.«

»Du kennst ihn?«

»Meine Vorgesetzten kaufen von ihm.« Er trat an die Vitrinen heran und besah die Eingeweide. »Aber er hat recht, was den Krieg betrifft. Leute wie Ossietzky untergraben unsere Kampfkraft.«

Jetzt schickten sie schon Martin, meinen Bruder, um mich mürbe zu machen? »Kampfkraft, das sagst du so dahin, als wäre es nichts. Wir haben gerade einen Weltkrieg angezettelt und verloren.«

»Weder das eine noch das andere. Der Krieg wurde uns aufgezwungen, und wir hätten einen Siegfrieden errungen, wenn nicht Leute wie dieser Ossietzky unser Volk aufgewiegelt hätten – zum Dolchstoß von hinten gegen das eigene Heer.«

Vermutlich hatte ich zu viel Ossietzky gelesen, aber ich glaubte nicht mehr an den Dolchstoß. Wir waren am Ende gewesen. Und auch an den aufgezwungenen Krieg wollte ich nicht mehr glauben. »Wir haben den anderen Ländern den Krieg erklärt. Von aufgezwungen kann da keine Rede sein.«

Er sagte leise: »Du redest da von Dingen, von denen du keine Ahnung hast.«

»Mag sein, dass ich nichts vom Kriegführen verstehe. Aber wenn vierzig Nationen gegeneinander zu Feld ziehen, wenn siebzig Millionen Menschen unter Waffen stehen und es am Ende siebzehn Millionen Tote zu beklagen gibt, dann darf ich doch Zweifel haben, ob es rechtens ist einen Mann polizeilich anzugehen, der sich Frieden wünscht und öffentlich darüber redet. Ossietzky ist kein Verschwörer. Er ist nur der Meinung, dass die Rüstungshysterie, so kurz nach dem Weltkrieg, einfach nicht passt.«

»Hysterie.« Martin spie das Wort aus, als sei ihm eine Fliege in den Mund gekrabbelt.

»Ossietzky findet bloß den Fremdenhass barbarisch und plädiert für Völkerverständigung und Kulturaustausch, zum Beispiel mit Frankreich, ja, in diesen Tagen gerade mit Frankreich.« Dass Ossietzky Krieg als »dirigierten und organisierten Mord« bezeichnete, verschwieg ich besser. War es nicht verständlich, dass Martin sich angegriffen fühlte? Er selbst gehörte doch inzwischen zu denen, die bei der Reichswehr dirigierten und organisierten, wenn ich mir seine Schulterklappen ansah. Ich hielt also den Mund, auch wenn mir Zeilen von Ossietzkys Texten durch den Kopf gingen, die sich mir eingeprägt hatten. *Die Völker verlangen nach Entwaffnung, nach Ruhe. Aber sie bleiben weiterhin angespannt, aufgeputscht. Von neuem wird ihr natürliches Gefühl, das Vereinigung will und nicht Trennung, von nationalistischem Geschrei übertönt und irregeführt.*

»Komm mit«, sagte Martin und verließ das Boot. Ich nickte der Frau an der Kasse zu und folgte ihm hinaus. Bald begriff ich, dass wir zu den Eltern unterwegs waren. Im Bus schwiegen wir beide. Er zwang mich zu dieser Begegnung. Es war wohl besser so, bevor ich irgendwann in den nächsten Jahren am Grab der Eltern stand und bereute, sie nie mehr gesprochen zu haben.

Das Treppenhaus hatte sich nicht verändert, die hölzernen Stufen waren nur noch ein wenig dunkler geworden. Aber anders als in meiner Kindheit roch es nicht nach Maiglöckchen-Parfüm, sondern nach Eintopf und Schweiß und alten, ungewaschenen Menschen. Ich wäre am liebsten umgekehrt.

Wenn ich die Eltern schon in ihrer Blüte nicht ertragen hatte, wie sollte es mir dann erst gehen, jetzt, wo sie alt und mürrisch geworden waren?

Mein Kindheitstraum war ein Vater gewesen, der auch still sein und akzeptieren konnte, wenn er mal nicht beachtet wurde, wenn er sozusagen unsichtbar war. Aber die Wirklichkeit war für mich ein niederdrückender Vater gewesen, den ich nicht verstand.

Er hatte unter Schlafstörungen gelitten und oft mitten in der Nacht Schallplatten aufgelegt. Dann hörte er Wagner-Opern und kümmerte sich nicht im Geringsten darum, dass er dadurch den Rest der Familie weckte. Stand etwas Leckeres auf dem Tisch, aß er es auf, ohne mit der Wimper zu zucken, er dachte gar nicht daran, es mit uns zu teilen. Und verlangte Mutter ihm eine herausfordernde Tätigkeit ab, jammerte und tobte er wie ein störrisches Kind. Wir hingegen, Martin und ich, mussten umstandslos parieren, sonst schlug er zu.

Martin läutete. Schlurfende Schritte näherten sich, die Tür wurde um einen Spalt aufgetan, und Mutters Gesicht wurde sichtbar. Sie öffnete und drehte uns gleich wieder den Rücken zu. Hatte sie mich gar nicht gesehen?

Wir traten ein. Es war, als wäre die Wohnung geschrumpft, sie erschien mir noch armseliger, als ich sie in Erinnerung gehabt hatte. In der Stube saß Vater am Tisch und rauchte eine Zigarre, vor sich eine Illustrierte. Der Stuhl war sein Thron, Zigarre und Zeitschrift waren Zepter und Reichsapfel. Von hier aus glaubte Vater, sein Reich zu regieren.

Meine Mutter, die mich nun doch entdeckt hatte, drückte mir unablässig die Hand. Ihre Hände waren kalt, die Haut fühlte sich an wie dünnes Pergament. Die Schwäche meiner Eltern zu spüren weckte Mitleid in mir. Mutter klagte, dass Papas Pantoffeln hinten ganz ausgetreten waren und vorn bereits ein Loch hätten, durch das die große Zehe hinausgucke, und sie habe ihm zu Ostern neue Pantoffeln geschenkt, aber er ziehe sie nicht an, diese alten müssten es sein, weil sie so gut passten und der Fuß daran gewöhnt sei und so schön hineinfände.

Die neuen Pantoffeln brachte sie mir, damit ich keine kalten Füße bekäme.

Beim Stichwort »kalt« kniff mein Vater die Augen zusammen und hob zu einer Tirade an, dass Mutter ständig lüfte, sodass er friere.

Sie konterte, der Vater sei zu geizig, um zu lüften, in den Ecken zeige sich bereits der Schimmel. Aber er blieb hart: »Es sind draußen Minusgrade! Ich heize doch nicht die Umgebung!«

Sie müsse heimlich das Fenster öffnen, wenn er im Bett sei, sagte sie leise. Natürlich schöpfe er dann immer Verdacht, dass sie lüften würde …

Ich sah mich nach ihm um. Hörte er das nicht? Vielleicht war er wirklich schwerhörig geworden.

»Schön, dass du mal wieder in Deutschland bist, Heinrich«, sagte Mutter. »Martin hat uns alles von deinen Reisen erzählt.«

Im Hintergrund legte mein Bruder den Zeigefinger an die Lippen.

19

Am 12. März 1929 wurde ich in das Büro meines Vorgesetzten gerufen, Karl Futh, Leiter des Außendienstes der Abteilung IA, Dezernat 2 für Pressesachen. Er stand aufrecht, die Stirnglatze reichte herzförmig bis an seinen Hinterkopf, wo sich die Haare grau wellten. Er donnerte die Zeitschrift auf den Tisch. »Wie konnte Ihnen das entgehen!« Immer wenn er schrie, schwitzte er, und heute lief ihm der Schweiß in den Schnauzbart.

Man habe bei diesem Artikel offenbar äußerste Geheimhaltung gewahrt, entschuldigte ich mich. Auch im Müll sei kein Entwurf gewesen, und per Post sei er ebenfalls nicht eingegangen. Ich könne mir das nur mit konspirativem Vorgehen seitens der Redaktion und Carl von Ossietzkys erklären.

»Finden Sie heraus, woher er diese Informationen hat.«

Ich wusste es längst. Der Mann, mit dem Ossietzky sich am Flughafen getroffen hatte, hieß Walter Kreiser. Er war im Weltkrieg Artilleriebeobachter bei Feldfliegerabteilungen gewesen, dann hatte er in Stuttgart Flugzeugtechnik studiert, und inzwischen entwickelte er Hubschrauber und ließ seine Entdeckungen patentieren. Als Sachverständiger für Luftfahrtfragen beriet er die Deutsche Liga für Menschenrechte. Aber ich sagte: »Dieser Heinz Jäger …«

»Natürlich ist das ein Pseudonym. Ossietzky hat eine Quelle, und die müssen wir finden.«

»Der Kerl könnte aus dem Reichswehrministerium sein.«

Außendienstleiter Futh wies meine Einsprüche mit arrogant gekräuselten Lippen zurück: »Wir brauchen keine Vermutungen, wir brauchen Beweise, die vor Gericht standhalten! Das Reichswehrministerium wird Klage einreichen. Gegen Ossietzky als verantwortlichen Redakteur, und gegen den Verfasser des Artikels, diesen ominösen Heinz Jäger.«

»Hätte ein Prozess nicht internationale Folgen, ich meine, müsste man vor Gericht nicht zugeben ...«

»Papperlapapp! Der Artikel hat jetzt schon internationale Folgen! Weil Sie geschlafen haben, übt man Druck auf die deutsche Regierung aus!«

Natürlich hatte er recht. Heute würden nicht nur die Telefondrähte glühen, auch auf den Fluren vor den Abgeordnetenbüros würden die Menschen zusammenstehen und diskutieren, im Café Adler am Dönhoffplatz und in hunderten ähnlichen Cafés in ganz Deutschland würden die »*Weltbühne* – Leserkreise« zusammensitzen und erregt über die neuste Zeitschriftenausgabe sprechen. Sie würden zwischen den Zeilen des Artikels lesen und die Enthüllungen über die heimliche Aufrüstung deuten. In den britischen, französischen, amerikanischen Geheimdienstbüros würden die Informationen ausgewertet werden.

Obwohl nur zwölftausend rote Hefte zirkulierten, wenig im Vergleich zu den Parteiorganen wie dem *Völkischen Beobachter* oder dem *Vorwärts*, lief die brisante Information durch tausend Netzkanälchen aus dieser Quelle ins Reich.

Wenn ich nicht die Initiative ergriff, würde es ein böses Ende mit Carl von Ossietzky nehmen. Ich nahm militärische Haltung an. »Geben Sie mir Heinz Baldauff und Franz Neumüller, dann werde ich eine Haussuchung durchführen.«

»Nein, nicht diese zahmen Vögelchen, der Baldauff kann ja noch nicht mal seine Verlobten festhalten. Sie gehen mit Rosenthal und

Scherer, und dann heizen Sie Ossietzky ordentlich ein, verstanden? Wer sein Land verrät, wird nicht mit Glacéhandschuhen angefasst. Wir brauchen Ergebnisse, sonst fällt das auf die ganze Abteilung zurück.«

»Jawohl, wird gemacht!« Ich trat zackig ab wie ein Rekrut. Innerlich allerdings war ich von großer Unruhe erfüllt.

Die Kollegen Scherer und Rosenthal warteten schon vor dem Haus, als ich eintraf. Bei ihnen standen SA-Männer in braunen Hemden und an den Oberschenkeln ausgebeulten Breecheshosen.

»Was wird das?«, fragte ich.

»Die Sturmabteilung unterstützt uns gegen den Landesverräter.« Scherer grinste, als ginge es auf eine Kneipentour.

»Sie nehmen dieses Wort erst wieder in den Mund«, sagte ich, »wenn ein Gericht ihn für schuldig erklärt, ein Landesverräter zu sein. Vorher nicht. Sie sind Polizist, Mann, und kein Rechtsanwalt! Wir verurteilen niemanden. Wir stellen das Material sicher.«

Ich besah die SA-Männer. Sie waren neunzehn, höchstens zwanzig Jahre alt und schmalschultrig. Ich konnte mir vorstellen, wie ihre Mütter sich freuten, dass sie zur SA gefunden hatten: Sie lungerten nicht länger herum. Ihre Stiefel waren gewichst, und unter den braunen SA-Mützen mit dem Lederschirm blickten sie stolz und erwachsen drein wie Soldaten.

Ihr Blick verriet alles: Sie hatten die Schule nicht besonders gut abgeschlossen und waren arbeitslos, sie hatten sich »abgehängt« gefühlt und sozial an den Rand gedrängt. Zu erfahren, dass sie zu einer Nation gehörten, einer Sprache, einer Kultur, die den anderen überlegen war, wertete sie auf in ihrem Status und verlieh ihnen Würde. Je mehr sie die anderen Nationen verachteten, desto wertvoller fühlten sie sich.

Ich sagte: »Das hier ist Polizeiarbeit. Eine Beteiligung der SA ist ausgeschlossen.«

»Wir halten Wache vor dem Haus«, beharrte einer der SA-Männer. Seine Freunde postierten sich rechts und links des Eingangs, die Hände vor dem Hosenschlitz verschränkt. Ich seufzte. Aber ich konnte den Männern nicht verbieten, sich auf dem Gehweg aufzuhalten. Ich drückte auf den Klingelknopf, neben dem der Name mit einem Pflaster überklebt worden war.

Es rührte mich, dass Carl von Ossietzky glaubte, durch die falsche Namensangabe *Meyer* unauffindbar zu sein. Dass ein Mann von solcher Klugheit und Weitsicht so naiv sein konnte.

Rosalinde kam die Treppen herunter. Sie war neun Jahre alt, auch über sie führten wir eine eigene Akte im Polizeipräsidium. Sie spähte durch die Verglasung der Haustür, bevor sie die Tür öffnete.

Ich stellte mich zwischen sie und die SA-Männer. Die sollten das arme Mädchen nicht erschrecken. »Wir möchten deinen Vater sprechen.«

»Der ist nicht da.«

»Dürfen wir trotzdem raufkommen?«

Sie schwieg und nickte stumm. Scherer und Rosenthal drängten sich an ihr vorbei und stiegen im Treppenhaus nach oben. Ich behauptete, wir müssten uns nur einmal kurz die Arbeitsunterlagen ihres Vaters ansehen.

»Hat Papa was ausgefressen?«

»Kann man so sagen.«

Sie nahm es schweigend hin.

Oben sprachen Scherer und Rosenthal bereits mit Maud. Sie schüttelte unwirsch den Kopf, aber ich entfaltete den Durchsuchungsbefehl, und das brach ihren Widerstand. Während ich hinter Scherer und Rosenthal in die Wohnung trat, hörte ich, wie Maud leise zu Rosalinde sagte: »Hol Papa von der Arbeit. Er soll schnell nach Hause kommen.«

Mit Gewalt und gegen den Willen der Bewohner in eine fremde Wohnung einzudringen, ist etwas anderes, als in der Rolle des Gastes empfangen zu werden. Bei jedem Schritt hatte ich das Gefühl, etwas zu zertreten. Ich verletzte die Würde der Familie. Sie hatten zuvor nicht aufräumen können, und wir hielten uns auch nicht an die Normen, was ein Besucher berühren durfte und was nicht.

Scherer und Rosenthal waren mit Feuereifer am Werk. Sie wühlten in Ossietzkys Papieren, schrieben Einträge aus Mauds Adressbüchlein ab, nahmen Bücher aus dem Regal und schüttelten Lesezeichen und ausgeschnittene Zeitungsartikel heraus. Sie öffneten Ossietzkys Schrank, sahen die Küchenschränke durch, die Wäsche.

Währenddessen schritt ich durch die Wohnung, blickte aus diesem Fenster und jenem, begutachtete lediglich die Frösche und die Schildkröte.

Scherer kam zu mir und händigte mir ein in Pappe gebundenes Buch aus. »Das müssen Sie sich ansehen.«

Ich schlug es auf. Es war gefüllt mit handschriftlichen Einträgen, Ossietzkys Schrift, ich kannte sie inzwischen gut.

»Bitte, das ist privat«, sagte Maud leise.

Ich sah sie fragend an.

»Es ist unser Ehebuch. Mein Mann schreibt mir immer wieder einmal etwas hinein.«

Sobald Scherer ins Wohnzimmer verschwunden war, um weiterzuwühlen, reichte ich ihr das Buch.

Dankbar nahm sie es entgegen und drückte es schützend an sich, als drohe man, ihr zusammen mit diesem Buch auch den Ehemann weg zu nehmen.

Die Wohnungstür klappte. Schritte, Carl von Ossietzky erschien in der Küche, wo ich gerade bei Maud stand. Er sah mich wütend an, aber mit einer gebändigten Wut, selbst sein Zorn war intellektuell. Dann dämmerte ihm etwas, ich sah, wie es in ihm arbeitete. »Ich kenne Sie«, sagte er.

»Sie wissen, warum wir hier sind.«

»Nein, das weiß ich nicht.«

»Verrat militärischer Geheimnisse.«

»Wenn Sie die *Weltbühne* meinen, dann sollten Sie die Redaktionsräume durchsuchen, nicht meine Privatwohnung.«

Verlegen reichte ich ihm den Durchsuchungsbefehl.

Er las ihn und gab mir das Papier voller Verachtung zurück.

20

Ein paar Dinge waren schiefgelaufen. Franz Tausend bedauerte den Autounfall. Und Meinhold hätte nicht nach Bozen kommen dürfen. Dass der ehemalige Besitzer der Münchner Villa in der Romanstraße Ansprüche an den Schlössern Paschbach und Eichberg anmeldete, wegen seines verlorenen Hauses in München, warf kein gutes Licht auf ihn, Franz, wo es doch gerade darum gegangen war, ob Italien ihn nach Deutschland ausliefern würde.

Nun saß er wieder in München, aber nicht im hellen, schönen Studierzimmer seiner Villa, sondern in dieser kahlen Zelle im Gefängnis Stadelheim. Schäbig war das.

Er war zu weit gegangen, das wurde ihm allmählich bewusst.

Aber wie sie ihn jetzt beurteilten, war schlichtweg falsch. Er war kein Hochstapler, er hatte wirklich was auf dem Kasten. Sein Vater war ein Taugenichts gewesen, den hätte man vor Gericht stellen müssen. Aber nicht ihn.

Vater hatte ihn nicht schlecht behandelt, im Gegenteil, Vater hatte ihn umworben. Die Mutter war fleißig gewesen, hatte sich die Hände wund gearbeitet und mit ihrer Strenge einen Hauch von Ordnung in das Familienleben gebracht, wofür er sie geliebt hatte. Sein Vater jedoch hatte ihn hinter dem Rücken der Mutter verwöhnt, ihm vom Erlös seiner Betrügereien einen Anzug gekauft oder ihn in teure Restaurants eingeladen. Von ihm hatte er gelernt, wie man Menschen mit Geschichten blenden und täuschen konnte. Vater war eine Spielernatur, ein Lebemann mit vielen Gesichtern, gemeinsam hatten sie hinter dem Rücken der Mutter ein Doppelleben geführt, während sich die Mutter für Vater, ihn und die Geschwister aufopferte.

Er besaß mehr Talent als der Vater. Natürlich. Der war ein Kind geblieben, während er, Franz, ein Erwachsener war. Ein Erfinder, das war er, und eigentlich allen anderen überlegen.

Nur diesen Irrtum musste er jetzt korrigieren, dass sie ihn hier festhielten und ihm den Prozess machen wollten.

Den Untersuchungsrichter hatte er schon so weit. Er, Franz, sollte eine letzte Gelegenheit erhalten vorzuführen, dass er wirklich in der Lage war, Gold herzustellen.

Zwei Gefängniswärter holten ihn ab. Führten ihn durch karge Gänge, an Zellentüren vorüber. Im Aufnahmeraum wurde ihm gestattet, sich Schuhe anzuziehen, seine eigenen guten Lackschuhe, und man gab ihm den Hut zurück und die Jacke. Im Gefängnishof wartete ein Auto. Er stieg ein und ließ sich auf die Rückbank fallen. Sie fuhren durch das große Tor hinaus und durch die Stadt. Ach, wie tat es gut, die Läden zu sehen und die Trambahn und die Passanten! »Wohin bringen Sie mich?«, fragte er.

Zur Bayerischen Münze, antwortete man ihm.

Vor einem prachtvollen klassizistischen Gebäude blieb der Wagen stehen, und er musste aussteigen. MONETA REGIA, stand in Großbuchstaben unter dem Dach angeschrieben. Von Polizisten eskortiert und unter den gaffenden Blicken der Passanten betrat er das Gebäude. Man brachte ihn in einen Konferenzsaal.

Dort wartete schon der Untersuchungsrichter, Herr Landgerichtsrat Dr. Korell, umgeben von lauter fremden Herren, der Gerichtskommission und einigen Wissenschaftlern, außerdem einigen weiteren Polizisten.

»Bitte ziehen Sie sich vollständig aus«, sagte der Untersuchungsrichter.

Er folgte der Anweisung. Der Boden war kalt, und die strengen Blicke der Herren waren ihm unangenehm. Nicht sein Körper stand doch vor Gericht, dem Körper war nichts vorzuwerfen. Er solle sich setzen, sagte man und schob ihm einen Schemel hin. Ein Polizist kämmte ihm die Haare durch und sah in den Ohren nach. Jetzt musste er den Mund öffnen, der Polizist leuchtete hinein und erklärte dann: »Keine mit Gold plombierten Zähne.«

»Also keine Plomben, überhaupt keine?«, fragte einer der Herren.

»Doch, zwei, aber die sind nur aus Silberamalgam.«

Endlich waren sie zufrieden.

Der Polizist begann ihm die Fingernägel zu reinigen. Er fuhr mit einer spitzen Feile unter jeden Nagel. Ein weiterer Polizist kontrollierte währenddessen die abgelegte Leibwäsche. Endlich durfte er sich wieder anziehen. Statt der Jacke und des Huts erhielt er einen langen braunen Arbeitskittel. Er knöpfte ihn zu.

Man brachte ein Glas Wasser und eine Schüssel und verlangte, dass er den Mund ausspülte und in die Schüssel spuckte. Er tat es ausgiebig.

»Noch mal«, sagte der Polizist.

»Gern«, sagte er und gurgelte mit dem Wasser, spülte hin und her, spuckte aus.

Jetzt durfte er zum Tisch treten, auf dem ein Glaskasten mit Schiebefenster stand, dazu ein Gasbrenner und die notwendigen Metalle und Chemikalien, so wie in seinen Laboren üblich. Er ließ seinen Blick über das Material schweifen. Für einen Moment überfiel ihn Panik, wie damals in Gilching auf dem Steinberg, als der Polizist ihn so misstrauisch beäugt und ihn nicht einen Augenblick – fast keinen Augenblick – aus den Augen gelassen hatte. Er schloss die Augen und konzentrierte sich, es musste eine Möglichkeit geben, er sagte noch einmal stumm die Formeln vor sich hin, die er seit seiner Jugend in den Büchern über Alchemie und die Kabbala gelesen hatte. Er musste fest glauben, dass sich noch eine Chance eröffnete, dieses Zutrauen unterschied ihn von den Durchschnittsmenschen, die zu schnell aufgaben. Aber er hatte nichts. Er schaute die Beamten an, die ihn mit gebändigter Vorfreude musterten.

»Ich brauche Papier und einen Füllfederhalter, um meine Berechnungen durchführen zu können«, sagte er.

Kurz besprach sich der Untersuchungsrichter mit der Kommission, dann brachte ein Amtsdiener Papier und Schreibzeug.

Er klemmte den Füllfederhalter so zwischen Daumen und Zeigefinger, dass er kaum mehr zu sehen war, und begann zu rechnen. Er schrieb, dachte nach, schrieb. Die Beamten beobachteten ihn stur. Ungerührt schloss er die Augen, führte Berechnungen durch, notierte die Ergebnisse. Einige der Umstehenden begannen zu gähnen. Er guckte an die Wand, als sehe er dort ein Menetekel, und alle Blicke folgten ihm.

Er rechnete weiter. Er erhob sich, langsam und würdevoll. Er kochte Säuren ab, begann sie langsam zu vermischen, setzte der Lösung Kristalle hinzu.

Als es Mittag wurde, holte eine Angestellte der Bayrischen Münze für ihn Kalbsbraten mit Kartoffelsalat aus dem »Franziskaner«. Unter Aufsicht durfte er im Nebenraum des Konferenzsaals das Mittagessen zu sich nehmen.

Am Nachmittag schmolz er ein Bleikorn mit dem Sauerstoffgebläse aus und gab Salze und Kristalle hinzu. Er hatte das Gefühl, seinem Alltagsich zu entfliehen und dem, der er wirklich war, immer näher zu kommen. Jeder Handgriff wurde genau beobachtet. Die glühende Masse nahm er mit einer Zange zum Abkühlen aus dem Tiegel. Nach einer Weile legte er sie nieder und klopfte mit einem kleinen Hämmerchen darauf, bis der Brocken zersprang.

Er legte das Hämmerchen ab. »Sehen Sie selbst«, sagte er. Er beherrschte sich, um sich die Erleichterung nicht zu sehr anmerken zu lassen. Aber er wusste, dieser 3. Oktober 1929 war ein großer Tag der Alchemie, von dem man noch sprechen würde.

Die Herrschaften umringten den Glaskasten. Sie reckten die Hälse, sie tuschelten, schüttelten die Häupter.

Der Münzdirektor wurde blass. So blass wie damals nach Kriegsende sein Vorgesetzter im Militärbauamt München, als er gewahr geworden war, dass eine große Summe Geld spurlos verschwunden war – das war sein Startschuss in das neue Leben gewesen.

Mit tonloser Stimme bekannte der Münzdirektor: »Es wäre mir lieber gewesen, es wäre kein Gold herausgekommen.«

Wissenschaftler brachten das Goldkorn zur Untersuchung ins Labor. Man betrachtete ihn jetzt wie ein Wunder, wie ein seltenes, schönes Tier. Er durfte rauchen, und die Herren im Raum unterhielten sich gedämpft, als würde ein lautes Wort die Heiligkeit des Geschehenen stören. Er wusste, die Nachricht würde durch ganz München gehen wie ein Lauffeuer: *Franz Tausend stellt Gold her! Er kann es tatsächlich!*

Ohne sich an jemand Bestimmtes zu wenden, sagte er: »Jede arbeitslose Familie kann einen kleinen Apparat bekommen und sich durch Goldfabrikation in der eigenen Wohnung eine glänzende Existenz schaffen. Ich bin nur durch die Verhaftung an der Umsetzung gehindert worden.« Ja, das war seine Überzeugung. Jeder Mensch war ein kleines Universum in sich. Aber die wenigsten wussten es zu nutzen.

Die Herrschaften hörten ihm ehrfürchtig zu.

Schon kamen die Wissenschaftler aus dem Labor zurück. »Null Komma null neun fünf Gramm Feingold, Null Komma null zwei fünf Gramm Feinsilber«, verkündeten sie.

»Kann das möglicherweise schon im Blei enthalten gewesen sein in dieser Menge, oder in einer der Chemikalien?«

Die Wissenschaftler verneinten. Das sei unmöglich. Aber das Ergebnis widerspreche vollkommen den bisherigen Erfahrungen.

Wie gut das tat. Die Italiener würden staunen und sich eines Besseren belehrt sehen, wenn sie hiervon erfuhren. Vor einem Jahr hatte er einem Unterstaatssekretär im italienischen Wirtschaftsministerium, der Zugang zu Mussolini hatte, sein Thermitverfahren zur Gewinnung von Gold aus Blei erklärt, aber der hatte den Erfinder und Chemiker Quirino Sestini eingeschaltet, der nur einen Betrug erkennen wollte. Diese Wissenschaftler begriffen einfach nicht, dass Metalle organische Substanzen waren, die wie Pflanzen wachsen konnten.

Er hatte es allen gezeigt. Gewiss, er hatte ein wenig nachhelfen müssen, aber diese Gunst gewährte ihm das Schicksal nur, weil er auf dem richtigen Weg war.

Das Stimmengewirr rings um ihn schwoll an. Er fühlte, dass es ihn anhob, ihn leicht werden und schweben ließ, dieser Teppich aus Lauten des Staunens. Die Herrschaften redeten durcheinander, sie waren verstört und verzückt zugleich, sie planten die neue Weltordnung.

Niemand bemerkte, dass er den Füllfederhalter so von der Tischkante stieß, dass er im Papierkorb landete.

Der schwedische König Gustav V. aß mit manierlich gefasstem Messer, den kleinen Finger etwas abgespreizt. Auch die Gabel umschloss er geradezu zärtlich, als wollte er negieren, dass man mit ihr Fleischhappen aufspießte. Er speiste von einem goldenen Teller, während die Nobelpreisträger, ihre Ehepartner und die anderen geladenen Gäste von silbernen Tellern aßen.

Thomas Mann, Träger des diesjährigen Nobelpreises für Literatur. Wie beharrlich hatte er dafür gearbeitet. Als die Möglichkeit, dass er den Preis erhalten könnte, sich vor sechs Jahren zum ersten Mal, wie diffus auch immer, abgezeichnet hatte – nach kurzen Anflügen 1913 nach dem Erscheinen von *Der Tod in Venedig,* die aber noch nicht ernst zu nehmen gewesen waren –, war er an die Startlinie getreten, und jetzt, nach jahrelangem Ausdauerlauf, kam er durchs Ziel. William Butler Yeats, der den Preis 1923 erhielt, hatte damals sehr freundlich erwähnt, er habe eher erwartet, dass die Verleihung an ihn, Thomas, ginge, »for Herr Mann is in every way fitted for such an honour«. Yeats sagte so etwas, über ihn? Der Gedanke hatte sich in ihm festgesetzt, und was er tun konnte, hatte er getan, er hatte sich gezeigt in der Weltöffentlichkeit, war in nahezu alle Länder gereist, in denen Übersetzungen seiner Werke erschienen, hatte mit schwedischen Germanisten wie Wilhelm Grotkopp korrespondiert.

Und jetzt saß er hier. Mit Katia, die sich für diesen Festakt ein hochgeschlossenes Abendkleid hatte fertigen lassen. Aß von einem silbernen Teller. Und schloss Bekanntschaft mit dem klugen und gütigen Erzbischof Nathan Söderblom von Uppsala, dem Prinzen Eugen, mit Selma Lagerlöf und dem Nobelpreisträger für Chemie Hans von Euler-Chelpin. Zweifellos einer jener Momente des gehobenen Daseins, deren er so sehr bedürfte.

Fast wäre es auf den letzten Metern noch schiefgegangen. Im Oktober, nach der Veröffentlichung von *Berlin Alexanderplatz*, hatte man in der Öffentlichkeit diskutiert, dass Alfred Döblin der einzige deutsche Kandidat für den Nobelpreis sei. Dem hätte er es ja durchaus gegönnt. Dann hatte er mitbekommen, dass eine Gruppe von Universitätsprofessoren und die Zeitschrift *Die literarische Welt* sich in Stockholm für Arno Holz einsetzten, und war nervös geworden. Das ging nicht. Das wäre unrecht gewesen, Holz auszuzeichnen und nicht ihn.

Er hatte Hilfstruppen ins Feld geschickt, hatte an Gerhart Hauptmann geschrieben: »Was sagen Sie zu der weitverbreiteten Nachricht, dass dank der Propaganda einer Oberlehrer-Clique, die ihn vorgeschoben hat, Arno Holz den Nobelpreis erhalten soll? Lassen Sie mich Ihnen gegenüber ganz offen reden, obwohl ich sonst vielleicht nicht ganz in der Lage bin, es zu tun: Ich würde eine solche Preiskrönung absurd und skandalös finden und bin überzeugt, dass ganz Europa sich in voller Verständnislosigkeit an den Kopf greifen würde.«

Zum Glück handelte Hauptmann schnell. Er rief beim Königsmacher in Stockholm an, bei Professor Böök von der Schwedischen Akademie, und redete ihm Arno Holz aus. Dann meldete Hauptmann sich aus Schreiberhau bei ihm, Thomas, in München und sagte, er habe soeben die entscheidende Unterredung gehabt und könne ihm wohl als Erster gratulieren. Seine Hand hatte geschwitzt am schwarzen Bakelitgriff des Hörers, er hatte einen Dank gestammelt, während es ihn zu schwindeln begann, und Hauptmann hatte am anderen Ende der Leitung gelacht, ein mächtiges Lachen mit tiefer Bärenstimme, und gesagt: »Die Sache ist … Daran werden Sie sich gewöhnen müssen. Erledigt. Bereiten Sie schon mal die Dankeskarten vor, bald werden … Also, auf Wiederhören.«

Vom Telegramm am 12. November bis zur feierlichen Preisverleihung in Stockholm blieben nicht einmal vier Wochen. Dieses Erlebnis im Konserthus gestern, König Gustav V. auf seinem thronartigen Stuhl, und wie er aufgestanden war, er, der König, zusammen mit dem Hofstaat und dem Publikum, als Geste der Ehrung für ihn, Thomas, und die mit ihm eintretenden Preisträger.

Wie dann jeder einzelne Nobelpreisempfänger zum König hatte treten müssen, um die Urkunde überreicht zu bekommen, dazu das Orchester, das den *Triumphmarsch* aus Verdis Oper *Aida* spielte, nichts war übrig geblieben von der nachdenklich hinnehmenden Gelassenheit, mit der er das Ganze hatte absolvieren wollen, er hatte eine süße Erschütterung gespürt, dass er jetzt zu Theodor Mommsen, Anatole France, Knut Hamsun und Gerhart Hauptmann aufgerückt war, quasi mit ihnen gemeinsam auf einer hohen Stufe stand, auch den Literaturnobelpreisträger George Bernard Shaw hatte er immer bewundert, neben Hamsun, dem Größten unter den Lebenden, und jetzt er, Thomas Mann, das erste Mal seit 1912, wo Gerhart Hauptmann den Preis erhalten hatte, dass ein Deutscher diese literarische Ehrung empfing. Ihm war plötzlich bewusst geworden, wie viele Hunderttausende in Deutschland künftig seine Bücher lesen würden, sie würden die Läden stürmen und seine Romane in jedes Haus des Landes tragen, und das internationale Interesse würde ebenfalls anschwellen.

Als ihm gerade vor Rührung und innerem Beben Tränen in die Augen stiegen, hatte er einen Blick von Katia aufgefangen, nüchtern, kühl, beinahe scherzhaft, der ihm zu sagen schien: Jetzt bleib mal auf dem Teppich, Tommy.

Und dann waren ja auch schon die ersten Kränkungen gekommen. Zuerst die Sache mit Louis-Victor de Broglie, einem Wissenschaftler aus Paris, der irgendetwas mit der Wellennatur des Elektrons entdeckt hatte und dafür den Nobelpreis für Physik erhielt. Ein seltsamer Kerl, dessen schwarzer Haarschopf einem Rasierpinsel glich. Nichts Repräsentatives ging von ihm aus, wie so oft bei Naturwissenschaftlern, es mangelte ihm entschieden an jeder Aura. Alle Nobelpreisträger, auch er, Thomas, hatte zum König, der inzwischen wieder auf seinem Thronstuhl Platz genommen hatte, treten müssen, um die Urkunde in Empfang zu nehmen, aber als Louis-Victor de Broglie an der Reihe war, stand der König auf und ging ihm entgegen, denn der Physiker war von Geblüt, er war der Sohn eines französischen Herzogs.

Und auch jetzt, beim festlichen Dinner, wurden Unterschiede gemacht. Das herrliche Damasttischtuch genügte nicht, man hatte, wo der König speiste, ein zusätzliches Spitzendeckchen aufgelegt. Und der König saß nicht etwa neben einem der Preisträger, sondern zwischen hochadeligen Damen. Normalsterbliche waren des Privilegs, an seiner Seite speisen zu dürfen, offenbar nicht würdig. Während livrierte Diener sie bedienten, stand hinter dem König ein spezieller Leiblakei, der nur ihn versorgte.

Das Schlimmste war die Urkunde gewesen. Eine Ohrfeige für ihn, eine persönliche Ohrfeige von Böök. Die Urkunde war in schwedischer

Sprache verfasst, er hatte gestern voller Stolz hineingesehen und war am Wort *Buddenbrooks* hängen geblieben, das erkannte er, und es verwirrte ihn, also bat er einen schwedischen Journalisten, ihm den Text der Urkunde zu übersetzen.

DIE SCHWEDISCHE AKADEMIE

hat bei ihrer Zusammenkunft am 12. November 1929
in Übereinstimmung mit den Vorschriften in dem von

Alfred Nobel

am 27. November 1895 verfassten Testament

THOMAS MANN

den diesjährigen Nobelpreis für Literatur zuerkannt,
in erster Linie für seinen großen Roman *Buddenbrooks*,
der im Laufe der Jahre immer größere Anerkennung
als eines der klassischen Werke
der zeitgenössischen Literatur erlangt hat.

Stockholm, den 10. Dezember 1929

Die *Buddenbrooks*? Der Lübecker Familienroman seiner Jugend? Das Buch war vor achtundzwanzig Jahren erschienen! Wenn ihm der Nobelpreis bloß für die *Buddenbrooks* gebührte, warum hatte er ihn dann nicht schon früher erhalten?

Die Bemerkung »in erster Linie für die Buddenbrooks« war ein gezielter Seitenhieb von Professor Böök, der den *Zauberberg* für missraten hielt. Professor Böök, der ihn seinerzeit für die *Betrachtungen eines Unpolitischen* so sehr gelobt hatte, den er einmal, es war wohl in den Faschingstagen des Jahres 1922 gewesen, versetzt hatte, als dieser ihn in München hatte aufsuchen wollen – Professor Böök hatte nun einmal die entscheidende Stimme bei der Vergabe des Nobelpreises, und er hatte, als der *Zauberberg* erschien, in einer Kritik im *Svenska Dagbladet* geschrieben, dieses Buch sei so eindeutig und ausschließlich deutsch, dass es in keine fremde Sprache übersetzt werden würde. Der Roman sei ein Beispiel deutscher Kraftverschwendung, ätzte er, und jeder Übersetzer könne einem leidtun, der ihn in eine europäische Sprache übertragen solle. Nun, er hatte sich geirrt, das Buch wurde in alle Sprachen übersetzt und ein Welterfolg. Es hatte ihn überhaupt erst international bekannt gemacht. Aus diesem Grunde hatte er jetzt den Nobelpreis bekommen, wegen des *Zauberbergs*, und Professor Böök ertrug es nicht, mit seiner Einschätzung fehlgegangen zu sein, deswegen stand in der Urkunde, der Preis sei in erster Linie wegen der *Buddenbrooks* verliehen worden. Man gab ihm also die höchsten literarischen Ehren und sagte ihm mit der Übergabe der Würdenschrift, dass er zuletzt einen schlechten Roman geschrieben habe. Kein Glück auf Erden ohne einen bitteren Beigeschmack. Er hatte doch recht gehabt, in seiner Dankesrede das Los seines Lieblingsheiligen zu beschwören: Sankt Sebastian, der Jüngling am Pfahl, den Schwerter und Pfeile von allen Seiten durchdringen, und der doch in Qualen lächelt. Anmut in der Qual.

Jetzt saß er hier, hob etwas Meerrettich auf seinen Lachs, spießte ihn auf und schob sich den Bissen in den Mund. Alle Herren trugen Frack, natürlich. Aber die meisten Preisträger waren Amerikaner. Sie plauderten locker und vergnügt. Er hingegen nahm die Auszeichnung wichtig. Er war jetzt ein bedeutender Repräsentant der deutschen Literatur. Er musste nach Kräften beitragen zum großen kulturellen Erbe des Westens und ein wenig mehr Freude und Erkenntnis verbreiten unter seinen Mitmenschen, und ihnen so dienen.

Der Ehrgeiz durfte nicht am Anfang stehen, nicht *vor* dem Werk. Er musste mit dem Werk heranwachsen und diesem mehr angehören als dem Ich des Künstlers. Nichts war verwerflicher als der abstrakte und vorsachliche Ehrgeiz, der Ehrgeiz an sich und unabhängig vom Werk, der bleiche Ehrgeiz des Ich.

Katia guckte ihn schon wieder so eigenartig an.

Jetzt beugte sie sich zu ihm herüber und sagte: »Ist doch Unsinn, dass jeder es gesellschaftlich nach ganz oben schaffen will. Jeder Mensch wird mit Begabungen geboren, mit einem eigenen Potenzial, das es zu heben gilt.«

»Durch Mühe und Fleiß«, sagte er.

»Meinetwegen. Aber glücklich wird man nicht, wenn man es nach oben schafft, sondern wenn man in Übereinstimmung mit seinem Potenzial lebt. Immer dieser Blick auf Leistung, bloß nicht von der Norm abweichen, hart an sich arbeiten, viel erreichen … Ist es nicht so, dass es immer eine Glockenkurve gibt, immer einige Hochintelligente, und einige Begriffsstutzigere, in der Mitte aber vor allem viele dazwischen? Ist es schlimm, dass nicht jeder es hierherschafft? Ich finde nicht. Wenn man auf Biegen und Brechen zu den extrem Erfolgreichen gehören will, obwohl man gar nicht die Prädisposition dafür hat, macht man sich doch sein Leben lang unglücklich. Der Mensch sollte nicht unterfordert sein, sondern gefordert, herausgefordert. Aber auch nicht Jahr um Jahr überfordert.«

Er verstand nicht, worauf sie hinauswollte. Dachte vielmehr daran, dass sie morgen im Haus des Verlegers Bonnier frühstücken würden. Anschließend würde er in Stockholm aus seinen Werken lesen, und dann ging es weiter nach Berlin. Sicher würden bald die Fragen kommen, was er mit dem Geld zu tun gedenke.

Wie entnervend es doch war, öffentlich und vor aller Augen in den Besitz einer solchen Geldsumme zu geraten. 190 000 Reichsmark, gehässig würden sie zu Tausenden die Hände danach ausstrecken, und er hatte die Wahl, ob er den »vom Mammon Verhärteten« oder den Schwachkopf spielte, um ihrer Gier zu entgehen.

Selma Lagerlöf erzählte Katia etwas, das ihn ablenkte, diese kleine, freundliche Schriftstellerin, die als erste Frau der Welt den Nobelpreis für Literatur erhalten hatte. Er wandte sich ihr zu. Gerade sagte sie, bei ihrem berühmtesten Werk, dem *Gösta Berling*, habe sie sich gar nichts gedacht, sie habe das Buch für ihre kleinen Nichten und Neffen geschrieben. Sie dachte, es sei etwas zum Lachen.

Katia wandte sich auf Englisch an ihn und fragte: »War es bei dir nicht ähnlich mit den *Buddenbrooks*, du hast sie immer deiner Familie vorgelesen, und die lachte, und ob da mehr sein würde, wusstest du damals noch nicht?«

Ja. Ja und nein. Plötzlich wurde ihm klar, was der Preis auch für ihn bedeutete: Nie würde er in den ganz individuellen, nutzlosen und spielerischen Frühzustand der Kunst zurückkehren können, wo Kunst noch nicht wusste, dass sie ›Kunst‹ war, und über sich selber lachte. Schon jetzt, in diesem Moment, vermisste er es, beim Schreiben der Fantasie die Zügel schießen zu lassen, wie es früher gewesen war.

Der Appetit war ihm vergangen. Katia warf ihm einen besorgten Blick zu, weil er das Besteck ablegte, sich die Mundwinkel mit der Serviette abtupfte und die restlichen Speisen nicht mehr anrührte.

Endlich war das festliche Mahl beendet, der Hagel von neuen Bekanntschaften setzte ein, man drückte sich die Hände, knüpfte Gespräche an, die von anderen Bekanntschaften sofort wieder abgerissen wurden.

Ein Journalist vom *Berliner Tageblatt* nahm ihn zur Seite und fragte leise: »Sie lassen das Geld doch in Stockholm stehen? Sie werden es hoffentlich nicht mit nach Deutschland nehmen?«

»Wieso?«, erwiderte er. »Natürlich nehmen wir es mit.«

Der Journalist machte ein ernstes Gesicht. »Lassen Sie es draußen stehen. Ich würde an Ihrer Stelle unbedingt so entscheiden.«

Wovon sprach der? Sie brauchten das Geld, um die Schulden ihrer Kinder Klaus und Erika nach der verschwenderischen Weltreise zu tilgen. Außerdem würde er davon den Bau des Sommerhauses in Nidden auf der Kurischen Nehrung bezahlen und zwei Autos finanzieren, eine Horch-Limousine und einen offenen Buick, hatte er sich überlegt.

Wieso sollte es unklug sein, das Geld nach Deutschland mitzunehmen?

Der Journalist wollte nicht weiter in die Details gehen. Er wehrte ab und verstummte, ohne einen Abschied entfernte er sich durch die Menge. Thomas sah, dass sich der Mann im Saal umblickte, als könnte man ihn unter Beobachtung haben, als drohte ihm Gefahr. Jetzt drehte er sich noch ein letztes Mal zu ihm, Thomas, um, und legte in einer kurzen, wie versehentlichen Geste zwei Finger an seine Lippen, zu weit oben, um das Symbol für »Bitte schweigen Sie« zu sein, eher sah es aus, als stellten die Finger einen Bart dar, einen schmalen Oberlippenbart.

Man fragte ihn, ob sie noch eine Aufnahme machen könnten. Er spürte in sich den alten Widerwillen aufsteigen, die bekannte Abneigung gegen das Fotografiertwerden. Wahrscheinlich war das krankhaft bei ihm. Ihn stieß das Objektiv ab, es machte ihn bange. »Lieber sitze ich stundenlang einem Zeichner oder Maler, so wie vor vier Jahren Max Liebermann in Berlin, genügen denn diese Porträtsitzungen nicht? Das Exponiertsein bei einem Foto ertrage ich nicht, da krampfen sich mir die Nerven zusammen, wenn ich auf diesen blind-sehenden, ich-losen Apparat blicke und er auf mich.«

Katia ermahnte ihn. Das gehöre nun mal zu einem Nobelpreis dazu. Sie schob ihn an die Stelle, wo die Fotografen ihn haben wollten, und raunte ihm, bevor sie aus dem Bild trat, noch zu, er solle diesmal bitte etwas entspannter wirken und sich nicht so verkrampfen.

»Aber ich finde es schrecklich, dieses Fotografiertwerden«, erwiderte er.

»Warum? Die Kamera tut dir nichts an.«

»Doch. Bei einem Maler weiß ich, dass er Wohlwollen empfindet mir gegenüber und mich im Guten malt. Die Kamera dagegen ist exakt. Sie hat kein Ich, keine Seele.«

Katia schüttelte den Kopf. »Sie nimmt dich doch nur auf, wie du bist.«

»Genau das erschreckt mich.«

21

Gusti trug ein Höschen aus glänzender, weicher Kunstseide. Er wagte kaum, es zu berühren. Zärtlich legte er die Fingerspitzen an seinen Saum und war wie elektrisiert. Sie zog ihn in eine wärmende Umarmung, hielt ihn, streichelte ihm den Nacken und den Rücken und das Gesäß. Dann entkleidete sie sich vollends. Es ging leicht, es gab kein Ringen um das Ob und Wie, um Stimmungen und Abhaltungen und Unmöglichkeiten. Sie begehrten einander, und sie fanden sich, und ihre Körper wussten, was zu tun war.

Dann lagen sie nebeneinander im Bett und schwiegen. Gusti wandte sich ihm zu. Sie hatte Tränen im Blick. Nie war ihm ihr Lächeln schöner erschienen. Er sah, dass sie wusste, was ihm drohte.

Atemzug für Atemzug kehrte die äußere feindliche Welt zurück, aus der das Begehren und die Erfüllung sie ein paar glückliche Augenblicke lang hinauskatapultiert hatten. Diese Welt lastete auf ihm, sie begann vor ihrem Haus, das harte Straßenpflaster, die Waffenproduktion, die schreckliche Zahl 18,3.

»Sie sind die zweitstärkste Partei nach den Sozialdemokraten geworden«, sagte Gusti.

»Ja, aber ich meine, was ist das für eine Partei, deren Anhänger nachts durch die Straßen gehen und ›Deutschland erwache!‹ brüllen, ich meine, die können die Leute doch nicht ernsthaft wählen.«

»18,3 Prozent«, wiederholte sie.

»Die Wirtschaftslage, wenn die sich erst gebessert hat, wenn es erst weniger Arbeitslose gibt ...«

»18,3 Prozent.«

»Aber bei den vorangegangenen Reichstagswahlen hatten sie nur zwei bis drei Prozent, sie haben doch gar nicht diesen Rückhalt in der Bevölkerung.«

Gusti schwieg.

Der Blutmai mit den vielen Toten. Die Wirtschaftskrise. Und jetzt, im September 1930, der Erdrutschsieg der Nazis. Millionen sozial Absinkender hatten den Ausschlag gegeben. Die Sieger feierten im Sportpalast, sie torkelten in seliger Besoffenheit. War dieser Sieg schon der Auftakt einer faschistischen Diktatur?

Das deutsche Bürgertum hängte sich verzweifelt an einen halbverrückten Schlawiner, der Deutschland vor der ganzen Welt blamierte. Dieser idiotische Wahlkampf, bei allen Parteien! Man hatte die Millionen Nichtwähler herauskitzeln wollen und war vor keinem Intelligenzopfer zurückgescheut. Jetzt hatte man das erbärmlichste Parlament, das jemals irgendwo zusammengewählt worden war. Die tragische Stunde der Republik hatte begonnen.

Musste man nicht Menschen sammeln, die zur Abwehr der Diktatur bereit waren und willens, den höchsten Einsatz zu bringen?

Er sah Gusti an, ihre leuchtenden klugen Augen, das junge Gesicht, das Lächeln. Er schämte sich. War seine Liebe zu ihr nicht egoistisch? Er wollte sie so lieben, dass alles Gute in ihr zutage treten konnte, mit stillen Respekt für sie.

War er überhaupt in der Lage, Gusti so zu lieben? Bei Maud hatte er versagt.

»Ich weiß«, sagte sie, »ich weiß.« Sie streichelte seine Augenbrauen und küsste ihn auf die Stirn. »Geh kämpfen, Carl.«

»Thomas Mann kommt nach Berlin, er hält einen Vortrag im Beethovensaal.« Er setzte sich im Bett auf. »Lass uns hingehen. Er wird

Stellung beziehen, länger kann er nicht mit seiner Meinung hinter dem Berg halten.«

»Du bewunderst ihn, oder?«

»Er ist ein Meister der deutschen Sprache. Mit einer ganz eigenen sublimen Ironie. Vor allem aber hat er eine Stimme, die gehört wird. Ich will wissen, ob wir auf ihn zählen können.«

Rosalinde ging an Carls Seite, das Gesicht der Zehnjährigen glühte vor Glück. Maud freute sich mit ihr, auch wenn ihr Carls Zögern die Sache gehörig verhagelt hatte. Carl trug den feinen Anzug und den Wappenring, und auch sie hatte sich geschminkt, und ihre Tochter hatte das beste Kleid angezogen. Niemand würde ahnen, wie arm sie waren.

Am Eingang Köthener Str. 32 ballten sich die Zuhörer, viele kamen zu Fuß so wie sie. Die Autos, mit denen einige Bedeutendere vorfuhren, wurden vom Volk umzingelt und zum Schritttempo gezwungen, es ließ sich nicht auf die Gehwege zurückdrängen in der schmalen Einfahrt zum rückwärtig gelegenen Beethovensaal.

Vor dem Nobelpreis hätte für Thomas Mann wohl der Meistersaal genügt, so wie auch für Kurt Tucholskys Lesungen. Jetzt wollten ihn tausend Menschen hören.

Warum hatte Carl anfangs nicht mit ihr zu Thomas Manns Vortrag gehen wollen? Weshalb hatte er gezögert, taktiert, Einwände vorgeschoben? Die einzige sinnvolle Erklärung für sein Verhalten war, dass er sich bereits mit jemand anderem dazu verabredet hatte – mit einer Frau.

Der Verdacht nagte seit einiger Zeit an ihr. Wer war sie? War es etwas Spontanes, Kleines, oder etwas länger Dauerndes? Die Verhältnisse hatten sich umgekehrt. Damals, als sie Carl in Hamburg kennengelernt hatte, war er ein einfacher Schreiber im Grundbuchamt gewesen. Ein schüchterner, unsicherer Junge. Sie hingegen war weltgewandt und selbstbewusst gewesen, ein leuchtender Stern. Sie hatte ihm aufgeholfen, hatte ihn aufgebaut. Und jetzt? Er war der strahlende Stern. Sie war neben ihm verblasst, weinte viel, war schwach geworden und von seiner Hilfe abhängig.

Sie sah alles vor sich: das Dammtor-Café. Das Marmortischchen. Sie hatte für ein Rendezvous dort gesessen und gewartet. Schon hatte sie verärgert gehen wollen, weil der Arzt, mit dem sie verabredet gewesen war, sie versetzt hatte. Da war ein blasser junger Mann herangetreten und hatte sich höflich, aber unbeholfen vorgestellt und seinen Bekannten entschuldigt, der wegen einer plötzlichen Operation verhindert sei.

Sie lud ihn ein, sich an ihren Tisch zu setzen.

Er fing an zu reden, und eine Verwandlung geschah: Beim Reden vergaß er seine Schüchternheit, die Wangen bekamen Farbe, die Augen leuchteten, und Worte sprudelten hervor, kluge Worte.

Wie viel er über die Suffragettenbewegung in England gewusst hatte! Sie erwähnte, dass sie aus Indien stammte und mit acht Jahren nach England gekommen war, und es schüchterte ihn nicht ein, auch nicht, dass sie im Hyde Park wie ihre Freundin Emmeline Pankhurst auf einer Seifenkiste gestanden und das Wahlrecht für Frauen gefordert hatte und von Scotland Yard wegen »Unruhestiftung« ins Gefängnis geworfen worden war. Er kannte nicht nur die Suffragetten, sondern schien wie sie entschlossen, die soziale Ungerechtigkeit, wo immer sie auftrat, anzuprangern und zu bekämpfen. Jung wie er war, hatte er doch ein Lebensziel klar vor Augen. Und dieses Lebensziel gefiel ihr.

Sie fragte ihn nach seinen Studienfächern, denn sie ging davon aus, dass er Akademiker war. Er aber gestand, dass er ein kleiner Angestellter im Grundbuchamt war und wegen der versäumten Reifeprüfung auch keine Aussicht auf Beförderung bestand.

Er müsse schreiben!, sagte sie, und er gab zu, er sei gezwungen, so viel anderweitig zu arbeiten, um zu überleben, dass er sich diesen Traum wohl werde aus dem Kopf schlagen müssen.

Damals war sie Gouvernante der Kinder des Oberbürgermeisters in Hamburg gewesen, gab Erwachsenen Englisch- und Bridge-Unterricht, unter anderem dem chilenischen Konsul und seiner Gattin und ihren drei Töchtern. Diese Kontakte mit Menschen unterschiedlichster Nationalitäten hatten sie fasziniert, immer erfuhr sie Interessantes aus aller Welt.

Der Alkohol war ebenfalls schon da gewesen.

Ihr Freund.

Ihr Feind.

Warum trinke ich?, fragte sie sich, während Carl, Rosalinde und sie der großen Marmortreppe in das Zwischengeschoss folgten und ihre Mäntel an der Garderobe abgaben.

Weil ich meine Mängel verbergen will. Meine Nervosität. Meine Angst, ungeliebt zu sein. Ich trinke, weil ich unglücklich bin, eigentlich dauerhaft unglücklich, seitdem Vater gestorben ist.

Damals war sie sieben gewesen. Er gehörte zu den angesehensten Dragonern des britischen Königs. Auch als ihn der Herzinfarkt ereilte, saß er auf dem Pferd. Die Mutter hatte sich ein Jahr später das Leben gewonnen, indem Sie absichtlich mit Typhuserregern versuchtes Wasser getrunken hatte.

Erinnerte der Alkohol sie nicht an ihre Kindheit in Indien? Vater hatte Whisky getrunken, die Whiskyflaschen standen zwischen Jagdstiefeln, Tigerfellen, Gewehren und seinen Pfeifen. Vielleicht gab ihr der Alkohol das Gefühl, Vater nahe zu sein?

Rosalinde hatte eine Säuferin zur Mutter. Tränen stiegen Maud in die Augen, während sie das Kind an Carls Seite betrachtete. Sie hatte geglaubt, sie würde eines Tages eine gute Mutter sein. Sie hatte gern mit Kindern gespielt, besaß Fantasie, und Kinder hatten immer Vertrauen zu ihr gefasst. Jetzt aber, wo sie ein eigenes Kind hatte, war sie so sehr von ihren inneren Kämpfen und Zweifeln absorbiert, dass sie keine Energie für Rosalinde übrig hatte. Dabei liebte sie ihre Kleine!

Sie liebte sie, wenn sie schlief, sie vermisste sie dann so sehr, dass sie Rosalinde wecken mochte. Aber wenn die Tochter wach war, empfand sie das Muttersein als eine unerfüllbare Aufgabe. Dabei machte Rosalinde alles selbstständig, die Schule, die Hausaufgaben, und verbrachte jeden Tag Stunden auf der Straße, ohne dass Carl oder sie wussten, wo ihr Kind war.

Eine schlechte Mutter war sie. Eine Versagerin.

Auch heute hatte sie wieder getrunken, um die Aufregung gut zu überstehen. Sie blinzelte die Tränen fort und versuchte, sich abzulenken. Gemeinsam stiegen sie die Treppe hinauf und betraten den Beethovensaal.

Sie war schon einmal hier gewesen zu einem Schallplattenkonzert. Vor dem geschlossenen Vorhang hatte sie mit den anderen Zuhörern dagesessen und den klug zusammengestellten Aufnahmen gelauscht, die den ganzen Raum erfüllten, als befänden sich die Sänger und Musiker hinter dem Vorhang.

Heute war der Vorhang geöffnet. Sie nahmen ihre Plätze ein, nahe der mahagonigetäfelten Wand.

»Es wird Ärger geben«, sagte Carl.

»Wieso?«

Er wies unauffällig auf die Ränge, wo sich eine große Gruppe junger Männer gesetzt hatte. Auf den ersten Blick fügten sie sich in das Publikum ein, sie trugen feine Anzüge und Hemden wie die anderen auch. Aber es war auffällig, dass sie beieinandersaßen wie ein Heuschreckenschwarm, nur Männer, keine Frauen. Sie glotzten herausfordernd, und ihre Anzüge saßen schlecht, sie waren sicher nur im Kostümverleih ausgeborgt.

»Tommy, es heißt, dass Goebbels eine Reihe SA-Schläger geschickt hat. Offenbar sind sie bereits im Saal. Die Veranstalter fragen, ob du deine Rede eventuell etwas kürzen kannst.« Katia sah ihn an.

Gerade erst hatte er sich über Lion Feuchtwanger geärgert, der ihn in seinem Roman *Erfolg* angriff. Bei einer Debatte zwischen Tüverlin, der sicher Feuchtwanger selbst darstellte, und Pröckl, mit dem er Bertolt Brecht meinte, hatte er darüber sinniert, wie falsch es war, während der gewaltigen Umwandlung der Welt die läppischen Gefühlchen einer sterbenden Gesellschaft festzuhalten und Sanatoriums- und Winterkurortpoesie zu schreiben, während der Planet zerrissen wurde vom Klassenkampf. Damit konnte nur der *Zauberberg* gemeint sein. Wenn er einmal gefragt wurde: »Und was hast du während dieser Zeit gemacht?«, was hatte er vorzuweisen? Während die Welt brannte, hatte er die Seelenregungen von Haustierchen beobachtet. So nannte es Feuchtwanger.

Warum kamen Brecht und Ludwig Thoma und Ganghofer und Marieluise Fleißer und Karl Valentin in dem Roman vor, selbst Ludendorff als General Vesemann, aber er, Thomas Mann, nicht, abgesehen von diesem Seitenhieb auf ihn? Ein Roman über die Künstlerszene in München, und er war wie ausradiert! Das ärgerte ihn. Sogar Brechts Lederjacke wurde parodiert, aber kein Wort von ihm, Thomas Mann.

Einziger Trost war das Bild »Josef und seine Brüder«, das in dem Roman eine zentrale Rolle spielte. Vielleicht meinte Feuchtwanger ihn damit.

Und die Nazis kriegten ihr Fett ab. Oh, er war mutig, der Feuchtwanger.

Ein Satz hatte ihn so geschmerzt, dass er ihn nicht wieder vergessen konnte. »Billiger als durch Ästhetik kann man seine Verpflichtungen gegen die Gesellschaft wirklich nicht loswerden.« Ihm war, als spräche Feuchtwanger damit zu ihm. Was produzierte er anderes als Ästhetik? War das wirklich eine Entschuldigung dafür, dass er nicht handelte? »Wer gesehen hat, hat die verdammte Pflicht, es zu sagen«, hieß es im Roman. »Ich hab's gesehen, und seitdem ich es sah, ist mir das Essen verekelt und das Schlafen und meine Arbeit und das Land, in dem ich lebe und immer gelebt habe. Das Unrecht, das ich sah, ist immer da, es ist rings um mich.« Warum ging es ihm nicht so? Warum ekelte ihn nicht vor dem Land, warum liebte er es immer noch? War mit ihm etwas nicht in Ordnung?

In *Mario und der Zauberer* war er, Thomas, nicht so mutig gewesen, er hatte Hitler und Goebbels zusammengefügt im Zauberer, immerhin trug der Zauberer eine Reitpeitsche, so wie Hitler, aber es war doch alles verborgen und vernebelt, nicht so klar und mutig herausgesagt wie bei Feuchtwanger.

Wusste Feuchtwanger, dass ihm sein Werk den Hals brechen konnte? Er grub sich wissentlich selbst eine Grube, das konnte kein Übermut sein, das musste ein Auftrag des Geistes sein, der keine Selbstschonung duldete und alle Furcht niederhielt.

Er drehte sich ein wenig im Sessel, sah zum Spiegel. Selbst hier im Künstlerraum, wo sonst Musiker ihre Instrumente stimmten und sich warm spielten, konnte man gedämpft die Stimmen der vielen Menschen im Saal hören.

Katia stand immer noch da und wartete auf eine Antwort.

Er stand auf, glättete mit einem Blick in den Spiegel seine Haare, die sich etwas widerspenstig vom Kopf abgestellt hatten, und sagte, indem er sich selbst anblickte, als spräche er zu sich: »Ich werde den ganzen Vortrag halten. Es wird nichts gekürzt.«

Dann nahm er sein Manuskript und ging an Katia vorbei zum Bühneneingang. Dort stand Hedwig Fischer, die Frau des Verlegers, bebend vor Nervosität. Sie wollte ihm etwas sagen, aber er schritt an ihr vorüber auf die Bühne.

Das Publikum applaudierte. Der Saal war sicher zwölf Meter hoch, im oberen Teil standen korinthische Säulen, davor zog sich ringsum ein Balkon mit weiteren Sitzplätzen. Die unteren Saalteile waren in tiefem Mahagoniton gehalten, während oberhalb das Weiß mit Vergoldung vorherrschte. Aus dem satten Rotbraun, aus dem Weiß, aus dem gleißenden Gold, aus der farbigen Pracht des Deckengemäldes entstand im Zusammenklang mit der festlichen Kleidung der Zuhörermenge und der üppigen Beleuchtung eine Festsymphonie.

Stille senkte sich über den Saal, während er auf seine Manuskriptblätter niederblickte. Er sprach mit fester Stimme in das Mikrofon.

Dass er sogar die Begrüßung ablas, würde die jungen Leute stören – die bewunderten bloß Redner, die frei sprachen, man solle »von der Leber weg reden«, das galt jetzt als authentischer.

Schon nach den ersten zehn Sätzen hörte er im Publikum ein Räuspern. Am Klang war zu erkennen, dass der Mann sich nicht unwillkürlich wegen einer Atembeschwernis, sondern mit voller Absicht räusperte. Er trat aus der im konzentrierten Zuhören geeinten Menge heraus, um die Andacht der Zuhörer zu stören. Und warum? Weil er sich selbst und allen anderen beweisen musste, dass er auch noch da war. Ihn ärgerte wohl, dass die Zuhörer ihm, Thomas Mann, so uneingeschränkt ihre Aufmerksamkeit schenkten, er konnte es nicht ertragen, dabei übersehen zu werden. Sein Räuspern war sehr nachdrücklich, vielleicht war es an die Dame neben ihm gerichtet, ein Räuspern aus Eifersucht.

Jetzt begann er auch noch zu husten. Das war gefährlich. Ein Husten zog oft weitere nach sich, es hatte wie das Gähnen etwas Ansteckendes. Dabei war er noch gar nicht zu den mutigen Passagen seiner Rede gekommen, die später die SA aufstacheln würden. Es ärgerte Thomas, er hatte tagelang über jeder Formulierung gebrütet, und jetzt wurde in seine Sätze hineingehustet.

Der Kerl wollte ihn stören. Man konnte ja zwischen den Sätzen husten, so wie rücksichtsvolle Konzertbesucher auf der Eins husteten, wo es weniger störte. Aber der da krächzte in den wichtigsten Teil des Satzes, um zu beweisen, dass ihn überhaupt nicht interessierte, was hier gesagt wurde. Jetzt traf den Störer ein böser Seitenblick seiner Begleiterin. Immerhin etwas.

Neunhundert Menschen in Atem und so zusammenzuhalten, dass die vorübergehende Gemeinschaft des Zuhörens sich nicht lockerte, war eine bedeutende Anstrengung. Husten im Saal war ein Zeichen beginnender Auflösung der Disziplin. Er versuchte, es durch rasches Weitergehen im Text zu ersticken, er drohte den Zuhörern damit, sie könnten Unersetzliches versäumen.

Er hatte sie wieder. Sorgfältig betonte er, setzte die Hand ein, um Schwerpunkte herauszustreichen. Aber in ihm vibrierte es. Die gefährlichen Textpassagen kamen näher. Thomas Mann mühte sich, nichts an seiner Stimmlage zu ändern, die Festigkeit beizubehalten. Da. Es ging los. Der Literaturnobelpreisträger nannte den Nationalsozialismus eine »Riesenwelle exzentrischer Barbarei und primitiv-massendemokratischer Jahrmarktsrohheit« mit »Massenkrampf, Budengeläut, Halleluja und derwischmäßigem Wiederholen monotoner Schlagworte, bis alles Schaum vor dem Munde hat«.

Auf der Galerie erhoben sich die Ersten. »Unsinn! Schluss!« Immer aggressiver wurden ihre Zwischenrufe und so laut, dass er zu sprechen aufhören musste. Ihn hörte ja niemand mehr. Es war deutlich, dass sie als Gruppe gekommen waren, etwa zwanzig junge Männer, Angehörige der SA, verkleidet in Abendgarderobe. Sie machten einen solchen Krach, dass sich die anderen Zuhörer im Saal nach ihnen umdrehten.

Viele schimpften auf die Störer, aber er spürte, dass von den gewöhnlichen Zuhörern auch manche mit ihnen sympathisierten. Das erschreckte ihn.

Er nestelte sein weißes Tuch hervor und rieb sich die Stirn trocken. Die Scheinwerfer erzeugten eine Gluthitze auf der Bühne. Als sich die Störer endlich wieder gesetzt hatten, fuhr er mit seiner Rede fort und fragte, ob das deutsch sei und ob »das Wunschbild einer primitiven, blutreinen, herzens- und verstandesschlichten, Hacken zusammenschlagenden, blauäugig gehorsamen und strammen Biederkeit, diese vollkommene nationale Simplizität in einem reifen, vielerfahrenen Kulturvolk wie dem deutschen« überhaupt verwirklicht werden könne.

Jetzt tobten sie endgültig auf dem Balkon. Das Publikum wandte sich erneut den SA-Störern zu, gediegene Herrschaften verloren die Fassung und riefen: »Wir wollen Thomas Mann hören. Ruhe da oben!«

Vom Seiteneingang der Bühne her zischte Hedwig Fischer: »Recht bald Schluss machen. Möglichst bald Schluss machen.«

Aber er würde nicht Schluss machen. Er würde seine Rede halten, ohne ein Wort auszulassen, auch wenn ihn der Kampf mit dem Saal auszuzehren begann. Stoisch sprach Thomas weiter. Was hatte die Fischer denn erwartet, bei einer Rede mit dem Titel: *Deutsche Ansprache. Ein Appell an die Vernunft*, hatte sie allen Ernstes auf etwas Mildes, bloß Literarisches gehofft, nach diesem Ergebnis der NSDAP bei den Wahlen?

Jetzt gab es Beifall im Saal für seinen Mut und seinen Durchhaltewillen, dazwischen weitere Störrufe der Nazis. Auf dem Balkon erschienen Polizisten. Sie nahmen die SA-Leute fest. Augenblick, war das da nicht Arnolt Bronnen, der eine Sonnenbrille trug? Das kahle Haupt, der gestutzte Schnurrbart, sie verrieten den ehemaligen linken Revoluzzer und lärmenden Theaterautor, der mittlerweile ein Freund von Goebbels geworden war. Und neben ihm, das musste Ernst Jünger sein. Er war doch ein begabter, gebildeter Autor, sein Porträt des Dandys Sturm als Meister des Unbeteiligtseins hatte ihn, Thomas, vor Jahren tagelang fasziniert. Wie konnte er es in dieser Gesellschaft aushalten, er passte nicht zu den Störern, auch wenn bekannt war, dass er ein Freund von Ludendorff und Bewunderer Hitlers war – das hier war doch nicht sein Niveau!

Wieder zischte Frau Fischer: »Möglichst bald Schluss machen!«

Sie strapazierte seine Nerven. Wenn sie so laut keifte, hörte man das in den ersten Sitzreihen, dann sah es aus, als würde er gegen den

Willen der Veranstalter unbedingt auf der Bühne bleiben wollen. Sonst war sie eine so kluge Frau und den Autoren zugewandt, auch als Lektorin. Heute schien sie gänzlich von der Angst vor einem Krawall im Saal beherrscht zu sein.

Schwierig würde es nachher draußen vor dem Gebäude werden. In den letzten Tagen hatte es etliche Schießereien mit Toten gegeben. Lauerte man ihm und Katia auf?

Er sah Katia in der ersten Reihe sitzen. Bruno Walter, ihr gemeinsamer Freund, musste ihr einen Platz frei gehalten haben. Sie sah ihn an wie einen griechischen Helden. Nicht oft hatte sie ihn so angeblickt, auf eine Weise, die ihn stärkte. Er brachte den Vortrag zu Ende.

In einem seltsam schwebenden Zustand zwischen Erhitztsein und Erleichterung betrat er, während im Saal noch der Applaus toste, das Künstlerzimmer. Katia eilte ebenfalls herbei. Noch ehe sie ein Wort wechseln konnten, stürzte Bruno Walter herein. »Kommen Sie, ich führe Sie auf der Hintertreppe hinunter. Man kann nicht wissen, was vorn passiert.«

Hastig kleideten sie sich an. Walter drängte zur Eile. Über Verbindungsgänge und die Hintertreppe gelangten sie ins Freie. Bruno Walter führte sie zu seinem Wagen, den er in einem Hof abgestellt hatte.

Eben noch war er der Held gewesen, er hatte seinen Vortrag gehalten trotz der Widerstände im Saal, trotz der Nachteile für sein berufliches Weiterkommen. Jetzt aber wandelte sich die Freude über seinen Sieg in ein Gefühl der Niederlage. Sie waren auf der Flucht. Der Applaus der Zuhörer war aus dem Saal nicht nach draußen gedrungen. Hier herrschten dunkle Kräfte, an deren Macht er mit seiner Rede kaum gekratzt hatte.

In der *Vossischen Zeitung* hatten sie ihn, als er den Nobelpreis erhielt, in einer fulminanten Ehrung »den Sprecher seiner Nation« genannt, der von der Welt belohnt worden sei. Was war ein Sprecher wert, der nur sagen durfte, was den Regierenden behagte?

Ich saß wie benommen im Saal. Um mich herum begannen die Leute, erhitzt über Thomas Manns Rede zu debattieren. Sein Mut beeindruckte mich. Während ich Befehle befolgte, hatte er sich in einem einzigen Befreiungsschlag aller politischen Vorsicht entledigt und Position bezogen. Er hatte die frühere, auf Ausgleich bedachte Politik von Gustav Stresemann gerühmt und gesagt, der Platz des gesitteten Bürgertums sei jetzt ausschließlich an der Seite der Sozialdemokratie.

Das würde Folgen haben, spürbare Folgen für Thomas Mann. Ein Fotograf des *Völkischen Beobachters* hatte Aufnahmen gemacht, gerade als sich das gesamte Publikum zu den Störern auf den Balkonen umgedreht hatte. Sicher würde das Bild morgen in der Zeitung abgedruckt werden, mit einer gehässigen Unterschrift wie: »Thomas Mann hält einen Vortrag.« Es würde aussehen, als hätte das ganze Publikum ihn in einer gemeinschaftlichen Aktion boykottiert. Zumindest würde allen Nationalsozialisten von nun an klar sein, dass er als ihr Feind zu betrachten war.

Auch Gusti saß noch auf ihrem Platz. Ich sah Tränen in ihren Augen glitzern. Ich konnte mir den Verlauf denken: Carl war mit ihr verabredet gewesen und stattdessen unerwartet mit Maud und Rosalinde aufgetaucht und hatte alle Blicke Gustis eisern ignoriert, um sich nicht vor Maud offenbaren zu müssen. Inzwischen war er mit seiner Familie längst gegangen.

Einem plötzlichen Impuls folgend, stand ich auf und ging zu ihr. Ich legte ihr die Hand auf den Arm.

Sie wischte sich die Tränen aus dem Gesicht. Deutlicher denn je sah ich, wie hübsch diese Frau war, die ich über Monate hinweg beschattet hatte.

»Wer sind Sie?«, fragte sie.

»Bringen Sie ihn dazu, das Land zu verlassen.«

»Sie meinen Carl?«

Ich nickte.

»Wegen des Fliegerprozesses?«

Wieder nickte ich.

»Sie sind Polizist.« Ihre Miene verschloss sich.

»Politische Polizei.«

»Als würde das etwas besser machen.« Sie nahm ein Taschentuch aus ihrer Handtasche. »Man kann ihm nicht den Prozess machen, das wäre ein öffentliches Eingeständnis, dass die Sache mit der heimlichen Aufrüstung wahr ist. Das Ausland wartet doch nur darauf.«

»Genau so argumentiert das Außenministerium. Aber glauben Sie mir, der Prozess wird kommen.«

22

Wochenlang ging mir die Stimmung im Beethovensaal an jenem 17. Oktober 1930 nicht aus dem Kopf, oder genauer gesagt, nicht aus dem Bauch. Ich konnte kaum Ruhe finden, verspürte Tag und Nacht einen Rest jenes nervösen Summens im Leib, das mich während Thomas Manns Rede befallen hatte. Auch im Zug nach München dachte ich noch daran. Und an etwas, das mir Grund zu großer Sorge gab. Mein Mut war nicht auf der großen Bühne zu sehen gewesen wie der von Thomas Mann. Aber ich hatte einen Verdächtigen, gegen den im Geheimen der Prozess vorbereitet wurde, zur Flucht aufgefordert. Das war mit meiner Arbeit im Dienst der Politischen Polizei schlicht unvereinbar.

Mein Gewissen ließ mir auch in anderer Hinsicht keine Ruhe: Wäre ich damals am 7. März 1929 im Flughafen gleich auf Carl und den Artikelschreiber zugegangen, hätte ich die Veröffentlichung noch ohne großes Aufsehen verhindern können. Ich hatte das nicht getan, in der wahnwitzigen Vorstellung, damit die Kriegsvorbereitungen aufzuhalten.

Trug ich nicht eine Mitschuld? So wie fast immer, wenn ein Unrecht geschah, für das neben dem Haupttäter eine Anzahl an Nebentätern verantwortlich waren, die aber unbekannt blieben. Nebentäter, die durch Unterlassungen, bösartige Anregungen, Schaffen einer Gelegenheit oder übermäßigen Erfolgsdruck den Täter beeinflusst hatten. Vor Gericht gestellt wurde meist nur der Ausführende. Dabei hätten die Entscheidungen der Nebentäter das Ganze an vielen kleinen Abzweigungen verhindern können, eine Hilfestellung hier, ein gutes Wort da, eine erlassene Forderung oder ein Einschreiten zu rechter Stunde, und ein Verbrechen wäre nie geschehen.

Wir fuhren in die Stadt ein. Der Zug kam im Hauptbahnhof zum Halten. Ich zog mich an, nahm meinen Koffer und stieg aus. München war tief verschneit und wirkte friedlich. Arbeitslose schufteten mit Schneeschiebern auf den Gehsteigen. Zuerst meinte ich, die Stadt könnte mir fremd geworden sein, jetzt, wo sich meine Wohnung in Berlin befand, aber ich war erleichtert, die vertrauten Wege zu sehen.

Auf dem Weg zum Hotel passierte ich den Justizpalast, der sich zwischen Hauptbahnhof und Karlsplatz erhob. Morgen würde hier die Hauptverhandlung gegen Franz Tausend beginnen. Im Schneetreiben sah das neobarocke Gebäude mit der gläsernen Lichtkuppel aus wie ein Märchenschloss, ganz so, als würden sich morgen dort Rumpelstilzchen und die schöne Müllerstochter einfinden und darüber streiten, ob aus Stroh Gold zu spinnen war.

Kriminaloberinspektor Mauck hatte meine Vorladung als Zeuge genehmigt und damit sein Wort gebrochen, auf der Amtsverschwiegenheit zu bestehen. Polizeipräsident Karl Mantel, der mir hätte helfen können, war nach kurzer schwerer Krankheit verstorben, wie ich gehört hatte. Sein Nachfolger bekämpfte zwar tapfer die Schlägertrupps der NSDAP, aber wenn er SA-Mitglieder festnehmen lassen hatte, ließ die Justiz, die aufseiten der NSDAP stand, die Maßnahme ins Leere laufen. Ich würde vor Gericht für mich selbst stehen.

Die Frage war, wie die Staatsanwaltschaft überhaupt auf mich gekommen war. Nur durch den Zeitungsartikel damals? Mauck hatte meine Notizen sicher vernichtet. Hatte einer der geprellten Industriellen mich gemeldet? Oder gar Elisabeth?

Gut möglich, dass wir uns als Zeugen morgen wiedersahen. Ich blickte der Begegnung mit großer Unsicherheit entgegen. Nachdem ich meinen Koffer hinaufgebracht hatte, saß ich auf dem Hotelzimmerbett und malte mir aus, wie es wäre, sie heute noch aufzusuchen, damit wir uns nicht nach der langen Zeit erst vor Gericht wiederbegegneten. In meiner Vorstellung sah ich die enttäuschten Gesichter der Kinder. Und Elisabeth! Sie würde wissen, dass ich wegen der Vorladung nach München gekommen war und nicht ihretwegen. Was sollte ich ihr sagen?

Ich ging auf Wanderschaft durch die Stadt. Als mir kalt wurde, setzte ich mich ins Café Luitpold. Aber am hübschen Tischchen zu sitzen, Kaffee zu schlürfen und Kuchen zu gabeln, verstärkte in mir nur noch das Gefühl von Einsamkeit. Ich stellte mir vor, dass Elisabeth durch die Tür käme und sich zu mir an den Tisch setzen würde, und wie ich ihr eine heiße Schokolade mit Schlagsahne bestellte. Ich hätte gern mit ihr hier gesessen.

Draußen vor dem Fenster fiel der Schnee in dicken Flocken. Eine ungarische Musikkapelle spielte. Als sie eine Pause machte, hörte ich ein Gespräch am Nebentisch mit. Leute, die offenbar von der Arbeitslosigkeit nicht betroffen waren – sonst säßen sie hier nicht gemütlich im Café und äßen teure Sachertorte –, regten sich darüber auf, dass bei der schlechten Wirtschaftslage ausländische Musiker gebucht worden seien anstatt deutsche, die es doch bitter nötig hätten. Je länger das Gespräch lief, desto absurder wurde es. Meine Tischnachbarn verstiegen sich in Forderungen, dass fremde Sprachen in der Volksschule keinen Platz hätten und dass das Eingehen einer Ehe eines deutschen Staatsbürgers mit Angehörigen eines anderen Volkes den Verlust der Staatsbürgerschaft nach sich ziehen müsse.

Ich bezahlte Kaffee und Kuchen, ging zu ihnen hinüber und sagte: »Sie würden wohl gern wieder eine Inquisition haben und alle Andersdenkenden als Ketzer verfolgen, was?«

Verblüfft sahen sie zu mir hoch. Ich nahm Hut und Mantel von der Garderobe und verließ das Café, während in meinem Rücken die

Empörung über meinen Kommentar immer lauter wurde. Die kalte Winterluft schlug mir entgegen wie eine Wand. Ohne Umwege stapfte ich zurück zum Hotel. Ich verwandelte mich in eine Miniaturausgabe von Carl von Ossietzky. Hatte ich ihn zu intensiv beobachtet? Zu viele seiner Texte gelesen? Stück für Stück übernahm ich seine Sicht auf die Welt.

Nach einer unruhigen Nacht und einem Marmeladenbrot im Frühstücksraum des Hotels ging ich zum Friseur. Als dieser nach getaner Arbeit die Schere beiseitelegte und mir den Spiegel vorhielt, fühlte ich mich durch den Haarschnitt mir selbst entfremdet: der kurz geschorene dicke Mann im Spiegel, das war nicht ich. Statt durch den Haarschnitt Selbstsicherheit zu gewinnen, wie erhofft, war das Gegenteil eingetreten. Ich zahlte, kehrte ins Hotel zurück und zog Hemd und Anzug an. Trotz des Umhangs und der Kreppkrause beim Friseur waren mir unzählige Haare in den Kragen gefallen, die mich jetzt stachen. Aber die Zeit drängte. Ich putzte mir noch einmal die Zähne, bevor ich mich auf den Weg zum Justizpalast machte. Unterwegs kaufte ich eine Zeitung.

Das Gebäude war mir von einigen Gerichtsverfahren vertraut, die ich miterlebt hatte. Heute aber fühlte ich mich wie ein Schüler, der vor die Prüfungskommission geladen worden war, in einem Fach, das er nicht beherrschte.

Im Flur vor dem Gerichtssaal begegnete ich Elisabeth. Auch sie trug ihr Haar jetzt etwas kürzer, die Locken hingen gerade noch bis zu den Schultern herab. Sie musterte mich mit ihren wasserhellen Augen. Sie schien nicht erstaunt zu sein, mich zu sehen.

Am liebsten wäre ich auf der Stelle umgekehrt und hätte das Haus, was sage ich, die Stadt oder gar das Land verlassen. Ich schämte mich so sehr. Irgendwie schaffte ich die Schritte zu ihr hin. Als ich vor ihr stand, hörte ich mich sagen: »Elisabeth, bitte verzeih, ich wusste nicht … wusste nicht …«

»Sie müssen sich nicht entschuldigen. Sie haben viel für uns getan.«

Dass sie mich wieder siezte, bewies, wie sehr ich sie verletzt hatte. »Ich hatte immer vor, Sie zu besuchen oder Ihnen zu schreiben.«

»Dazu waren Sie nicht verpflichtet.«

Das Gesicht wurde mir kalt, weil mir alles Blut daraus entwich, während mein Hals vor Hitze und Scham kochte. Ich nahm meinen Mut zusammen und sagte: »Aber ich wollte es.«

Die anderen Zeugen, die auf den Wartebänken saßen, sahen interessiert zu uns herüber, und der Blick der Wachtmeisterin ruhte ebenfalls auf uns. Leise fragte ich: »Bitte, wie geht es den Kindern? Es war gerade kurz vor Weihnachten, als ich nach Berlin gezogen bin.«

»Wir haben ein Mensch-ärgere-dich-nicht-Spiel. Und ein altes Märchenbuch, aus dem ich im Winter vorlese. Das Spiel und das Buch standen das ganze Jahr über auf dem Kleiderschrank und waren verboten, zu Weihnachten hab ich sie eingepackt, und die Kinder konnten sie auspacken und damit spielen bis zum Dreikönigstag. Dann habe ich den Weihnachtsbaum zerhackt und verheizt, und die Geschenke sind wieder auf den Kleiderschrank hinaufgewandert. So wie jedes Jahr.«

»Verstehe.« Ich musste mich räuspern.

Meine Frage hatte in ihren Augen Zorn funkeln lassen. Sie fuhr fort: »Ich würde es mir auch anders vorstellen. In der Schule sollten sie einen Weihnachtsaufsatz schreiben. Die Jungs sollten darin sagen, was sie sich wünschen, und sie haben sich nicht mal getraut, ihre bescheidenen Wünsche zu nennen, der Aufsatz von Paul fing so an: ›Wenn meine Mutter nicht arbeitslos wäre, würde ich mir einen Atlas und einen Zirkel wünschen.‹ Und der von Anton: ›Ich hätte mir Schlittschuhe gewünscht.‹ So ein Aufsatzthema ist nicht gut, das müssen sie doch in der Schule wissen in solchen Zeiten, ich meine, nicht nur wir sind in Not, auch andere. Aber man hat da kein Verständnis.

Anton kam neulich mit zerschundenen Händen nach Hause. Er war zu spät zur Schule gekommen, weil ich am frühen Morgen Milch austrage, um etwas dazuzuverdienen, und er die Zeit vergessen hat. Da musste er seine Hände ausstrecken und hat Schläge mit dem Rohrstock gekriegt, und weil die Hände vom Schulweg durchfroren waren, hat es besonders wehgetan. Und dann waren seine Finger angeschwollen und er konnte nicht gut schreiben, und hat wieder Schläge gekriegt, wegen schlechter Schrift. Aber wenn den Kindern in der Schule das Brot von anderen Kindern gestohlen wird, oder die Größeren es ihnen unter Androhung von Schlägen abpressen, das übersehen die Lehrer.«

Ich klammerte mich an den einzigen Hoffnungsschimmer in ihrer Erzählung. »Also haben Sie eine Arbeit? Sie tragen Milch aus?«

»Es ist keine gewöhnliche, bezahlte Arbeit. Ich bekomme zum Lohn einen Anteil Milch für meine Kinder.« Sie warf einen kurzen, prüfenden Blick auf die Wachtmeisterin.

Die sah peinlich berührt weg.

Ich begriff: Auch wenn sie nicht bar bezahlt wurde, müsste sie die Tätigkeit eigentlich melden. Sie würde dann die Arbeitslosenunterstützung verlieren.

Elisabeth nahm eine aufrechtere Haltung ein, lächelte sogar. »Nein, es geht uns gut. Wirklich. Den Umständen entsprechend gut.«

Wir wurden zur Zeugenbelehrung hineingerufen. Ich konnte den Ausführungen über unsere Pflichten kaum folgen, weil ich ständig auf Elisabeths Rücken sah, die mit einigen anderen vor mir stand. Man schickte uns wieder nach draußen. Der Saal füllte sich mit Publikum, wir hatten im Flur zu warten. Kurz nach Prozessbeginn wurde Elisabeth hineingerufen.

Ich setzte mich auf den freien Platz auf der Bank. Kein Geräusch drang aus dem Saal. Die Zeit verstrich endlos langsam: Ich blätterte in der *Münchener Zeitung*, las etwas von den Unruhen in Spanien, von der Finanzkrise und davon, dass es hierzulande bald sechs Millionen Arbeitslose gab. Nervös blickte ich auf die Uhr. Entweder berichtete Elisabeth sehr ausführlich, oder sie wurde arg in die Mangel genommen. Oder war der Prozess längst weitergegangen und Elisabeth kehrte nur deshalb nicht zurück, weil sie sich nach ihrer Zeugenaussage in die Zuhörerbänke gesetzt hatte? Gern hätte ich mich davongeschlichen. Aber ich hatte hier zu sitzen, nur durch die Saaltür und ein paar Meter Luft von der Frau getrennt, die ich liebte und bitter enttäuscht hatte. Und von dem Betrüger, dem wir unsere Begegnung überhaupt erst verdankten.

Die Tür öffnete sich. Ein Wachtmeister sagte meinen Namen. Ich folgte ihm in den Saal und ging nach vorn. Der stellvertretende Landgerichtsdirektor Dr. Geist saß der Verhandlung als Amtsrichter vor, ich hatte schon etliche Gerichtstermine unter seiner Ägide absolviert, aber er hatte sich vorhin bei der Belehrung nicht anmerken lassen, dass er mich erkannte. Landgerichtsrat Vogt war der zweite Amtsrichter, die Hauptschöffen kannte ich nicht.

Franz Tausend sah mich einmal kurz an. Er wirkte nicht eingeschüchtert, eher so, als sei die Verhandlung ein Geschäftstermin, den er zu absolvieren hatte und nach dessen Abschluss er beschwingt ins Labor zurückkehren würde.

Ich fragte mich, wie die erste Stunde verlaufen war, die ich durch das Warten vor dem Saal versäumt hatte. Nach Tausends Anblick zu urteilen, stand es gut für ihn. Im Publikum entdeckte ich jetzt seine Frau Herta und seinen Vertrauten Rudolf Reinhardt.

Man fragte mich nach meinem Namen.

»Heinrich Ahrndt«, sagte ich.

»Alter und Beruf?«

»Neunundvierzig. Kriminalpolizist.«

»Wohnort?«

»Berlin.«

Der Staatsanwalt ließ mich von meinem Erlebnis auf dem Steinberg in Gilching berichten. Über die Gründe, die mich ins Labor des Goldmachers gebracht hatten, verlor er kein Wort, und ich tat es ebenso wenig. Es war wie eine unausgesprochene Vereinbarung zwischen uns: Ich schützte Mauck, und der Staatsanwalt schützte dafür mich, indem er meinen Fauxpas verschwieg, der zur öffentlichen Vorverurteilung des Angeklagten in der Presse geführt hatte.

Dann aber nahm mich Tausends Verteidiger, ein schlanker Mann in den Vierzigern, ins Verhör. Gleich die erste Frage brachte mich aus dem Gleichgewicht. »Ihr Familienstand?«

»Ledig«, sagte ich nach kurzem Zögern.

»So, ledig.« Der Verteidiger sprach das Wort aus, als wäre es unsittlich. »Ist es wahr, dass Elisabeth Loibl wochenlang bei Ihnen gewohnt hat?«

Ich schluckte. »Ich habe während dieser Zeit selbstverständlich im Hotel gelebt. Man hat Frau Loibl vor ihrem Haus aufgelauert und ihren Sohn verprügelt. Ich wollte sie schützen.«

»Ist es eine übliche Maßnahme von Polizeibeamten, bedrohte Frauen bei sich zu Hause aufzunehmen?«

Leise gestand ich: »Ist es nicht, nein.«

»Wie bitte? Ich verstehe Sie nicht.«

Nach einem Räuspern sagte ich mit festerer Stimme: »Nein.«

»Waren Sie ein Paar?«

Mir wurde schwindelig.

Er wiederholte es mit Nachdruck: »Waren Elisabeth Loibl und Sie ein Paar?«

Ich blickte Hilfe suchend zum Staatsanwalt hinüber, der aber die Unterarme auf dem Tisch abstützte, sich vorbeugte und mich wie ein seltenes Tier musterte. Ich suchte Elisabeth im Publikum. In der vorletzten Reihe fand ich sie. Ihr Blick glühte. »Nein«, sagte ich heiser, »das waren wir nicht.«

»Sie hat wochenlang bei Ihnen gewohnt, und Sie sind sich nicht nähergekommen?«

»Wie ich schon sagte: Ich habe in dieser Zeit Nacht für Nacht im Hotel Marienbad geschlafen. Sie können das überprüfen. Ich kann Ihnen gern die Nummer geben, falls Sie der Rechercheaufwand abschreckt.«

Gelächter im Publikum.

»Eine hübsche Frau in einer solchen Notlage, und Sie haben das nicht ausgenutzt? Ich sage Ihnen, was geschehen ist. Sie haben Elisabeth Loibl Hilfe angeboten im Gegenzug für Zärtlichkeiten. Sie haben ihr eingeredet, eine Pressekampagne gegen Franz Tausend würde ihr Geld einbringen. Dann sind Sie mit ihr zur Redaktion der *Münchener Post* gegangen und haben den sensationslüsternen Journalisten eine Lügengeschichte aufgetischt und damit einen der fähigsten Wissenschaftler diffamiert, den wir im Deutschen Reich haben.«

So sahen die das also, es war eine Verschwörung von Elisabeth und mir, und eigentlich war gar nichts Strafwürdiges geschehen. »Hören Sie, das ist lächerlich. Niemals würde ich als Polizist Geld von einer Zeitung annehmen, auch nicht für jem–«

»Ach nein«, unterbrach er mich, »es ging nicht um Geld? Haben Sie keine Unterstützung von Eduard Kahlen-Hunte angenommen?«

Ich schrak zusammen, woher wusste er das? War er von Kahlen-Hunte eingewiesen worden? Der Industriemagnat saß nicht im Saal, aber sicher wusste er von diesem Verfahren gegen Franz Tausend. Lief hier womöglich alles nach seiner Regie? Versuchte er, Tausends Kopf aus der Schlinge zu ziehen? Mir gegenüber hatte er geklungen, als hätte er den Goldmacher längst abgeschrieben.

»Ich habe, und das wiederhole ich gern unter Eid, weder von einer Zeitung noch von Herrn Kahlen-Hunte jemals finanzielle Zuwendungen erhalten. Herr Kahlen-Hunte hat mir nur einen ganz gewöhnlichen Ratschlag gegeben, der mit dieser Sache hier nichts zu tun hat.«

»Keine weiteren Fragen«, sagte der Verteidiger. Ich wurde aus dem Zeugenstand entlassen. Mich zu Elisabeth ins Publikum zu setzen wagte ich nicht. Ich fand einen freien Platz weiter vorn.

Was mir in der nächsten Stunde zu Ohren kam, verschlug mir den Atem. Der Goldmacher hatte 1913 in Ludwigshafen eine »Wissenschaftliche Geigen-Prüfungsstelle« gegründet und dort Geigenbesitzern gegen Geld Gutachten über deren Instrumente ausgestellt, bis er schließlich ein Geheimverfahren entwickelte, das einer einfachen Geige den Klang einer Stradivari verleihen sollte. In Wahrheit bepinselte er neue Geigen nur mit altem Lack, sodass sie anschließend gedämpfter klangen. Als die Masche nicht mehr funktionierte, gründete er in der Inflationszeit den »Bund der Familienfreunde« und täuschte seinen nahen und fernen Verwandten vor, gegen Geldeinlagen Lebensmittel zu beschaffen. Er nahm reichlich Geld ein. Niemand sah jemals ein Gramm Butter.

Schließlich verkaufte er »Unavera-Elektrol« mit der Behauptung, das Präparat löse den Kalkgehalt der Zellen, befreie sie von der Krankheit und das Haar bekomme wieder seine natürliche Farbe. Außerdem stille das angeblich radioaktive Präparat, wenn man es auf Wunden bringe, auch jede Blutung und überziehe die Wunde mit einer Art künstlicher Haut.

Der »Sopholith« hingegen, ein von ihm entwickelter Apparat, sollte innere Krankheiten ohne Medizin und Operation heilen.

Einmal blickte ich ins Publikum und sah, dass Herta Tausend immer tiefer ins sich zusammensank.

Professor Dr. August Bostroem, Oberarzt an der Psychiatrischen Klinik München, wurde von der Anklage als Sachverständiger aufgerufen. Er habe Franz Tausend auf Anordnung des Gerichts sechs Wochen lang untersucht, erklärte er. Mit einer gewissen Selbstgefälligkeit erging sich der Psychiater in detaillierten Beobachtungen und Diagnosen, bis er endlich auf den Punkt kam. »Tausend hat ein starkes

Selbstbewusstsein. Aus diesem Grund wirkt er auf andere Personen überzeugend. Geltungssucht ist die treibende Kraft seiner Handlungen. Tausend hat das Bedürfnis, Wunder zu wirken, und es liegt ihm weniger an der Erfindung als daran, ein Erfinder zu sein.«

Schließlich kam die Rolle von General a.D. Erich Ludendorff zur Sprache. Der Name allein weckte neues Interesse im Publikum. Er war – wegen Krankheit – nicht anwesend, aber es hieß, er sei zusammen mit Alfred Mannesmann Gründungsmitglied der Geheimgesellschaft 164 gewesen. Woche um Woche war Ludendorff zwei- bis dreimal hinaus nach Gilching gefahren, um sich vom Stand der Arbeiten ein Bild zu machen. Auch zwei Wiener Bankdirektoren gehörten zu den Geschädigten, aber weder sie noch Ludendorff noch Mannesmann oder die anderen Industriellen waren bereit gewesen, vor Gericht zu erscheinen und gegen Franz Tausend auszusagen, jeder schützte etwas vor: Freiherr von Plettenberg-Mehrum, leitendes Aufsichtsratsmitglied der Hapag, musste angeblich dringend nach Südamerika. Andere waren zu alt oder zu krank. Dass sie sich von ihm hatten täuschen lassen und ihm Hunderttausende in den Rachen geworfen hatten, war ihnen offenbar peinlich. Eigentümlicherweise fiel nur einmal kurz der Name Kahlen-Hunte, obwohl mein Eindruck in Gilching gewesen war, dass er zu den zentralen Gestalten der Gesellschaft gehörte.

Die Frage, wie kluge und geschäftstüchtige Männer auf ihn hatten reinfallen können, wurde nicht gestellt. Dabei stand sie für mich übergroß im Raum.

Der Staatsanwalt begann Franz Tausend zu befragen.

Tausend sagte: »Ich habe den Investoren gegenüber niemals von ›Gold‹ gesprochen. Ich sprach von ›Produkt 164‹. Das ist das Ausgangsmaterial. Gut möglich, dass manche meinten, sie hätten ›Gold‹ verstanden.«

»Es hat also kein Gold gegeben?«

»Selbstverständlich gibt es Gold. Ich habe ja Gold erzeugt, das konnte ich während der Haftzeit am 3. Oktober 1929 unter gerichtlicher Aufsicht im Bayerischen Münzamt beweisen. Das Gold lagert in gewissen Tresoren. Damit sind auch die Gutscheine gedeckt, die ich ausgegeben habe.«

»Wo befinden sich diese Tresore?«

»Dazu mache ich keine Angaben.«

Es gab Gelächter im Publikum, wobei einige auch unverhohlene Sympathie mit diesem Mann bezeugten, der aus einfachen Verhältnissen kam und die Elite des Landes zum Narren hielt.

Ein Chemiker, den der Staatsanwalt als Sachverständigen aufrief, erklärte, das Verhältnis von Feingold zu Feinsilber im Goldkorn, das Franz Tausend während seiner Haft hergestellt habe, entspreche genau der Legierung von Federn, die sich an Füllfederhaltern befinden. Man solle nur das Schreibgerät heranschaffen, das ihm zur Verfügung gestanden habe, und werde entdecken, dass er dort etwas abgezwackt habe.

Ich hörte fassungslos zu, als die Anwesen aufgezählt wurden, die Tausend sich erschlichen hatte, nicht nur das Schloss Paschbach, von dem ich wusste, sondern auch Schloss Eppan und Schloss Tharandt, dessen Renovierungsbedarf ihn allerdings finanziell überforderte, dazu noch eine Wohnung in Dresden. Schließlich vertagte sich das Gericht, und wir verließen den Saal. Ich suchte Elisabeth.

Draußen am stillen, verschneiten Brunnen fand ich sie. Ihr grauer Filzmantel war etwas abgegriffen, aber er betonte ihre Figur. Sie wandte sich um, als ich mich näherte, und sah mich ruhig an, als habe sie bereits erwartet, dass ich ihr nachgehen würde. Sie sagte: »Weißt du, an wen du mich erinnerst? Gegenüber von uns wohnt ein ehemaliger Straßenbahnschaffner mit seiner Familie. Er hat durch das Rütteln im fahrenden Straßenbahnwagen ein Magenleiden bekommen und konnte seinen Beruf nicht mehr ausüben, jetzt ist er bei der städtischen

Straßenbahn im Innendienst angestellt. Klingt großartig. Im Grunde bearbeitet er die täglichen Abrechnungen der Straßenbahnschaffner, mehr ist es auch nicht.«

Ihr Atem brachte weiße Wölkchen vor ihren bezaubernden Mund, die sich rasch in der kalten Luft in Nichts auflösten. Und die Kälte rötete Elisabeths Wangen, was die hellen Schneeaugen noch klarer erscheinen ließ.

»Sein Monatslohn sind neunzig Mark, das habe ich durch die schwatzhafte Nachbarin erfahren. Auch nicht mehr, als Günther als Maurergeselle nach Hause gebracht hat. Aber er tut so, als wäre er ein Vertreter des Staatsapparats. Gut, seine Familie fährt kostenlos, und er ist pensionsberechtigt. Aber nur, weil er bei der Stadt angestellt ist, muss er sich als kleiner Beamter nicht so aufführen. Er verbietet seinen Kindern, mit meinen Kindern zu spielen, und wenn wir uns auf der Straße begegnen, grüßt er nicht, sondern behandelt mich wie Luft.«

An den schäbigen Kerl erinnerte ich sie? Mir wurde mulmig.

»Sonntags zündet er sich, ehe er spazieren geht, vor dem Haus demonstrativ eine Havanna an. Wenn er zurückkommt, raucht er wieder eine teure Zigarre. Ich hab mal die Kinder losgeschickt, ihm heimlich zu folgen: Sobald er die bekannten Straßen verlassen hat, macht er die Zigarre aus und steckt sie in die Tasche. Auf dem Heimweg zündet er sie wieder an. Er will alle glauben machen, dass er es dicke hat, aber das stimmt nicht. Seine Frau geht nie ohne Hut aus dem Haus. Inzwischen weiß ich, dass sie heimlich in Neuhausen am anderen Ende der Stadt putzen geht, damit sie über die Runden kommen. Niemand soll das wissen. Sie haben solche Angst, zu sein wie wir, dass sie ständig demonstrieren müssen, ›bessere Leute‹ zu sein. Du« – sie sagte wieder »Du« zu mir – »erinnerst mich an sie. Glaubst du, ich weiß nicht, dass du an mir einen Narren gefressen hast? Du wünschst dir doch nichts sehnlicher, als dass wir wieder zusammenkommen –

und diesmal vielleicht richtig. Aber laut aussprechen willst du es nicht, und schon gar nicht, wenn all diese piekfeinen Leute zuhören, die auch zu blöd waren, Franz Tausend zu entlarven, und reihenweise auf ihn reingefallen sind.«

Ich sah sie an und bewunderte sie in ihrem Zorn.

23

Nach dem nächsten Gerichtstermin unternahmen wir einen Spaziergang. Um der Wahrheit die Ehre zu geben: Es war ihre Idee gewesen, und sie war es auch, die am meisten sprach unterwegs. Ich hatte nicht das Geringste dagegen einzuwenden. Gemeinsam gingen wir zum nächsten Gerichtstermin, bei dem das Urteil verkündet werden sollte.

Der Richter fasste zusammen: Tausend habe aus seinen Betrügereien Beträge in der Summe von 630 000 Mark gezogen. Zudem sei den Mitgliedern der Geheimgesellschaft ein Schaden von 1 370 000 Mark erwachsen. Er erklärte Franz Tausend im Sinne der Anklage für schuldig und verurteilte ihn zu sechs Jahren Haft. Tausend senkte kurz den Kopf, schüttelte sich dann und wirkte recht gefasst. Seine Frau hingegen schluchzte laut auf.

Elisabeth und ich bummelten nach der Urteilsverkündung durch die Stadt. Sie war euphorisch, sie hatte das Gefühl, einen Drachen getötet zu haben.

»Du wirst aus den Verkäufen seiner Schlösser und Grundstücke kaum etwas erhalten«, sagte ich und unterschlug bewusst die Tatsache dass ich ihr den Goldgutschein abgekauft hatte.

»Aber er kriegt seine Strafe.«

Bei mir wollte sich kein Gefühl des Triumphes einstellen. Zu viele Fragen waren unbeantwortet geblieben. Was war mit Johannes Küchenmeister, dem Fabrikanten aus Sachsen, aus dessen Mercedes-Kabriolett heraus Außenminister Walther Rathenau erschossen worden war? Was war mit Eduard Kahlen-Hunte? So simpel war die Geschichte nicht. Ein Hochstapler hatte die Großindustriellen und Bankiers getäuscht, er war wie selbstverständlich in die höchsten Kreise aufgestiegen, hatte einen der führenden Weltkriegsgeneräle für sich gewonnen und, ohne je wirkliche Ergebnisse vorzuweisen, Grundstücke und Schlösser gekauft? Meine Instinkte waren nicht befriedigt von dieser Erzählung.

Aber immerhin hatte das Gerichtsverfahren Elisabeth und mich wieder zusammengebracht.

Wir ließen uns von einem Automaten wiegen. Ich warf die Münze ein, zuerst für Elisabeth, dann für mich. Anschließend kicherten wir darüber, wie viel leichter sie war als ich, und sie zog mich auf mit liebevollem Spott.

Wir begutachteten die Puppen in den Schaufenstern, ihre Köpfe aus Wachs und die Hemden und Kleider, die sie trugen. Was für Gesichter diese Mannequins schnitten! Mit spitzen Mündern forderten sie einen heraus, sie zogen schmale Augen, aus denen der Blick wie Gift tropfte. Auf ihre Wangen waren grüngoldene Schatten gemalt. Mitunter waren die Gesichter nur skizzenhaft modelliert, die angedeuteten Mienen waren dann von besonderer Verderbtheit, eine unwiderstehliche Mischung aus Frechheit und Distinktion. Bei manchen war die Haut golden, auch die der Hände und der entblößten Beine, bei anderen war sie silbern. Die Männer trugen winzige Klebeschnurrbärtchen und bewegten sich im Smoking zwischen den halb nackten Damen. Elisabeth zeigte mir die verruchtesten Kleider.

Ich kaufte an einem Automaten heiße Würstchen und erklärte, dass in Berlin nicht nur Würstchen auf Papptellern verkauft würden, sondern auch Eis schon in Pappbechern über den Tresen wandere, man empfinde das als herrlich bequem.

Während wir aßen, schlenderten wir weiter und passierten eine Drogerie. Ich schwärmte Elisabeth von Ohropax vor, nur um feststellen zu müssen, dass sie keine Ahnung hatte, was das war. Begeistert erklärte ich, wie es den Lärm von Kutschenrädern und Pferdehufen auf Kopfsteinpflaster ausblende und ebenso das Autodröhnen. Früher habe es noch Ohrstöpsel aus Hartgummi gegeben, die man mit einem Metallbügel am Ohr befestigte. Im Krieg hätten meine Soldatenkameraden sich Wattekugeln in die Ohren gesteckt, die zuvor mit Vaseline und Bienenwachs getränkt worden waren. Aber da sei Ohropax längst in der Entwicklung gewesen, vor fünfundzwanzig Jahren habe der Berliner Apotheker Maximilian Negwer es erfunden. Habe sie noch nie den Werbeslogan gelesen? *Hast du Ohropax im Ohr, kommt dir Lärm wie Stille vor.*

Elisabeth lachte. Natürlich kenne sie Ohropax. Sie finde es nur so niedlich, wenn ich ihr oberlehrerhaft etwas erkläre.

Meine jahrelange Abwesenheit hatte das Verhältnis zwischen uns verändert. Sie war längst nicht mehr die dankbare Empfängerin meiner Hilfe. Immer deutlicher wurde, dass ich derjenige war, der ihr zu danken hatte.

Wir erhaschten in diesen Tagen feine Spritzer von Glück, während wir uns nicht unter den Rasensprenger wagten. Ich ahnte, dass ich an gewisse Fragen nicht rühren durfte.

Wir überholten eine Kindergartengruppe mit drei Erzieherinnen. Die Jungs trugen stolz Soldatenhelme und Spielzeugsäbel, manche auch Offiziersmützen. Ich sagte: »Paul, Anton und Charlotte müssen schon gehörig gewachsen sein.«

Tatsächlich gab es danach eine kleine Gesprächspause. Wir liefen schweigend. Elisabeth sah mich nicht an. »Sie brauchen immer noch ihr Spielzeug. Paul hat seinen Fußball, Anton sein kleines Auto, Charlotte ihren Teddybären. Jeden Abend räume ich die Spielzeuge in die Schublade. Und manchmal, wenn die Kinder in der Schule sind, ziehe ich die Spielsachen heraus und sehe sehnsüchtig darauf, weil ich die Kinder so vermisse.«

»Wo sind sie jetzt?«

»Sie sind zu Hause. Paul passt auf. Und die Nachbarin schaut immer mal wieder bei ihnen rein.«

»Lass uns hingehen! Ich würde sie gern sehen.«

»Die Nachbarin?«

Ich lachte. »Die Kinder.«

Elisabeth blieb stehen. Der Wind kam von hinten und blies ihr die Haare in die Stirn. Sie war plötzlich ernst. »Bist du sicher, dass du das willst? Es war schwer für sie, dich loszulassen, als du nicht mehr aufgetaucht bist. Ich möchte ihnen das nicht noch mal antun.« Sie sah mich an.

Dies wäre der Moment gewesen, sie in den Arm zu nehmen und ihr die Heirat zu versprechen. Aber ich konnte es nicht. Schon einmal hatte ich im Rausch der Gefühle eine Ehe geschlossen und sie dann in den Sand gesetzt. Ich ertrug es nicht, so unvermittelt unter Druck gesetzt zu sein. Ich war einfach nicht bereit zu dem großen Schritt, den sie von mir erwartete. »Ich liebe dich«, sagte ich.

Und? Weiter?, fragten ihre Augen.

Ich weiß nicht, ob sie mir das innere Ringen vom Gesicht ablas, die Angst, sie zu verlieren und zugleich die Sorge, einen großen Fehler zu machen, der uns beide verletzen würde, aber sie sagte nach kurzem Warten: »Du bist nach Berlin gegangen und hast dich über Jahre nicht gemeldet. Jetzt hast du mich vor Gericht wiedergesehen und dich an mich erinnert und fandest mich ganz hübsch, also hast du die Jagd wieder aufgenommen. Aber ich höre es hundertfach in unserer Nachbarschaft. Das glückliche Mädchen, das von einem wohlhabenden Kavalier ausgeführt wird und sich sonst was erhofft. Die Geliebte, die über Jahre hingehalten wird. Die Gespielin, die zur bezahlten Hure wird. Das will ich nicht.«

»Und Günther?«, fragte ich.

»Hat längst die Scheidung eingereicht.«

»Gib mir etwas Zeit. Ich muss Arbeit finden in München oder eine Wohnung für euch in Berlin, und ich muss …«

Sie sagte: »Lass uns mit den Kindern noch warten, bis du sicher weißt, was du willst.«

Zwei Tage später, als ich im Hotelzimmer den Koffer packte, hielt ich inne. Beim Anblick des Koffers musste ich an die Findigkeit der Schmuggler und Betrüger denken, die immer wieder neue Geheimfächer, unsichtbare doppelte Böden oder Ablenkungen erfanden, um den Zoll zu täuschen. Oder wie Franz Tausend die Nerven besaßen, mit großer Geste ohne Gold eine Goldschmelze zu beginnen, bis im passenden Moment ein Füllfederhalter mit Goldfeder greifbar würde.

Ich hob den Koffer an und wollte gerade gehen, da fror ich in der Bewegung ein. Das musste es sein! So passten Kahlen-Hunte, Küchenmeister und Franz Tausend zusammen! Deshalb die vielen Laborstätten im ganzen Reichsgebiet, bei München, in Bremen, in Frankfurt am Main, in Freiberg in Sachsen … War nicht sogar eines der Grundstücke Johannes Küchenmeister abgekauft worden? Wie ein doppelter Boden in einem Koffer täuschten sie eine andere Realität vor, um den Betrachter irrezuleiten.

Hatte nicht erst kürzlich in der Politischen Polizei die Zahl von 350 000 Gewehren, 12 000 leichten und schweren Maschinengewehren, 600 leichten und 75 schweren Geschützen die Runde gemacht, die angeblich vor den alliierten Kontrolleuren verborgen worden seien? Während die Kontrolltrupps durch das Land streiften und Überreste des Arsenals der Reichswehr suchten, um sie zu zerstören, hatten Kahlen-Hunte und seine geheimen Verbündeten für gute Verstecke gesorgt. Die Waffenbestände mussten sich auf den Laborgeländen der Geheimgesellschaft 164 befinden.

Und selbst die Angestellten der Labors mussten nicht unbedingt fähige Chemiker, Grundstückswächter oder Hausmeister sein. Schließlich war es ja nur ein vorgetäuschter Laborbetrieb – auch wenn Franz Tausend selbst vielleicht glaubte, tatsächlich ein genialer Erfinder zu sein. Die anderen Angestellten waren hier nur untergeschlüpft. So musste es sein! Das war die Verbindung zu Küchenmeister und dem Mordanschlag auf Rathenau. Der Goldmacherklub schützte die Organisation Consul, die ominöse O.C., die offiziell verboten worden war. Hier konnten sich die Entkommenen verstecken. Sicher bildeten sie längst eine Nachfolgeorganisation.

War Kahlen-Hunte so etwas zuzutrauen? Ich durfte mich nicht von seinem honorigen Äußeren und seinen gewandten Umgangsformen blenden lassen. Nach dem Mord an Außenminister Rathenau hatte es sogar Universitätsprofessoren gegeben, die unbeeindruckt die Bluttat mit »Bravo, einer weniger!« kommentierten. Und die Mordanschläge auf Friedensaktivisten nahmen zu. Kurt Eisner, Hans Paasche und Alexander Futran ermordet, die Attentate auf Hellmut von Gerlach und Maximilian Harden. Philipp Scheidemann hatte nur überlebt, weil die Blausäure, die ihm die Attentäter, während er mit seiner Tochter spazieren ging, ins Gesicht spritzten, nicht in Mund und Nase gelangt war.

Und wie gegen Professoren mit pazifistischen Ansichten agitiert wurde, auch das war organisiert, gegen Albert Einstein, Friedrich Wilhelm Foerster, Georg Friedrich Nicolai oder Emil Julius Gumbel.

Dass Carl von Ossietzky ins Visier der Kriegstreiber geriet, wunderte mich nicht. Erstaunlich war nur, dass Kahlen-Hunte nicht die in den Untergrund gegangenen Mitglieder der mörderischen Organisation Consul nutzte, um ihn zu beseitigen.

Aus irgendeinem Grund hatte er ausgerechnet mich auf ihn angesetzt. Dabei musste er doch wissen, dass ich ein Mensch voller Skrupel war.

Maud kniete auf dem Wohnzimmerboden und hielt der Schildkröte das Salatblatt vor die Nase. Sie sah zu, wie das Tier mit dem uralten Gesicht immer wieder danach schnappte und ein Stück herausbiss.

Für einen kurzen Moment kam dabei die rosarote Zunge der Schildkröte zum Vorschein. Die Bisskante war glatt und sauber, wie von einer Rasierklinge gezogen. Das Tier kaute gemächlich.

»Na, Ecki«, sagte sie, »schmeckt's dir?«

Die Schildkröte nahm wieder einen Bissen.

Maud fragte sich, wie oft es vorkam, dass ein Leben wirklich gelang. Dass es eine sinnvolle Geschichte ergab, die sich wie ein roter Faden durch die Jahre zog. Sie hatte sich wirklich angestrengt, es gut zu machen. Aber herausgekommen war eine Krücke von Leben, ein demütigender Zickzackkurs ins Abwärts.

Die Schildkröte sah sie mit weisen schwarzen Augen an, sie schluckte und verharrte für einige Momente, ohne sich zu regen.

Wie stolz war Maud in Haiderabad am Bankgebäude ihrer Familie vorüberspaziert, der »Palmers Bank«, überzeugt davon, eines Tages auch etwas Großes zu leisten auf der Welt. Sie entstammte sicher nicht umsonst der Familie eines berühmten Generals und Mitbegründers der Ostindischen Kompanie: William Palmer hatte ein gutes, erfülltes Leben geführt, und sie würde ein ebensolches haben, glaubte sie. Im Zuge eines indischen Aufstands hatte er eine wunderschöne Prinzessin aus Delhi gerettet, sich in sie verliebt und sie in seinem Zelt versteckt. Sie sprach Persisch und schrieb Gedichte, und er trug sie auf Händen. Nicht minder aufregend stellte sich Maud als junges Mädchen ihre eigene künftige Liebesgeschichte vor.

Hatte sie nicht von dieser Prinzessin ihr exotisches Aussehen geerbt? Hatte sie nicht im weiträumigen Haus William Palmers gelebt? Die herrliche Säulenhalle, die zum Garten hinausführte, sah sie manchmal noch in ihren Träumen. Die tiefschwarzen indischen Nächte, das Kerzenlicht. Auf den Reisen, die sie mit ihrem Großvater unternommen hatte nach Spanien, nach Nordafrika, von Kairo bis Aden im Jemen, war sie sich bedeutsam vorgekommen. Ihr Vater gehörte zu den angesehensten Dragonern des britischen Königs. Man behandelte sie, seine Tochter, überall mit allerhöchstem Respekt. Bis ihr Vater in einem Urlaub in England einen Herzinfarkt erlitten hatte und tot vom Pferd gefallen war.

Danach war sie in ein vornehmes englisches Internat in Cheltenham gesteckt worden, hatte Höchstleistungen beim Reitunterricht und auf der Jagd erbracht, ihre Familie hatte einen Mann aus gutem Hause für sie ausgesucht – aber nach Vaters Tod war sie nicht mehr dieselbe gewesen. Sie hatte den Mann, den ihre Familie für sie ausgewählt hatte, nicht heiraten wollen, hatte Reißaus genommen und als Krankenschwester gearbeitet, schon mit siebzehn, um unabhängig zu sein. Auf niemanden hatte sie hören wollen, hatte Schauspielunterricht genommen, um Schauspielerin zu werden.

»Ay, my liege, so please you give us leave«, sagte sie zu der Schildkröte, und Ecki hob ein wenig den Kopf. Sie hätte ihm den halben Shakespeare hersagen können. *As You Like It*, das Stück, in dem sie als Rosalind aufgetreten war, war der Hauptgrund, weshalb Carl und sie ihre Tochter Rosalinde genannt hatten.

In welch jämmerlicher Verfassung sie war. Sie hasste sich selbst. Mit einem Ächzen stand sie auf und ging den verbotenen Weg zum Schlafzimmer, öffnete die verbotene Schranktür, wühlte in den Wintersachen und holte die Flasche hervor. Das Glas fühlte sich herrlich an in ihrer Hand. Der dunkle Inhalt schwappte darin verführerisch hin und her. Sie hatte doch ohnehin schon versagt. Da konnte sie die Flasche auch gleich öffnen und daraus trinken. Sie fasste an den Schraubverschluss und begann, ihn langsam zu drehen.

Will ich eine Säuferin sein?, dachte sie. Will ich die Kindheit meiner Tochter verpassen? Aber die Traurigkeit spannte weit die Flügel in ihr auf, und sie wusste keinen Weg, sie zu bezähmen.

Die Klingel schrillte.

Maud schrak derart zusammen, dass sie beinahe die Flasche fallen gelassen hätte. Ihr Herz raste.

Ich mach nicht auf, dachte sie panisch. Rosa hat einen Schlüssel, Carl auch. Ich will nicht wissen, wer es ist. Sie drehte die letzten Windungen, nahm den Schraubverschluss ab. Schon stieg ihr der Duft in die Nase, dieser stechende Duft, den sie hasste und liebte und liebte und hasste. In ihm lag bereits ein Hauch von Reue, vor allem aber bot er ihr eine weiche Decke, die ihre Seele wärmen würde.

Wenn Carl am Abend heimkam und sie so sah, in diesem Zustand, und vor allem Rosalinde, die immer tat, als bemerkte sie nichts, weil sie sich für ihre Mutter schämte – sie würde ihre Blicke nicht ertragen.

Es klingelte erneut. Wieder zuckte sie zusammen.

Du hast die Wahl, Maud. Du hattest immer die Wahl. Beschämt schraubte sie die Flasche zu und schob sie in den Schrank zurück, schloss die Schranktür und eilte durch den Flur zur Wohnungstür. Sie öffnete.

Ein Mann stand da, etwa fünfundvierzig, mit grauem Bart. Sie erkannte ihn. »Was wollen Sie? Sie haben doch schon alles durchwühlt.«

Der Polizist fragte: »Darf ich reinkommen, Frau von Ossietzky?«

Sie hatte wohl keine Wahl. Polizisten klangen immer zuerst höflich, das hatte sie in England bei den Suffragetten gelernt. Sobald man sich sträubte, zückten sie den Gummiknüppel. Aber da war gleichzeitig etwas in seinem Blick, eine Fürsorge, die sie überraschte. Sie ließ ihn eintreten.

Im Wohnzimmer blieb er abrupt stehen. Er ging in die Hocke und betrachtete Ecki, der quer über den Boden krabbelte, indem er gemächlich ein Schildkrötenbein vor das andere setzte. »Ein faszinierendes Tier«, sagte er. »Ich wüsste gern, was sie denkt, während sie so durch den Raum spaziert.«

»Sie ist ein er. Ecki.«

Er stand auf. »Verstehe.« Auf ihre Geste hin setzte er sich an den Tisch.

Sie setzte sich ebenfalls.

Einen Moment schwieg er, als müsse er sich sammeln, dann sah er ihr geradewegs in die Augen und sagte: »Sie sehen mich als Feind, aber ich möchte Ihnen helfen.«

Warum war bloß Carl nicht hier! Der würde mit seiner journalistischen Spürnase die Tricks sofort durchschauen. Musste es nicht ein vergiftetes Angebot sein, das der Polizist ihr machte? Sie nahm sich vor, nichts zu unternehmen, ohne zuvor Carl zu fragen.

Er zog zwei *Weltbühnen*-Hefte hervor, schlug sie an vorher markierten Stellen auf und legte sie übereinander vor sie hin. »Lesen Sie. Das hat Ihr Mann in den letzten Wochen geschrieben.«

»Ich weiß, was er geschrieben hat.« Es klang beleidigter, als sie beabsichtigt hatte.

»Bitte, lesen Sie.«

In der zuoberst liegenden Ausgabe war ein kurzer Abschnitt mit Bleistift angestrichen.

Bismarck war trotz alledem eine Jahrhundertgestalt, Wilhelm II. – nun, ein nicht unbegabter Jahrmarktkünstler – wer aber ist Adolf Hitler? Wie groß muss die geistige Versumpfung eines Volkes sein, das in diesem albernen Feigling einen Führer sieht, also eine Persönlichkeit, der nachzueifern wäre!

Ja, so schrieb Carl. Während andere in Hitler den zukünftigen Kanzler sahen, den Führer Deutschlands, und während selbst die, die nicht mit Hitler einverstanden waren, bereits jetzt vor ihm kuschten, um sich nicht die Chancen zu verhageln, besaß Carl die Standfestigkeit, in seiner tausendfach gedruckten Zeitschrift genau das zu sagen, was er über Hitler dachte. Sie empfand Stolz auf ihn.

Ohne ein Wort klappte sie das Heft zu. Im darunterliegenden Heft wurde ein weiterer Artikel sichtbar, den der Polizist markiert hatte.

Während die nationalsozialistische Bewegung immer mehr anschwillt und immer breitere Volksmassen erfasst, schreitet der psychische Verfall der Führer in rapidem Tempo fort. Ein paar Millionen Deutsche werden von einer Handvoll Narren gegängelt. Nur Herr Doktor Joseph Goebbels steht noch munter im Gefecht, aber in was für einem. Selten wohl hat ein junger Geschäftsmann, der aus Sparsamkeitsgründen sein eigener Propagandachef sein muss, über sich selbst mit größerer Zufriedenheit Prospekte geschrieben.

Es ist begreiflich, dass Goebbels auch sein Attentat haben musste. Ob die Zusendung von ein paar Knallbonbons an seine Adresse auf ihn selbst zurückgeht, ob es sich dabei um einen Ulk handelt, den jemand in Weinlaune gemacht hat, jedenfalls hat sich der Retter Alldeutschlands aus eigener Berufung dabei nicht sehr heroisch aufgeführt. Wer Europa mit Giftgasgeschwadern überziehen, mindestens das deutsche Vaterland in ein Bürgerkriegsgemetzel tauchen will, muss einen mit Kinderfeuerwerk ausgeführten Angriff auf das eigne körperliche Wohlbefinden mit besserer Laune ertragen. Doch dieser hysterische Zappelwisch von einem Tribunen bricht in unartikuliertes Gekreisch aus.

Tagtäglich werden im »Angriff« und den andern völkischen Blättern die wildesten Abrechnungen mit den Gegnern in Aussicht gestellt. Täglich wird ein andrer zu den Leuten geworfen, »die wir uns aufsparen wollen für die Abrechnung, die einmal kommt, wenn wir die Macht in der Hand haben.«

Eine schamlose Umwertung einfachster Begriffe von Anstand und Recht frisst sich mehr und mehr in die deutschen Gehirne ein. Der schlichte SA-Mann, der den Mitbürger mit andern Farben am Rock wie ein böses Tier abschießt, betrachtet die Gegner einfach als politische Verbrecher, die zu bestrafen die schlappe Republik versäumt. So wird es ihm von den Führern eingehämmert. Der Staat hat gemütlich zugesehen, bis sich aus Straßenraufereien und -schießereien allmählich bürgerkriegsähnliche Zustände entwickelten, und er reibt sich noch jetzt erstaunt die Augen, wo wieder eine neue Phase begonnen hat: die der offenen Attentate gegen bestimmte Personen. Allein in den vergangenen achtundvierzig Stunden wurden zwei Morde ausgeführt.

Sie sah auf und sagte: »Das ist politische Berichterstattung. Dafür können Sie Carl nicht vor den Kadi zerren.«

»Ich bin nicht hier, um Ihren Mann anzuklagen. Ich will Ihnen zwei einfache Fragen stellen. Ist Ihnen klar, dass die Justiz mit Hitler und Goebbels und der NSDAP sympathisiert?«

Sie zögerte. Schließlich nickte sie.

»Wird Ihr Mann vor Gericht nach solchen Artikeln mit einem fairen Prozess rechnen können?«

»Wollen Sie mir drohen?«

»Ihnen bleiben nur noch Tage. Es gab einiges Hin und Her mit dem Auswärtigen Amt, das die Klage gegen Ihren Mann verhindern wollte wegen des Schadens für das internationale Ansehen von Deutschland, aber das Reichswehrministerium hat sich durchgesetzt. Während wir hier reden, wird die erste Unterschrift unter die Anklage gesetzt.«

Sie stand auf. »Sie wollen, dass mein Mann den Schwanz einzieht und das Land verlässt? Das könnte Ihnen so passen.« Diese herrliche Kraft, die sie plötzlich verspürte! Ja, es gab noch einen Sinn im Leben, einen Grund, für den es sich zu kämpfen lohnte.

Dass der Polizist schweigend sitzen blieb, irritierte sie. Er war nicht nur gekommen, um ihnen zu drohen. Etwas Schreckliches stand ihm ins Gesicht geschrieben: Mitleid.

Sie sank wieder auf den Stuhl nieder. »Was?«, hauchte sie.

»Mir ist Carl von Ossietzky sympathischer, als Sie meinen«, sagte er. »Wir wären als Kinder gute Freunde gewesen. Ihr Mann ist sensibel, er kann sich an der Realität verletzen wie an einem scharfkantigen

Gegenstand. Deshalb schreibt er so. Und ich mochte schon als Kind keine Kinder, die immer nur gelärmt und gerauft haben. Ich war lieber allein. Das Rauschen des Meeres empfinde ich als Stille, das Reden von Menschen ist für mich Krach.« Er atmete aus. Während er schweigend dasaß, röteten sich seine Wangen. Er sah auf die Tischdecke und tippte mit dem Finger sanft auf den Stoff. Dann hielt er still und sah hoch. »Ihr Mann hat eine Geliebte.«

Die Luft wurde diamanten. Maud wollte Atem holen und konnte es nicht, da war nur fester Raum, sie erstickte in ihrer Reglosigkeit. Er lügt, dachte sie hektisch, er lügt, um mich zu manipulieren. Aber das Ausgesprochene war zu groß, sie verschluckte sich daran, sie bekam es nicht herunter.

»Ich sage Ihnen das nicht, um Sie zu erniedrigen. Ich sage es Ihnen, um Ihnen einen weiteren Grund dafür zu geben, schleunigst das Land zu verlassen. Gehen Sie mit Ihrem Mann und Ihrer Tochter, gehen Sie fort, solange Sie's noch können.«

Mit Mühe brachte sie heraus: »War sie im Beethovensaal? Bei Thomas Mann?«

»Ja. Sie saß drei Reihen vor Ihnen.«

Es war die Wahrheit. Und sie hatte es gewusst. Die Ahnungen, die sie wie schwarze Schwaden bereits seit Wochen lautlos begleitet hatten, wurden zu Ruß in ihrem Mund. Tränen schossen ihr in die Augen. Sie schluckte schwer.

Aus weiter Ferne hörte sie, dass der Polizist sich verabschiedete. Das Messer steckte, der Mörder ging.

Lange saß sie reglos da. In der Küche tickte die Uhr.

Die Sekretärin stellte ein Gespräch aus Berlin durch. Eduard Kahlen-Hunte nahm die Zigarette aus dem Mund und stellte sie schräg in den Aschenbecher. Er lehnte sich im knarrenden Ledersessel nach hinten und blaffte eine Begrüßung in die Sprechmuschel.

Ein Kriminalassistent sagte leise: »Er war bei ihm. Wir müssen davon ausgehen, dass er ihn gewarnt hat.«

»Gut, gut.«

»Er wird ihm zur Flucht geraten haben.« Die Irritation des Kriminalassistenten war deutlich zu hören. »Wir sollten jetzt rasch durchgreifen.«

»Wenn ich jemanden gebraucht hätte, der Ossietzky umbringt, hätte ich nicht Heinrich Ahrndt nach Berlin geschickt.«

»Ich … verstehe nicht«, tönte es aus der Hörmuschel. »Ossietzky kämpft bekanntermaßen gegen die Stärkung der Reichswehr! Das Ministerium hat gerade monatelang einen internen Krieg gegen das Außenministerium geführt, um ihn überhaupt vor Gericht bringen zu können.«

»Wir wollen ihn nicht vor Gericht bringen.«

Der Kriminalassistent wagte nicht einmal mehr, in den Hörer zu atmen. Nach längerer Stille kam ein geflüstertes: »Wie bitte?«

»Das Knifflige an dem Prozess ist Ihnen klar, hoffe ich. Wir müssen ihn und diesen Kreiser für eine Aussage verurteilen, ohne zuzugeben, dass sie die Wahrheit gesagt haben. War der Artikel in der *Weltbühne* eine Lüge, dann war er kein Landesverrat, sondern eine Zeitungsente. Die gehört nicht vors Reichsgericht. Wir brauchen ihn als Landesverräter, dann kriegen wir mit seiner harten Bestrafung all die anderen Pazifisten mundtot. Gleichzeitig darf der Prozess nicht offenlegen, dass wir aufrüsten und den Versailler Vertrag brechen.«

»Aber wenn er flieht …«

»… dann bestätigt er unser Urteil, ohne dass wir uns noch groß bemühen müssen. Ideal für uns wäre, wenn Ossietzky das Land verlässt, am besten flieht er nach Frankreich, zum Erzfeind. Meinetwegen auch nach England. Sorgen Sie dafür, dass er ungehindert über die Grenze kommt. Hätte ich ihn tot gewollt, hätte ich genügend andere Männer schicken können. Damit hätte ich seine Warnrufe öffentlich bestätigt. Wir brauchen ihn lebend, als Feigling. Ich wusste, dass mich Heinrich Ahrndt nicht enttäuschen würde.« Er legte auf.

Er nahm die Zigarre aus dem Aschenbecher, zog daran. Manchmal war ihm sein Erfolg selbst unheimlich. Aber es war kein Hexenwerk. Gute Vorausplanung, Menschenkenntnis und die Bereitschaft zu harter Arbeit führten zu erfreulichen Ergebnissen. Jeder andere könnte Ähnliches erreichen, da war er sicher. Nur waren die meisten nicht willens, ihr den Verstand anzustrengen und auch mal etwas weiter als bis übermorgen zu denken.

Alle Kleidungsstücke passten in den Schrankkoffer: die von Carl, die von ihr und die von Rosalinde. Sogar einige Bücher brachte sie noch unter. Ihr gesamtes Leben ließ sich in diesem Koffer unterbringen.

Eine Träne rollte ihr von der Wange, und noch eine. Sie tropften hinab auf die Kleidung und wurden von ihr aufgesogen.

Da hörte sie, wie Carl die Tür aufschloss, wie er in den Flur trat, den Mantel aufhängte, die Schuhe auszog. Er trat in die Stube und blickte durch die geöffnete Schlafzimmertür. Nach langem Schweigen sagte er: »Du packst?«

»Für uns alle. Wir müssen weg von hier.«

Er runzelte die Stirn. »Aber warum?«

»Ein Polizist war hier. Man bereitet die Klage vor, du wirst vor Gericht gestellt wegen dieses Flieger-Artikels. Die Gerichte sind dir nicht wohlgesinnt. Sie werden dich ins Gefängnis stecken.«

»Ich weiß.«

Er wusste das? »Du willst ins Gefängnis gehen? Denkst du dabei bitte auch an Rosalinde und an mich? Du fühlst dich tapfer dabei, weil du für eine gute Sache leidest. Aber wir leiden mit, und wir wurden nicht gefragt.«

Er trat ins Schlafzimmer und sah auf den gepackten Koffer hinunter. Dann rührte er an ihren Arm. »Maud, wir können nicht ins

Ausland gehen. Nicht jetzt. Was glaubst du, warum sie den Polizisten geschickt haben? Weil es für sie bequem wäre, wenn ich fortginge. Sie würden triumphieren in den Zeitungen. Er ist zum Feind übergelaufen, würden sie sagen. Auch der *Weltbühne* würde man vorwerfen, sie stecke mit den Franzosen unter einer Decke. Oder mit den Engländern oder den Russen. Ganz egal, wo wir hingehen, man würde uns als Feinde hinstellen. Meine Glaubwürdigkeit wäre dahin.«

»Und was willst du machen?«

»Ich bringe dieses Verfahren an die Öffentlichkeit. Die *Weltbühne* wird über jeden Verhandlungstag berichten, über die scheinheiligen Argumente der Reichswehr, über den Irrsinn, jemanden als Landesverräter zu verurteilen, der die völkerrechtswidrige Rüstungspolitik entlarvt. Jeder wird von den heimlichen Kriegsvorbereitungen lesen.«

Wie stark er war, dieser hagere, stille, schüchterne Mann, und wie es sie schmerzte, ihn so liebenswert zu sehen!

Sie musste ihn auf seine Untreue ansprechen. Musste.

Aber sie konnte es nicht.

Durch die Worte würde die Untreue Gestalt gewinnen in ihrem Leben, die fremde Frau würde einen Namen erhalten und Realität werden.

Er beugte sich über sie und nahm behutsam ein Kleidungsstück nach dem anderen aus dem Koffer. Roch er nach der Fremden, oder bildete sie sich das nur ein? Er sagte: »Vertrau mir.«

24

Carls Anwalt, Dr. Alfred Apfel, war ein knapp fünfzigjähriger, schwer beleibter Mann, dem die Weste über dem Bauch spannte. Er war einer der prominentesten Strafverteidiger Berlins, er zählte Johannes R. Becher, George Grosz und Egon Erwin Kisch zu seinen Mandanten – und er war der Hausanwalt der *Weltbühne*. Dr. Apfel sah nicht glücklich aus. Mit gerunzelter Stirn las er die Anklage. »Ihnen und Walter Kreiser wird der Entschluss vorgeworfen, vorsätzlich Nachrichten, deren Geheimhaltung im Interesse der Landesverteidigung erforderlich ist, an eine ausländische Regierung gelangen zu lassen und dadurch die Sicherheit des Reiches zu gefährden. Sie sollen Kreisen im Ausland in die Hände gespielt haben, die Beweise für angebliche deutsche Rüstungsmaßnahmen und Verstöße Deutschlands gegen den Versailler Vertrag sammeln.«

»Angebliche Rüstungsmaßnahmen?«, schnaubte Carl. »Die heimliche Kriegsrüstung ist real. Seit wann ist es eine Straftat, die Wahrheit zu sagen?«

»Zum Beispiel, wenn man als Spion Staatsgeheimnisse ans Ausland verkauft.«

»Aber das ist absurd! Ich bin Journalist, kein Geheimagent.«

Dr. Apfel sah vom Dokument auf. »Sie verstehen nicht.«

Die Düsternis in seinem Gesicht verunsicherte Carl. So hatte er Dr. Apfel noch nie erlebt. »Erklären Sie's mir.«

»Wir kämpfen hier nicht gegen irgendwen. Ihre Anklage kommt aus dem Referat des berüchtigten Reichsanwalts Paul Jorns.«

Jorns! Der hatte als Kriegsgerichtsrat 1921 dafür gesorgt, dass die Morde an Rosa Luxemburg und Wilhelm Liebknecht niemals richtig aufgeklärt wurden, und war zwei Jahre später dafür zum Oberreichsanwalt befördert worden. Carl erschauderte.

»Den Vorsitz wird, vermute ich, Reichsgerichtsrat Dr. Baumgarten führen. Sie erinnern sich? Er hat kürzlich in einem Prozess Adolf Hitler als einzigen Zeugen zu der Frage vernommen, ob die NSDAP eine umstürzlerische Partei sei, und ihm eine zweistündige Propagandarede gestattet, der das Publikum zuzuhören hatte.«

Carl erinnerte sich. *Eine entgegenkommende Geste für Hitler,* hatte er in der *Weltbühne* kommentiert, *das Reichsgericht ahnt den Herrn von morgen.* Jetzt würde er als Angeklagter vor diesem Reichsgerichtsrat stehen. Aber sie hatten eine Waffe, die ihnen auch das korrupteste Gericht nicht nehmen konnte: die Öffentlichkeit. »Wir müssen außerhalb des Gerichtssaals kämpfen, wenn wir im Saal selbst nicht gewinnen können«, sagte er. »Am besten fangen wir gleich damit an, noch vor der Verhandlung. Ich werde eine Serie in der *Weltbühne* beginnen. Zuerst kommentiere ich die Anklageschrift. Dann hole ich Expertenmeinungen ein, auch zur Aufrüstung, und –«

»Sie werden nichts davon tun«, sagte Dr. Apfel mit Grabesstimme.

»Und warum nicht?«

»Jorns wendet einen juristischen Trick an, um Ihnen einen Knebel zu verpassen. Er weiß, dass Ihre Öffentlichkeitsarbeit gefährlich für ihn werden könnte. Deshalb wirft er Ihnen Spionage vor.«

»Aber das ist doch absurd! Das Reichsgericht wird nicht damit durchkommen. Ich bin sicher, dass auch die anderen Zeitungen die Sache aufgreifen werden.«

»Carl, das Gericht weiß, dass Sie kein Spion sind. Aber indem man Ihnen Spionage vorwirft, muss der Prozess aus ›sicherheitspolitischen Gründen‹ unter Ausschluss der Öffentlichkeit stattfinden. Selbst Ihnen, dem Angeklagten, und mir als Ihrem Anwalt ist strikte Schweigepflicht auferlegt. Über alle Phasen des Verfahrens: Anklage, Prozessablauf, Urteilsverkündigung, das ist alles geheim. Auch außerhalb des Gerichtssaals. Sie dürfen keine Zeile darüber schreiben.«

Er schluckte. »Aber was darf man dann berichten?«

»Nur das Urteil. Nicht seine Begründung, nicht seine Herleitung, gar nichts.«

Er sank in den Stuhl zurück und erschlaffte. Noch bevor das Gerichtsverfahren überhaupt begonnen hatte, war er jeder Möglichkeit beraubt worden, sich zu verteidigen.

»Was wir hier erleben«, sagte Dr. Apfel, »ist bereits die Rechtsprechung der kommenden Diktatur.«

Zu Beginn der Verhandlung vor dem vierten Strafsenat des Reichsgerichts am 17. November 1931 hegte Carl noch einen Rest von Hoffnung, er könnte die Schlacht gewinnen. Aber als vor Gericht zugegeben wurde, dass Militärflugzeuge erprobt und Piloten dafür geschult würden, »im Interesse der Landesverteidigung« und natürlich streng geheim – ein offener Bruch des Versailler Vertrags –, sank ihm endgültig der Mut. Seine Strategie ging in die Leere. Nicht einmal den Einwand Dr. Apfels, der Artikel habe daran nur »Etatkritik« geübt, und Einzelheiten daraus seien in Luftfahrtkreisen bereits bekannt gewesen und sogar im Reichstag debattiert worden, ließ der Richter gelten. Dr. Apfel benannte neunzehn Zeugen für diese Aussage. Das Gericht ließ nicht einen einzigen davon zu. Die Sache sei eben nur begrenzten Kreisen bekannt gewesen, und jetzt sei sie ausländischen Regierungen zugetragen worden. Das sei Landesverrat.

»Moment.« Dr. Apfel leistete Widerspruch. »Landesverrat ist ein Absichtsdelikt.«

Der Artikel enthalte einen Anfang der Ausführung dieses beabsichtigten, aber nicht zur Vollendung gelangten Verbrechens, erklärte der Ankläger, Reichsanwalt Nagel, eiskalt.

Und was habe das mit Spionage zu tun?, hielt Ossietzkys Anwalt dagegen. Spionage sei rechtlich definiert als Tatbestand, bei dem für Geld Staatsgeheimnisse verkauft würden.

»Der Angeklagte ist Pazifist«, beschied ihn Reichsanwalt Nagel. »Das rechtfertigt psychologisch den Schluss, dass er mit dem fraglichen Artikel antimilitaristisch wirken wollte.«

Carl bat darum, selbst etwas sagen zu dürfen. Aber kaum hatte er zu einer Erklärung angesetzt, fuhr ihm der Richter über den Mund, unterbrach ihn wieder und wieder, nannte die *Weltbühne* herablassend ein »Blättchen« und nutzte den richterlichen Verhandlungsvorsitz wie einen Gummiknüppel, den er ihm, Carl, und Dr. Apfel und den anderen Verteidigern, die noch zu reden wagten, überzog. Derselbe Richter, der Adolf Hitler vor Gericht eine zweistündige Propagandarede gestattet hatte, ließ sie kaum einen Satz beenden. Er war Richter und Staatsanwalt in einer Person, so schien es, ließ wichtige Beweisanträge der Verteidigung nicht zu und thronte über allem – als Majestät des Reichsgerichts in einen Talar aus rotem Samt gehüllt. Es war aussichtslos.

Nach drei Tagen Tortur wurde das Urteil gefällt. Die Anwesenden erhoben sich, auch er, Carl, hatte sich für seine Demütigung zu erheben, und der Hitlerfreund und Reichsgerichtsrat Dr. Baumgarten verkündete sein und Walter Kreisers Schicksal. »Das Reichsgericht, vierter Strafsenat, hat für Recht erkannt: Die Angeklagten werden wegen Verbrechen gegen § 1 Absatz 2 des Gesetzes über den Verrat militärischer Geheimnisse zu einem Jahr und sechs Monaten Gefängnis und zum Tragen der Kosten des Verfahrens verurteilt. Der Artikel ›Windiges aus der deutschen Luftfahrt‹ in Nr. 11 der Zeitschrift ›Die Weltbühne‹ nebst den zu seiner Herstellung notwendigen Schriftformen und -platten ist nach § 41 Abs. 2 StGB unbrauchbar zu machen.«

Da standen sie, die Herren Sachverständigen der Reichswehr und des Ministeriums, und durften ihren Triumph auskosten, während ihm im Saal niemand beistand, Maud durfte nicht hier sein und auch niemand von der Redaktion der *Weltbühne*, keiner von der Liga für Menschenrechte und niemand von der ›Nie-wieder-Krieg!‹-Bewegung, sie alle waren ausgeschlossen worden. Da die Aussagen des Zeitungsartikels stimmten, waren Kreiser und er so hart verurteilt worden, für die Verbreitung falscher Nachrichten hätte es bloß einen Rippenstoß gegeben, für das Aussprechen der Wahrheit gab es anderthalb Jahre Gefängnis.

Die Reichsrichter zu Leipzig bildeten in Landesverratssachen die erste und letzte Instanz. Ihr Spruch war unanfechtbar.

Er wusste, dass die Tageszeitungen in Deutschland über seine Verurteilung berichten würden. Auch wenn er mit manchen der Redakteure die Feder gekreuzt hatte, es waren dennoch Kollegen, und sein Schicksal und dieser Angriff auf die Pressefreiheit trafen auch sie. Sie würden vorsichtig sein müssen mit dem, was sie schrieben, aber den Anlass der Verurteilung ahnten und wussten doch alle.

Würden auch Paris, London, New York berichten? Deutschlands Stellung auf der bevorstehenden Abrüstungskonferenz würde erheblich geschwächt sein. Man würde nachfragen, warum das Reichsgericht mit solcher Härte reagierte, wenn die Vorwürfe, die in der *Weltbühne* erhoben worden waren, nicht wahr seien. Das Vertrauen in die auf Friedfertigkeit aus gelegten Erklärungen der Reichsregierung wäre auf das Schwerste erschüttert.

Aber nach ein paar Tagen würde das Gespräch sich anderen Themen zuwenden, zumal er selbst zum Schweigen verdonnert war. Die Menschen würden U-Bahn fahren, Aprikosenkompott löffeln, sich darüber aufregen, dass bei ihnen der Radioempfang schlechter wurde, wenn ein Nachbar den Staubsauger einschaltete, weil die empfindlichen Transformatoren durch das fremde elektrische Gerät gestört wurden. Sie würden sich beschweren, weil ihnen bei munterer Musik das Geschirrspülen flotter von der Hand ging und der Nachbar kein Recht hätte, ihnen diese Freude zu verderben.

Und er, Carl, würde ins Gefängnis gehen, würde eineinhalb Jahre lang das Aufwachsen seiner Tochter verpassen. Die Haft würde eine tiefe Furche in sein Leben ziehen. Während er in einem vergitterten Loch hockte, würde sich draußen entscheiden, wie es mit Deutschland weiterging.

Weltbühne-Abonnenten schickten falsche Bärte und Perücken, mit der Aufforderung, er möge sich bitte im Ausland in Sicherheit bringen und nur ja nicht die Haft antreten, eine Abonnentin schickte sogar eine Schildpattbrille mit blauen Gläsern, um ihm zu helfen, sich auf der Flucht zu tarnen. Die Liga für Menschenrechte und der PEN-Club riefen zu Protestaktionen zu seinen Gunsten auf, Unterschriftenlisten kursierten, Briefaktionen spülten Gnadengesuche in die Ämter.

Dr. Apfel zeigte ihm Unterstützerbriefe, verfasst und unterschrieben von Lion Feuchtwanger, Alfred Kerr, Heinrich Mann, Arnold Zweig, Albert Einstein. Dr. Apfel bündelte die Briefe und sandte sie zusammen mit einem förmlichen Gnadengesuch an Reichspräsident Hindenburg, um womöglich eine Meinungsänderung herbeizuführen. Besonders berührte Carl ein Schreiben von Thomas Mann, in dem er sich dem Gesuch an den Reichspräsidenten anschloss und in dem es hieß:

Der Fall Ossietzky ist mir sehr nahe gegangen. Es ist eine furchtbare und demütigende Vorstellung, in einem Lande zu leben, wo über Erscheinungen der Unordnung gewaltsam mithilfe der Justiz Stillschweigen gebreitet werden soll, und ich meine, man sollte die Mundtotmachung der öffentlichen Kritik der faschistischen Diktatur vorbehalten, unter der dann, was in einem freien Volk offen ausgesprochen wird, heimlich und feige von Mund zu Mund geht. Das Urteil des Reichsgerichts ist, so muss man fürchten, kein Rechts-

spruch im strengen und reinen Sinn des Wortes, sondern ein politischer Akt, der die Abneigung gewisser Mächte und Interessen gegen jede öffentliche Kontrolle zu decken bestimmt ist.

Wie erhofft löste das Urteil im Ausland einen Sturm der Empörung aus. Die *Londoner Times* fragte, ob die deutsche Regierung wichtige militärische Geheimnisse verbergen wolle? Zeitungen in Frankreich sprachen von »Terror«, und auch in den USA reagierten die Journalisten entsetzt.

Walter Kreiser, dem man wie Carl den Pass nicht abgenommen hatte, um die Flucht zu erleichtern, begriff das abgekartete Spiel nicht, er entkam nach Paris und veröffentlichte eine Artikelserie über die Hintergründe des Prozesses im *L'Echo de Paris*. Damit tat er den roten Talaren vom Reichsgericht den unerhörten Gefallen, ihr Urteil nachträglich zu rechtfertigen. Das Etikett »Landesverräter« haftete nun umso wirksamer auch an ihm, Carl.

»Haben wir eine Chance auf Begnadigung?«, fragte Carl seinen Anwalt. »Seien Sie ehrlich.«

Dr. Apfel wurde ernst. »Wir tun alles, was in unserer Macht steht.«

»Aber wird es reichen?«

Er atmete laut schnaufend aus, wie es nur beleibte Männer können. Dann sagte er: »Bevor Hindenburg über Ihre Begnadigung entscheidet, wird er sich ein Rechtsgutachten von Justizminister Gürtner einholen. Und der wird für ›Ablehnung‹ plädieren.«

»Wie können Sie da so sicher sein?«

»Gürtner hat nach dem Versuch von Erich Ludendorff und Adolf Hitler, die deutsche Regierung zu stürzen, die vorzeitige Begnadigung Hitlers vorangetrieben. Er denkt strikt deutschnational. Für ihn sind Sie der Feind.«

»Aber Hindenburg könnte dennoch anders entscheiden.«

»Er könnte. Womöglich wird ihm unser Schreiben aber auch gar nicht vorgelegt, sondern man delegiert es gleich an Gürtner. Auch bei Hindenburg arbeiten Kräfte, die uns nicht wohlgesinnt sind.«

Das Gnadengesuch wurde Anfang April abgelehnt. Maud weinte Tag und Nacht. Rosalinde schickten sie auf ein Internat auf dem Land. Wie taub ging Carl durch die verbliebenen Tage, bis das gefürchtete Schreiben eintraf.

In der Strafsache gegen Sie wegen Verrats militärischer Geheimnisse werden Sie geladen, sich zum Antritt der durch vollstreckbares Urteil des IV. Strafsenats des Reichsgerichts gegen Sie erkannten Gefängnisstrafe von einem Jahr und sechs Monaten bis spätestens zum 10. Mai im Strafgefängnis in Berlin-Tegel zu melden, widrigenfalls gegen Sie ein Vorführungs- oder Haftbefehl, nach Lage der Sache auch ein Steckbrief erlassen werden wird.
Diese Ladung ist mitzubringen und vorzuzeigen.
In Vertretung,
Nagel

Der Ankläger, der ihn in Leipzig scharfzüngig demontiert hatte, Reichsanwalt Nagel, hatte mit der Macht seines Namens allen Boden des Deutschen Reichs für ihn verboten, bis auf eine kleine vergitterte Zelle, die ihm noch gestattet war. Die Buchstaben seiner Unterschrift waren lang gezogen und schmal, fünf Buchstaben nur, aber sie waren mit Schwung und Überzeugung unter das Schreiben gesetzt. Diese fünf Buchstaben hatten die Macht, ihn für anderthalb Jahre gefangen zu setzen.

25

In diesen Tagen wurde mir klar, weshalb mich Kahlen-Hunte nach Berlin gebracht und auf Ossietzky angesetzt hatte. Er hatte gehofft, nein, von mir *erwartet*, dass ich Ossietzky mit derselben Hartnäckigkeit bedrängen würde, die ich auch im Fall Franz Tausend an den Tag gelegt hatte. Einer Hartnäckigkeit, die mich in München bereit gemacht hatte, die Befugnisse eines Kriminalpolizisten deutlich zu überschreiten. Auf diese Weise sollte ich Carl von Ossietzky unter Druck setzen, bis er die Flucht ins Ausland ergriff und damit dem Reich nicht länger schaden konnte. Der internationale Aufruhr, der mit seiner Verurteilung einherging, war genau das, was Kahlen-Hunte hatte verhindern wollen.

Anderthalb Jahre Gefängnis für ein paar Zeilen Wahrheit. Fieberhaft überlegte ich, wie ich Carl von Ossietzky wenigstens Kraft spenden konnte für die einsamen Monate in der Zelle, als etwas höchst Wunderliches geschah, etwas, womit ich niemals gerechnet hätte und was mir zunächst große Sorge bereitete.

Ich kehrte gerade erschöpft von der Arbeit heim, als mich unten vor der Haustür ein Herr im Regenmantel ansprach. Er wolle wegen Ossietzky mit mir reden.

Ich zuckte zusammen. Der Fremde war mittelgroß und hatte dunkles gewelltes Haar, das ihm tief in die Stirn fiel und auch die Ohren halb bedeckte. Er wirkte etwas abgerissen, ernst, aber nicht unfreundlich, und ein Schläger war er sicher nicht. Er sagte, er und seine Freunde hätten von Carl von Ossietzky erfahren, dass ich zwar Polizist sei, aber kein Unmensch. Ich lachte auf. »Dieses Aber kann man sich auf der Zunge zergehen lassen«, merkte ich bissig an. Er überspielte meine Bemerkung und fuhr ungerührt fort. Jetzt, da er auf so schäbige Weise ins Gefängnis gesteckt werde, überlegten die Freunde fieberhaft, was sie für Carl von Ossietzky tun könnten. Für einen Moment fragte ich mich, ob ich vielleicht laute Selbstgespräche führte und mich jemand gehört hatte, so sehr sprach der Fremde mir aus der Seele. Doch dann schrillten in mir die Alarmglocken. Wenn das nun eine Falle war? Wenn jemand von der Politischen Polizei auf diese Art meine Zuverlässigkeit auf die Probe stellen wollte?

»Wer sind Sie?«, fragte ich.

»Das tut nichts zur Sache.«

»Doch, das tut es sehr wohl.«

»Ein Freund von Carl.«

Das kann ja jeder behaupten«, erwiderte ich und holte den Haustürschlüssel hervor.

»Hören Sie, wir verlangen von Ihnen nichts Großes, nur einen kleinen Gefallen, eher eine Geste. Und es hat überhaupt nichts mit Gewalt zu tun.«

Es lag etwas Flehentliches in seinen Worten, eine Spur aufrichtiger Verzweiflung, die mich innerlich anrührte. Schließlich gab ich ihm Gelegenheit, sich genauer zu erklären.

Ich wollte ihn nicht in meine Wohnung führen, also gingen wir in den nahe gelegenen Park und setzten uns auf eine Bank. Er sprach leise, sah sich immer wieder nervös um. Das gefiel mir, es schien zu bedeuten, dass er nicht abgebrüht war. Seine Gesichtszüge hatten bei näherer Betrachtung auch etwas Weiches, fast Kindliches. Was er und seine Freunde vorhatten, war gewagter, als er glauben machen wollte, aber ich versprach, mich zu bemühen, ihnen den Rücken freizuhalten. Er drückte mir die Hand und sah mich dankbar an, und ich war mir sicher, keinen Fehler begangen zu haben.

Um das Vorhaben umzusetzen, musste ich den Vizepräsidenten der Berliner Polizei, Bernhard Weiß, darum bitten, das Gesetz zu brechen.

Dass ich es überhaupt in Erwägung ziehen konnte, mit einem solchen Ansinnen an ihn heranzutreten, hatte mit einem Ereignis zu tun, das erst wenige Wochen zurücklag. Polizeipräsident Grzesinski und Vizepräsident Bernhard Weiß, die gemeinsam über die Anzahl von 21 000 Polizeibeamten, Angestellten und Arbeitern geboten, waren im Gegensatz zu einer Vielzahl von Polizisten nicht bereit, den Nationalsozialisten kampflos das Feld zu überlassen. Albert Grzesinski war Mitglied der SPD, Bernhard Weiß Mitglied der Deutschen Demokratischen Partei.

Sie bereiteten im Dezember 1931 ein Auftrittsverbot für Adolf Hitler in Berlin vor, und nicht nur das, sie wollten ihn außerdem aus Preußen ausweisen wegen schwerer Gefährdung der öffentlichen Sicherheit und Ordnung. In der »Roten Burg« wurde ihr Plan heftig diskutiert. Grzesinski nannte Hitler vor uns Polizeibeamten einen »ausgemachten Dummkopf« und kündigte an, den »eitlen Hitler« als »lächerlichen Fatzken« bloßzustellen. Rechtlich war das kein Problem, es hatte vonseiten der NSDAP genug Gewaltandrohungen und Diktaturgelüste, Morddrohungen, Aufhetzung zu Mord und Terror, Beleidigungen und andere strafrechtlich bedeutsame Tatbestände gegeben. Wir von der Politischen Polizei – zuständig für das Sammeln dieser Delikte war meine Abteilung I – lieferten die Belege dafür, das heißt, wir unter den Kollegen, die politisch einen Erfolg der NSDAP nicht guthießen. Es gab auch in der Abteilung I genug Nazis. Die waren entsetzt über den Plan.

Bernhard Weiß und Albert Grzesinski äußerten öffentlich, die NSDAP verfolge staatsfeindliche Ziele und arbeite mit gesetzeswidrigen Methoden, auch die heimliche militärische Ausbildung ihrer Kampfverbände sei illegal, und es gebe Waffendelikte. Sie entwarfen eine Verfügung, die ich mit eigenen Augen gelesen habe:

Berlin, 11.12.1931

An Herrn Adolf Hitler

Es ist zu meiner Kenntnis gelangt, dass Sie erneut Vertreter ausländischer Zeitungen empfangen und ihnen Erklärungen abgeben wollen, die eine schwere Gefährdung der öffentlichen Sicherheit und Ordnung bedeuten. Gemäß § 14 des Polizeiverwaltungsgesetzes vom 1.7.1931 verbiete ich Ihnen die Abgabe der beabsichtigten Erklärungen und werde dieses Verbot gegebenenfalls durch Anwendung unmittelbaren Zwangs durchführen.

Zugleich weise ich Sie, da Ihr Verhalten den öffentlichen Frieden nicht sichert und den Bestand des Staates gefährdet, als lästigen Ausländer von Landespolizei wegen aus Preußen aus. Die Ausweisung wird durch unmittelbaren Zwang durchgeführt.

Ministerpräsident Braun stimmte diesem Plan zu. Leider gab kurz vor Hitlers Eintreffen Innenminister Severing die Order, alles abzublasen, die Reichsregierung sei aus politischen Rücksichten dagegen.

Grzesinski und Weiß konnten jetzt nur noch strenge Polizeiüberwachung für Hitler anordnen, der daraufhin seinen Presseauftritt absagte und sich stattdessen mit einigen Großindustriellen traf.

Ein Termin bei Grzesinski war nicht zu haben, also sprach ich bei Bernhard Weiß vor. Dieser hatte unerbittlich Jagd auf die Mörder von Außenminister Walther Rathenau gemacht und unter anderem Johannes Küchenmeister vor Gericht gebracht, wo ihm aber nur nachgewiesen werden konnte, dass er den Attentätern ein Automobil zur Verfügung gestellt hatte.

Weiß wurde von der NSDAP und mit Joseph Goebbels wegen seiner jüdischen Herkunft nur noch »Isidor Weiß« genannt und regelmäßig mit Texten und Karikaturen beleidigt. Weiß versuchte, sich in immer neuen Prozessen gegen Goebbels zu wehren.

Genauso wusste ich aber auch, dass Weiß ein Gerechtigkeitsfanatiker war. Würde er für mich oder besser gesagt, für Ossietzky, das Gesetz brechen? Ich verspürte eine ungewohnte Aufregung, als ich vor seinem Büro stand. Wenn ich ehrlich war, genoss ich es auch, abseits der routinierten Pflichterfüllung tätig zu werden.

Er empfing mich in Zivil an seinem Schreibtisch – weißes, gestärktes Hemd mit Vatermörderkragen, Gilet mit Nadelstreifen, am Haken hingen sein Zylinder und das Jackett – und sah mich aufmerksam durch seine winzigen silbergerahmten Brillengläser an, während ich ihm mein Vorhaben schilderte.

»Sie wissen doch«, sagte er, »dass seit einigen Monaten in Berlin ein Versammlungsverbot gilt.«

»Natürlich weiß ich das. Ich bin ja gerade hier, um mit Ihnen zu überlegen, wie wir um dieses Verbot herumkommen.«

Er zog die Augenbrauen in die Höhe. »Sie wollen mich, einen Beamten, dazu verleiten, Gesetze zu übertreten?«

»Nein, das will ich nicht.« Ich wand mich innerlich. »Ich wünsche nur ... Bei Carl von Ossietzky geht es um alles. Wenn wir in diesem Fall nicht für unsere Ideen demonstrieren können, verdient dieser Staat das furchtbare Ende, das ihm seine Gegner zugedacht haben.«

»Ein Demonstrationsverbot ist nichts wert, wenn es nur für die politischen Gegner gilt. Es muss auch für diejenigen gelten, die mir politisch sympathisch sind. Bedaure«, sagte er.

Ich zog einen Stadtplan hervor, den ich in der Vorbereitung bereits zurechtgefaltet hatte, um die entsprechende Stelle zu zeigen. »Ich erwarte nicht, dass Sie offiziell etwas an der Verordnung ändern. Wir werden uns hier treffen, in der Nähe der Strafanstalt, am 10. Mai um elf Uhr. Sie müssten nur dafür sorgen, dass dort neunzig Minuten lang keine Polizei auftaucht.«

Er sah mich lange an, und ich war nicht sicher, ob er mich im nächsten Moment aus seinem Büro werfen würde. Schließlich zupfte er sich an seinem dünnen Schnurrbart und sagte leise: »Sie gehen jetzt. Dieses Gespräch hat nie stattgefunden.«

Ich beschloss, darin eine Zusage zu sehen.

Am Vorabend seines Haftantritts führte Carl ein letztes qualvolles Gespräch mit Maud. Er wusste, dazu würde es in den nächsten anderthalb Jahren keine weitere Gelegenheit geben. Unter den Blicken der Wachtmeister im Besuchsraum würde er Maud nicht Dinge sagen, die sie furchtbar treffen würden.

Er musste sich vorab Mut machen, unternahm einen letzten Spaziergang durch sein Viertel. Aber er sah die Häuser nicht, hörte nicht die Autos auf dem Friedrich-Wilhelm-Platz, er folgte seinem Spazierweg die Wiesbadener Straße entlang und den Südwestkorso hinauf zurück zur Wilhelmstraße und sah vor seinem inneren Auge noch einmal die Hochzeit mit Maud in Fairhaven, Essex. Als er sie zur Trauung abgeholt hatte, trug Maud ein elfenbeinfarbenes Seidenkleid, verziert mit Spitze, und in den Schleier waren Orangenblüten gesteckt. Er reichte ihr den Strauß Rosen, und als sie ihm lächelnd gegenübertrat, verströmte sie einen herrlichen, exotischen Sandelholzduft.

Sie gingen den kurzen Weg zu der idyllisch auf einem Hügel gelegenen mittelalterlichen Dorfkirche von Thundersley durch ein Spalier von Einwohnern, die sie mit Reiskörnern bewarfen. Als sie die Kirche St. Peter betraten, spielte ein Dudelsack dazu.

Die Reiskörner stachen während der Trauungszeremonie, und als er die Eheringe aus der Westentasche holte, rutschten sie ihm weg, man hörte ein feines Klingen, und die Ringe rollten in verschiedene Richtungen davon. Maud hatte damals beherzt darüber gelacht. Was war eine Ehe wert, wenn man dem anderen nicht die Wahrheit sagte? Wie sollten sie einander jemals wieder nahekommen, wenn er ihr verschwieg, wie zerrissen er war und was er ihr angetan hatte?

Die Stufen im Treppenhaus. Es roch staubig. Er sperrte die Tür auf, zog nicht einmal die Schuhe aus, schloss die Wohnungstür hinter sich. Ihm war heiß. Er trat direkt zu Maud ins Wohnzimmer und sagte: »Ich habe mich mit einer anderen Frau getroffen.« Die Worte kamen aus seinem Mund, als ob ein anderer sie ausgesprochen hätte.

Sie wurde blass um die Nase, und ihre Augen wurden feucht, während sie ihn fest ansah, ihn in einen Schraubzwingenblick nahm. »Warum, Carl?«

Mit dieser Frage hätte er rechnen müssen. »Ich habe … Ich musste einfach erfahren, dass ich nicht alles zwischen Himmel und Erde mit meiner Weisheit im Griff hab.« Was redete er da! »Ich musste fühlen, dass ich nicht versumpft bin, dass es –«

»Versumpft?«, unterbrach sie ihn. »Mit wem denn versumpft, mit mir? Habe ich dich in den Sumpf gezogen?«

»Ich habe jetzt ein neues Gefühl, ein neues Bewusstsein, und wenn die Haft geschafft ist, gehe ich für uns beide daran, ein neues Leben zu schaffen, Maud.«

»Ich übersetze das mal: Es hat dir Selbstbewusstsein gegeben, dass eine andere Frau dich geliebt hat, und das siehst du als positiven Nebeneffekt deines Vertrauensbruchs. Tja, mir hat es aber Selbstbewusstsein genommen! Weißt du, wie ich mich fühle? Wie es mich verletzt, dass ich dir nicht genüge, dass du eine andere brauchtest, um dich gut zu fühlen?«

»Du kannst diese Kämpfe nicht verstehen. Als Mann würdest du das besser nachvollziehen können.«

»Ach so. Jetzt bin ich deine kleine Frau, deine liebe Maudie, und verstehe das nicht. Carl, ich habe in London auf einer Seifenkiste im Hyde Park gestanden und für das Wahlrecht der Frauen gekämpft. Ich hatte die besten Noten auf dem College. Ich bin nicht dumm.«

»Ich bin nun mal leider ein Mensch, der innerlich beweglicher ist als viele andere. Das bedeutet auch, dass ich mich schnell verliebe.

Du hast ein anderes Herz, das weiß ich, ein gutes Herz. Vielleicht kannst du damit und mit deiner Güte und Ausdauer und Fähigkeit zu vergeben die Sache überwinden. Wir gehören zusammen. Wir ziehen doch gemeinsam unseren Lebenskarren. Mein Gefühl zu dir hat sich nicht geändert.«

»Aber meins hat sich verändert, Carl. Deine Affäre hat mir das Vertrauen zu dir zerstört, diese letzte Sicherheit, die doch das Vertrauen letztendlich ausmacht. Sie ist für immer verloren.« Sie sah weg, zum Fenster hin.

Es irritierte ihn, dass sie nicht weinte, nicht schrie. Ihm wäre es lieber gewesen. Aber sie war still, als müsse sie künftig vor ihm ihre Gefühle verbergen, als wäre er ein Fremder für sie geworden.

Schließlich sah sie ihn wieder an und sagte: »Wer hat dich denn damals überredet, nach dem Krieg, dich als Sekretär der Deutschen Friedensgesellschaft in Berlin zu bewerben? Du warst zu schüchtern und hattest das Gefühl, den anderen Bewerbern unterlegen zu sein, und als ich dich mit Mühe dazu gebracht hatte, zum Vorstellungsgespräch ins ›Excelsior‹ am Anhalter Bahnhof zu gehen, bin ich dir heimlich nachgelaufen, weil ich Sorge hatte, du drehst auf halbem Weg um. Du bist doch durch mich erst der geworden, der du heute bist!«

Sie rechnete auf, was er ihr zu verdanken hatte. Aber was war mit ihren Schwächen? Mit all den Tagen, an denen sie nicht aus dem Bett kam, mit ihren Depressionen, ihrem Suff? »Wir haben uns beide verändert«, sagte er mit brüchiger Stimme und verließ das Zimmer, bevor er den Schmerz in ihrem Gesicht sehen konnte. Das musste sie verstanden haben, die Anspielung auf ihre Sucht, und es musste ihr gleichzeitig wie ein Vorwurf vorgekommen sein, wie der Versuch, ihr eine Mitschuld an seinem Ehebruch zuzuschreiben.

Er bereute seine Worte schon, als er die ersten Schritte in den Flur machte. Trotzdem nahm er den Mantel, griff nach dem Schlüsselbund.

Seine Augen schmerzten. Sie füllten sich mit Tränen. Er hielt inne, legte den Schlüssel wieder ab. Still kehrte er ins Wohnzimmer zurück.

Sie saß unverändert da, aber ihr Gesicht war wie aus Wachs.

Er sagte: »Die nächsten anderthalb Jahre werden für uns eine harte Probe. Um dich mache ich mir die meisten Sorgen, mehr als um alles andere.« Er schluckte. »Ich will, dass du weißt, dass ich zu dir halte, zu dir und Rosalinde. Bitte vergib mir, Maud.«

Hatte sie ihn überhaupt gehört? Sie saß da und zeigte keine Regung, sah ihn auch nicht an.

Sie kamen einzeln mit Privatwagen, Droschken oder mit der Straßenbahn. Das literarische Berlin versammelte sich am Rande des Wäldchens in Tegel unter freiem Himmel und bekannte sich zum »anderen Deutschland«: Lion Feuchtwanger, Erich Kästner, Hermann Kesten, Arnold Zweig, Wolfgang Koeppen, Ernst Toller, Herwarth Walden, dazu etliche Journalisten, der Chefredakteur von *Berlin am Morgen* ebenso wie Redakteure des *8-Uhr-Abendblatts*, Mitarbeiter der *Weltbühne* sowie einige Reichstagsabgeordnete. Auch Gusti war da. Trotz des herrlichen Frühlingstages war die Stimmung so gedrückt wie auf einer Begräbnisfeier. Mahnend ragte ganz in der Nähe die Gefängnismauer in den Frühlingshimmel hinauf.

Ich war in Zivil und hielt mich etwas abseits. Was genau ich tun würde, sobald Schutzpolizei auftauchte, war mir selbst nicht klar. Irgendwie wollte ich so vielen der Versammelten wie möglich eine Gelegenheit zur Flucht bieten. Immer wieder sah ich mich um. Noch konnte ich hoffen, dass Bernhard Weiß der Versammlung den Rücken freihielt. Ich fühlte eine Spannung, einen Nervenkitzel, die berauschend waren. Endlich machte ich mal etwas anderes, als immer nur die Aufträge meiner Vorgesetzten auszuführen. Für einen Moment dachte ich, du tust das nicht nur für Ossietzky, du tust das nicht nur im Namen der Gerechtigkeit, sondern auch für dich selbst, du willst deinem grauen Dasein etwas Sinn verleihen. Ich nahm es fast wie Bilder eines aufregenden Kinofilms wahr, als ein Wagen vorfuhr und ich hinter der Windschutzscheibe die massige Gestalt des Anwalts Dr. Apfel erkannte. Auf dem Beifahrersitz saß Carl von Ossietzky. Er war blass, aber als er die Versammelten sah, kam Farbe in sein Gesicht. Er stieg aus und blieb erst einmal stehen, um den Eindruck in sich aufzunehmen. All diese Menschen, die ihn nicht ohne Verabschiedung ins Gefängnis gehen lassen wollten! Die freudige Überraschung, die sich auf seinem Gesicht abzeichnete, machte mich glücklich.

In einem perfekt geschnittenen Anzug trat Ernst Toller zu einer kurzen Ansprache hervor. Er war von schmächtiger Statur, höchstens einen Meter siebzig groß, und in seinem Gesicht schimmerten mandelförmige dunkle Augen. Er sprach als Abgesandter der Liga für Menschenrechte. Christoph Martin Wieland habe vor fast 150 Jahren geschrieben, es werde eine Zeit kommen, da man diejenigen, die die Welt von der Dummheit befreien wollen, ins Gefängnis werfen werde. Das Wort habe sich nun erfüllt. Toller wirkte auf mich wie eine Figur aus seinen Theaterstücken. Diese knappe, jähe Gestik, diese kurzen, hektisch aufgesagten Sätze. Er schloss mit dem Wunsch, dass Ossietzky gesund wiederkehren möge, und versicherte, der »Kampf gegen den Terror der politischen Justiz« werde weitergehen.

Ossietzky erwiderte laut: »Ich gehe nicht aus Gründen der Loyalität ins Gefängnis, sondern weil ich als Eingesperrter am unbequemsten bin. Ich bleibe als Insasse einer preußischen Strafanstalt eine lebendige Demonstration gegen ein Unrechtsurteil.« Da bemerkte er mich und erstarrte.

Ich versuchte ein Lächeln und wies auf die Versammlung. In der Menge erkannte ich jetzt auch den jungen Mann mit dem gewellten Haar, der mich um Unterstützung gebeten hatte. Er nickte mir kurz zu. Ich sah abermals zu Ossietzky, seine Augen flackerten nervös. Ich sah ihn weiter freundlich an, und schließlich nickte auch er kurz, so schien es mir. Er hatte also begriffen, dass ich die Seiten gewechselt hatte, zumindest innerlich. Ich spürte ein ganz neues Gefühl der Zugehörigkeit, wie ich es in den Jahren in München bei der Polizei empfunden, seither aber so lange entbehrt hatte.

»Das Reichsgericht hat mich in unangenehmster Weise abgestempelt«, fuhr er fort. »Landesverrat und Verrat militärischer Geheimnisse – das sind herabwürdigende Etiketten, mit denen sich nicht leicht leben lässt. Aber ich denke an die achttausend politischen Gefangenen, die nicht das unerhörte Glück hatten, dass ihr Fall über die Grenzen Deutschlands hinaus die Welt beschäftigt hat. Auch für sie gehe ich ins Gefängnis, und ich werde ungebessert entlassen werden.«

Er begann sich mit Händedruck von allen zu verabschieden. Radfahrer hielten auf der Straße an. Passanten blieben neugierig stehen und sahen mit Erstaunen zu, wie alles sich drängte, einem ›Verbrecher‹ die Hand zu schütteln. Carl sagte: »Ich hoffe, dass die *Weltbühne* den Mut zur eigenen Meinung behalten wird.«

Jemand aus der Menge von Ossietzkys Freunden rief: »Heraus mit den politischen Gefangenen! Nieder mit den Kriegsvorbereitungen der Bourgeoisie!«

Alfred Apfel blickte ärgerlich hinüber und schüttelte den Kopf. Er nahm seinen Mandanten am Arm und begleitete ihn zum Gefängnistor. Ein letztes Umdrehen, ein letzter Gruß. Ich hatte den Eindruck, dass Carl zu Gusti hinsah.

Die eiserne Tür schlug hinter ihm zu.

26

Wenige Tage später nahm mich, kaum dass ich die Rote Burg betreten hatte, mein Bruder zur Seite. Er wirkte aufgebracht. »Polizeipräsident Grzesinski und Polizei-Vizepräsident Bernhard Weiß sind durch Wehrkreiskommandeur Generalleutnant von Rundstedt ihre Ämter enthoben worden.« Martin sah mich auf eigentümlich misstrauische Weise an, als wollte er meine Reaktion überprüfen.

War die Kundgebung für Ossietzky womöglich ein Grund für die Sache? Wusste Martin etwa von meinem Gespräch mit Bernhard Weiß? »Das ist schade«, sagte ich möglichst unbeteiligt und wandte mich ab.

»Hier wird jetzt ein andrer Wind wehen. Sei vorsichtig, Heinrich«, raunte er mir eindringlich zu, »ich meine es nur gut mit dir.«

Kurz darauf erfuhr ich, dass Grzesinski sich gegen die Entlassung zur Wehr setzte. Er schickte seine Sekretärin zu mir, die in seinem Namen Kriminalbeamte meiner Abteilung, der Politischen Polizei, zum Schutz seiner Person anforderte. Ich fühlte mich geschmeichelt, dass mir die Aufgabe zufiel, diesen Schutz zusammenzustellen. So leicht, wie Martin das unterstellte, würde der neue Wind die beiden Polizeipräsidenten nicht aus den Gängen des roten Ziegelsteinbaus wehen. Ich begann sofort, eine Liste von Kollegen zu erstellen, denen ich zutraute, dass sie Grzesinkis Bitte Folge leisteten. Dabei kaute ich wie ein Schuljunge an meinen Fingernägeln. Es gab nur wenige verlässliche Männer.

Franz Neumüller, der Kinogänger, schien mir eine sichere Bank zu sein. Ich klopfte an die Tür seines Büros und trat ein. Er war über eine Akte gebeugt, aber wie einer, der bis vor wenigen Augenblicken sinnierend aus dem Fenster hinausgestarrt hatte, es sah etwas zu bemüht aus, wie von einem, der nicht vom Vorgesetzten beim Müßiggang ertappt werden wollte, zudem war die Akte zwar aufgeschlagen, aber lag so quer, dass er unmöglich darin gelesen haben konnte. Also hatte auch er von der Neuigkeit erfahren und war aufgewühlt. Umso besser. Er war erleichtert, dass ich es war, nur ein Kollege. Auf meine Frage hin bestätigte er, dass er gerüchteweise von den Entwicklungen gehört hatte, und ich sagte kumpelhaft zu ihm: »Komm mit, Grzesinski und Weiß brauchen uns jetzt. In diesem Film spielen auch wir zwei eine Rolle.«

Neumüller kratzte sich mit besorgtem Gesicht den Hinterkopf, ich lächelte ihm aufmunternd zu, aber er wich meinem Blick aus. »Es tut mir leid, ehrlich, Heinrich, aber nach dem, was ich gehört habe, ist es völlig aussichtslos.«

Ich argumentierte, dass man nicht so schnell aufgeben dürfe, dass es immer mehr Möglichkeiten gebe, als man glaube, dass die doch nur damit rechneten, dass wir sofort kampflos aufgäben, aber ich merkte rasch, dass meine Worte ihn nicht erreichten.

Ich verließ das Büro und wandte mich an Heinz Baldauff, den ewigen Junggesellen. Ich ärgerte mich über meine eilfertige Planung, es wäre besser gewesen, mit ihm anzufangen, wenn ich mit einem anderen Polizisten an der Seite bei Franz aufgetaucht wäre, hätte ich ihn vielleicht umgestimmt. Bei Baldauff konnte ich mir der Unterstützung sicher sein, ich hatte ihn unlängst wieder vor dem Spott eines Kollegen geschützt, und als ich eintrat, nahm er mich gleich brüderlich in die Arme. Er sprach sofort die skandalöse Entlassung an, von der ich doch sicher auch gehört hätte, und er fand es »schockierend, unmöglich«, aber als ich ihn um Unterstützung bat, bekam ich fast die gleichen Argumente zu hören wie zuvor im Büro von Franz. Ich war sprachlos und schlug beim Rausgehen die Tür wütend hinter mir zu.

Wider besseres Wissen unternahm ich noch einige weitere Versuche. Aber ich glaubte schon selbst nicht mehr an einen Erfolg, ich konnte die Enttäuschung in meiner Stimme bereits hören, wenn ich meine Bitte vortrug. Der Erste schob seine Familie vor und seine Verantwortung für die Kinder, der Zweite die gerade erst überstandene Probezeit, der Dritte ließ mich kühl abblitzen.

Ich kehrte in mein Büro zurück und starrte ratlos auf die Unterlagen auf meinem Tisch. Am liebsten wäre ich jetzt einfach nach Hause gegangen und hätte mich ins Bett gelegt und mir am Nachmittag eine Zugkarte nach München besorgt.

Es klopfte an der Tür, und noch ehe ich »herein« sagen konnte, stand Martin vor meinem Stuhl und sah vorwurfsvoll auf mich herab. Ich scheine seinen brüderlichen Rat nicht sehr ernst zu nehmen, es errege höchst sonderbares Aufsehen, dass ich hier versuchte, Kollegen aufzuwiegeln. Er habe das nur zurechtrücken können, indem er behauptet habe, er sei noch nicht dazu gekommen, mich vollumfänglich zu informieren. »Hör jetzt gut zu, Heinrich« sagte er. »Die Polizei kann, selbst wenn sie sich aus welchen Gründen auch immer geschlossen gegen die Neuerung stellt, nichts ausrichten oder verhindern. Franz von Papen hat soeben die 100 000 Mann starke Reichswehr in den militärischen Ausnahmezustand versetzt. Viele deiner Kollegen haben sich schon bei Melcher gemeldet, der zum neuen Polizeipräsidenten aufgerufen worden ist, keiner wird mit dir für Polizeipräsidenten Grzesinski und Vizepräsident Bernhard Weiß in die Bresche springen. Also hör auf, hier die Leute verrückt zu machen.«

Beim Hinausgehen wandte er sich noch mal zu mir um und sagte, er habe ein nettes Mädchen kennengelernt, sie würden sich bald verloben, wir sollten doch mal zu dritt ausgehen, gepflegt einen zusammen trinken, dann sehe alles gleich anders aus. Er zwinkerte mir zu und machte eine Miene, als erwartete er, dass ich mich jeden Moment überschwänglich bei ihm für seine Fürsorglichkeit bedankte.

Ich zuckte nur mit den Schultern.

Nach einer Weile entschloss ich mich, hinaufzugehen und mir selbst ein Bild zu machen. Die Vorstellung, dass die Männer, die bis gestern noch machtvoll dem Polizeiapparat vorgestanden hatten und in der ganzen Stadt bekannt und gefürchtet waren, von einem Tag auf den anderen wie Diener, die silberne Löffel gestohlen hatten, vom Hof gejagt wurden, hatte etwas Surreales, gänzlich Unwirkliches für mich. Ich hoffte immer noch auf eine gezielte Fehlinformation, auf einen Täuschungsversuch. Ich eilte also in die Büroetage von Grzesinski und Weiß hinauf. Eine gespenstische Stille lag über dem breiten, langen Flur. Ich konnte nur noch mitansehen, wie die beiden Männer von Soldaten verhaftet wurden. Bernhard Weiß musterte mich ausdruckslos durch seine Nickelbrille, als wolle er sagen, dass nun alles egal sei. Der Blick der Reichswehrsoldaten hingegen sagte mir sehr unmissverständlich, dass ich mich unverzüglich entfernen solle.

Unsere Abteilung I wurde vollständig umgebaut. Künftig gab es nur noch ein Dezernat gegen rechtsradikale Bewegungen, aber fünf Dezernate gegen die KPD und linksradikale Bewegungen. Wer der Republik kritisch oder gar feindlich gegenüberstand und für einen Führerstaat eintrat, wurde auf hohe Posten befördert.

Es war etwa eine Woche, nachdem die Polizeipräsidenten ausgetauscht worden waren, dass ich am frühen Abend vor dem Haus, in dem meine Mietwohnung lag, eine bekannte Gestalt entdeckte: den Mann in dem abgewetzten grauen Regenmantel, der mich um Rückendeckung für die Kundgebung für Ossietzky gebeten hatte. Sein dunkles Haar fiel ihm nicht mehr ganz so tief in die Stirn, wirkte aber immer noch ungepflegt.

»Ich … wir … schulden Ihnen noch einen Dank. Gute Arbeit.«

Ich nickte und sagte, ich sei froh, das getan zu haben, so wie es jetzt aussähe, würde ich in Zukunft kaum noch etwas Derartiges in der Roten Burg leisten können.

»Paul von Hindenburg hat alle zivilgesellschaftlichen Möglichkeiten des Protests oder Widerstands für illegal erklärt«, sagte der Mann. »Die neuen Machthaber beginnen eine breit angelegte Säuberung. Staatssekretäre, Ministerialdirektoren, Landräte und Polizisten werden rausgeworfen oder in die Provinz versetzt, wenn sie der SPD angehören oder den republikanischen Parteien der Weimarer Koalition. Stattdessen rücken nationale konservative Beamte auf. Und solche, die beim Putsch geholfen haben.«

»Schlimme Sache.« Ich fragte mich, ob er mich tatsächlich hier abgepasst hatte, nur um mir diesen Kurzvortrag zu halten.

»Wir können Leute wie Sie brauchen, solche, die wenig Wind um sich selbst machen, ihr Wort halten und das Herz am rechten Fleck haben.«

»Wir – das heißt, die Liga für Menschenrechte …?«

»… die aber nur noch im Untergrund wirken kann.« Er nannte mir eine Kneipe, wo man sich einmal die Woche treffe.

Ich erwiderte, dass ich gedanklich eigentlich schon auf dem Sprung nach München sei, es sei nur eine Frage der Zeit, bis ich wieder umziehen würde. Aber ich würde mal vorbeischauen.

Gefängnis II, Einzelhaft, Nummer: 337/32. Ein Strafanstaltsinspektor belehrte ihn über seine Rechte und Pflichten, und er sollte diese Sätze unterschreiben: »Die errechnete Strafzeit ist mir bekannt gegeben. Ich erkenne sie als richtig an. Zur Befolgung der Hausordnung bin ich ermahnt.« Man füllte eine Personenbeschreibung aus, Warzen, Narben, Leberflecke, ins Auge fallende Eigenheiten wurden notiert, der Gefängnisinspektor unterstrich bei schwächlich/schlank/untersetzt/kräftig/stark das Wort »untersetzt«, dann sah er Carl in den Mund und notierte den Zustand der Zähne. Bei Gesundheitszustand schrieb er: Nervosität. Wie auf dem Viehmarkt kam Carl sich vor.

Er musste einige Formblätter selbst ausfüllen, darauf unter anderem das Feld: Weshalb sind Sie bestraft?

Er hasste es, das hinschreiben zu müssen. *Landesverrat begangen durch die Presse.*

Gestehen Sie die Ihnen zur Last gelegte Tat ein?

Nein. Ich werde nicht ruhen, die juristische Rehabilitation durchzusetzen.

Was gedenken Sie nach der Entlassung zu tun?

Er atmete tief durch und legte seine ganze Wut in die zwei Zeilen: *Ich bin Herausgeber der* Weltbühne *und werde an diesen Platz zurückkehren.*

Der Inhalt seiner Ledermappe wurde aufgelistet, ebenso seine Kleidung, ein Regenmantel, ein Hut, fünf Taschentücher, ein Kamm, drei Familienfotos, ein Notizbuch, es war eine Liste seines Lebens, und jeder Gegenstand kam ihm plötzlich unendlich kostbar vor.

Dann schloss sich die Tür der Zelle 469, Haus II, hinter ihm. Hier würde er allein und verlassen leben, viele Monate lang. Er sah zum vergitterten Fenster. Er setzte sich auf die Pritsche. Das Zimmer engte ihn ein, er meinte, keine Luft zu bekommen.

Er stürzte zurück zur Tür und rief nach dem Schließer. Als der mürrisch zurückkehrte, fragte Carl, ob er einen Brief schreiben dürfe.

»Haftgefangene dürfen alle vier Wochen einen Privatbrief absenden.«

Er erbat sich einen Bleistift und einen Bogen Papier. Es war schon Abend, als er beides erhielt. Er schrieb:

Liebste Maudie,
den ersten Tag hätte ich hinter mir. Was soll ich schreiben –? Es ist einsam hier. Ich habe nichts zu rauchen und weder Bücher noch Papier. Weiß Gott, wann ich das bekomme. Aber die Beamten, die ich

gesprochen habe, sind alle freundlich und nett und voll Interesse für mich. Die Zelle ist hell und frisch gestrichen, infolgedessen sehr sauber. Sie wirkt mit ihrem Steinboden wie ein großes Badezimmer. Das ist alles gar nicht übel und wahrscheinlich das Beste, was heute geliefert werden kann. Aber die Vorstellung, dass hier jemand viele Monate sitzen soll, ist doch fantastisch.

Ich bin sehr traurig, wenn ich an unsern gestrigen Abend zurückdenke. Wir hätten in unser letztes Zusammensein vor langer Trennung nicht gereizte Auseinandersetzungen tragen dürfen. Ich weiß, dass ich dir sehr weh getan habe.

Jetzt wird für längere Dauer kein Brief mehr gestattet sein. Grüße unsere Kleine, wenn du hinfährst. Küsse sie für mich. Ich hoffe, bald von dir zu hören. Verzweifle nicht, es muss besser werden. Vieles möchte ich dir heute Abend schreiben, was ich als zu persönlich nicht schreibe.

Ach, mein Schmetterling, liebe Freundin meiner Jugend, ich wünsche dir gute Tage, dir soll das Leben leicht werden. Bitte sei nicht einsam, verkrieche dich nicht. Ich küsse dich. Trag den Kopf hoch. Es wird nicht so schlimm.

Dein Carl

Die Enge, der Geruch von Moder, Angst und Gewalt in diesem Gebäude, schnürte Carl die Brust zu. Es war erst der erste Abend, und schon der wollte nicht vergehen. Wenn er nur etwas zu lesen hätte.

Am nächsten Tag gab es Bohnen, die zu lange gekocht worden waren. Sein Magen rebellierte. Was für Texte heute wohl für die *Weltbühne* gekommen waren? Und worüber sie gerade in der Redaktion debattierten?

Gusti fiel ihm ein, und er malte sich mit schlechtem Gewissen ihr Gesicht aus und dachte daran, wie es sich angefühlt hatte, wenn er seine Hand an ihre Wange legte, und wie sie ihn dann ansah mit funkelnden schönen Augen. Für viele Journalisten war er jetzt ein

Heiliger, weil er sich für die Pressefreiheit geopfert hatte. In Wahrheit aber hatte er sich auf seine Weise die achtzehn Monate schon verdient. Er war ein Ehebrecher. Als Familienvater war er, so kam es ihm jetzt vor, ein Hochstapler. Einer, der so tat, als ob.

Er machte ein paar Kniebeugen, etwas, das er früher nie getan hatte. Es verwirrte ihn. Er setzte sich auf die Pritsche und wartete, bis sich sein Atem beruhigt hatte. Dann wieder holte er die Übung. Morgen würde er Liegestütze machen, nahm er sich vor. Schon war er sich selbst fremd geworden. Wenn er so weitermachte, würde er sich nach seiner Entlassung als Sportlehrer bewerben. Wie schmal die Grenze zwischen gesundem Verstand und Wahnsinn war. Er musste sich vorsehen, nicht hinüberzustolpern.

Er stellte sich vor, in seinem Arbeitszimmer in der Redaktion der *Weltbühne* zu sein, versuchte, sich zu erinnern, wo welches Buch im Regal stand. Wie voll war der Papierkorb gewesen, als er zuletzt dort gewesen war? An das Arbeitszimmer zu denken half ihm, sich wieder zu fassen.

Die Menschen draußen dachten jetzt über tausend Sachen nach, über das Essen von morgen, über den letzten Film, den sie im Kino gesehen hatten, über Katzen, die ihr Heim nicht wiederfanden. Aber nicht darüber, dass gerade ein neuer Weltkrieg vorbereitet wurde.

Am nächsten Tag gab es Erbsen, die so weich gekocht waren, dass sie schon auf dem Löffel zu einem Brei zerfielen. Die Kartoffeln waren mehlig geschmacklos. Er aß alles auf und hatte immer noch Hunger.

Er hörte das Rasseln eines Schlüsselbundes vor der Tür, die sich sogleich öffnete. »Kommen Sie, der Chef will Sie sprechen.«

Gern hätte er das vorher gewusst, hätte sich darauf eingestellt, sich gekämmt, sich ein paar Gedanken gemacht. Aber hier war man wie ein Kind, man hatte zu tun, was einem gesagt wurde, den Plan machten andere.

Der Schließer führte ihn durch die Gänge und über den Hof in ein anderes Gebäude, wo sie ein Büro betraten. Das Büro wirkte wie eine Oase der Normalität, es hatte keine vergitterten Fenster, sondern Aktenordner, Zimmerpflanzen, sogar eine Gemäldekopie an der Wand: Claude Monets Frau mit Sonnenschirm. Dieser Wiesengrund voller Farben, Lichter und Düfte. Und wie sich das weiße Kleid der Frau im Wind bauschte, während der zarte blaue Schleier sich durch die Böe von ihrem verborgenen Gesicht zu lösen schien. Alles auf diesem Bild war in Bewegung, auch die Wolken vor dem sommerlich blauen Himmel.

»Sie sind für die ein Held«, sagte der Gefängnisdirektor.

»Wie meinen Sie das?«

Der Gefängnisdirektor las aus der Zeitung vor: »Es ist nicht mehr Zivilcourage, nicht Zivilmut, es ist Ziviltapferkeit.«

Carl blieb in der Nähe der Tür stehen und schwieg. Ihm selbst hallte das Wort vom Verräter im Kopf wider, das der Richter ihm während der Verhandlung zugeworfen hatte, und das er überall las, seit Walter Kreiser alias Heinz Jäger ohne sein Wissen die Informationen über den Flugzeugprozess an die Zeitung *L'Echo de Paris* verkauft hatte. Ausgerechnet er, der sich nie vorstellen hatte können, außerhalb Deutschlands zu leben.

»Laut Gericht sind Sie nicht als politischer Überzeugungstäter anzusehen. Es gibt also keine Hafterleichterungen für Sie. Für den Strafvollzug gelten Sie als gewöhnlicher Krimineller.«

Wie bitte? Erst wurde vor Gericht mühsam hingebogen, dass er Überzeugungstäter sein müsse, weil man ihn sonst nicht wegen Spionage und Landesverrats verurteilen konnte, und dann wurde es ihm nachträglich wieder aberkannt, damit er noch niedriger getreten werden konnte. Er hätte am liebsten laut protestiert, aber er begriff, Forderungen würden ihm hier nichts als Ärger bringen, er musste erst mal Demut zeigen. »Und eine Tageszeitung? Könnte es die vielleicht geben?«, fragte er leise. »Ich muss auf dem Laufenden bleiben. Das ist für meinen Beruf als Herausgeber und Journalist wichtig.«

»Ich gebe Ihnen Bescheid«, sagte der Direktor.

»Ich würde sonst, die geistige Verbindung verlieren und später in eine Welt entlassen werden, die mir fremd erscheint. Ich spüre schon heute, nach drei Tagen, zwischen mir und den Dingen eine dicke Mauer.«

»Wie gesagt, Sie erhalten Bescheid.«

Als er nach der *Weltbühne* und Büchern fragte, wurde der Direktor ärgerlich: »Wir sind keine Leihbibliothek! Wir sind eine Haftanstalt, Ossietzky.«

»Bitte verzeihen Sie.«

Mürrisch knurrte er: »Ich setze Sie auf die Liste. Dann wird Ihnen jede Woche ein Buch zugewiesen.«

»Dafür danke ich sehr.«

Er wandte sich der vor ihm liegenden Akte zu. »Sie sind als arbeitsfähig gemeldet und haben angegeben, selbstständig arbeiten zu wollen. Deshalb habe ich Sie vorgeladen. Ihnen muss klar sein, dass Sie von unserer Haftanstalt aus keine Artikel veröffentlichen können, weder in der *Weltbühne* noch sonst irgendwo.«

»Ich … Ich habe einen Buchvertrag. Ich muss ein Buch schreiben. Ist es möglich, in der Zelle eigenständig daran zu arbeiten? Allerdings brauche ich Literatur dazu. Was, wenn sie mir jemand von draußen mitbringt? Sie können sie vorher durchsehen, selbstverständlich.«

Der Direktor musterte ihn streng. »Worum soll's gehen in Ihrem Buch?«

»Die deutsche Geschichte seit dem Ende des Siebenjährigen Krieges.«

»So, so.« Er nahm einen Stempel aus dem kleinen Ständer und klappte das Stempelkissen auf. Ohne Carl anzusehen, sagte er: »Sie können gehen.«

Als Carl sich schon umgewandt hatte, sagte der Direktor: »Haben Sie nicht etwas vergessen?«

Carl blickte sich verwirrt um.

Der Direktor deutete auf das *Berliner Tageblatt* auf seinem Schreibtisch, hob es leicht an und lächelte.

Von einer Welle der Dankbarkeit durchflutet, holte sich Carl die Zeitung ab. »Danke. Wirklich, vielen Dank.«

Der Direktor nickte und winkte ihn hinaus.

Wie er die Zeitung las, kaum dass er zurück in der Zelle war! Langsam, genüsslich jedes Wort kauend. Er genoss es, wie die Neuigkeiten seinen Kopf erfrischten. Einzelne Artikel hob er sich für später auf wie eine Süßigkeit. Er faltete die Zeitung andächtig, betrachtete die Werbeanzeigen, die Typografie, die Fotos.

Im Reichstag war es zu einer blutigen Auseinandersetzung gekommen, vier Abgeordnete der NSDAP hatten den Kapitänleutnant a. D. Klotz, den Herausgeber der Antifaschistisch-sozialistischen Presse-Korrespondenz, im Restaurant des Hohen Hauses verprügelt. Obwohl sie zu viert einen Wehrlosen niedergeschlagen hatten, stellte sich anschließend die gesamte Fraktion hinter sie, als hätten sie eine Heldentat vollbracht.

Der Zeitungsartikel schilderte, wie im Reichstag, sobald es zu Lärmszenen kam, aus den hinteren Reihen der nationalsozialistischen Fraktion eine Art Rollkommando vorrückte, um sofort mit Fäusten dagegen vorzugehen.

Die Maske verrutscht, dachte Carl, und das wahre Gesicht der NSDAP zeigt sich sogar dort, wo eigentlich Fakten und die Suche nach einem politischen Kompromiss herrschen sollten.

Die dicken Wände erdrückten ihn. Er musste hier raus. Er starrte auf die mattgrün gestrichene Wand, Ölfarbe, damit man sie gut reinigen konnte, nur der obere Teil war geweißelt. Er spürte eine Traurigkeit in seiner Brust, die ihn lähmen wollte.

Nachts kratzte die Bettdecke, und er stellte sich Reichsanwalt Nagel vor, der bequem in seinem Bett lag, mit gutem Gewissen und selbstzufrieden. Paul Jorns, Reichsgerichtsrat Dr. Baumgarten, Goebbels, Hitler, die Industriellen, die an der Rüstung verdienten, sie alle waren erleichtert, dass er eingesperrt war.

In einer Art Zwangsvorstellung sah er vor sich, wie die, die ihn zu Unrecht verurteilt hatten, einzeln in die Zelle kamen, um sich bei ihm zu entschuldigen, und wie er ihre Reue gütig aufnahm und ihnen kameradschaftlich auf den Rücken schlug, und wie erleichtert sie dann waren. Sie bedankten sich, weil sie wussten, dass er ihnen schaden konnte, auch von der Zelle aus. Als er sagte, dass er ihnen verzieh, heulten sie vor Rührung und Scham.

Am nächsten Tag bekam er ein Buch aus der Anstaltsbibliothek, offen wahllos, ein mieser Schauerroman, aber er las ihn dreimal durch und begann wieder von vorn.

Er freute sich, wenn eine Hummel gegen die Fensterscheibe brummte.

Das Gespräch mit musischen Menschen fehlte ihm. Eine vernünftige Tätigkeit zu haben, die den Tag füllte. Selbst die ewigen Streitereien mit Kurt Hiller, der ihm unausgesetzt vorwarf, politisch nicht eindeutig genug Stellung zu beziehen und nicht den reinen Sozialismus zu predigen, entbehrte er. Stattdessen war er den Anordnungen mürrischer, schlecht riechender Aufseher unterworfen. 6:30 Uhr aufstehen, von 9–10 auf dem Hof Runden gehen, wobei das Gehen sicher nur eine halbe Stunde ausmachte, das Abgeholtwerden und das viele Schließen und das wieder Hineingebrachtwerden kosteten eine Menge Zeit. Um 12:00 Uhr Mittag, um 18:30 Uhr Abendbrot. Licht löschen. Pritsche.

Auf den ersten Besuchstag zitterte er hin. Endlich war er da. Carl wurde in ein Besuchszimmer geführt und durfte Platz nehmen. Maud setzte sich ihm gegenüber.

»Es tut mir leid. So sehr, Maud.« Verstand sie, dass er nicht das Gefängnis meinte?

»Ich bin eine gute Schützin. Ich schieße sie einfach um.«

Sie würden nach der Haftzeit weiter zusammen sein. »Danke«, flüsterte er.

Der Wachtmeister räusperte sich. »Laut und deutlich sprechen«, befahl er.

Carl wiederholte es, mit fester Stimme: »Danke, Maud.«

Als der nächste Besuchstag nahte, erfuhr er, dass eine Gusti Hecht sich für ein »Arbeitsgespräch« angemeldet hatte.

Im Norden Berlins, an der Kreuzung Müller- und Seestraße, endeten die Gleise der Untergrundbahn. Mit der Tram setzte Gusti ihren Weg fort. Eine Weile ging es durch ein modern gebautes Vorstadtviertel. Dann lichtete es sich zusehends, auf der linken Seite der Tegeler Landstraße waren Schrebergärten zu sehen, während die rechte von alten, niedrigen Häusern gesäumt war. Die Straßenbahn legte hier im Freien ein tüchtiges Tempo vor. Bald ließen sie auch Reinickendorf hinter sich. Die letzten Schrebergärten verschwanden, stattdessen sah Gusti auf Kiefernwäldchen. Durch den Schleier der Stämme hindurch ahnte sie große, dunkelrote Gebäudekomplexe. Die Elektrische hielt. Sie war an ihrem traurigen Ziel angelangt: Das Strafgefängnis Tegel. Zur Landstraße hin bot sich eine freundliche Front, eine Anzahl von Häusern, wahrscheinlich Beamtenwohnungen, und dahinter ein quer gelagertes Portalgebäude. Das Ganze wirkte eher wie ein großes Krankenhaus.

Im Portalgebäude erhielt sie eine Nummernmarke und wurde angewiesen zu warten. Ein Beamter holte sie ab. Sie überquerten einen Binnenhof, rote Gebäude ringsum, die alle aus demselben Backstein gebaut waren. Zwei rote Kirchtürme ragten über dem Hauptgebäude auf. Jetzt sah sie dicht an dicht hohe Gebäude mit den vergitterten Fenstern.

Wieder musste sie warten. Sie hegte den Verdacht, dass man alle anderen Besucher vorließ, das Wachpersonal hatte wohl Freude daran, sie anzugaffen. Schließlich waren alle gegangen, und man sagte ihr, jeder hätte eine Viertelstunde gehabt, ihr habe man eine halbe Stunde verschafft, weil sie die Letzte sei.

Sie durfte in den Sprechraum eintreten. Aus einem Nebengelass trat Carl. Er blinzelte. Kaum fand er ihre Hand für die Begrüßung. Seine Hände waren kalt wie die eines Kranken.

Sie setzte sich ans Fenster, um Carl im Licht zu sehen. Bleich sah er aus, mit dunklen Schatten um die Augen. Er hatte sicher zehn Kilo abgenommen, war hager geworden. Seine ganze Erscheinung wirkte wie gefesselt, seine Hände klammerten sich fest zusammen. Die Gegenwart des Beamten lähmte ihre Zunge.

Schließlich sagte sie: »Du brauchst jemanden, der dich bei deinem politischen Kampf unterstützt. Nicht eine Frau, die wie ein weiteres Kind ist, um das du dich sorgen musst.«

»Hätte ich noch mal die Wahl …«

»Aber du hast die Wahl. Man hat immer eine Wahl.« Mädchenhaft kam sie sich vor in ihrem Bemühen, diesen großen hageren Mann zu erobern. Warum war sie bloß so versessen auf ihn? »Ich habe übrigens ein Buch geschrieben. Mit einem Kollegen zusammen.«

»Worum geht es?«

»Der Titel sagt alles. Es heißt: *Muss man sich gleich scheiden lassen?*«

Er fuhr zusammen.

»Eine Komödie. Die Hauptfiguren sind Kurt und Lore, die trotz vieler Tücken eine glückliche Ehe führen. Mit Hund und Speisekammer, Wochenendausflügen, Bridge und Untreue, Briefwechseln und Zwillingen. Knapp zweihundert Seiten, in Leinen gebunden, für zwei Mark fünfundzwanzig. Hab dir eins mitgebracht, aber es muss erst noch von der Gefängnisleitung freigegeben werden.«

Der Überwachungsbeamte hörte, wie an seiner Körperhaltung und den amüsierten Bewegungen seiner Augenbrauen abzulesen war, interessiert zu. Er hatte wohl begriffen, dass sie und Carl ein erotisches Abenteuer verband.

Carl sah in dieses frische, junge Gesicht, die Augen eine Spur zu verrucht dunkel geschminkt, die verwegene Frisur, der stolze und spöttische Charakter, der sich für ihn aber öffnete und verletzlich machte, er sah es in den Augen, die zwar im Gespräch spielten, aber immer wieder auch still und beinahe flehend auf ihm ruhten.

Er liebte Gusti. Er wollte ihr Gesicht mit Küssen bedecken, ihre zarten, flinken Hände in seine betten, wollte mit ihr aus dem Gefängnis hinausspazieren und auf Bäume klettern, fremde Länder erkunden, gemeinsam lesen, diskutieren, tanzen.

Aber er hatte Maud sein Leben versprochen. Gusti schien seinen inneren Zwiespalt zu spüren, sie unterbrach sich, um ihn irritiert zu mustern, und fragte sorgenvoll, ob es ihm gut gehe.

»Ich freue mich auf dein Buch«, sagte er zum Abschied, und er meinte es, das Buch würde ihm erzählen, wie eine Ehe mit Gusti gewesen wäre, er würde ihr nahe sein können, indem er es las.

Sie versprach wiederzukommen und offenbarte ihm, dass sie beim Gefängnisdirektor einen Antrag auf regelmäßige Besuche gestellt habe, sie habe gesagt, das seien notwendige Arbeitsgespräche.

Der Wachtmeister grinste. »Ick sag nix«, versprach er.

Carl war das peinlich. Zurück in der Zelle war sein Eindruck von Gusti so intensiv, die aussichtslose Sehnsucht, sie zu berühren, so übermächtig, dass er sich kaum an Maud erinnern konnte. Er versuchte mit aller Kraft, Maud in sich stark zu machen. Sie kam gegen die Lebensfreude von Gusti nicht an. Für dieses Empfinden schämte er sich.

Da endlich fand er für Maud eine Waffe: das weinrote Kleid aus Paris, das ihr so gut stand. Plötzlich erinnerte er sich. Wie sie versucht hatte, herauszufinden, wann sein Geburtstag war! Damals hatten sie noch nicht einmal gewagt, sich länger in die Augen zu blicken, keiner traute sich, dem anderen seine Zuneigung zu zeigen. Bis er sie ins Konzert einlud, wobei er verschämt zugab, es sei für ihn eine große Geburtstagsfreude, wenn sie mitkommen würde. Wie sie sich freute, dass er sich verraten hatte, und wie sie sein Geburtsdatum, als er es ihr nannte, sofort halblaut wiederholte, wie ein Zauberwort zu seinem Herzen.

An diesem Abend trug sie das weinrote Kleid, das ihre Figur betonte, ohne sie bloßzustellen. Er hatte sich extra einen Smoking anfertigen lassen. Im Konzert konnte er sich kaum auf die Musik konzentrieren. Anschließend kehrten sie in eine kleine Weinstube in der Rothenbaumchaussee ein, und dort überreichte sie ihm ein Geschenk: Eine Krawattennadel, in die sie durch einen Juwelier eine kleine antike indische Münze einfassen lassen hatte. Endlich wurde aus ihrem »Sie« ein »Du«.

Die wichtigste Station ihrer Liebe fiel ihm wieder ein. Anfang Dezember, es war dunkel und regnerisch gewesen, sie war die Allee an der Alster entlanggelaufen. Er war über die Straße zu ihr gesprungen und hatte ihr höflich für den Heimweg seinen Schirm angeboten. Fürsorglich den Schirm über sie haltend, nahm er ihren Arm. Sie gingen in eine Konditorei und warteten, dass es aufhörte zu regnen. Damals legte sie ihm ruhig dar, dass sie nicht so anspruchsvoll sei, wie er meine, und sich sehr wohl mit einem einfachen Lebensstil einrichten könne, und dass sie außerdem auch arbeiten und zum Beispiel mehr Schüler annehmen könne, um so zu einem gemeinsamen Lebensunterhalt beizutragen.

Er erinnerte sich, wie er ihre Hände nahm und wie stolz er gewesen war, dass sie ihm ihr Leben anvertraute.

Sie schoben es auf, seine Eltern einzuweihen, erst als er ihnen Mauds Besuch zu Weihnachten ankündigte, erzählte er von ihrer

Verlobung. Nie würde er vergessen, wie der Vater gestaunt hatte, er lächelte etwas skeptisch, aber auch anerkennend, offenbar hatte er seinem schüchternen Sohn keine Braut zugetraut.

Fast war er nun froh über die Gefängnisstrafe, das ihn einer Entscheidung zwischen Maud und Gusti entband. Er hatte anderthalb Jahre Zeit, die Kraft zu finden, Gusti Lebewohl zu sagen. Dann wollte er unbeirrt an Mauds Seite durch das Leben gehen und Rosalinde ein guter Vater sein.

Am Tag darauf sprach er zum ersten Mal mit den anderen Häftlingen. Mehr und mehr fühlte er sich wie einer von ihnen. Er aß denselben Fraß wie sie, teilte den Hof für die magere Stunde Ausgang am Tag, hörte wie sie das ewige Schlüsselklirren, die barschen Anweisungen, die verzweifelten Schreie von Gefangenen, die von anderen gequält wurden. Nachmittags wurde ihm Gustis Buch in die Zelle gebracht. Er las es verliebt, amüsiert, schuldbewusst. Fand Teilstücke von Gesprächen, die er und Gusti geführt hatten. Er hatte das deutliche Gefühl, sie habe den Roman nur für ihn geschrieben.

Mitten beim Lesen setzte er sich wie elektrisiert auf. Das Paar im Buch besaß eine Schildkröte. Das konnte doch kein Zufall sein! Wer in Berlin hielt sich schon eine Schildkröte in der eigenen Wohnung! Wenn Maud diesen Roman in die Hände bekam, musste sie nur eins und eins zusammenzählen. Seine Hände wurden feucht und klebten förmlich an dem Leineneinband. Er sollte das überhaupt nicht lesen.

Und Rosalinde? Was sollte die von ihrem Papi denken, schlimmer noch, was würde sie über das Leben lernen, etwa, dass man das so machte, dass man seinen Ehepartner betrog? Er schloss die Augen und sank im Bett nach hinten, bis er an der kalten, harten Wand lehnte.

Wie kam es, dass er im politischen Kampf so stark war, in der Liebe aber schwach? Er war nicht der Mann, der er sein wollte.

Als er am nächsten Tag für die Hofstunde nach draußen gelassen wurde, überreichte er dem Wachtmeister Gustis Buch. »Das möchte ich der Leihbibliothek spenden.« Mit angestrengter Konzentration las er die Tageszeitung und die *Weltbühne*, strich wichtige Absätze an, machte sich Notizen.

Am 6. August meldete das *Berliner Tageblatt*, bei den Nazis seien Panzerwagen beschlagnahmt worden und Dum-Dum-Geschosse, die sie bei ihren Überfällen einsetzten. Einen Bombenanschlag auf eine Synagoge hatte es gegeben. Überall im Deutschen Reich gebe es Anschläge mit Handgranaten, Sprengstoff-Attentate und verwüstete Kaufhäuser.

Am 30. August wurde Hermann Göring als Nachfolger Paul Löbes zum Reichstagspräsidenten bestimmt. Er nahm die Wahl in seiner braunen SA-Uniform mit Hakenkreuzbinde an. Sofort danach beschloss der Reichstag mit der Mehrheit von NSDAP und Zentrum, weitere Beschlüsse und Anträge auf unbestimmte Zeit zu vertagen.

Am 29. September brachte die Zeitung die Polizeistatistik: Seit Anfang des Jahres waren 155 politische Morde verübt worden. Auffallend sei der abrupte Anstieg der Todeskurve in den Monaten Juni und Juli, als das Verbot der Parteiuniform aufgehoben worden war.

Und er saß in diesem roten Backsteingebäude, das aussah wie die alten Schulen, die immer nach dem kalten Staub der Turnhalle riechen und vor denen die Kinder Angst haben, saß in diesem Gebäude mit den endlosen halbdunklen Gängen, auf denen jeder Schritt hallte und die das Gerassel der Schlüsselbunde durch alle Stockwerke trugen, er saß hier und konnte nichts tun.

Nein. So kampflos durfte er sich nicht zum bloßen Zuschauer des politischen Geschehens machen lassen. Noch an diesem Abend entwarf er einen ersten Artikel: Rechtsanwalt Dr. Apfel würde einen Weg finden, ihn aus dem Gefängnis herauszuschmuggeln. Wenn er nicht unter seinem Namen veröffentlicht wurde, sondern unter einem Pseudonym, würde niemand ihnen etwas nachweisen können. Er schrieb: »Wir Anhänger des Friedens haben die Pflicht, immer wieder darauf hinzuweisen, dass der Krieg nichts Heroisches bedeutet, sondern dass er nur Schrecken und Verzweiflung über die Menschheit bringt.«

Er schrieb über den zunehmenden Antisemitismus. Und einen Brief an Kurt Tucholsky, der im Exil in Schweden zunehmend in Trübsinn verfiel; er ermutigte ihn, Artikel für die *Weltbühne* zu verfassen, er werde gebraucht. Immerhin, die Freundschaft mit ihm hatte wieder mehr Wärme bekommen, »Lieber Oss«, so begannen Tucholskys Briefe aus dem Exil.

Nachts hörte er auf das Gluckern in den Heizungsrohren. Es klang, als lachten sie ihn aus.

27

Kurz vor Weihnachten trat ein Beamter mit mürrischem Gesichtsausdruck in Carls Zelle und sagte, er könne seine Sachen packen, morgen werde er entlassen. Im ersten Augenblick glaubte er an einem Scherz, doch dann erinnerte Carl sich, dass sein Anwalt beim letzten Besuch Andeutungen in diese Richtung gemacht hatte, die er damals nicht recht ernst genommen und für einen bloßen Versuch gehalten hatte, Trost zu spenden.

Am 22. Dezember, nach zweihundertsiebenundzwanzig Tagen in der Zelle, trat Carl gegen 18:00 Uhr durch das Gefängnistor. Draußen erwarteten ihn Hilde Walter, seine Sekretärin Hedwig Hünicke und Freunde von der Liga für Menschenrechte. Sie wollten ihn zur Redaktion der *Weltbühne* in die Kantstraße 152 bringen, dort würden auch Maud und Rosalinde warten, und eine Menge Freunde seien da, um mit ihm zu feiern.

Er weigerte sich. Er wolle ein Abschiedsgeschenk für die Häftlinge kaufen, die Weihnachten in ihren Zellen verbringen müssten. Zu Weihnachten würden extra die Wachen verstärkt, weil in diesen Tagen die Selbstmordgefahr der Gefangenen am größten sei, sie würden sich verlassen fühlen und Sehnsucht nach ihren Familien verspüren.

Man gab nach und fuhr ihn in die Stadt und wieder hinaus zur Haftanstalt, wo er Kuchen und Tabak abgab. »So wat hab ick selten erlebt«, sagte der Wachtmeister, der alles in Empfang nahm, »dat eener gleich wiederkommt und Jeschenke für die andern bringt. Respekt.«

Endlich ging es zur *Weltbühne*. Die Redaktion bereitete ihrem Herausgeber einen triumphalen Empfang mit Ansprachen, die ihm peinlich waren. Aber er freute sich wie ein Kind, als man ihm seine erste moderne Armbanduhr und einen ebenso modernen Füller schenkte. Seine Tochter Rosalinde drückte sich an ihm, und sie ließen sich zusammen fotografieren. Als man ihm zutrank, fiel Maud das unablässige Zittern seiner Hände auf, vergebens hatte er versucht, es zu verbergen, sie fragte leise: »Geht's dir nicht gut? Willst du nach Hause?«

Das machte das Zittern nur noch stärker, ein Nachbeben der seelischen Erschütterung seiner Haft, sie hatte ihn doch mehr getroffen, als er eingestanden hatte. Jetzt fiel ihm das Glas aus der Hand und zerschellte am Boden. Alle sahen erschrocken zu ihm hin. »Es geht schon«, sagte er. »Die Zimmer hier sind so groß, daran muss ich mich erst wieder gewöhnen.«

Die Feiernden lachten.

Er nahm Rosalinde und Maud am Arm und zog sie mit nach draußen. »Gehen wir spazieren. Das konnten wir so lange nicht.«

Nach und nach erfuhr er in vollem Umfang, was geschehen war:

Im Dezember war von der SPD im Reichstag eine Amnestie-Debatte begonnen worden, man wollte die politischen Häftlinge freibekommen. Die NSDAP war leicht zu überzeugen, die KPD ebenso, die Linken wollten die linken Häftlinge begnadigen, die Rechten die rechten Häftlinge, fünfzehntausend Menschen sollten freikommen, eine gigantische Amnestie, nur über die Landesverräter wurde wochenlang gestritten – wobei jeder wusste, dass vor allem einer gemeint war, er, Carl von Ossietzky. Die Nationalsozialisten legten keinen Wert darauf, dass er amnestiert würde, und die Kommunisten ebenso wenig. Die Liga für Menschenrechte kämpfte an der Seite des SPD-Abgeordneten Dr. Marum unerbittlich, und schließlich stellte sich die ganze SPD, die für die Zweidrittelmehrheit nötig war, auf den Standpunkt: Wenn der Landesverräter nicht freigelassen wird, fällt das Ganze ins Wasser. Sie gewannen. Ein sozialdemokratischer Abgeordneter sagte nach der Abstimmung resigniert: »So, jetzt kann er wieder über uns schimpfen.«

In den nächsten Wochen verwandelte sich Carls Erschöpfung in Lebenswut. Er mietete zum ersten Mal eine eigene Wohnung, holte Rosalinde, die nur anlässlich seiner Befreiung zur Besuch gewesen war, dauerhaft vom Internat nach Hause zurück, verschuldete sich für die Anschaffung neuer Möbel. Er wollte endlich für seine Familie da sein, das hatte er sich in den einsamen Nächten im Gefängnis vorgenommen. Er schrieb gegen die Nazis an, gegen den Militarismus in allen Bereichen des öffentlichen Lebens, warnte vor dem Führerkult. Er versuchte, mit Maud zu sprechen wie früher, sie tranken Tee zusammen, redeten über Bücher, über Musik, über die Zukunft. Er bemühte sich, nicht an Gusti zu denken.

Sie musste sein Signal verstanden haben. Dass er sich nicht bei ihr meldete, war seine Absage an sie.

Aber das hieß nicht, dass er sich nicht nach Gusti sehnte. Er ertappte sich dabei, dass er, wenn er allein spazieren ging, an der Kneipe vorbeiging, wo er sie das erste Mal gesehen hatte, manchmal warf er verstohlene Blicke hinein und war halb enttäuscht, halb erleichtert, sie nicht zu sehen.

Es war Ende Februar. Obwohl die Temperaturen knapp unter null lagen, ahnte man schon den kommenden Frühling. Unter seinen Schuhen knirschte der aschebestreute alte Schnee. Er war eine Woche lang nicht zum Spazierengehen gekommen, nach seinem Vortrag beim Schutzverband Deutscher Schriftsteller war in der Redaktion der *Weltbühne* viel aufzuarbeiten gewesen. Jetzt ging er wieder den vertrauten Weg. Das warme Licht, das aus den Fenstern der Kneipe fiel, lockte ihn, und er blieb für einen Moment stehen und blickte hinein.

Eine Frau an einem der Tische hob den Kopf, mit schimmerndem Blick sah sie zu ihm hin, ihr Gesichtsausdruck brach, Schmerz stand darin und kindliche Freude, sie erhob sich halb, die anderen am Tisch verstummten, sahen sich ebenfalls um. In einer fließenden Bewegung war Gusti bei der Tür und nahm ihren Mantel vom Haken, trat nach draußen, stand ihm gegenüber. Sie blickte ihm direkt in die Augen, in ihrem Blick kein Vorwurf, nur Zuneigung. Ihre schmalgliedrige, warme Hand nahm seine Hand, und sie zog ihn mit sich. Sie sagten nichts, bis sie kurz vor ihrer Wohnung waren.

Da blieb sie plötzlich stehen und sah ihn an. »Geh mit mir ins Ausland.«

»Ich schreibe über Innenpolitik. Ich muss hierbleiben.«

»Denk an Görings Schießerlass, jeder ›nationale Mann‹ soll straflos für ›Deutschlands Ehre‹ schießen dürfen. Es ist doch nur eine Frage der Zeit, bis dich jemand abknallt.«

»Du kennst das traurige Schicksal von politischen Flüchtlingen im Ausland, gerade von Schreibenden. Tucholsky ist in Schweden völlig isoliert. Und ich habe kein Geld für einen Neubeginn irgendwo.«

Sie seufzte und schüttelte den Kopf. »Ich hab was angespart. Davon können wir beide erst mal leben.«

»Die Wahl Anfang März kann alles ändern.«

»Wie bitte? Die Hochrechnungen sagen, dass jeder Zweite die Nazis wählen wird. Jeder Zweite!« Sie wandte sich der Haustür zu.

Aber er blieb stehen. »Ich … Ich kann nicht.«

Sie hatte die Hand bereits an der großen schwarzen Klinke und verharrte, ohne sich zu ihm umzudrehen. »Liegt es am Ausland? Oder an mir?«

Er liebte Maud, auf eine väterliche, fürsorgliche Art. Gusti verwandelte ihn. Sie versprach Lust und Leben, sie brachte sein Herz zum Tanzen.

»Ich gehe jetzt hoch in die Wohnung«, sagte Gusti. In ihrer Stimme war nichts mehr von der spöttischen, verspielten Stärke, sie klang verletzlich. Ihm schien, als zögerte sie, während sie die Tür öffnete. Aber sie trat in das Haus ein, ohne ihn anzusehen.

Die Tür fiel hinter ihr zu. Er wusste, sie hatte in allem recht: Er würde Deutschland verlassen müssen, wenn es so weiterging. Gestern war die Eigentümerin der *Weltbühne*, Edith Jacobsohn, abgereist. Hilde Domin war bereits im Exil, Ödön von Horváth in Wien, Lion Feuchtwanger nach Südfrankreich geflohen. Erich Maria Remarque in die Schweiz. Aber er wollte es noch nicht glauben. Traute er der von Propaganda beeinflussten Bevölkerung wirklich zu, die NSDAP nächste Woche bei den Wahlen abzustrafen?

Gusti hatte ein Recht darauf, ihm eine Entscheidung abzuverlangen. Er legte die Hand an die schwere schwarzeiserne Haustürklinke. Er öffnete die Tür, stieg die Treppe hinauf. Läutete.

Gusti öffnete ihm. Ihr Gesicht war verweint, aber sie lächelte. »Komm rein«, sagte sie.

War er hinaufgegangen, um sich zu verabschieden? Er wusste es selbst nicht. Die erste halbe Stunde lang wollte er ihr am liebsten das Gesicht küssen, die nächste halbe Stunde schweren Herzens Abschied nehmen. Er befand sich an einer Wegscheide seines Lebens, das wurde ihm mehr und mehr bewusst. Ging er heute fort, würde er Gusti nie wiedersehen.

Eine Weile hörten sie gemeinsam Radio. Dann schalteten sie es ab und sahen sich Fotos an. Er wusste, dass sich Maud zu Hause Sorgen machte. Er wusste es und brachte doch nicht die Kraft auf, zu gehen.

Freunde von Gusti kamen. Es wurde eine fröhliche Runde, man akzeptierte ihn, stellte keine Fragen. Gustis Blicke leuchteten immer wieder zu ihm herüber.

Spät am Abend läutete es erneut. Ein Architekt, den Gusti noch vom Studium kannte, ging zur Tür, um zu öffnen. Er brachte eine weitere Freundin von Gusti in die Stube. Sie war aschfahl im Gesicht. Alle verstummten bei ihrem Anblick.

»Was ist?«, fragte Gusti.

Sie sagte: »Der Reichstag brennt.«

Aufgescheucht von den Feuerwehrsirenen, schaltete ich das Radio ein. Ich vernahm die Nachricht und kleidete mich umgehend an und machte mich auf den Weg zum Polizeipräsidium am Alexanderplatz.

Das Präsidium war nicht wiederzuerkennen: In den Einfahrten standen in langen Reihen Polizeibataillone mit Stahlhelmen und Gewehren. Kommandos fuhren in Lastwagen aus, Kriminalbeamte mit Namenslisten sprangen noch auf, um die uniformierten Beamten zu begleiten. Andere Wagen kehrten bereits mit Gefangenen zurück, manche der Gefangenen trugen unter dem Mantel ihren Schlafanzug.

Diels, der neue Leiter der Politischen Polizei, erblickte mich und befahl: »Herkommen!«

»Was ist geschehen?«, fragte ich.

»Die Kommunisten haben den Reichstag angesteckt, als Signal für den losbrechenden kommunistischen Aufstand.«

»Hat man den Tatort so schnell untersucht?«, fragte ich ungläubig. Es konnte unmöglich jetzt schon Beweise geben, geschweige denn ein Gerichtsverfahren.

»Alle Kommunisten und Sozialdemokraten werden festgenommen, im Zweifel schießen Sie scharf, es gilt eine Ausnahmeregelung. Wir lassen keinen von diesen Verrätern entwischen. Tötungen sind ausdrücklich erlaubt.« Er pfiff laut, und aus dem Hof raste ein Lastwagen mit einem bewaffneten Zugriffskommando heran und bremste scharf. »Steigen Sie ein, Ahrndt«, sagte er. »Holen Sie uns Ossietzky. Und die hier.« Er reichte mir eine Liste, Namen, Adressen eng mit Schreibmaschine getippt.

Gusti beschwor Carl, nicht nach Hause zu gehen, nicht in dieser Nacht. »Die werden dich festnehmen. Da gibt es doch längst vorbereitete Listen, die schlagen jetzt überall zu. Glaubst du, Brecht bleibt in Berlin? Oder Döblin? Oder Kesten? Alle hauen ab. Du musst dich retten.«

»Ich gehöre zu meiner Familie«, sagte er.

»Die wollen heute Nacht ihre Gegner ausschalten. Die Wahl ist verloren, Carl.«

Carl blickte auf seinen Wappenring, ein altes Familienstück, in den ein Schwert mit einem abnehmenden und einem zunehmenden Mond eingraviert war. Er würde nicht davonlaufen, sich der harten Wirklichkeit stellen. Er sah sein Leben plötzlich mit einer ungewohnten Klarheit. Wenn er starb, sollte sein Grab neben Mauds Grab sein. Diese ganze Wohnung und die jungen Menschen darin waren ihm fremd, das waren nicht seine Freunde, es war nicht seine Generation, nicht sein Leben. Er war mit seinem Dasein unglücklich gewesen und hatte deshalb in dieses Leben hineinwechseln wollen, aber es gelang nicht, man konnte sein Leben nicht verlassen, man nahm sich selbst und all seine Erinnerungen mit.

»Leb wohl«, sagte er und küsste Gusti auf die Stirn. Dann verließ er die Wohnung und trat unten auf die Straße. Er machte sich auf den Weg nach Hause. Eine unheimliche, gespannte Atmosphäre lag über dem nächtlichen Berlin. Polizei und SA-Trupps hämmerten an Türen und nahmen Menschen fest. Männer und Frauen hasteten über die Plätze. In der Ferne Feuerschein über der Stadt. Zeitungsjungen verkauften bereits jetzt, zu nächtlicher Stunde eilig gedruckte Extrablätter. Er nahm eines mit, las es aber nicht, er warf es im Gehen in einen Papierkorb. Er hoffte, Maud und Rosalinde nicht verloren zu haben. Was, wenn ihn eine leere Wohnung erwartete?

Er gab sich keine Mühe, leise aufzuschließen, er polterte in die Wohnung und stand, heftig atmend, Maud gegenüber. »Du weißt es schon?«

»Mit dem Reichstag?« Sie nickte. »Carl, du musst fliehen.«

Er dachte darüber nach. Jetzt fuhr kein Zug mehr. Und Maud war so erschöpft und überreizt und betrunken, dass sie keine fünfhundert Meter laufen könnte. »Morgen«, sagte er. »Wir fliehen gemeinsam.«

Sie sah ihn lange an, und dann weinte sie. Er machte einen vorsichtigen Schritt auf sie zu. Da umarmte sie ihn, so vorsichtig, als wäre er aus Glas.

Er zog sie in eine festere Umarmung. Küsste ihr Haar. »Maud, ich lasse dich nie wieder im Stich. Nie wieder.«

Nach einer Weile löste er sich aus der Umarmung. Er fuhr mit dem Zeigefinger zärtlich ihre Tränenbahnen nach, als wollte er die Tränen trocknen. »Augenblick«, sagte er und schlich ins Schlafzimmer. Rosalinde war nicht aufgewacht, schlafend lag sie da, schon eine junge Frau, im schlaksigen, hochgeschossenen Leib eines Kindes. Er legte ihr sanft die Hand auf den Rücken, strich ihr übers Haar, sprach mehrmals ihren Namen. Maud war hinter ihm in den Raum getreten.

Er führte sie zum Bett und sagte: »Leg dich schlafen. Du wirst morgen alle Kraft brauchen. Vor Sonnenaufgang brechen wir auf.«

»Ich kann jetzt nicht schlafen«, sagte Maud.

»Dann ruhst du dich wenigstens aus.«

»Und du?«, fragte sie leise.

»Ich packe den Koffer und bereite die Papiere vor.«

Was wir in jener Nacht taten, war keine Polizeiarbeit mehr. Wir nahmen unter Gewaltanwendung Menschen fest, denen kein Verbrechen nachgewiesen worden war, wir sammelten nicht etwa Beweise, um später ein gerechtes Verfahren zu ermöglichen und den wahren Täter zu ermitteln, sondern wir leisteten Henkersarbeit.

Noch vor wenigen Tagen hatte ich aus Langeweile in einer alten Polizeifibel gelesen, die ich bei meinem Dienstantritt erhalten hatte. Die biederen Worte hatten sich mir eingeprägt.

»Sobald der Polizeibeamte von einem Verbrechen oder Vergehen Kenntnis erhält, das noch nicht aufgeklärt ist, begibt er sich an den Tatort, setzt sich mit dem davon Betroffenen ins Benehmen und untersucht sorgfältigst, ob Spuren der Tat zurückgeblieben sind und trägt für deren Erhaltung Sorge.

Hierauf prüft und überlegt er in aller Ruhe, auf welche Weise die Tat ausgeführt sein kann, um ein möglichst klares Bild davon zu bekommen.

An der Art der Ausführung und der Art und Handhabung der Werkzeuge wird er erkennen, ob er es mit einem sachkundigen, geschickten Verbrecher oder mit einem Anfänger zu tun hat.

Sodann sind die betroffenen Personen und Zeugen eingehend auszuforschen, Notizen darüber zu machen und nach diesem Ergebnis die Ermittlungen anzustellen.

Steht eine Person, die nicht näher bekannt ist, in Verdacht, so ist für eine möglichst genaue Personenbeschreibung Sorge zu tragen.«

So oder so ähnlich stand es da geschrieben.

Es sprach der Wirklichkeit, an der ich jetzt teilhatte, Hohn.

Ich rechtfertigte mich vor mir selbst damit, dass ich keine Waffengewalt anwenden, sondern alle wohlbehalten in die Rote Burg bringen würde, wo sie gefangen blieben, bis die Wogen sich geglättet hatten und sie in einem Gerichtsverfahren freigesprochen werden konnten.

Dennoch hasste ich diese Arbeit, und ich nahm mir vor, so bald wie möglich zu kündigen und nach München zu Elisabeth zu ziehen.

Zuerst arbeitete ich mit meinem Stoßtrupp die Liste ab, zu Ossietzky fuhren wir zum Schluss. Ich hoffte, ihm auf diese Weise genügend Zeit für die Flucht zu geben. Es war halb vier, als wir uns Zutritt zu seinem Haus verschafften, die Treppe hinaufgingen und oben an seine Tür hämmerten.

Ich zuckte zusammen, als die Tür geöffnet wurde und er vor mir stand. Blass, übernächtigt, mit jenem Schrecken, der auf den Gesichtern aller lag, die wir heute gefangen gesetzt hatten.

Nur dass ich ihm ausreichend Zeit gelassen hatte, davonzulaufen.

Einen Augenblick lang empfand ich eine Spur Verachtung, dass er diese Chance nicht beim Schopf gepackt hatte. Mit einer Kälte, die mich selbst überraschte, sagte ich: »Sie sind verhaftet.«

Er nickte. Dass wir uns kannten, dass ich vor seiner Gefängnishaft eine Kundgebung seiner Freunde initiiert und geduldet hatte, ließ er sich nicht anmerken. Dafür war ich ihm dankbar. Er ging ins Bad, wusch sich das Gesicht. Dann zog er sich den Mantel über. Maud stand im Flur, zitternd, und Rosalinde trat ebenfalls aus dem Schlafzimmer. Das Grauen in ihren Blicken werde ich nie vergessen.

»Kopf hoch«, sagte Carl. »Ich komme bald wieder.«

Eine halbe Stunde später kehrten wir mit ihm und den anderen Gefangenen ins Polizeipräsidium am Alexanderplatz zurück. Ich fand den Korridor meiner Abteilung schwarz von Menschen. Egon Erwin Kisch war unter den Häftlingen, Erich Mühsam, auch ein paar andere erkannte ich wieder. Carl ging gleich zu Dr. Alfred Apfel und sagte ihm, dass er soeben verhaftet worden sei.

Der antwortete knapp: »Ich auch.«

Carl sah ihn entsetzt an.

»Rechtsanwälte sind überflüssig in unserem Fall«, sagte Dr. Apfel. »Ich habe mich schon erkundigt. Wir sind sogenannte Schutzhäftlinge, wir werden ohne Gerichtsverfahren auf unbestimmte Zeit festgehalten.«

Ich brachte sie hinunter in den Keller in eine der Gemeinschaftszellen mit Pritschen an den Wänden und einem Eimer für die Notdurft in der Mitte. Ich hörte, wie sie sich gegenseitig von ihrer Festnahme erzählten, von Schüssen, Misshandlungen, zerschlagener Einrichtung. Verstört stand Ossietzky mitten unter ihnen, als ich die Tür verschloss.

III

MÜNCHEN, BERLIN, EMSLAND, KÜSNACHT

28

Zwei Tage nach dem Reichstagsbrand und der Verhaftungswelle reichte ich meine Kündigung ein, wobei ich private Gründe und eine Sehnsucht nach München geltend machte, was ja in gewisser Weise auch zutraf. Als ich auf die Frage, ob ich denn dort überhaupt eine Anstellung in Aussicht hätte, nichts antworten konnte, sah ich Fassungslosigkeit auf den Gesichtern meiner neuen Vorgesetzten. »Reisende soll man nicht aufhalten«, sagte von Rundstedt, und mir wurde klar, dass sie zumindest ahnten, dass mir die neue Arbeitsweise bei der Politischen Polizei nicht schmeckte.

Am Abend klingelte es an meiner Tür. Ich ließ meinen Bruder hinein. Er wirkte aufgebracht und polterte sogleich los, wie ich in dieser Zeit einen solchen Posten kündigen könne. Ich erzählte ihm, dass in München eine Frau, die mir etwas bedeutete, auf mich wartete. »Du könntest auch hier eine finden«, sagte er nur und kam dann auf Gerüchte über meine Sympathien für den ehemaligen Polizeipräsidenten Grzesinski und den Vizepräsidenten Bernhard Weiß zu sprechen, und dass man sich erzähle, dass ich viel zu weich sei. Als ich ihn fragte, ob er die willkürlichen Verhaftungen, die jetzt an der Tagesordnung seien, mit seiner Vorstellung von Polizeiarbeit vereinbaren könne, begann er von der Kraft der neuen Bewegung zu faseln, dass die natürlich mal übers Ziel hinausschieße, aber das werde sich geben, grundsätzlich bedürfe das deutsche Volk einer Erneuerung, die diese Bewegung mit einer unwiderstehlichen Kraft entfalte … Ich sah ihn bestürzt an. Wie leicht es Martin fiel, die Phrasen der Braunhemden nachzuplappern! Ich hielt dagegen, wurde immer lauter. Wir redeten uns beide in Rage. Irgendwann verlor er alle Selbstbeherrschung und machte zwei, drei Bemerkungen, aus denen klar hervorging, dass Eduard Kahlen-Hunte ihm eingeschärft hatte, mich zu einer gesunden Härte gegen Ossietzky anzutreiben. Ich fühlte mich vollends von Martin verraten, und es endete damit, dass ich ihn wütend hinauswarf. Während ich die Tür zuknallte, schrie er mir noch zu: »Wer nicht mitmacht, wird zermalmt werden!«

In gewisser Weise machte mir diese Konfrontation den Abschied von Berlin leichter. Ich suchte auch meine Eltern nicht mehr auf, weil ich befürchtete, Martin dort anzutreffen. Wohl aber ging ich am Vorabend meiner Abreise ein letztes Mal zu einem konspirativen Treffen der versprengten Reste der Liga für Menschenrechte. Es waren nur noch wenige vertraute Gesichter da, die meisten hatten sich nach Prag abgesetzt. Ich war im letzten Jahr selten dort gewesen, hatte einerseits ein wenig gefremdelt mit diesen Studenten, verkrachten Gelehrten und Dichtern. Andererseits hatte ich mich bis zu der Verhaftungswelle nach dem Reichstagsbrand immer noch als Polizist gefühlt, der ich ja auch war, und mich manchmal sogar bei dem Gedanken ertappt, ob es vielleicht doch nicht alles so schlimm sei, weil die Polizeiarbeit eine Zeit lang wieder in normalen Gleisen verlaufen war. Aber als ich jetzt sagte, dass ich nach München zurückkehren würde, nannten sie mir, wie ich gehofft hatte, eine Gaststätte in Schwabing, wo sich Gleichgesinnte jeden Donnerstagabend trafen. In der *Brennessel* solle ich nach einem Julius fragen, der Rest werde sich ergeben. Ich prägte mir die Namen sofort ein, denn mir war bewusst, dass mir bei meiner Rückkehr ein Leben ohne jede Geselligkeit drohte.

Als ich hierhergezogen war, hatte ich immerhin ein paar Möbel besessen, die ich von einem bahnamtlichen Rollfuhrunternehmen von München nach Berlin hatte transportieren lassen. Jetzt verkaufte ich den Schrank, den mir lieb gewordenen Schreibtisch und zwei Landschaftsbilder; ich behielt nur das Grammofon und reiste mit zwei schweren Koffern, in die meine restlichen Habseligkeiten passten.

Während der Zugfahrt von Berlin nach München stoben mir unablässig Bilder von meinem Bruder, meinen hilflosen Eltern, von Ossietzky und seiner Frau durch den Kopf, von all den in jener Brandnacht Verhafteten, und ich hatte das Gefühl, in den fünf Jahren in Berlin nichts als Unheil erlebt zu haben. Selbst der Vortrag von Thomas Mann, der mich anfänglich in eine so gehobene Stimmung versetzt hatte, war von Gewalt überschattet gewesen.

Als ich bei Elisabeth klingelte – ihre Wohnung befand sich nun im eng bebauten, aber einigermaßen gepflegten Viertel am Ostbahnhof in der Gravelottestraße, was in jedem Fall eine Verbesserung war – hörte ich sie scheu fragen, wer da sei. Ich nannte meinen Namen. Die Tür öffnete sich, und sie fiel mir um den Hals. »Ich hab gewusst, dass du Wort hältst und kommst«, sagte sie und bedeckte mich mit Küssen. Ich weihte sie gleich in meine berufliche Situation ein, und sie bot mir an, bei ihr zu wohnen. In dieser Nacht liebten wir uns zum ersten Mal, erst ängstlich und linkisch, dann stürmisch und wild.

Die Kinder erkannte ich kaum wieder: Paul und Anton waren richtige Halbstarke geworden und Charlotte eine kleine Schönheit. Ich setzte mich am Morgen zu ihnen, hatte ihnen Schokolade mitgebracht, die sie aber nicht anrührten, obwohl ich ihnen ansah, wie schwer es ihnen fiel. Auf meine Fragen antworteten sie nur knapp und schüchtern. Ich war schon kurz vorm Verzweifeln, als ich meinen letzten Trumpf ausspielte und sagte: »Sobald das Wetter schön ist, machen wir wieder eine Bootsfahrt wie damals auf dem Kleinhesseloher See.« Da leuchteten Antons Augen auf. »Prima Idee«, sagte er und versuchte, dabei unbeeindruckt zu klingen, und ich merkte, dass auch Paul und Charlotte sich an diesen schönen Nachmittag erinnerten.

Elisabeth und mir konnten die drückenden Verhältnisse, in denen wir lebten, anfangs nichts anhaben, so glücklich waren wir, uns endlich gefunden zu haben. Und die Kinder schienen sich, nachdem sie sich erst mal an meine Gegenwart gewöhnt hatten, mit uns zu freuen. Als Paul einmal sagte, er wolle später ein Polizist werden wie ich, gab ich ihm meine alten Polizeihandbücher zum Lesen, von denen ich mich nicht hatte trennen können. In einem blätterten wir gemeinsam, und ich merkte, wie genau und schnell er las:

»Die Ermittlungen sind mit Umsicht und Energie vorzunehmen. Die Erfahrung lehrt, dass die Ermittlungen in den ersten vierundzwanzig Stunden die Wertvollsten sind; der Täter darf nicht zur Ruhe und Überlegung kommen, in der Aufregung wird er irgendeine Unvorsichtigkeit begehen, die für ihn verhängnisvoll werden kann.

Der Beamte lege sich aber nicht auf eine einmal gefasste Meinung fest, sondern verfolge alle Spuren, auch wenn sie seiner Ansicht zuwiderlaufen sollten. Gewissenhafte Wahrheitsliebe ist die wichtigste und eine unerlässliche Pflicht.«

Mir wurde beklommen zumute. Genauso hatte ich mir meine Arbeit vorgestellt. Leider hatte sie sich binnen weniger Monate gänzlich verwandelt. Es war klar, dass ich nie wieder bei der Polizei arbeiten könnte. Es gab keinen Karl Mantel mehr, der sich für mich einsetzen würde, und Eduard Kahlen-Hunte würde mir eher Schläger auf den Hals schicken, als dass er mich noch mal irgendwo empfehlen würde.

Ich sagte Paul, wenn Polizeiarbeit irgendwann wieder so aussehe, wie sie in dem Büchlein beschrieben werde, könne er ja sein Glück versuchen. Bis dahin solle er die Finger davon lassen. Er sah mich überrascht an.

Anfang April wurde Carl von Ossietzky in das KZ Sonnenburg gebracht. Im Lager herrschten SA-Männer, die ihren Verband »Mordsturm 33« nannten. Sie brachen ihm zum Empfang mehrere Rippen, er musste ins Lazarett eingeliefert werden. Die Schmerzen waren niederträchtig, er konnte keinen klaren Gedanken mehr fassen. Als er halbwegs genesen war, zwangen sie ihn, ein Grab zu schaufeln. Es ist mein eigenes, fühlte er. Wie ein Automat stach er die Schaufel in den Boden, hob die Erde aus und sah plötzlich, dass jemand an seiner Seite stand. Zottliges Haar, ein struppiger Vollbart, die Brille: Es war Erich Mühsam. Auch er musste schaufeln. Carl dachte an den Ersten Weltkrieg zurück, als er Armierungssoldat gewesen war – »Grabenschwein« hieß es im Soldatenjargon. Er hatte, nachdem er anfangs wegen seiner schwächlichen Konstitution zurückgestellt worden war, an der Westfront Schützengräben ausheben müssen. Hatte sich vorgestellt, wie darin die Soldaten verreckten. Aber das hier war noch schlimmer. Die SA-Männer weideten sich an seiner Angst. Sie würden ihn erschießen, ihn und Erich Mühsam. Hier waren eigentlich nur Arbeitslose, Arbeiter, einfache Männer inhaftiert, und die wenigen Bekannten, die Intellektuellen, wurden von den Wächtern besonders gehasst. Als das Grab tief genug war, hatte sich sein Inneres so verkrampft, dass er vor Verzweiflung bereits hoffte, dass sie ihn recht bald erschossen und hier verscharrten, damit die Schmerzen aufhörten. Aber sie ließen ihn leben.

Im Lager herrschte preußisch-militärischer Drill. 5:30 Uhr auf Signal aus den Betten. Waschen im Takt, Exerzieren, Absingen von Hitler-Liedern, Marschieren im Kreis, so ging das bis 21:00 Uhr, unter Schlägen und Beschimpfungen der SA.

»Krieg deinen Arsch hoch«, fauchte ihn ein Wächter an, als er die Baracke ausfegen sollte und sich vor Schwäche einen kurzen Moment auf dem Besen aufstützte. »Beweg dich, Bonze!«

Beinahe hätte Carl höhnisch gelacht, wenn er die Kraft dazu gehabt hätte. »Bonze«, nannten sie ihn, das war der Begriff, mit dem er, Carl, in den Zwanzigern immer wieder die Sozialdemokraten verhöhnt hatte, die sich so weit von ihren Ursprüngen entfernt hatten und sich so furchtsam an ihre kleinen und großen Funktionärspöstchen klammerten. Jetzt kriegst du's von anderer Seite zigfach brutaler heimgezahlt, dachte er.

Das Zittern seiner Hände wurde schlimmer, er schämte sich und gewöhnte sich an, sie in den Ärmeln der Häftlingsjacke zu verbergen. Oft grübelte er tagelang über nichts anderes nach, als wie er an ein Stück Brot kommen könnte. Sonst dachte er nur an Maud und an seine Tochter, und er sah Gusti vor seinem inneren Auge, die es hoffentlich geschafft hatte, ins Ausland zu fliehen.

Maud sah sich in dem weiß getünchten Zimmer um und blickte auf das Blumenbild an der Wand. Das Fenster war halb geöffnet, und die Gardine bauschte sich im Wind. Dies war nicht ihr Zuhause. Wer hatte sie hierhergebracht? Aber ein Konzentrationslager war es auch nicht. Carl war in einem Konzentrationslager. Sie nicht. Jetzt erinnerte sie sich wieder: Als sie diese Schreckensnachricht erfahren hatte, war ihr schwindelig geworden, alles hatte sich gedreht, sie hatte geschrien, geheult, starke Hände hatten sie gepackt und weggeschleift.

Ein Klopfen an der Tür.

Vielleicht war es nur ein Traum, und Carl trat ein.

»Herein«, sagte sie.

Es war Rosalinde. Sie sah blass aus, aber sie lächelte tapfer und trat auf ihr Bett zu. Sie nahmen sich in die Arme, weinten leise.

Rosalinde erzählte von ihrer neuen Schule, dem Grauen Kloster, wo sie wegen Carls kritischer Haltung von den Mitschülern beschimpft und gehänselt werde. Sie sehnte sich nach der Odenwaldschule zurück, aber dafür hatten sie kein Geld.

Nach und nach begriff Maud, dass sie in einem Sanatorium war. Am Tag darauf bekam sie Besuch von Hedwig Hünicke, Carls Sekretärin bei der *Weltbühne*. »Du musst mich hier rausbringen«, bat sie.

»Ich muss Rosalinde helfen. Sie ist doch erst dreizehn. Sie kann nicht in diesem schrecklichen Grauen Kloster bleiben.«

Wieder in ihrer Wohnung, nahm Maud alle verbliebene Kraft zusammen und organisierte mithilfe alter Kontakte und der Vereinigung der Quäker Rosalindes Flucht nach England. Sie brachte ihre Tochter zum Bahnhof, auch wenn sie wusste, dass die Gestapo dort Späher aufgestellt haben würde, an einer versteckten Stelle des Bahnhofs verabschiedeten sie sich, dann stand Maud hinter einer Säule und sah gegenüber am Abteilfenster ihr weinendes Kind: Sie nickten sich noch einmal unauffällig zu, und der Zug fuhr davon.

Als Maud in die Wohnung zurückkehrte, fühlte sie sich leer, ausgepumpt. Sie hatte nichts zum Trinken. Sie legte sich ins Bett und dämmerte vor sich hin. Irgendwann klingelte es, bestimmt Hedwig Hünicke, aber nein, Polizei.

Die Männer hielten ihr ein Papier unter die Nase. »Hausdurchsuchung!«

Sie stießen sie achtlos beiseite, wie ein altes Möbelstück, das im Wege steht.

Sie bekam fast Sehnsucht nach dem Polizisten, der früher immer aufgetaucht war und sie und Carl verfolgt hatte, wie hatte er geheißen, Ahrndt, der sie sogar gewarnt hatte, er kam ihr jetzt geradezu menschlich vor im Vergleich zu diesen fühllosen Befehlsautomaten.

Wenn sie mit anderen Hausbewohnern ein Gespräch suchte, wandten die sich eilig ab. Selbst die Verkäuferinnen in den Geschäften schienen jedem Wortwechsel mit ihr aus dem Weg zu gehen. Manchmal wurde sie tagelang kein Wort los.

Als die Polizisten wiederkamen, Bücher beschlagnahmten, sie zur Dienststelle fuhren, sie in ein Verhör nahmen und einfach wieder rauswarfen, sodass sie den weiten Weg allein zurückgehen musste, wurde ihr erneut schwindelig. Kaum dass sie in ihrer Wohnung war, brach sie zusammen, übergab sich. Wie lange hatte sie schon vor sich hin gedämmert, als Hilde Walter klingelte und nach ihr sah? Sie hatte keine Ahnung. Jetzt erinnerte sie sich noch, dass sie weggefahren und ihr eine Spritze gegeben worden war, nach der sie sich plötzlich ruhig fühlte. Ein sonderbarer Frieden rings um sie.

In dem Sanatorium am Berliner Schlachtensee fühlte sie sich fast geborgen. Der junge Arzt, Dr. Lipschütz, sprach lange mit ihr und interessierte sich für ihren Werdegang. Wie gut es tat, einmal nicht wie eine Aussätzige behandelt zu werden. Nach zwei Tagen wandten sich Frauen an sie, ob sie ihnen Englisch beibringen könne, sie hätten erfahren, dass sie diese Sprache perfekt beherrsche. Sie sagte freudig zu. Man vermied Gespräche über Politik, aber sie merkte, dass die meisten hier die neuen Machthaber ablehnten.

Es ging bergauf. Sie musste durchhalten, für Rosalinde, für Carl. Tagsüber klappte es ganz gut. Aber nachts holte sie die Einsamkeit ein, sie fühlte sich wie tot, eine kalte Hand strich ihr dann über den ganzen Leib. Sie schrieb ihrer Tochter davon, als sie den Brief abgesandt hatte, bereute sie es schon, wie konnte sie ihr das zumuten, sie musste stark für sie sein.

Eines Morgens bekam sie mit, dass der junge Arzt außer Atem durch einen Seitengang ins Sanatorium stürmte. Er wischte sich den Schweiß von der Stirn. Man hatte mit Steinen nach ihm geworfen, weil sich herumgesprochen hatte, dass er jüdischer Herkunft war. Wie fast alle Gäste eilte auch Maud im Laufe des Tages zu ihm und sprach ihm Mut zu. Er dankte ihr gerührt, aber gab zu, dass er nicht mehr lange bleiben könne und sich ins Ausland absetzen werde.

Maud verließ das Sanatorium. Wohin sollte sie sich wenden? Sie musste fort aus Berlin. In ihrer Not fiel ihr nur eine Möglichkeit ein: zu Carls Stiefvater nach Hamburg zu ziehen, der dort mit seiner zweiten Ehefrau in einer kleinen Wohnung lebte.

*

Es hatte nur eine kleine Vortragsreise sein sollen, *Leiden und Größe Richard Wagners*, Amsterdam, Brüssel und Paris. Im Concertgebouw in Amsterdam war der Saal zu groß und die Akustik schlecht, und die Zuhörer hatten den Vortrag »verhustet«, in Brüssel lief es gut, auch der Empfang beim PEN-Club. Von Paris aus reisten sie weiter nach Arosa in den Schweizer Bergen, mit Gepäck für einen dreiwöchigen Winterurlaub.

Immer wenn Katia gesagt hatte, sie sollten dauerhaft ins Ausland gehen, hatte er geantwortet, das werde er nicht tun, das wäre wie ein Signal, dass er an den Erfolg der Nazis glaube. Aber hier im Sporthotel, das restlos ausgebucht und überfüllt war, hörten sie vom Reichstagsbrand, von der Festnahme Kischs und Ossietzkys und vieler anderer, von wüster Misshandlung der Juden – auch Katia war jüdischer Abstammung, er hatte sie nie als jüdisch empfunden, sie und ihre Familie waren ja konvertiert, aber aus Sicht der Nazis waren sie »reinrassige« Juden – und von der totalen Uniformierung der öffentlichen Meinung und der Ausmerzung jeder Kritik. Briefe von Verwandten und Freunden aus Deutschland warnten in verschlüsselter Form, sie sollten auf keinen Fall heimkehren.

Thomas schlief schlecht. In Arosa konnten sie über die drei vereinbarten Wochen hinaus nicht bleiben, sie waren gezwungen, umzuziehen, landeten über Umwege in Lugano im Grand Hotel Villa Castagnola und dann im Grand Hotel Bandol in Sanary-sur-Mer an der Côte d'Azur. Hier ließ es sich eine Zeit lang aushalten, mit all den deutschen Künstlern und Schriftstellern wie Lion Feuchtwanger und René Schickele, mit dem er sich während des Ersten Weltkrieges noch erbittert gestritten, inzwischen aber ausgesöhnt hatte. Thomas schrieb an den »Reichsstatthalter in Bayern«, Franz Xaver Ritter von Epp, den die Nazis eingesetzt hatten, und bat um »ein Arrangement wegen Vermögen und Mobiliar«, versuchte, Schreibtisch und Fauteuil und Grammofon abholen zu lassen, und Katia hatte Mühe, ihm diese wirklichkeitsfernen

Träume auszureden. Immerhin vermochte es sein Sohn Golo, 60 000 Mark Bargeld aus Deutschland hinauszuschmuggeln, und das Wichtigste wurde gerettet: das *Joseph*-Manuskript und die Tagebücher.

Die Politische Polizei beschlagnahmte unterdessen in München alle drei Autos, den Buick, die Horch-Limousine und den roten DKW. Eine Mieterin zog in sein Haus ein, eine fremde Person lebte inmitten seiner Möbel, schlief womöglich in seinem Bett, dem weiß lackierten, über sich im weißen Rahmen das französische Bild »Marche à l'étoile« mit seiner hinsterbend blauen, schwimmend musikalischen Stimmung, er vermisste es.

Katia sagte: »Tommy, stell dich innerlich auf den Verlust von Haus und Vermögen ein.«

Das Haus, auf Dauer einfach weg, das schmerzte. Aber darum ging es nicht. Was nützte ihm ein Arbeitszimmer, was nützte ihm ein Schreibtisch, wenn ihm seine Leserschaft abhandenkam? Er versuchte, sich wenigstens diese zu erhalten.

Golo war in Berlin auf dem Opernplatz gewesen, als sie öffentlich Bücher verbrannten, so wie sie es in ganz Deutschland taten. Dazu hatten sie geschrien: »Gegen Dekadenz und moralischen Verfall! Für Zucht und Sitte in Familie und Staat! Ich übergebe der Flamme die Schriften von Heinrich Mann, Ernst Glaeser und Erich Kästner.« Und: »Gegen Frechheit und Anmaßung, für Achtung und Ehrfurcht vor dem unsterblichen deutschen Volksgeist! Verschlinge, Flamme, auch die Schriften der Tucholsky und Ossietzky!«

Anfang Juni war Golo nach Sanary-sur-Mer gekommen, und er wünschte sich, dass er, sein Vater, deutlich Stellung bezog gegen die heraufziehende nationalsozialistische Diktatur, anstatt zu schwanken »wie eine geköpfte Wespe«.

Aber im Herbst sollte der erste Band des *Joseph*-Romans erscheinen. Wenn er sich jetzt gegen Hitler stellte, würde man den Roman dann nicht als »Judenroman« bewerten? Zumal bei diesem Thema.

Er fasste den Plan, im Exil zu bleiben, ohne wirklich dem Lager der Exilanten anzugehören, also ohne mit Deutschland zu brechen. Er könnte doch Auslandsdeutscher sein. Und irgendwann, wenn sich die Lage wieder beruhigt hatte, könnte er zurückkehren. Seine Bücher verkauften sich nach wie vor sehr gut, es gab viele Trotzige und Sehnsüchtige in Deutschland. War es nicht auch ein Sieg über die Machthaber, wenn das Publikum die Romane eines Verfemten liebte, sogar einen Roman über den biblischen Joseph?

Die Nationalsozialisten verlangten, dass er der Reichsschrifttumskammer beiträte, sonst könnten seine Bücher nicht weiter in Deutschland erscheinen. Eine Gleichschaltungs-Organisation mit nationalsozialistischen Statuten, seine Kinder und Katia warnten ihn, aber gerade deshalb war er trotzig entschlossen, den Schritt zu gehen. Dennoch, nach langem Hadern verweigerte er die Unterschrift, schrieb stattdessen einen Brief, als Ehrenmitglied des im Reichsverband aufgegangenen Schutzverbands deutscher Schriftsteller nehme er an, dass man ihn nach wie vor als zum deutschen Schrifttum gehörig betrachte und hoffe, dass es in seinem Falle weiterer Formalitäten nicht bedürfe.

Man ließ es ihm durchgehen, und die Politische Polizei in München gestattete ihm, die Reichsfluchtsteuer zu bezahlen, sodass die Sperrung seines Honorarkontos beim Verlag aufgehoben werden konnte. Katia verwendete dafür die gesamten Wertpapiere, die bei Münchner Banken deponiert waren, sowie das auf den Konten verbliebene Geld. Das Haus und das Inventar aber, die Briefe, sämtliche Manuskripte ab den *Buddenbrooks* – bis auf das aktuelle *Joseph*-Manuskript – blieben beschlagnahmt.

Im Frühjahr 1934 schlug er in einem Brief an das Reichsministerium des Inneren vor, »alles Offizielle, das sich im Lauf der Jahre an mein Leben gehängt hat, davon abzustreifen und in vollkommener Zurückgezogenheit meinen persönlichen Aufgaben zu leben«. Er bat also darum, sein Haus und die Möbel freizugeben und ihn in Ruhe seine Bücher in Deutschland veröffentlichen zu lassen, und war im Gegenzug dazu bereit, zum politischen Geschehen zu schweigen.

Er erhielt keine Antwort. Der *Joseph*-Roman aber, dessen zweiter Teil inzwischen auch erschienen war, wurde nahezu ausnahmslos negativ besprochen, niemand wagte es, ihn öffentlich zu loben. Die Hälfte der Auflage ging an Kunden im Ausland, viele deutsche Buchhandlungen sagten selbst auf Nachfrage der Kunden, sie dürften das Buch nicht verkaufen. Fünfundzwanzigtausend Exemplare des ersten Bandes waren verkauft worden, gar nicht so übel, aber nur ein Bruchteil dessen, was vom *Zauberberg* in derselben Zeit abgesetzt worden war. Trost fand er in dem Zuspruch von Gelehrten wie dem ungarischen Altphilologen Karl Kerényi, der ihm einen Brief schrieb, in dem er das Werk mit Goethes *Faust* verglich, oder in dem Begriff »Menschheitsdichtung«, den Eduard Korrodi in seiner hymnischen Besprechung in der *Neuen Zürcher* verwandte.

Katias Vater wurde an der Uni die Lehrerlaubnis entzogen, weil er als Jude galt: Alfred Pringsheim musste seine Villa in der Arcisstraße zwangsweise verkaufen.

Thomas Mann schrieb einen Brief an die *Times*, in dem er die Westmächte aufforderte, sich gegen das Hitler-Regime zu stellen – und schickte ihn nicht ab. Vor sich selbst rechtfertigte er sich damit, dass er ja auch schon durch sein Leben im Ausland eine Haltung zu erkennen gebe, das sei bereits ein gewisser Protest gegen das Dritte Reich.

Sein Sohn Klaus, der ihn, den Vater, damals im gefälschten Zeitungsartikel imitiert hatte, war inzwischen mutiger als er. Als am 10. April 1935 Hermann Göring im Berliner Dom die Schauspielerin Emmy Sonnemann heiratete – allen Berliner Arbeitnehmern wurde für die prachtvolle Hochzeit eine »Spende« vom Lohn abgezogen –, schrieb Klaus einen offenen Brief an die Braut, der im *Pariser Tageblatt* veröffentlicht und in einer illegalen, Reclamheft-ähnlichen Tarnschrift ins Nazireich geschmuggelt wurde: »Ekeln Sie sich denn nie? Und wenn Sie sich schon nie ekeln: haben Sie niemals Angst? Es kommen doch Stunden, da Sie allein sind – der Hochzeitsrummel kann nicht ewig währen, und es gibt nicht jeden Abend große Diners. Der dicke Herr Gemahl ist unterwegs – er sitzt vielleicht in seinem Büro und unterschreibt Todesurteile, oder er inspiziert Bombenflugzeuge. Es ist dunkel geworden, Sie sind einsam in Ihrem schönen Palais. Kommen da nicht Gespenster? Treten hinter den üppigen Portieren nicht die Erschlagenen aus den Konzentrationslagern hervor, die zu Tode Geschundenen, die auf der Flucht Erschossenen, die Selbstmörder? Erscheint nicht ein blutiges Haupt? Es ist vielleicht Erich Mühsam – ein Dichter –, und es war doch Ihr Beruf, Dichterworte zu sprechen, ehe Sie die Mutter eines verdammten Landes wurden, das von seinen Dichtern die Mutigen totschlägt oder verbannt.«

Thomas wusste, dass seine Kinder ihn verachteten. Aber dieselben Kinder, auch die Erwachsenen unter ihnen, erwarteten doch monatlich eine finanzielle Unterstützung von ihm. Wo sollte die herkommen, wenn er nicht mehr veröffentlichen durfte, wenn seine Bücher in Deutschland verboten wurden?

Im April 1935 fasste er den Plan, ein »Sendschreiben oder Memorandum an das deutsche Volk« zu veröffentlichen, eine Warnung davor, sich in einem Krieg gegen den Rest der Welt zu stellen. Hitler hatte gerade die Wehrpflicht wiedereingeführt und bekannt gegeben, die Wehrmacht auf eine Stärke von 580 000 Mann bringen zu wollen, ein Bruch des Versailler Vertrags mit öffentlicher Ansage.

Aber dann kam sein Verleger Gottfried Bermann Fischer zu Besuch nach Küsnacht in die Schweiz, wo sie inzwischen lebten, berichtete von guten Buchverkäufen und warnte ihn vor waghalsigen Aktionen. Das »Sendschreiben« verschwand in der Schreibtischschublade.

*

Carl durfte schreiben. Einmal pro Woche. Postkarten mit KZ-Vordruck, Briefe auf KZ-Briefpapier, gut lesbar mussten sie sein für die Zensur, und sie durften nur positive Nachrichten enthalten. Aber die Handschrift sprach. An Carls Handschrift erkannte Maud, wie er von Monat zu Monat schwächer wurde. Waren die Buchstaben anfangs noch klar und schwungvoll gewesen, wurden sie zittriger, fahriger, größer. Sie erzählten – auch wenn er sich bemühte, sein Leid vor ihr, Maud, zu verbergen.

Besuche im KZ waren nicht mehr gestattet, anfangs in Sonnenberg hatte sie ihn sehen dürfen, inzwischen war er aber ins Moorlager Papenburg-Esterwegen gebracht worden, und die Regeln waren verschärft worden. Ihr wurde klar, dass sie sich beeilen musste, wenn sie ihn noch einmal sehen wollte. Irgendetwas in ihr hoffte auch, ihm neuen Mut zu geben mit einem Besuch und seine Überlebenschancen zu verbessern.

Um ihm schon jetzt neue Kraft zu geben, schrieb sie ihm von ihrem Plan und kümmerte sich währenddessen um die Umsetzung, knüpfte Kontakte, schrieb Anträge, kämpfte mit den Ämtern.

Da kam am 23. Februar ein Brief von ihm:

Gegen deinen Plan, mich hier zu besuchen, muss ich mich nach wie vor ablehnend verhalten. Es fällt mir sehr schwer, dir das zu schreiben, denn es ist ja selbstverständlich, dass ich dich nach so langer Trennung endlich einmal wiedersehen und deine Stimme hören möchte. Aber das Unternehmen wird zu teuer, viel zu teuer für unsre heutigen Verhältnisse, wo mit jedem Pfennig gerechnet werden muss. Solltest du das Geld wirklich zur Verfügung haben, so lege es zurück oder schaffe dir etwas an, das du dringend benötigst, und ich zweifle nicht, dass du sehr viel nötig haben wirst und dass du dir viel versagen musstest. Es fällt mir wirklich schwer, diesen Wunsch auszusprechen, aber ich glaube, er ist vernünftig und entspricht unsrer gegenwärtigen Lage.

Er wollte es nicht. Ganz sicher war dafür nicht der Grund ausschlaggebend, den er angeführt hatte. Er fürchtete, dass sie den Anblick des KZs und vor allem seinen, Carls Anblick, nicht verkraften würde. So schlimm stand es also um ihn.

Nun war sie umso unbeirrbarer entschlossen, eine Begegnung mit ihm herbeizuführen. Sie fühlte sich stark genug. Nach ihrem Zusammenbruch, dem Sanatoriumsaufenthalt, hatte sie allmählich wieder Mut gefasst. Sie hatte kein Geld mehr, um alkoholische Getränke zu kaufen, hatte sich endlich wieder die Haare gefärbt, hatte Bücher gelesen. Nach langem Amterkampf und mithilfe einiger Anwälte erhielt sie tatsächlich die Genehmigung. Bis zum letzten Tag zitterte sie, dass die Erlaubnis rückgängig gemacht werden könnte, selbst als sie im Waggon saß, war sie sich nicht sicher, ob man sie wirklich zu ihm lassen würde. Als sie nach der langen Zugreise und einem Stück per Auto in der feuchten, nebligen, ungesunden Gegend angekommen war, in dem die fünf Konzentrationslager sich befanden, deren Sammelname »Papenburg« war, und als sie über dem Eingangstor von Carls Lager das SS-Zeichen prangen sah, wappnete sie sich innerlich gegen das Elend, das sie nun zu Gesicht bekommen würde.

»Viel Kraft Ihnen«, wünschte der Fahrer.

Sie sagte: »Bitte warten Sie hier.« Sie stieg aus. Auf ein Schild am Haupttor war ein Totenkopf gezeichnet, darunter stand die Warnung, dass jeder, der hier unbefugt eintrat, mit dem Tode bestraft würde.

Der Wachposten am Tor ließ sie ein, dahinter folgte eine Art Villenviertel für die Wachmannschaften, dann ein Hügel, mit Blumen und Sträuchern bepflanzt. Jetzt sah sie die Baracken der Häftlinge innerhalb der mit Starkstrom geladenen Drahtumzäunung und einem zweiten Ring von Stacheldrahtverhauen. Zwischen Verhau und Zaun befand sich ein breiter Gang, in dem SS-Posten rings um das Lager patrouillierten. Auf hohen Betontürmen standen Wachmänner mit

Maschinengewehren, als würde es sich bei den Häftlingen um gefährliche Kriminelle handeln.

Ein gut genährter Uniformierter nahm sie in Empfang, prüfte die Papiere. Er musterte sie spöttisch. »Sie haben fünf Minuten.«

Sie wollte sagen, dass sie den ganzen Tag gefahren sei, um Carl zu sehen, und dass fünf Minuten sehr wenig seien, wenn man sich Jahre nicht gesehen hatte, aber sie wagte es nicht, etwas an ihm ließ sie vermuten, dass er die kostbaren fünf Minuten auf vier oder drei verkürzen würde, wenn sie sich beschwerte.

Und dann kam Carl. Seine Kleidung bestand aus alten, grauen Uniformstücken. Quälend langsam schlurfte er heran, abgemagert, ausgezehrt, das Gesicht aschfahl, der Hals steif, auch die Arme hielt er eigenartig.

Sie sah ihn vor sich, wie er eben noch einen schweren Steinkarren über den weichen Moorboden gezerrt oder einen Entwässerungsgraben geschaufelt hatte, wie er marschierte oder stundenlang strammstand. Ihr innerer Panzer, den sie so mühevoll aufgebaut hatte, begann zu bröckeln. Aber sie hatte sich eingeschärft, ihr Erschrecken nicht zu zeigen. Er durfte es ihr nicht ansehen, sie rang die aufsteigenden Tränen nieder.

Der SS-Mann begrüßte Carl forsch: »Mal ein bisschen weniger Geist und ein bisschen mehr Haltung, Mann! Das Vaterland braucht starkknochige, ausdauernde Männer, nicht solche jüdischen Schlappschwänze wie dich.«

Carl sah den SS-Mann nicht an, aber er zog ein wenig den Kopf ein wie ein geprügelter Hund.

»Wenn erst die Geheimarchive der Entente geöffnet werden«, höhnte der SS-Mann, »dann kommt die Wahrheit heraus. Wir waren im Felde unbesiegt! Pazifismus, das ist eine Mischung von Dummheit, Feigheit und Vaterlandsverrat.«

Maud und Carl sahen sich still an.

Schließlich blaffte der SS-Mann: »Fünf Minuten. Und keine länger.« Er ging ein paar Schritte beiseite und zündete sich eine Zigarette an.

»Wie geht es dir?«, fragte Maud.

Er sagte etwas, das Maud nicht verstand. Er nuschelte furchtbar. Hatte man ihm etwa die Zähne ausgeschlagen?

»Ich verstehe nicht«, sagte sie. »Bitte, versuch's nochmal.« Sie war kurz davor, in Tränen auszubrechen, aber sie wusste, damit war ihm nicht geholfen, sie musste stark sein, damit er sich an ihr aufrichten konnte.

Er lispelte: »Es geht ... zurzeit.« Sein Leib begann zu zittern, der ganze Körper schlotterte. Er versuchte, es zu verbergen, nahm die Hände hinter den Rücken. Beschämt senkte er den Blick.

Sie hatten ihn halb zu Tode gequält, ihren geliebten Carl.

Sie wollte ihn stützen, ihn in den Arm nehmen, nach Hause bringen, pflegen, füttern, aufpäppeln.

Er fragte nach Rosalinde. Sie fragte nach seinem Appetit, als gäbe es hier genug zu essen. Was sie sagten, spielte keine Rolle, ihre Blicke drückten die Sorge aus, die sie umeinander empfanden, die verzweifelte Liebe.

»Die Zeit ist um«, sagte der SS-Mann und schickte Carl mit einer unwirschen Handbewegung fort. »Du hast zu tun, Scheißjude.«

Er ist kein Jude, dachte Maud, und auch wenn er einer wäre, hätten Sie kein Recht, so mit ihm umzugehen.

Aber Carl gehorchte und schlich zurück zu den Baracken. Der SS-Mann brachte sie zum Tor. »Heute lassen wir dich noch mal gehen, Püppchen. Nächstes Mal bleibst du hier.« Erst jetzt begriff sie, in welche Gefahr sie sich mit diesem Besuch gebracht hatte, und dass Carl dies bewusst gewesen war und er ihr den Besuch auch deshalb hatte ausreden wollen. Aber es war richtig gewesen. Es würde ihm die Kraft geben, noch eine Weile durchzuhalten. Lange allerdings würde er es nicht mehr schaffen.

Ehe sie es sich versah, saß sie wieder im Auto, das sie zum Bahnhof fuhr. Stumpf, entsetzt bis ins Mark. Sie würde den Anblick dieses Lagers nie wieder vergessen, Menschen wie Vieh in den Baracken, und ihr Carl zerrüttet und verfallen.

Zwei Wochen nach ihrer Heimkehr kam ein Brief von ihm, in krakeliger Schrift:

Ich kann kaum sagen, wie sehr mich dein Besuch gefreut hat und dass wir uns wieder über unsere dringendsten Angelegenheiten ausgesprochen haben. Du kannst dir denken, dass ich um dich viele Sorgen hatte, und ich muss sagen, dass ich seitdem viel ruhiger bin, denn du warst beherrscht und weit weniger nervös als ich befürchtet hatte. Aber ich hoffe, dass du auch jetzt, wo du mich gesehen hast, ruhiger geworden bist. Du hast dich mit deinen Augen überzeugen können, dass ich nicht schlecht aussehe und mich wohlauf befinde, dass also bestimmte, wie man mich unterrichtet hat, im Ausland verbreitete Gerüchte nicht stimmen. Du wirst dich daran erinnern, dass der Herr Kommissar dir sagte, es wäre gut, wenn du von dem, was du gesehen hast, auch wirklich Gebrauch machen würdest. Es ist jedenfalls richtig, das zu tun, wenn auch dein Bekanntenkreis klein genug ist.

Ja, sie hatte gesehen. Und sie verstand, was es bedeutete, *von dem, was du gesehen hast, auch wirklich Gebrauch* zu machen.

Maud lieh sich Geld und reiste nach England. Persönlich brachte sie bei der *London Times* eine Erklärung vorbei.

29

Mehr als Gelegenheitsarbeiten fand ich in München nicht. Ich kellnerte, räumte alte Häuser auf, brachte einen Garten auf Vordermann, verhob mich, als ich einem Rohrleger bei der Arbeit half, so ungeschickt, dass mir wochenlang das Kreuz schmerzte. Immerhin nahm ich auf diese Weise rasch ab. Seit meiner kurzen Ehe war ich nicht mehr so schlank gewesen wie jetzt. Ich begriff mit niederschmetternder Klarheit, dass ich keine verlässlichen Freunde hatte, die mir helfen konnten. Mit einigen früheren Kollegen war ich einmal ein Bier trinken gegangen, nur um festzustellen, dass wir uns inzwischen noch fremder geworden waren. Bislang störte es Elisabeth nicht, dass ich so wenig Geld nach Hause brachte, zumal ich in meiner Zeit in Berlin, wo ich vor lauter Arbeit sehr sparsam gelebt hatte, manches angespart hatte. Aber ich selbst konnte mich nur schwer daran gewöhnen, jeden Pfennig umdrehen zu müssen und immer ein schlechtes Gewissen zu haben, wenn ich mir ein Bier gönnte, weil es den Kindern oft am Nötigsten fehlte. So war mein Leben tagsüber niederdrückend. In den Nächten machte mich Elisabeth mit ihrer Wärme, ihrer Zärtlichkeit und ihrer immer kühner werden Fantasie glücklich. Und ich wusste, ich sie auch.

Warmer Bierdunst und Rauchschwaden schlugen mir entgegen, wenn ich donnerstagabends die innere Tür zum Gastraum der *Brennessel* öffnete. Alle Tische waren besetzt, Gesprächsfetzen drangen an mein Ohr. Am ersten Abend dort hatte ich stundenlang allein am

Tresen gehockt, bis ich den Wirt schüchtern nach einem gewissen Julius fragte. Er schüttelte den Kopf und sagte: »Ist auf Reisen.« Erst am dritten Abend trat ein Mann Mitte Vierzig, mit stark gerötetem Gesicht und fast schon rissiger Haut am Hals auf mich zu und stellte sich als »Julius« vor. Ich merkte rasch, dass ich bei den versprengten Resten der verbotenen Liga für Menschenrechte nur ein kleines Licht war und als ehemaliger Kriminalkommissar, der obendrein auch noch bei der Politischen Polizei gearbeitet hatte, auch ein Exot.

Eines Abends hielt mir Julius – es war ein Deckname, den richtigen erfuhr ich ebenso wenig wie er meinen – ein Foto unter die Nase. Ich hatte ihm erzählt, dass ich in Berlin Carl von Ossietzky hatte beschatten müssen. Das Foto schockierte mich: Ossietzky stand inmitten anderer Häftlinge in einem elenden Lager, seine gekrümmten Hände steckten in den zusammengeschobenen Ärmeln, er stand leicht vorgebeugt. »Das Foto wurde im KZ Sonnenburg gemacht. Es gab Beschwerden der Bevölkerung in der Umgebung, die Tag für Tag die Schreie der Gefolterten hören. Inzwischen ist er in einem KZ im Emsland, da ist es noch schlimmer.«

Unwillkürlich traten mir Tränen in die Augen. »Das einzige, was ihm helfen könnte, wäre der Friedensnobelpreis«, sagte ich.

»Es gibt Bestrebungen in dieser Richtung«, sagte Julius. »Schon 1934 haben seine Freunde Berthold Jacob in Straßburg und Kurt Grossmann in Prag im Namen der Deutschen Liga für Menschenrechte den ersten offiziellen Antrag zur Ehrung Ossietzkys mit dem Friedensnobelpreis gestellt. Er bräuchte noch mehr prominente Fürsprecher.«

Mir fiel der Vortrag von Thomas Mann in Berlin wieder ein, bei dem ich auch Ossietzky im Publikum gesehen hatte. Ich fragte Julius, ob sich der Nobelpreisträger für Literatur denn auch für diese Idee einsetzte, er habe mit Sicherheit Sympathie für Ossietzky. Julius schüttelte den Kopf. Nicht dass er wüsste, sagte er.

»Habt ihr eine Ahnung, wo Thomas Mann zurzeit lebt? Sein Haus in München wurde doch beschlagnahmt.«

»In der Schweiz.«

»Könnt ihr mir die Adresse beschaffen?«

Julius kniff die Augen zusammen. »Was hast du vor?«

Etwa eine Woche später stand ich in der Schiedhaldenstraße in Küsnacht und sah ehrfürchtig zu der Villa am Hang hinauf. Aus den halb offenen Fenstern drang Klaviermusik. Immer wieder erklang derselbe Lauf, erst langsam, dann schnell, mal leise, mal lauter gespielt. Wollte Thomas Mann auch noch Konzertpianist werden? Oder war es doch die falsche Adresse? Ich sah auf meinen Zettel: Hausnummer 33, hier musste es sein. Ein Gefühl der Hilflosigkeit erfasste mich, das ich niederrang, indem ich an Elisabeth dachte. Ihr hatte ich allerdings erzählt, ich würde für einen Tag nach Berlin fahren, meine Eltern besuchen. Ich wollte mich nicht unter noch größeren Erfolgsdruck setzen. Aber ich hatte gemerkt, dass sie an meiner Ausrede zweifelte.

Ich trat an die Haustür und klingelte. Wieder war es Katia Mann, die mir öffnete. Ihre Strickjacke über der weißen Bluse wurde oben von einer goldenen Brosche zusammengehalten. Sie hatte immer noch eine mädchenhafte Ausstrahlung, mit ihren lachenden Augen, trotz des schon leicht ergrauten, streng zurückgekämmten welligen Haars. Ich erinnerte sie an meinen Besuch damals in der Poschinger Straße, den sie natürlich längst vergessen hatte, und versicherte, dass mein Anliegen kurz und wichtig sei. Es gehe um nichts Geringeres als um das Leben von Carl von Ossietzky.

Sie stutzte und ließ mich hinein. Die Villa war groß, verwinkelt und voller Treppen. In der Halle grüßte mich ein Dienstmädchen freundlich, und ich ging an einer Porträtbüste des Hausherrn vorbei, die augenscheinlich schon vor zwei, drei Jahrzehnten angefertigt worden sein musste. Sein Arbeitszimmer war elegant und voller Bücher, mit einem Empire-Fauteuil, neben dem die *Neue Zürcher* auf einem Teetisch lag. Auf dem ausladenden, mit Schnitzereien verzierten Mahagonischreibtisch fiel mir ein Abreißkalender der Firma Soennecken auf, wie ich ihn bei einem Vorgesetzten einmal gesehen hatte.

Auch Thomas Mann erkannte mich nicht auf Anhieb wieder, aber er war bereit, mir zuzuhören. Bald schien er sich vage zu erinnern. »Sie sind jetzt bei der Liga für Menschenrechte? Und nicht mehr bei der Polizei?«

Ich erklärte ihm die Gründe für mein Ausscheiden.

Diese Entscheidung nötige ihm Respekt ab, sagte er. Die Klaviermusik wurde wieder lauter, und er schüttelte den Kopf und klagte: »Es ist hier leider ungeheuer hellhörig. Wenn Medi, meine Tochter Elisabeth, das Klavier traktiert und sich Bibi, mein Sohn Michael, stundenlang an der Bratsche zu schaffen macht, kann ich an die Fortsetzung meiner Josephsdichtung nicht mal denken.«

Als ich ihm mein Anliegen vortrug, wurde er ernst.

»Das ist riskant«, sagte er. »Wissen Sie, ich will, dass meine Bücher weiterhin gelesen werden, diese Bücher haben eine Wirkung, sie helfen vielleicht, dass sich mancher, der sie liest, den Nazis eben nicht in die Arme wirft.«

Natürlich hatte ich mir einen Plan zurechtgelegt. Ich erzählte ihm von Gerhart Hauptmann, der am »Tag der Arbeit«, dem 1. Mai, auf seinem Haus hatte eine Hakenkreuzfahne hissen lassen.

»Wie kann er das machen?« Thomas Mann schenkte sich Tee nach. Deutlich nahm ich den Duft feiner Zigaretten und Zigarren wahr, der das Zimmer erfüllte.

Ich sagte, dass Knut Hamsun, von dem ich wisse, dass er ihn bewundere, sich in den Zeitungen abfällig über Ossietzky geäußert habe und mit den Nationalsozialisten sympathisiere.

»Und diese Beispiele erzählen Sie mir, damit ich es nicht so mache?«, fragte Thomas Mann.

Ich legte ihm, gleichsam als letzten Baustein, das Schreiben vor, das Albert Einstein an das Nobelpreiskomitee verfasst hatte. Er las es und spitzte dabei die Lippen. Einstein schrieb darin, dass keine andere lebende Person den Preis mehr verdiene als Carl von Ossietzky.

»Und Sie denken tatsächlich, dass meine Stimme nützlich wäre.«

»Unbedingt. Es wäre ein Paukenschlag. Ein Signal, das große Wirkung hätte in Schweden beim Nobelpreiskomitee. Dort wird als Kandidat bisher der Präsident der tschechoslowakischen Republik, Masaryk, favorisiert.«

Er trank einen Schluck. Blickte zögerlich zum Fenster. Oder war es Nachdenklichkeit?

»Ich habe ein Foto gesehen, das mehr sagt als tausend Worte. Ossietzky wird nicht mehr lange am Leben bleiben, wenn wir nicht rasch handeln und ihn aus dem Lager holen«, sagte ich.

»Wo sind Sie untergebracht?«

Ich nannte ihm das Hotel am Ufer des Zürichsees. Er nickte kurz und erhob sich. Beim Hinausgehen wurde mir erst recht bewusst, wie hoch die Villa über dem Dorf thronte und wie erhaben der Blick auf den See war, der sich aus manchen Fenstern bot.

Ich saß im Frühstücksraum, wo das Geschirr schon abgeräumt worden war, und kam mit dem Hotelbesitzer ins Gespräch. Ich war enttäuscht, ich hatte gehofft, heute Morgen im Fach an der Rezeption einen Brief vorzufinden.

Als ich dem Hotelier auf seine Nachfrage nach dem Grund meines kurzen Besuchs den Namen des berühmten Autors nannte, sprudelte es förmlich aus ihm heraus. »Wissen Sie, Thomas Mann hat sich schon 1905, als er auf der Hochzeitsreise in Zürich war, in unsere Heimat verliebt. Er wollte auch, dass seine Kinder Michael und Elisabeth die Möglichkeit haben, weiter auf ein deutschsprachiges Gymnasium zu gehen. Man sieht ihn nicht oft im Dorf, manchmal spaziert er mit dem Hund zum Schübelweiher oder Rumensee oder wandert mit seiner Frau den Dorfbach entlang im Küssnachter Tobel. Aber er hält sich schon sehr auf Distanz, der Herr Mann, er verkehrt nur mit seinen Vermietern, dem Ehepaar Studer-Guyer, den Arzt hier, den guten Jakob Stahle, den sucht er oft auf, sonst hält er sich mehr nach Zürich, Theater, Oper, Sie verstehen. Dabei waren die Leute hier wirklich begeistert, als er, ich glaube '34 war es, aus seinem Joseph-Roman vorgelesen hat drüben in der alten Turnhalle, und das Travemünder Kapitel aus den Buddenbrooks hat er auch gelesen.«

Wie ich ihm so zuhörte, wurde mir bewusst, wie bedauernswert naiv ich gewesen war zu meinen, ich, ein ehemaliger subalterner Polizeibeamter, könne einen Nobelpreisträger dazu bewegen, sich für einen Verfolgten einzusetzen, dessen Weg den meinen eher zufällig gekreuzt hatten. Ich beschloss, endlich realistisch zu werden. Elisabeth und ihre Kinder, sie brauchten mich wirklich, ihnen konnte ich helfen. Ich würde den Kontakt zu Julius abbrechen und meine ganze Kraft darauf verwenden, eine besser bezahlte Arbeit zu finden. Dieser Fehlschlag war ein eindeutiges Signal.

Über meinen Betrachtungen hatte ich gar nicht bemerkt, wie sich der Hotelier erhoben und zur Tür begeben hatte. Ich folgte ihm zur Rezeption. Ein Postbote trat herein und rief meinen Namen. Das Couvert war von Thomas Mann. Mein Herz schlug schneller, ich verabschiedete mich höflich von dem Hotelier und ging noch einmal ins Zimmer hinauf. Ich musste mich beherrschen, das Couvert nicht so aufzureißen, dass man den Brief nachher gar nicht mehr hineinstecken konnte. Meine Finger zitterten. Alle resignativen Vorsätze, die ich vorhin gefasst hatten, waren Makulatur. Erst jetzt wurde mir bewusst, wie wichtig diese Mission für mich war. Es ging um Carl von Ossietzkys Leben, um den Mann, den ich beschattet und wider Willen zur Strecke gebracht hatte. Aber es ging auch um mich. Den arbeitslosen Ex-Ermittler der Politischen Polizei, der, statt die Karriereleiter hinaufzusteigen, diese einfach verlassen hatte, ein soziales Nichts geworden war, der mit einer Frau zusammenlebte, die er liebte, die ihn liebte, die aber geschiedenen war und drei Kinder in eine Liaison mitbrachte, in der ich an eigene Kinder nicht mal denken konnte. Wenn ich diesen Auftrag, den ich mir selbst auferlegt hatte, zu meiner Zufriedenheit und zu der von Julius erledigte, dann hatte ich wenigstens noch einmal etwas bewegt. Ich spürte, dass ich dieses Erfolgserlebnis auch gegenüber Elisabeth brauchte. Dann könnte ich ihr wenigstens die Wahrheit über diesen Ausflug erzählen, ohne mich zu blamieren. Und so flog mein Blick voller Bangigkeit und Aufregung über die Zeilen. Der Brief war datiert vom Vortag, dem 13. Oktober 1935.

Er übertraf alles, was ich erhofft hatte. Es war, als hätte Thomas Mann nur darauf gewartet, dass ihn jemand um diesen Gefallen bat. Was er tat, das machte er gründlich und mit vollem Ernst. Zuerst ging er auf Masaryk ein, den er würdigte. Dann schrieb er: »Welch eine Woge der Freude und Genugtuung aber durch die geistige Welt gehen würde, wenn das Komitee zu dem vielleicht weniger korrekten und glatten, dafür aber sittlich gewichtigeren Entschluss gelangte, einem Märtyrer der Friedensidee wie dem seit Jahren das Konzentrationslager erduldenden Ossietzky den Friedensnobelpreis zuzuerteilen, ist in Worten schwer auszudrücken.«

Er schrieb, die Verleihung des Friedensnobelpreises an Carl von Ossietzky wäre »eine große, freie und starke sittliche Tat von unvergleichlicher Leuchtkraft, eine befreiende Tat in mehr als einer Beziehung, die Trost, Stärkung und neuen Glauben an die Kraft des Guten nicht nur in das Herz des einen Mannes gießen würde, dem sie gälte, sondern in Millionen gequälter Herzen, die in der Verwilderung und Verdüsterung dieser Zeit am Guten zu verzweifeln im Begriff sind.« Und er meinte sein eigenes Herz wohl auch damit. »Geben Sie ihm, im Namen ihrer aller bitte ich Sie von Herzen darum, geben Sie der Welt dieses Zeichen!«

Mit einem Hochgefühl stieg ich noch am selben Tag in den Zug zurück nach München. Auf gewisse Weise konnte ich das Glück der Hochstapler nachvollziehen, die etwas, das unmöglich ist, im Schein erreichen. War ich denn so viel anders? Hatte ich nicht auch nach etwas gestrebt, das eigentlich außerhalb meiner Wirkungsmöglichkeiten lag, hatte die Rolle des Polizisten abgestreift und versucht, Carl von Ossietzky zu schützen, statt ihn als Staatsfeind zu verfolgen, hatte mir angemaßt, den Nobelpreisträger für Literatur aufzusuchen und auf ihn einzureden? Und hatten nicht gerade diese Momente mein Leben für ein paar kostbare Augenblicke lebenswert gemacht? Vielleicht brauchte jeder Mensch Momente der Anmaßung, in denen er sozusagen über seine Befugnisse hinaustrat.

Abends zeigte ich Elisabeth den Brief und erzählte ihr von meinem Besuch. Sie sah mich voller Stolz an, beinahe ungläubig.

Als ich am Tag darauf Julius den Brief brachte, klopfte er mir auf die Schulter und sagte nur: »Respekt.« Niemals hätte er für möglich gehalten, dass mir gelingen würde, auch nur die Haustürschwelle des berühmten Autors zu überschreiten. Einen Moment später sah ich Zweifel in seinem Gesichtsausdruck: »Er ist doch echt ... der Brief ... ich meine, du hast doch nicht ...«

»Traust du mir etwa zu, dass ich bei einer solchen Sache hochstapele, wo es um Leben und Tod eines Menschen geht?«

»Entschuldigung. Natürlich nicht.« Er nahm mich kurz in die Arme und murmelte etwas von dieser »gottverfluchten Zeit, wo keiner mehr dem anderen trauen kann«.

Diesen Brief sollte das Komitee für den Friedensnobelpreis umgehend erhalten. Julius leitete ihn an Herbert Frahm weiter, der sich inzwischen Willy Brandt nannte und in Oslo eine Zelle der Sozialistischen Arbeiterpartei Deutschlands aufbaute.

Und Thomas Mann blieb nicht der Einzige, der seine Reputation für den KZ-Häftling in die Waagschale warf. In England und in Frankreich machten sich Universitätsprofessoren von rechts- und staatswissenschaftlichen und historisch-philosophischen Fakultäten, die zum vorschlagsberechtigten Kreis gehörten, für Ossietzky stark, außerdem Jane Addams und eine Reihe weiterer Nobelpreisträger und internationaler Gelehrter und Parlamentarier aus neun Ländern. In Schweden allein kämpften 50 Abgeordnete für Ossietzky. Die *Chicago Daily News* berichteten darüber, der *Manchester Guardian*, Zeitungen in vielen weiteren Ländern. Hinter den Kulissen aber übte die deutsche Regierung Druck auf Norwegen aus, und am 19. November 1935 verkündete das Norwegische Nobelpreiskomitee in Oslo, dass der Friedensnobelpreis in diesem Jahr nicht verliehen werde.

Tucholsky, der sich sehr für Ossietzky eingesetzt hatte, nahm sich aus tiefer Enttäuschung das Leben. Manche behaupten, er hätte versehentlich zu viele Medikamente geschluckt. Nach dem, was ich hörte, konnte ich das nicht glauben. Wahrscheinlicher schien mir, dass ihm das Scheitern der Rettungsbemühungen für seinen Freund endgültig das Leben verleidet hatte.

Mir selbst brachte der Brief von Thomas Mann die Wende. Es war das zweite oder dritte Mal nach meiner Reise nach Küsnacht, dass ich Julius am Donnerstagabend in der Schwabinger Kneipe *Brennessel* traf und mit ihm zwei Bier trank, als er mir kurz vorm Zapfenstreich einen Zettel in die Hand drückte. »Nichts Großes«, sagte er auf seine lapidare Art, »aber sicher einträglicher und anspruchsvoller als deine bisherigen Gelegenheitsarbeiten. Die suchen eine Art ›Mädchen für alles‹, jemanden, der mal Drucksachen gegenlesen kann, der gut genug parliert, um neue Aufträge zu akquirieren oder aufgebrachte Kunden zu beschwichtigen. Die Leute da sind ganz in Ordnung.« Damit verschwand er. Auf dem Zettel standen der Name und die Adresse einer Münchner Druckerei. Im Februar 1936 begann ich dort meine Arbeit.

Carl von Ossietzky starrte ungläubig auf die beiden Männer, die auf ihn einredeten. Er war so müde, er konnte ihren Worten kaum folgen. Er solle in ein Krankenhaus gebracht werden. Er wollte sich wehren, er müsste weglaufen, aber er hatte keine Kraft mehr. Er wusste, was das bedeutete. Wenn einer verlegt und irgendwohin gebracht wurde, hieß das nichts anderes, als dass seine letzte Stunde geschlagen hatte. Er hätte seine Freunde, die in der Emigration weilten, nicht dazu aufstacheln dürfen öffentlich für ihn einzutreten und ihn zum großen Widerstandskämpfer zu stilisieren, das brachte ihm nur noch mehr Elend ein, es machte die Wachmannschaften wütend. Hatte er im Sommer 1935 nicht Corder Catchpool gewarnt, den Vertreter der englischen Quäker in Berlin, der ihn im Konzentrationslager Papenburg-Esterwegen besucht hatte? Aber er hatte gemerkt, der wollte das gar nicht hören.

Carl dachte jetzt nur eines: Könnte er doch noch einmal Maud sehen, und Rosalinde. Wenn er den Mund öffnete, brachte er kein Wort hervor, er hatte Zähne verloren, wie viele, wusste er nicht. Brachte er deswegen keinen Ton mehr heraus?

Er ließ sich widerstandslos aus der Krankenbaracke leiten. Gehen konnte er kaum noch, sie mussten ihn stützen.

Er konnte sich nicht einmal von den Männern hier verabschieden, die ihn so oft geschützt hatten: Georg Schmid, der Boxer und Taxifahrer aus Berlin, ein strammer Kommunist, der gemerkt hatte, dass er, Carl, es einfach nicht schaffte, Tag für Tag im Moor die Schubkarren zu füllen und wegzufahren, und der ihm immer wieder geholfen hatte. Oder Heilmann, der Sozialdemokrat, mit dem er beim Kartoffelschälen manchmal angeregte Diskussionen geführt hatte, bei denen sie den Tod, die Gewalt, die Demütigungen und die Prügel für ein paar Augenblicke vergessen konnten, bis ein Mithäftling wieder »Achtzehn« rief, das verabredete Wort, das sie vor näher kommenden Aufsehern warnte. Hinter der Baracke 7 hatte er einige Male sogar mit

Leuschner und mit Haubach, dem früheren Reichstagsabgeordneten, über Literatur debattieren können, wenn er diese wenigen Momente nicht gehabt hätte, in denen er vergaß, dass er in der Hölle war, das wusste er, wäre er jetzt schon tot.

Aber zuletzt waren die Aufenthalte in der Krankenbaracke immer länger geworden. Sein Körper machte einfach nicht mehr mit. Es war abzusehen, dass er nichts mehr leisten würde. Sie schrieben ihn ab, er war nutzlos für sie geworden wie ein altes Taschentuch, das man wegwarf.

Es musste Ende Mai sein, sofern ihn das Zeitgefühl nicht völlig trog. Die Sonne schien milde. Vogelgezwitscher, noch nie hatte er so bewusst die Stimmen der Wiedehopfe und Lerchen vernommen. Ein letztes Mal. Er wurde zu einem Automobil gebracht und auf die Rückbank gesetzt. Sicher würde man ihn in ein Waldstück fahren, ihn dort erledigen. Seine Hände zitterten. Sollte er die Tür öffnen und hinausspringen? Die beiden Männer schienen überhaupt keinen Argwohn zu haben, keinerlei Angst, dass er ihnen noch von der Schippe springen konnte.

Er saß zusammengekauert da.

Die Fahrt dauert lange. Sie fuhren eine dieser schnurgeraden Autobahnen entlang, auf die die Machthaber so stolz waren. Er döste vor sich hin, nickte ein. Wachte wieder auf. Merkte, dass die Sonne viel höher stand als beim letzten Mal, als er nach draußen geschaut hatte, und dass sie jetzt auf einer gewöhnlichen Landstraße fuhren. Stunden mussten verstrichen sein. Er schlief wieder ein.

Als er aufwachte, kamen Wohnhäuser näher, Mietskasernen. Angstschweiß trat ihm auf die Stirn. Die Umgebung wurde immer städtischer. Was war das? Sie fuhren ja nach Berlin hinein. Hakenkreuzfahnen flatterten im Wind. Dies war der Wedding, er erkannte die Chausseestraße. Sie bogen ab. Vor den vergitterten Fenstern des Gefängniskrankenhauses kam das Automobil zum Stehen.

Sie brachten ihn in ein Krankenzimmer, gaben ihm zu essen, zu trinken. Er schlief sofort ein, trank, als er aufwachte, schlief wieder. Zum ersten Mal seit Langem konnte er normal ruhen, die Beine, die Arme ausstrecken. Sein geschundener Körper fand Frieden. Noch ein paar Tage, dann würde er wieder arbeiten, etwas leisten können, dachte er. Wenn nur dieser blutige Auswurf beim Husten nicht wäre.

Beim nächsten Aufwachen sah er in das besorgte Gesicht eines Arztes.

»Was ist mit mir?«, fragte er.

»Sie haben eine offene Lungentuberkulose. Und Ihr genereller Zustand … Es steht nicht zum Besten.«

Carl schloss die Augen. Darum hatte man ihn also hergebracht. Er sollte nicht im KZ sterben, sondern in einem Krankenhaus, um den internationalen Ruf Deutschlands nicht zu gefährden. Gerade jetzt zu den Olympischen Spielen käme es ungelegen.

Hatte er den Krankheitsbegriff nicht einmal in der Krankenbaracke gehört und Gerüchte, man würde ihm solche Bakterien spritzen, um ihn unauffällig loszuwerden? Er erinnerte sich an den SS-Mann, der ihn angezischt hatte, liebend gerne würde er ihn einfach umbringen, aber das gehe leider nicht, über ihn werde zu viel gesprochen.

Im Gefängniskrankenhaus herrschte eine betretene Stille vonseiten des Pflegepersonals. Einmal sah er, als die Schwester eintrat, dass vor seiner Tür zwei Männer wachten. Natürlich, die Gestapo.

Fieberwellen wogten über ihn hin. Er wurde geröntgt, stumm blickten die Ärzte auf dunkle Flecken auf dem Abbild seiner Lunge. Sie flüsterten etwas vom »linken Oberlappen«, von »massenhaft Tuberkelbazillen im Auswurf« und »stark beschleunigter Senkung der Erythrozyten«.

Im Herbst erschienen drei Männer in SS-Uniform in seinem Zimmer. Unter Bewachung wurde er vom Krankenhaus fortgebracht. Eine kurze Autofahrt später hielt der Wagen vor dem Hauptquartier der Gestapo, einem Monumentalbau in der Prinz-Albrecht-Straße.

Die Soldaten führten ihn an Wachposten vorbei durch endlose Korridore, bis sie schließlich ein Büro betraten. Der Raum war groß genug für einen Galaempfang und beinhaltete doch kaum mehr als einen massiven Schreibtisch. Der Stuhl dahinter war mit kirschrotem Samt gepolstert.

Eine massige Gestalt trat ein. In seinem früheren Leben als politischer Journalist hatte Carl oft über diesen Mann geschrieben, den Mann, der die NSDAP hoffähig gemacht und ihr auf dem gesellschaftlichen Parkett zum Durchbruch verholfen hatte. Görings Schnaufen füllte den Raum, er verströmte eine Selbstgewissheit, die erdrückend war.

Etwas an seinem Blick war unnatürlich starr und geweitet, die Augen schienen hervorzuquellen, Carl vermutete Morphiumsüchtigkeit. Hinter vorgehaltener Hand munkelte man, »der dicke Hermann« habe deshalb mehrfach in einer Nervenheilanstalt gesessen.

Aber man durfte ihn nicht unterschätzen. Kaum jemand in der deutschen Geschichte hatte so viele Ämter und Würden an sich gerissen. »Reichsforstmeister«, »Reichsjägermeister«, seit Kurzem beherrschte er wie ein Diktator als »Beauftragter für den Vierjahresplan« die gesamte deutsche Wirtschaft, Rohstoffe und Devisen und die Aufrüstung. Er fungierte als eine Art zweiter Außenminister, flog herum mit der berühmten, größten Lufthansamaschine »Hindenburg« und handelte Verträge mit dem Ausland aus, unter Umgehung der üblichen Wege, Hitler verachtete Diplomaten, auch seine eigenen, und schickte lieber sein Walross Göring.

Der Ministerpräsident trug die neue Uniform eines Luftwaffengenerals. War das nicht makaber? Weil er, Carl, die heimliche Fliegerausbildung öffentlich gemacht hatte, war er ins KZ verschleppt worden, und jetzt stand vor ihm der »Reichsminister der Luftfahrt«, auch das ein Titel, den Göring an sich gerafft hatte, der Luftfahrtminister also, der inzwischen unverhohlen Fliegerstaffeln für den Krieg rüstete, die, so hatte man im KZ geflüstert, beim Reichsparteitag in Nürnberg 1935 sogar öffentlich zur Schau gestellt worden waren bei einer beeindruckenden Flugvorführung. England und Frankreich schwiegen angeblich eingeschüchtert dazu.

Das Walross reichte ihm die Hand. Die SS-Wachen wurden blass, damit hatten sie nicht gerechnet, dass ihr Gefangener solcher Würden wert war. Görings Hand war weich und patschig. Aus der Nähe wirkte sein Gesicht erschreckend, es war zerflossen, aufgeschwemmt. Trug er Rouge auf den Wangen? Die dicken Finger endeten in sorgfältig emaillierten Nägeln. Ein parfümierter und manikürter Fettwanst, der, ohne mit der Wimper zu zucken, politische Widersacher ermorden ließ. Er sollte sich bei der »Reichsmordwoche« rings um den 30. Juni 1934 besonders hervorgetan haben.

»Bringen Sie mal belegte Brötchen«, schnurrte Göring, »und Kuchen und eine Schale Schlagsahne. Mein Gast hat Hunger.«

Carl dachte: Ich bin abgemagert, weil Sie Konzentrationslager errichten lassen haben, Herr Ministerpräsident.

»Sie haben der Deutschen Friedensgesellschaft angehört und haben diese jährlichen ›Nie-wieder-Krieg‹-Demonstrationen organisiert. Wie sehen Sie das heute?«, fragte Göring.

Carl schwieg. Das Zittern seiner Hände war ihm unangenehm, überhaupt ärgerte ihn seine körperliche Schwäche vor diesem Mann.

»Halten Sie an ihrer volksfeindlichen Einstellung fest? Sie haben die Ehre des deutschen Volkes in den Schmutz gezogen.«

»Habe ich das?«

Göring hob die Augenbrauen. »Da fragen Sie noch? Ihre Artikel über die Reichswehr und die Aufrüstung haben dem Ausland erst das Stichwort zur Hetze gegen unser Land geliefert.«

Was gab es da groß zu sagen. »Es ist alles eine Frage der Perspektive.«

»Ich muss wissen, ob sich Ihre Einstellung geändert hat.«

Dahinter verbarg sich doch etwas. Er sah ihn fragend an.

Göring zögerte. »Es gibt Bestrebungen von Leuten, Sie für den Friedensnobelpreis vorzuschlagen. Wir bemühen uns, das außenpolitisch abzuwenden, es wäre eine Herausforderung und Beleidigung Deutschlands, undenkbar, dass Norwegen einen notorischen Landesverräter wie Sie auszeichnet. Außerdem wäre es aberwitzig. Über Sie kann auch nicht mehr gesagt werden als über jeden beliebigen anderen Journalisten, der gegen den Krieg und für den Frieden geschrieben hat, und das sind einige. Aber sollte man Ihnen den Preis trotzdem antragen, werden Sie bescheiden ablehnen. Verstanden?«

In Carls Kopf drehte sich alles. »Ich wurde ohne Gerichtsverfahren oder Urteil eingesperrt und gezwungen, im Moor zu arbeiten.«

»Und jetzt sind Sie auf meine persönliche Anordnung aus dem Konzentrationslager in das Staatskrankenhaus überführt worden. Natürlich werden Sie nach den Vorschriften für Polizeigefangene behandelt. Ich könnte noch mehr für Sie tun. Ich könnte Ihre Freilassung befehlen.«

Das war also das Angebot. Er sollte politisch verstummen, und dafür würde man ihn freilassen. Der Friedensnobelpreis! Das wäre die Gelegenheit, die internationale Aufmerksamkeit auf das Unrecht zu lenken, das hier in Deutschland geschah, auf den Terror der Konzentrationslager.

»Diese ganze Diplomatie, dieses ganze internationale Gedöns!« Hermann Göring grinste jovial wie ein Schulbube, mit dem man augenblicklich Freundschaft schließen wollte. »Vormittags spitzen die Diplomaten ihre Bleistifte an, und nachmittags gehen sie auf Teegesellschaften. Ossietzky, das steht Ihnen doch gar nicht. Sie sollten nicht nach deren Pfeife tanzen. Dieser Nobelpreis ist eine Farce. Es gibt wunderbare deutsche Preise!«

Vor der Lebenskraft Görings war er, Carl, bloß noch ein schwaches Fünkchen, das sein Gegenüber mit einem kräftigen Hauch ausblasen konnte. Trotzdem sagte er: »Ich finde nicht, dass der Friedensnobelpreis eine Farce ist.«

Göring musterte ihn interessiert. Im Gestapo-Hauptquartier war man Widerworte sicher nicht gewohnt. Aber es schien ihn nicht zu stören, im Gegenteil, er wirkte, als machte es die Sache interessanter für ihn. »Wir wollen alle den Frieden. Aber Bedingung ist, dass unser deutsches Volk den Lebensraum erhält, der ihm zusteht. Bald werden wir hundert Jahre Frieden haben. Tausend Jahre! Es ist nicht die Zeit, der Bewegung in den Rücken zu fallen.« Er wurde vertraulich, beugte sich vor mit seiner Leibesfülle. »Sie brauchen diesen Nobelpreis nicht, um glücklich zu sein. Ich sage Ihnen, was Sie brauchen: ein hübsches Heim, einen frisch gebackenen Kuchen von Ihrer Liebsten, Bücher, Zeitungen, eine gute Zigarre, Vögel, die in den Bäumen zwitschern. Machen Sie sich das Leben nicht kaputt durch falsch verstandenen Ehrgeiz. Das ist alles politisch, das sind Versuche, Sie zu vereinnahmen. Ich gebe eine Order, und Sie spazieren hier heraus und führen fortan ein angenehmes Leben als freier Mann.«

Carl starrte auf den großen Siegelring an Görings Hand. Freiheit. Wusste der überhaupt, was das war? Er hatte die Spitzelbehörde aufgebaut, dieses Haus, in dem sie hier saßen und dessen Kellerwände die Schreie der Gefolterten erstickten.

Eine Silberplatte mit belegten Brötchen und Kuchen und einer Schale Schlagsahne wurde hereingebracht.

»Jetzt stärken Sie sich erst mal.«

Carl rührte sich nicht. Er sah nur auf den Siegelring.

»Verstehe«, sagte Göring. »Nein, wirklich, ich verstehe Sie. Ehrenauszeichnungen sind wichtig. Was meinen Sie, warum ich täglich meinen Pour-le-Mérite trage? Den hat mir Kaiser Wilhelm II. persönlich überreicht, nachdem ich im Weltkrieg 18 feindliche Flieger abgeschossen hatte, im Luftkampf Mann gegen Mann. Wir beide wissen, lieber Ossietzky, dass die Weimarer Republik auch an ihrer

Unfähigkeit zugrunde gegangen ist, Orden zu verleihen und populäre Feiern zu veranstalten. Das sollen Sie alles haben. Aber eben deutsche Orden. Deutsche Auszeichnungen. Irgendwas drehe ich da schon für Sie. Den Nobelpreis werden Sie ablehnen. Ich lasse Sie sowieso nicht nach Oslo fahren, was dachten Sie denn? Nach den Bestimmungen der Nobelstiftung müssten Sie innerhalb eines halben Jahres in Oslo einen öffentlichen Vortrag halten. Es ist wohl klar, dass Sie das nicht können.«

Ach, wenn ich noch schreiben könnte, dachte er. Jetzt verstehe ich viel besser die Wirkung dieses Mannes. Göring wog sicher 280 Pfund, ein Koloss mit eingecremtem Gesicht war er, es hatte etwas Komödiantisches. Dass er offensichtlich gerne aß und trank, machte ihn vielen sympathisch, er konnte genießen, er war kein Ideologe. Während Goebbels nur eine körperlose fanatische Stimme war, war Göring lebenszugewandt. Man verzieh ihm alles, den Uniformfimmel, die Gier nach Gold und Juwelen, die Exzentrik. Er war der volksnahe Haudegen, leutselig, launig. Dass er einem schwedischen Adligen die Frau ausgespannt und sie Mann und Kind zurückgelassen hatte, um Göring nach Deutschland zu folgen – geschenkt! Dass er, um einen wertvollen Teppich unterbringen zu lassen, den er vom früheren deutschen Kronprinzen Wilhelm erworben hatte, die Wände eines Zimmers hatte herausschlagen und das Haus umbauen lassen, auf Staatskosten – egal! Er wusste zu leben.

Aber die Menschen vergaßen, dass er Hitler berühmte Industrielle wie Huren zuführte. Fritz Thyssen, Gustav Krupp, Carl Bosch. Sie vergaßen, dass die Vorstandschefs von Rheinmetall, Junkers und BMW ihm, Göring, Geld und Geschenke schickten, weil er ihnen Rüstungsaufträge verschaffte. Dass er als preußischer Innenminister den Polizeiapparat »gesäubert« und anschließend skrupellos für die Jagd auf politische Gegner wie Sozialdemokraten und Kommunisten genutzt hatte. Dass er es gewesen war, der den Schießbefehl gab, der Polizei also den Auftrag erteilte, politische Gegner »während des Wahlkampfes mit allen Mitteln der Gewalt ohne Rücksicht auf die Folgen des Schusswaffengebrauchs« zu jagen, und kurzerhand 50 000 SA-, SS- und »Stahlhelm«-Männer zu Hilfspolizisten ernannt hatte.

Dieser unförmig dicke Mann, der sich mit Mühe in eine Uniform gezwängt hatte, war der Erfinder der Gestapo. Im Auftrag Görings machten Beamte im Ledermantel Jagd auf politische Gegner und nahmen Zehntausende fest.

»Warum bin ich hier?« Carl hustete Blut hoch und tupfte sich den Mund mit dem Taschentuch ab.

Es dauerte einen Moment, bis Göring die Fassung wiedererlangt hatte. »Sagen wir es so: Ihr Schutzhaftfall ist von großer außenpolitischer Bedeutung.«

Möglich, dass es in der Hauptsache um die öffentliche Meinung in England ging. Der deutschen Regierung war es wichtig, dass England im kommenden Krieg nicht eingriff, und sie hatten Angst, dass der Terror und die Misshandlung politischer Gefangener dort die Meinung gegen sie drehte. Maud hatte in England ihre Jugendzeit verbracht. Und die pazifistischen Kreise im Ausland versuchen immer wieder, seine Entlassung zu erreichen, das wusste er. Wenn er jetzt starb oder den Nobelpreis erhielt, oder erst den Nobelpreis erhielt und kurz darauf an den Folgen der KZ-Haft starb, würden Zeitungen auf der ganzen Welt darüber schreiben.

Göring kam noch näher, als wollte er an ihm riechen wie ein Raubtier an seinem Opfer. »Ich bin kein Alltagsmensch, Ossietzky. Kampf ist und bleibt für mich die Lebensbedingung, sei es in der Natur oder bei den Menschen. Man folgt mir, oder man geht unter. Sie müssen sich entscheiden.«

Carl schwieg, was Göring missverstand, er setzte sofort nach: 500 Reichsmark Leibrente im Monat, auf Lebenszeit. Er dürfe nur diesen albernen Preis nicht annehmen.

Was, wenn er nicht auf Göring hörte? Würde man ihn zurück ins KZ bringen? In seinem Kopf hallten die Schreie der SA, wenn sie ihn verprügelt hatten und nach ihm, dem am Boden Liegenden, traten: *Du polnische Sau, verrecke endlich!*

Aber die Entscheidung war gefallen. »Ich bin Pazifist«, sagte er, »und ich werde Pazifist bleiben.«

Der Ministerpräsident wurde rot im Gesicht und begann ihn anzubrüllen. Dieses Zurechthacken der Sprache auf einzelne Stoß- und Zischlaute! Carl konzentrierte sich jetzt ganz auf den Anblick des mächtigen Siegelrings, den Göring an der Hand trug.

Onkelhafte Gutmütigkeit und Kasernengebrüll wechselten sich ab. Carl duckte sich ein halbe Stunde lang unter dem Gewitter, dann erbat er sich Bedenkzeit, was Göring verärgert gewährte.

Man brachte ihn in das Gefängnis-Lazarett zurück und bemühte sich sehr um ihn. Bei günstigem Wetter durfte er jetzt täglich auf eine halbe Stunde in den Garten. Wie ihn das für einige Augenblicke glücklich machte! Noch vor wenigen Wochen waren Spaziergänge in einem Garten für ihn, den KZ-Häftling, ein nie unerreichbarer Traum gewesen.

Aber es fiel ihm von Tag zu Tag schwerer, sich aus dem Bett zu erheben. Sein Husten geschah nicht mehr in richtigen Stößen, sondern war wie ein schauerliches kraftloses Wühlen im Brei, seine Lunge schien nur noch Matsch und Schlamm zu sein.

Zur Kraftlosigkeit, dem Fieber und dem Husten kam hinzu, dass er sich nicht konzentrieren, keine klaren Gedanken mehr fassen konnte. Er hörte wieder das Zuschlagen der Türen im Gefängnis, das Brüllen und Schreien der SA-Männer im Konzentrationslager, sah sich entkräftet Torf im Emsländer Moor stechen, riss unwillkürlich eine Hand hoch, wie um sich vor einem Hieb zu schützen.

Hätte er doch besser, wie so viele es ihm geraten hatten, auswandern sollen? Wäre er dort nicht genauso geendet wie sein Freund

Kurt Tucholsky? Er war hier geblieben, entgegen aller gut gemeinten Ratschlägen, und allein dadurch etwas Besonderes geworden, für Freund und Feind.

Carl von Ossietzky. Auf das »von« hatte er doch immer, wenn auch voller Selbstironie, Wert gelegt. Irgendein Vorfahre, ein Lanzenreiter, hatte den Adelstitel nur deswegen bekommen, weil der Kurfürst gerade kein Geld in der Kasse hatte, um den Soldaten ihren Sold zu zahlen. So erhielt der Ossietzky wie das ganze Regiment ersatzweise das »von«.

Die Gestapo-Wachen standen vor seinem Zimmer, aber sie konnten ihn nicht länger schlagen.

30

Carl wurde aus der »Schutzhaft« entlassen. Sein Stiefvater, der extra aus Hamburg gekommen war, holte ihn ab zusammen mit Maud und Fräulein Hünicke, der treuen Sekretärin der *Weltbühne*.

Maud fasste vorsichtig seine abgemagerte Hand. Er ging aus eigener Kraft bis zur zweiten Kreuzung. Schließlich musste er sich an der Hauswand abstützen.

Sie fuhren ihn zum Charlottenburger Krankenhaus Westend und berichteten ihm, was geschehen war: Die norwegische Öffentlichkeit hatte sich fast täglich mit ihm beschäftigt. Auch in Frankreich, England und Amerika war sein Fall aufgeregt diskutiert worden. Bis Ende Januar hatte das Nobelpreiskomitee mehr als 250 neue Anträge von Gelehrten und Parlamentariern aus England, Belgien, Dänemark, der Schweiz, den Niederlanden, der Tschechoslowakei, der Türkei und den USA erreicht, die alle den Friedensnobelpreis für ihn, Carl von Ossietzky, forderten. Und am Ende waren über eintausend vorschlagsberechtigte Befürworter für ihn eingetreten, darunter Karl Barth und Bertrand Russell, Clement Richard Lord Attlee, Sir Norman Angell und andere. Carl war gerührt, aber auch verwundert.

Am 24. November 1936 brachte man ihm zwei Telegramme ins Krankenhauszimmer. Das erste lautete:

herrn carl von ossietzky
krankenhaus westend
berlin

ich habe die ehre ihnen mitzuteilen dass das norwegische nobelkomitee ihnen den friedenspreis alfred nobels für das Jahr 1935 zugeteilt hat stop der betrag ist kronen 159916,74 hundertneunundfuenfzigtausendneunhundertsechzehn 74/00 kronen stop am todestage alfred nobels den 10 dezember wird bei einer festsitzung in oslo uebersicht ueber ihre Verdienste gegeben stop brief folgt stop seien sie so gut baldigst und telegrafisch den empfang dieses telegramms zu bestaetigen stop fredrik stang praesident des nobelkomitees

Die Zeilen verschwammen vor seinen Augen. Er blinzelte die Tränen fort und las das zweite Telegramm. Es war von der norwegischen Zeitung »Tidens Tegn«:

carl von ossietzky
westend krankenhaus berlin

man sagt in oslo dass sie den nobelpreis nicht annehmen wollen bitte benachrichtigen sie uns umgehend telegrafisch
tidens tegn

Er griff das nächste Stück Papier, das er sah, und schrieb mit zittriger Hand: »Nach längerer Überlegung bin ich zu dem Entschluss gekommen, den mir zugefallenen Friedensnobelpreis anzunehmen. Die mir von dem Vertreter des Geheimen Staatspolizeiamtes vorgetragene Anschauung, dass ich mich damit aus der deutschen Volksgemeinschaft ausschließe, vermag ich nicht zu teilen.«

Nachdem Franz Tausend monatelang vergeblich um ein Treffen gebeten hatte, besuchte ihn Herta unerwartet an einem Dienstagnachmittag im November, zu ungünstiger Stunde, wie er ihr sofort erklärte. Es war nicht aufgeräumt. In Wahrheit hätte es am Montagnachmittag oder Donnerstagnachmittag kein bisschen besser ausgesehen, aber Franz beteuerte mit vielen Worten, der Zeitpunkt sei wirklich sehr ungünstig.

»Ich bleib nicht lang«, sagte sie und sah sich erschüttert in seiner Kammer um, während sie ihre Handtasche wie zum Schutz vor ihren Bauch hielt.

Er seufzte. Dann sagte er: »Ich lebe hier nur übergangsweise.«

Seine armselige Kammer, durch dünne Wände abgetrennt von der Wohnung seiner Vermieter und infolge der Lage des Hauses zwischen Südbahnhof und Isartal-Bahnhof dem ständigen Lärm rangierender oder vorbeijagender Züge ausgeliefert, kam ihm selbst vor, als wohne er auf der Toilette im D-Zug, das Rattern und Dröhnen, der Fahrtwind, der durch die Fugen und Ritzen blies, das Loch, das man mit einem Tretpedal öffnete, um sein Geschäft auf die vorüberrasenden Schwellen plumpsen zu lassen, die Kernseife, die von einer Mühle, die man drehen musste, zu feinem Staub zermahlen wurde – einem solchen Ort, den man so schnell wie möglich wieder verlassen wollte, glich auch sein Leben.

An besseren Tagen erschien ihm die Kammer wie ein Raucherabteil, das die vorhergehenden Reisenden unordentlich hinterlassen hatten, mit leeren Zigarettenschachteln am Boden und einer Bierflasche, die beim Bremsen und Anfahren des Zuges umherrollte.

Herta trug ein blau geblümtes Kleid, das er nicht kannte. Er fand sie immer noch attraktiv. »Wer hat dir das gekauft?«, fragte er.

»Ist unwichtig.«

Jemand anders versorgte sie jetzt. Das war unverkennbar. »Setz dich doch«, sagte er und räumte hektisch die alten Zeitungen vom Stuhl.

»Ich bleibe stehen«, sagte sie. »Ich bin nur kurz hergekommen, um mich zu verabschieden.«

»Du ziehst weg?«

»Ich finde einfach, dass sich nach all den Jahren ein Abschied gehört. Vor dem Scheidungsrichter war ja an ein Gespräch mit dir nicht zu denken.«

Er versuchte ein Grinsen, was ihm nicht gelang, weil er wider Willen von ihrer Gegenwart erregt war. Er hätte sie gern umarmt.

»Es soll ganz Verrückte geben, die sich nach der Scheidung wieder heiraten«, sagte er.

Der Ekel, der für einen Moment in ihr Gesicht trat, verletzte ihn.

Rasch redete er weiter. »Du denkst, ich habe bloß betrogen. Aber es gibt sie, die Alchemie. Ich brauche Zeit, die Menschen sind zu ungeduldig. Wenn ich ehrlich bin, bist du genauso ungeduldig, Herta. Du gibst mich auf, kurz bevor ich den Durchbruch geschafft habe.«

Sie hob spöttisch eine Augenbraue.

Dennoch, instinktiv spürte er, dass ein leiser Zweifel in ihr geblieben war, ein Zweifel, mit dem sich weiterarbeiten ließ. »Sie wollen, dass ich bereue«, sagte er. »Aber das kann ich nicht. Ich bin kein Betrüger, ich habe nichts zu bereuen. Im Gefängnis hat mir jemand zwanzigtausend Mark angeboten, wenn ich –«

»Solche Geschichten will ich nicht mehr hören«, unterbrach sie ihn brüsk.

Er erschrak über das Selbstbewusstsein, das aus ihrer Stimme sprach. Sie war keineswegs vereinsamt oder verbittert, wie er es sich in manchen trostlosen Nächten vorgestellt hatte. »Meinetwegen. Ich verschone dich. Offenbar gibt es einen neuen Mann in deinem Leben. Und er kann dir schöne Kleider kaufen.«

»Das konntest du auch, Franz, obwohl es mir nie darauf angekommen ist. Im Unterschied zu dir verdient er das Geld dafür aber auf ehrliche Weise.«

»Was macht er, wenn ich fragen darf?« Er war auf das Schlimmste gefasst: ein Arzt vielleicht, ein bekannter Schauspieler, ein Universitätsprofessor? Sie hatte immer noch eine erotisierende Ausstrahlung. Ein Güterzug donnerte vorüber und brachte das Geschirr auf dem Tisch zum Klirren.

Herta wartete, bis der Lärm vorbei war. Dann sagte sie: »Er ist Staubsaugervertreter.«

Einen Augenblick lang glaubte Franz an einen Scherz. Doch er sah ihr an, dass sie die Wahrheit sprach. Das Lachen brach unkontrollierbar aus ihm heraus, er lachte, bis ihm der Hals wehtat und die Tränen über seine Wangen liefen.

»Ich glaube, ich gehe jetzt«, sagte Herta mit heruntergezogenen Mundwinkeln.

»Weißt du nicht, wie das Geschäft läuft?«, fragte er und wischte sich die Tränen aus den Augenwinkeln. »Das sagt er dir nicht, warum auch. Der liebe Kerl geht ins Rathaus und notiert sich die aushängenden Namen der Frischvermählten und sucht sich die Adressen dazu raus. Dann besucht er die jungen Paare, wünscht Glück und hat auch gleich ein ›Geschenk‹ mitgebracht, einen Staubsauger, Vorführung ganz unverbindlich, in achtundvierzig Monatsraten abzuzahlen, säubert Teppiche, Gardinen, Anzüge, Möbelstoffe, ist an jeder Steckdose anzuschließen, also wirklich ein Hochzeitsgeschenk, wie man es sich nicht schöner wünschen kann. Ist er Jude?«

»Das geht dich nichts an.«

»Also ist er Jude.«

»Er ist jedenfalls kein Betrüger, wie du einer bist, Franz.«

»Ach ja?«

»Glaubst du, ich wüsste das nicht? Sie haben dich schon wieder verurteilt. Bausparbriefe sollst du gefälscht haben, und Schecks. Außerdem hast du dir drei Frauen geschlechtshörig gemacht, um an ihr Geld zu kommen. Es stand in der Zeitung.«

»Unsinn«, schrie er. »Da draußen glaubt man an mich!«

»Nein, Franz. Da draußen hält man dich für einen Psychopathen.«

»Wenn ich mich regelmäßig bei der Polizei melde und gut führe, dann …« Er bekam plötzlich schlecht Luft. »Unser Schloss Tharandt …«

»… ist jetzt ein SA-Heim.«

»Aber Schloss Paschbach ist dir geblieben.«

»Ich muss gehen. Ich wollte dir nur Lebewohl sagen.« Sie trat auf die Tür zu. »Ich hab Lenchen gefragt, ob ich dir Grüße bestellen soll, aber sie wollte dir keine Grüße senden. Du hast es vermasselt, Franz.«

»Ich ….« Er wollte ihr etwas nachrufen, brachte aber keinen Ton heraus. Seine eigene Tochter hielt ihn nicht einmal mehr eines Grußes für würdig. Sein Herz krampfte sich zusammen.

Aber Herta hatte noch nicht genug. Erneut drehte sie sich um. »Eine Zeit lang warst du interessant für mich, Franz, mit deinem grenzenlosen Egoismus. Ich habe mir gesagt, der ist aufregender als die meisten Menschen. Aber irgendwann hab ich gemerkt, dass man in deiner Betrugswelt bloß erstickt.«

»Und du bist besser, ja? Gib's doch zu, du hast dich an den Reichtum gewöhnt. Deshalb hast du dir einen neuen Mann gesucht, weil ich dir eine Zeit lang nichts bieten konnte.«

Stumm wandte sie sich ab und trat durch die Tür nach draußen.

»Ist es nicht so?«, schrie er ihr nach. »Ist es nicht so?«

Draußen hielt mit quietschenden Rädern ein Zug an. Kühe brüllten darin, sie warteten auf die Einfahrt in den städtischen Viehhof.

Sein Mund war trocken. Er trat zu dem Tisch, auf dem das Wasserglas stand, und hielt sich fest. Er besaß keinerlei Macht mehr über Herta. Einige Minuten lang hatte er das Gespräch lenken und sie dazu zwingen können, sich zu rechtfertigen, aber dann war es ihm entglitten, und er hatte verloren. Er würde sie nie wiedersehen. Er dachte an Lenchen, wie sie ihn weinend umarmt hatte, nachdem er den Prozess in München verloren hatte. Selbst sie hatte sich nun von ihm abgewandt. Er hob das Glas an die Lippen, um zu trinken. Es war leer. Trotzdem kippte er es an. Ein einzelner Tropfen rann herunter. Er musste lange warten, bis der Tropfen seine Lippe benetzte.

Der Schulrektor überbrachte Rosalinde die Neuigkeit vom Friedenspreis für ihren Vater. Taxis hielten vor dem Internat, heraus stiegen Journalisten, die aus Stockholm kamen. Es schmeichelte ihr. Sie schwamm in einem Meer von Seligkeit, Hoffnungen und Erwartungen.

Im September 1936 war sie nach Schweden gegangen, an die Internatsschule, 22 Kilometer von Stockholm entfernt. Das »Ossietzky-Komitee« hatte dafür gesorgt, dass sie in der Viggbyholms-Skolan untergebracht wurde. Anfänglich fühlte sie sich fremd in dem Land: Mit ihrem dunklen Haar fiel sie überall auf. In der Schule konnte sie sich mit ihrem kümmerlichen Schwedisch nur schwer verständlich machen, Englisch war ihre neue Muttersprache geworden. Der Rektor der Schule, ein freundlicher Quäker, wurde ihr Vormund. Rosalinde merkte, durch ihre Anwesenheit als Tochter des berühmten *Weltbühnen*-Autors wurden der Rektor und seine Schule viel mehr beachtet als andere Schulen.

Sie schaute auf das Bild an der Wand, dass sie und ihren lächelnden Vater zeigte. Ihre Erinnerungen kehrten zu der Weihnachtsamnestie vor vier Jahren zurück, als sie ihn nach langer Zeit wiedergesehen hatte. Dann stellte sie sich dem Ansturm der Reporter

Was ihr größter Wunsch sei, fragte sie ein junger Journalist.

»Dass mein Vater in ein Sanatorium in den Schwarzwald kommt. Und dass wir uns endlich wiedersehen können«, antwortete sie. Ja, das vor allem hoffte sie, ihn endlich wiederzusehen, ihn und Maud.

Und sie fügte hinzu, dass sie gern wieder in die Londoner Theaterschule gehen wollte, an der sie eine Prüfung abgelegt hatte, auf die sie sehr stolz war, und wo man sie als Schauspielerin schon angenommen hatte. Nur so könne sie bald von anderen finanziell unabhängig sein. Rosalinde hatte das Gefühl, mit diesen freimütigen Äußerungen die Zeitungsmenschen zu verwirren, die Journalisten hatten nicht erwartet, dass sie so sicher und reif auftrat.

In den nächsten Tagen heftete sie die fetten Schlagzeilen aus den Zeitungen an die Wand. Sie wusste, dass nicht in allen Ländern so freundlich berichtet wurde. Auf den deutschen Zeitungen prangten Schlagzeilen wie: »Unverschämte Beleidigung Deutschlands«, »Toll, gemein und dumm«, »... ein Skandal! Die ganze Welt ist empört« und »Unerhörte Fehlentscheidung«. In einer englischen Zeitung las sie, dass Dr. Sahm, der deutsche Botschafter in Norwegen, beim norwegischen Außenminister protestiert hatte. Der berief sich darauf, dass das Komitee unabhängig von der norwegischen Regierung entscheide.

Sie bekam einen Brief von Carl, den sie in den folgenden zwölf Monaten so oft las, dass ihn bald auswendig konnte:

»Ich habe dich jetzt jahrelang nicht gesehen, mein Liebling. Aber deine Mutter hat mir immer wieder Bilder von dir geschickt, und so sind mir dein Wachstum und deine Veränderung nicht fremd. Ich kann dir nicht sagen, wie sehr mich diese Bilder gefreut haben, wie oft ich sie betrachtet und mit den Bildern meiner Erinnerung verglichen habe.«

Durch diese Zeilen hindurch spürte sie den Schmerz ihres Vaters. Er lebte in der Vergangenheit, weil ihm die Zukunft verbaut worden war.

Es kam ihr Geburtstag am 21. Dezember 1937. Ihr Vormund organisierte ein schönes Fest für sie. Und doch hätte sie weinen mögen, so fern von ihren Eltern zu sein. Der Rektor ging immer wieder hinaus, kehrte mit rotem Kopf zurück und war sonderbar unruhig. Schließlich sagte er: »Komm, wir fahren nach Stockholm.«

Dort gingen sie in ein Telefonamt. Nach vielen Mühen gelang es, eine telefonische Verbindung zwischen Schweden und Berlin herzustellen.

Rosalinde, ein junges, schon erwachsenes Mädchen, stand mit Herzklopfen am Telefonapparat und hörte auf die nur leise vernehmbare Stimme aus Deutschland, die Stimme ihres Vaters. Seine Worte waren schwer zu verstehen wegen der schlechten Verbindung. Aber sie hörte, dass er ihr zum Geburtstag gratulierte, und sie bedankte sich überschwänglich und ließ ihrer hellen Freude Lauf, endlich wieder seine Stimme hören zu dürfen.

Dann wurde die Verbindung jäh unterbrochen.

Die Worte blieben. Sie waren im Raum, als stünde er neben ihr: die Worte ihres liebenden Vaters.

ANHANG

Der historische Kern dieser Geschichte

Franz Seraph Tausend

Franz Tausend gelang es tatsächlich – nach seinen Betrügereien mit angeblich alten Geigen, seinem »Unavera-Elektrol«, dem Apparat »Sopholith« und dem »Bund der Familienfreunde« –, General a. D. Erich Ludendorff, zwei Wiener Bankdirektoren, Alfred Mannesmann und weitere führende Industrielle davon zu überzeugen, dass er Gold machen könne. Anschließend hielt er sie jahrelang hin. Rund 1,5 Millionen Goldmark wurden in sein Unternehmen investiert. Er kaufte sich das Schloss Paschbach bei Bozen, das Schloss Tharandt, die Burg Hocheppan und unterhielt eine komfortable Etagenwohnung in Dresden, wo er zwei Geliebte hatte. Verheiratet war er mit einer ehemaligen Kellnerin, die inzwischen als Hilfsarbeiterin im Bayerischen Kriegsministerium angestellt war. Sie hatten eine Tochter.

Im Tausch für wertlose Goldgutscheine (zu je 10 Kilogramm Gold mit einem Nennwert von 25 000 Mark) erhielt er die Villa der Familie Meinhold in der Münchner Romanstraße 25. Später wurde der Familie klar, dass sie einem Betrüger aufgesessen war, und sie versuchte, seiner in Italien habhaft zu werden und erwirkte einen Haftbefehl gegen ihn.

Der Zeitungsartikel in Kapitel 9 ist – bis auf die Erwähnung von Kriminalkommissar Heinrich Ahrndt – tatsächlich so in der *Münchener Post* vom Montag, den 23. August 1926, erschienen, und hatte zur Folge, dass sich Ludendorff von der Geheimgesellschaft und Franz Tausend zurückzog.

Nachdem Tausend auf dem Brenner mit seinem eleganten Fiat einen Fußgänger überfahren hatte, wurde er auf Schloss Paschbach festgenommen und schließlich nach Deutschland ausgeliefert, wo man bereits wegen Betrugs nach ihm fahndete.

Die Szene, in der Tausend versucht, unter gerichtlich kontrollierten Bedingungen Gold zu machen, entspricht der historischen Überlieferung und dem Gerichtsprotokoll.

Das Zitat aus dem Gutachten des Oberarztes der Psychiatrischen Klinik München in Kapitel 22 ist ebenfalls authentisch.

Bemerkenswert ist die Verwendung der Gelder und die Verankerung der Geheimgesellschaft im nationalsozialistischen Umfeld. Anfangs wurden 75 % der Einnahmen an General Ludendorff ausgeschüttet, wobei festgelegt war, dass Ludendorff sie im »nationalen Sinne« und zu »rein vaterländischen Zwecken« zu verwenden hatte. Er nutzte das Geld unter anderem, um die Schulden des *Völkischen Kuriers* zu decken. Mit hoher Wahrscheinlichkeit flossen auch beträchtliche Beträge an die NSDAP. Dass alle Beteiligten davon überzeugt waren, dass Franz Tausend Gold machen konnte, bezweifle ich. Einige der Industriellen werden in der Geheimgesellschaft eine Möglichkeit gesehen haben, verdeckt Geld für die Nationalsozialisten einsetzen zu können, ohne ihrem Ruf zu schaden.

Das Mercedes Kabriolett, in dem die Attentäter der Organisation Consul den Außenminister Walther Rathenau überholten, um ihn von der Seite zu erschießen, gehörte dem Fabrikanten Johannes Küchenmeister. Dieser Fabrikant war Mitglied von Franz Tausends Geheimgesellschaft, ebenso Friedrich von Abendroth, der eine Vorgängerorganisation der Organisation Consul geleitet hatte, und Herbert von Obwurzer, ein Waffenreferent aus demselben Dunstkreis, wie Franz Wegener in seinem Buch über Franz Tausend bemerkt. Diese Querverbindungen zur Organisation Consul fielen auch dem Verteidiger von Franz Tausend im Prozess im Münchner Justizpalast auf, er provozierte Obwurzer im Verhör mit dem Hinweis: »Es ist doch in jedem Elementarbuch für moderne politische Bewegungen zu lesen, dass man sich unter dem Deckmantel einer Handelsfirma politisch betätigt.«

Obwurzer parierte: »In diesem Sinne kommt das nicht infrage. Wir wollten nur im Allgemeinen der deutschen Wirtschaft helfen.«

Die O.C. versteckte Waffen in geheimen Depots. Das Fabrikgrundstück, das Franz Tausends Geheimgesellschaft ihrem Mitglied Küchenmeister in Freiberg in Sachsen abkaufte, könnte ein solches gewesen sein.

Was auch immer die Beweggründe der Investoren gewesen sein mögen, die ihn durchschauten – Franz Tausend schadete mit seinen Betrügereien auch vielen Leichtgläubigen, einige von ihnen trieb er damit in den Selbstmord.

Wenige Jahre nachdem er seine erste Haftstrafe verbüßt hatte, stand er erneut vor Gericht. Seine Frau, der das Schloss Paschbach blieb, trennte sich von ihm. Wegen Scheck- und Wechselbetrügereien verurteilte man ihn zu drei Jahren Zuchthaus und nahm ihn anschließend in Sicherheitsverwahrung. Er starb am 9. Juli 1942 im Landesgefängnis Schwäbisch-Hall.

Thomas Mann

Katia Mann schrieb am 12. August 1924 an ihre Tochter Erika: »Ich [..] muß ja nun 35 Romane lesen, die die Kölnische Zeitung die Schamlosigkeit besaß, zu schicken, ungesichtet, weil die Herren keine Zeit dazu haben, aber Deutschlands erster Dichter, der hat Zeit!« Und am 8. Dezember: »Das verdammte Preisausschreiben. [..] Heute erschien plötzlich Wilhelm Schäfer, um mit Pielein [Thomas Mann] zu sprechen, und es war ein Glück, daß ich dazu kam, und einigermaßen kaschieren konnte, dass Pielein keinen einzigen Roman gelesen hatte.«

In einem Aufsatz über neue Bücher des Jahres erwähnt Thomas Mann kurz den Gewinnerroman des Preisausschreibens, aber er schreibt sogar den Namen des Autors falsch, und wo er bei anderen Romanen dezidiert wertet, schreibt er hier nur lapidar: »ein kräftiges Werk«.

Den Versöhnungsbrief an Gerhart Hauptmann, aus dem ich zitiere, schrieb er am 11. April 1925.

Der Artikel des Hochstaplers – vermutlich Klaus Mann – stand in Wahrheit nicht in der *Münchener Post*, sondern in den *Münchner Neuesten Nachrichten*, und er erschien nicht 1926, sondern ein Jahr früher, am 23. April 1925. Zuerst ärgerte sich Thomas Mann darüber. Dann aber bezeichnete er die Tat amüsiert als »Husarenstück« und schrieb über den Täter: »Gott schütze ihn – ich werde nicht müde, der Polizei meinen vollkommenen Mangel an Rachsucht zu beteuern.«

Den Turnlehrer aus Kapitel 15 erwähnt Thomas Mann im Juli 1926 in einem Brief an seine Tochter Erika: »Auch tue ich etwas für meine Jahre und empfange jeden zweiten Morgen in der Frühe Herrn Silberhorn, den Masseur und Turnmeister (von Lampé empfohlen), der mich unter anderem 40 mal hüpfen läßt und mich anschließend mit Kölnischem Wasser abreibt. Im Auto fährt er vor und nimmt 8 Mark für sein jedesmaliges Werk, der Spitzbube. Aber er war ja Hauptmann im Kriege, und Gustl Waldau massiert er auch.«

Dass er die Triumph-Empfänge der Flugpioniere Hermann Köhl und Ehrenfried Günther Freiherr von Hünefeld kritisch kommentierte, wurde ihm noch Jahre später von den Nationalsozialisten vorgeworfen und als einer der Gründe angeführt, weshalb man ihm die deutsche Staatsbürgerschaft aberkannte.

Während der Jahre, in denen er an seinem *Joseph*-Roman arbeitete, litt Thomas Mann unter großen Selbstzweifeln. Seine Gedanken über die eigene Arbeit, die ich im Roman verwendet habe, sind nahezu ausschließlich seinen Aufzeichnungen, Briefen und Veröffentlichungen entnommen, ebenso die Erinnerungen an seine Eltern und an die frühe Zeit in München.

Bei der Schilderung der Nobelpreisverleihung stütze ich mich auf seinen Bericht und den von Katia Mann. Der Berliner Journalist, der ihnen riet, das Preisgeld im Ausland zu lassen, ist dort bezeugt. Dass Thomas Mann im Vorfeld die Hilfe von Gerhart Hauptmann in Anspruch nahm, damit nicht Arno Holz den Preis erhielt, im Nachgang aber öffentlich bedauerte, dass es so gekommen sei, und die Meinung äußerte, Holz hätte den Preis verdient gehabt, ärgerte Gerhart Hauptmann sehr, er nannte es »niedrige Heuchelei und Profitjagd«. Thomas Mann entschuldigte sich damit, die Zeitung habe seine Worte ungenau wiedergegeben.

Die Darstellung von den Vorgängen um Thomas Manns Vortrag im Berliner Beethovensaal entspricht der historischen Überlieferung.

Nach der Festnahme und Verurteilung von Carl von Ossietzky schrieb Thomas Mann: »Der Fall Ossietzky ist auch mir sehr nahe gegangen«, und setzte sich für seine Begnadigung ein. Später, nach dem Reichstagsbrand, schlug er Carl von Ossietzky mit dem Brief, den ich im Roman zitiere, für den Friedensnobelpreis vor.

Carl von Ossietzky

Carl von Ossietzky gründete zusammen mit Kurt Tucholsky und anderen die »Nie wieder Krieg!«-Bewegung, der auch Albert Einstein und Kurt Hiller angehörten. 1920–1924 war er Redaktionsmitglied der *Berliner Volks-Zeitung* und leitete anschließend zwei Jahre die Wochenschrift *Das Tage-Buch*. Zur berühmten *Weltbühne* brachte ihn Kurt Tucholsky. Aber Ossietzky zögerte, trotz der von so vielen begehrten Einladung des Herausgebers. Schließlich fasste er sich ein

Herz und wurde Redaktionsmitglied. Gleich sein erster Artikel wurde Leitartikel, und so blieb es über Jahre, die Leitartikel waren in Zukunft von ihm. Er war der Einzige, dessen Texte ohne Korrektur gleich gedruckt wurden.

Im Oktober 1927, nach dem Tod des Herausgebers Jacobsohn, übernahm Ossietzky die Leitung des Heftes. In seinen Artikeln bezog er zu zahlreichen Fragen Stellung, zentral war aber die Sorge über die heimliche Aufrüstung und den schleichenden Vormarsch des Nationalsozialismus und Antisemitismus.

Seine Briefe und die Einträge in das »Ehebuch«, das Carl und Maud führten, zeigen, wie sehr er seine Frau liebte. Er liebte auch Gusti Hecht. Maud erfuhr von seiner Untreue, und es verletzte sie. Als er wegen des Enthüllungsartikels zur heimlichen deutschen Kampfpilotenausbildung vor Gericht kam, stand sie ihm dennoch bei.

Das Gespräch von Heinrich Ahrndt mit dem Berliner Vize-Polizeipräsidenten Bernhard Weiß – neunzig polizeifreie Minuten, um trotz des allgemeinen Versammlungsverbots eine Freundschaftskundgebung für Carl vor dem Gefängnis veranstalten zu können – führte eigentlich Kurt R. Grossmann, der Sekretär der Liga für Menschenrechte. Ich habe einige seiner Sätze Ahrndt in den Mund gelegt.

Gusti Hecht stellte den Antrag, Carl im Gefängnis regelmäßig besuchen zu dürfen, unter dem Vorwand von Arbeitsgesprächen. In ihrem Roman »… muss man sich gleich scheiden lassen?« besitzt das Paar tatsächlich eine Schildkröte. Ob sie sich damit auf Carls und Mauds Schildkröte »Jackie« bezog (bei mir im Roman umbenannt in »Ecki«), ist nicht mehr zu ergründen.

Am Abend des Reichstagsbrands war Carl bei Gusti Hecht. Man warnte ihn, nicht nach Hause zurückzukehren. Dennoch entschloss er sich dazu, um gemeinsam mit Maud ins Ausland zu fliehen. Am Morgen, gegen halb vier, wurde er in Mauds Gegenwart verhaftet.

Die Jahre im Konzentrationslager Sonnenburg bzw. Papenburg-Esterwegen zerrütteten Carl geistig und körperlich. Gusti Hecht, die im Freundeskreis der Familie mitarbeitete, um Rosalinde und Maud zu unterstützen und auf Carls Befreiung hinzuarbeiten, schrieb Anfang 1936 an Hilde Walter: »Vor ungefähr sechs Wochen kam von O. eine Karte an die Gattin, die uns nicht wegen des Inhalts (der war so kurz und so gleichlautend wie stets), sondern wegen der veränderten zitterigen Handschrift sehr beunruhigt.« Aber nicht nur die Schrift bezeugte Carls schlechten Gesundheitszustand, auch die Berichte von Entlassenen und die Warnung einer internationalen Delegation des Roten Kreuzes, die das Lager besuchte, waren alarmierend.

Nachdem es gelungen war, Carl für den Friedensnobelpreis ins Gespräch zu bringen, lud ihn Hermann Göring vor und versuchte, ihm die Sache mit Drohungen und dem Gegenangebot einer Freilassung und Leibrente auszureden. Carl von Ossietzky blieb stur. Durch den Nobelpreis gelang es, ihn nicht nur aus dem KZ, sondern auch aus der Haft im Staatskrankenhaus zu befreien, und er zog ins Krankenhaus Nordend in Berlin-Niederschönhausen, Mittelstraße, eine Spezialklinik für Lungenkrankheiten. Maud bat den Arzt, ihr zu gestatten, mit Carl in dem Krankenhauszimmer zu leben. Der warnte vor der Ansteckungsgefahr, aber sie blieb beharrlich und erklärte, sie täte es auf eigene Gefahr. Da erlaubte er es.

Die Posten der Geheimen Staatspolizei vor der Tür mussten sie hinnehmen, immerhin, ihre Bewacher fürchteten, sich anzustecken, und hielten Abstand. Das Zimmer besaß einen eigenen Ausgang zum Garten. Es standen nur zwei Betten darin und ein kleiner Nachttisch, außerdem ein Tisch. Unter die Betten hatten sie ihre Koffer geschoben – Freunde hatten ihnen zwei kleinere beschafft – und über eines der Betten ein Regalbrett mit einigen Büchern aufgehängt.

Tassen konnte Carl nur mit beiden Händen halten, so sehr zitterte er. Und er hatte etliche Zahnlücken. Später schrieb Maud über diese Zeit: »Und doch war jeder Tag wie ein Geschenk.«

Am 4. Mai 1938 starb Carl von Ossietzky. Seine Urne wurde auf dem Friedhof an der Buchholzer Straße beigesetzt. Kein Wort durfte am Grab gesprochen werden, die Gestapo-Beamten standen neben Maud, als die Urne an einer Mauer in die Erde gesenkt wurde. Es gab weder Grabstein noch Tafel, es war der Wille der Gestapo, dass der Name Ossietzky für immer ausgelöscht sein sollte. Maud wurde amtlich gezwungen, wieder ihren Mädchennamen anzunehmen. Sie blieb noch drei Wochen in dem Krankenhauszimmer, das sie bis zuletzt mit Carl bewohnt hatte. Danach irrte sie durch Berlin, jeder, der ihr ein möbliertes Zimmer vermietete, warf sie kurz darauf wieder hinaus, wenn die Gestapo-Beamten kamen und sich nach ihr erkundigten. Erst nach langer Suche fand sie Unterschlupf bei einer schlichten Berlinerin, die den Mut hatte, sie aufzunehmen.

Die folgenden Bücher waren besonders hilfreich bei den Recherchen

Shlomo Aronson: Reinhard Heydrich und die Frühgeschichte von Gestapo und SD, Stuttgart 1971.

Baedekers Handbuch für Reisende. München und Südbayern, Leipzig 1928.

Stefan Berkholz: Carl von Ossietzky. 227 Tage im Gefängnis. Briefe, Texte, Dokumente, Darmstadt 1988.

Oliver Bernhardt: Alfred Döblin und Thomas Mann. Eine wechselvolle literarische Beziehung, Würzburg 2007.

Bundesarchiv Berlin: Akten des Reichsgerichts zum Prozeß gegen den Redakteur der »Weltbühne« Karl Ossietzky und Genossen, Berlin 1931.

Lion Feuchtwanger: Erfolg, Berlin 2015 [Erstausgabe 1930].

Christoph Graf: Politische Polizei zwischen Demokratie und Diktatur. Die Entwicklung der preußischen Politischen Polizei vom Staatsschutzorgan der Weimarer Republik zum Geheimen Staatspolizeiamt des Dritten Reiches, Berlin 1983.

Gusti Hecht, Georg Greko: … muss man sich gleich scheiden lassen?, Berlin 1932.

Eckhard Heftrich, Hans Wysling (Hrsg.): Thomas Mann Jahrbuch, Band 6, Frankfurt/Main 1993.

Franz Hessel: Spazieren in Berlin, Berlin 2011 [Erstausgabe 1929].

Marie Jahoda, Paul F. Lazarsfeld, Hans Zeisel: Die Arbeitslosen von Marienthal. Ein soziographischer Versuch, Berlin 1975 [Erstausgabe 1933].

Inge und Walter Jens: Frau Thomas Mann. Das Leben der Katharina Pringsheim, Reinbek 2003.

Gert Kähler: Geschichte des Wohnens. Band 4: 1918–1945, Stuttgart 1996.
Guido Knopp: Göring. Eine Karriere, München 2006.
Jürgen Kolbe: Heller Zauber. Thomas Mann in München 1894–1933, München 1987.
Die Körperschulung beim Vollzugsdienst. Vorschriften für die staatliche Polizei Preußens, Berlin 1931.
Gerhard Kraiker, Elke Suhr: Carl von Ossietzky, Reinbek 1994.
Kunstpädagogisches Zentrum: Lebensbericht der Marga S., Forchheim 1928, in: KPZ-Zeitung Nr. 5, Nürnberg 1977.
Tilmann Lahme: Die Manns. Geschichte einer Familie, Frankfurt/Main 2015.
Karl Heinz Maier: Die geheime Fliegerrüstung in der Weimarer Republik 1919–1933, Hamburg 2007.
Katia Mann: Meine ungeschriebenen Memoiren, Frankfurt/Main 1974.
Klaus Mann: Zahnärzte und Künstler. Aufsätze, Reden, Kritiken 1933–1936, Reinbek 1993.
Thomas Mann: Briefe III, 1924–1933, Frankfurt/Main 2011.
Thomas Mann: Ein Appell an die Vernunft. Essays 1926–1933, Frankfurt/Main 1994.
Thomas Mann: Essays II, 1914–1926, Frankfurt/Main 2002.
Thomas Mann: Joseph und seine Brüder. Band I, Frankfurt/Main 2018.
Thomas Mann: Tagebücher 1933–1934, Frankfurt/Main 1977.
Thomas Mann: Über mich selbst. Autobiographische Schriften, Frankfurt/Main 1994.
Peter de Mendelssohn: Der Zauberer. Das Leben des deutschen Schriftstellers Thomas Mann, Frankfurt/Main 1992.
Carl von Ossietzky: Sämtliche Schriften, Bände I–VIII, Reinbek 1994.
Maud von Ossietzky erzählt, Berlin 1966 und 1988.
F. Retzlaff: Polizei-Handbuch, Lübeck 1928.

Hans Schneickert: Kriminaltaktik und Kriminaltechnik, Lübeck und Berlin, 1933.

Joachim Schröder: Die Münchner Polizei und der Nationalsozialismus, Essen 2013.

Alfred Schweder: Politische Polizei. Wesen und Begriff der politischen Polizei im Metternichschen System, in der Weimarer Republik und im nationalsozialistischen Staate, Berlin 1937.

Richard von Soldenhoff (Hrsg.): Carl von Ossietzky. Ein Lebensbild, Weinheim, Berlin 1988.

Staatsarchiv München: Protokoll des Amtsgerichts München, Strafgericht, Abteilung Justizpalast, Hauptverhandlung in der Strafsache gegen Franz Tausend wegen Betrugs, München 1931.

Wilhelm von Sternburg: Carl von Ossietzky. Es ist eine unheimliche Stimmung in Deutschland, Berlin 1996.

Elke Suhr: Carl von Ossietzky, Biografie. Köln 1988.

Thorstein Veblen: Theorie der feinen Leute: Eine ökonomische Untersuchung der Institutionen, Frankfurt/Main 2015 [Erstausgabe 1899].

Hilde Walter: Aus der Chronik des Nobelpreises für Carl von Ossietzky, in: Aus Politik und Zeitgeschichte. Beilage zur Wochenzeitung Das Parlament B40/69, Bonn 1969.

Franz Wegener: Der Alchemist Franz Tausend. Alchemie und Nationalsozialismus, Gladbeck 2013.

Hans-Ulrich Wehler: Deutsche Gesellschaftsgeschichte. Vierter Band: 1914–1949, München 2003.

Wolfram Wette: Ernstfall Frieden. Lehren aus der deutschen Geschichte seit 1914, Bremen 2017.

Rainer Wohlfeil, Edgar Graf von Matuschka: Reichswehr und Republik 1918–1933 (Handbuch zur deutschen Militärgeschichte, Band IV), Frankfurt/Main 1970.

Manfred Zeidler: Reichswehr und Rote Armee 1920–1933, München 1993.

Der Autor dankt

Archivrat Dr. Markus Schmalzl vom Staatsarchiv München für seine Hilfe und das Zugänglichmachen des Prozessprotokolls von 1931 zu Franz Tausend.

Gabi Hollender und dem Thomas-Mann-Archiv der ETH Zürich.

Prof. Dr. Dr. h. c. Heinrich Detering, der die Güte hatte, eine Recherchelücke zu Thomas Mann zu schließen.

Der Staatsbibliothek München, die Tageszeitungen aus den 1920er-Jahren aufbewahrt.

Dem Bundesarchiv Berlin, das Material zu den Gerichtsverfahren gegen Carl von Ossietzky zur Verfügung stellte.

Elli Bochmann, Ralf Döbbeling, Hugo Ganslmayer, Ariane Kufner sowie Erwin und Gela Schußmann, die wertvolle Hinweise zu einer frühen Fassung des Manuskripts gaben.

Stefan Mödritscher für einen hilfreichen Schliff an der Charakterzeichnung von Heinrich Ahrndt und Elisabeth Loibl.

Dem S. Fischer Verlag, der die Verwendung zahlreicher biografischer Niederschriften Thomas Manns gestattete.

Dr. Edgar Bracht, dessen umsichtigem Lektorat und dessen Ideen zur Figurenzeichnung und zum Aufbau der Geschichte dieser Roman viel mehr verdankt, als er seinem glücklichen Autor gestatten würde, hier zu erwähnen.